探秘“一脚踏三省”　感受边地文化魅力

一方水土

梁厚能◎著

天津出版传媒集团
百花文艺出版社

图书在版编目（CIP）数据

一方水土／梁厚能著. -- 天津：百花文艺出版社，2024.7

ISBN 978-7-5306-8759-8

Ⅰ. ①一… Ⅱ. ①梁… Ⅲ. ①散文集-中国-当代 Ⅳ. ①I267

中国国家版本馆 CIP 数据核字（2024）第 054566 号

一方水土

YIFANG SHUITU

梁厚能　著

出 版 人：薛印胜

选题策划：胡晓童　**责任编辑**：宋春悦

装帧设计：书香力扬

出版发行：百花文艺出版社

地址：天津市和平区西康路 35 号　　**邮编**：300051

电话传真：+86-22-23332651（发行部）

+86-22-23332656（总编室）

+86-22-23332478（邮购部）

网址：http://www.baihuawenyi.com

印刷：四川科德彩色数码科技有限公司

开本：710 毫米×1000 毫米　1/16

字数：500 千字

印张：25

版次：2024 年 7 月第 1 版

印次：2024 年 7 月第 1 次印刷

定价：78.00 元

如有印装质量问题，请与四川科德彩色数码科技有限公司联系调换

地址：成都市郫都区成都现代工业港北片区港北二路 551 号

电话：（028）86965202　邮编：611700

厚能致远
——序

2020年10月18日下午，微风细雨，我们“三湘巨变看龙山”全国著名作家采风团一行十二人驻足在153米长的桂塘书法墙前，禁不住发出无限感慨。偏于一隅的湘西龙山县桂塘镇九年制学校，居然有这样的气魄，建成了全国最长的校园书法长廊。其中甘苦，本书作者梁厚能在《我和桂塘书法墙》一文中有详尽记叙，恕不赘言。

更令我震撼的是，作为书法墙策划者的厚能，拖着半身不遂的身躯，在巍巍颤颤中，激情迸发，倾情给我们解说，其坚韧不拔、百折不挠的精神，几乎让我老泪纵横。

厚能是2011年毛泽东文学院第十期作家班的学员，其时，我是学院管理处主任。那时的他，给我的印象是阳光、自信、精干、沉稳、活泼，并且有自己的思想，他是散文组的召集人，上课认真听讲，课余在寝室里临池不辍，在文学与书法两道上并驾齐驱。想不到分别九年之后，岁月风霜竟将他消磨得形容枯槁，他到底经历了怎样的人生际遇呢？见我诧异，厚能实话告知。四年前，他突发脑溢血，命悬一线，左侧偏瘫，不能自持，一度万念俱灰，精神濒临崩溃，经过几年来的艰苦康复治疗，已度过了那段黑色岁月，因为文学和书法这两个心中至爱，使他笑对生活，重振信心，他说现在能拖着病腿行走，已属万幸了。

在我印象中，厚能的写作，是凭借生活的馈赠，用行走炼文字，靠田野铸品质。早些年读到他的文化散文专著《书法湘西》，令人既耳目一新，又极为信服。我一直坚信，来源于生活的文字，才是活的文字，如果有了读破万卷的功力，又有生活历练的加持，是断可以留下好文字的。

眼前，厚能的新著《一方水土》，是他这些年用病腿丈量家乡山水的结晶，全书分“这方水土”“乡风乡愁”“父老乡亲”三辑，共四十余篇文章、近四十万字，空间仍囿于湘西，更确切地说是龙山县的桂塘坝，这一地处湘鄂渝三地交界之处的边陲小镇，以及与之接壤的地域。他拖着病腿与两同乡文友老红、国平组成“铁三角”采风小组，利用节假日，从自己的胞衣之地古道溪梁家寨出发，遍访三省边地的古镇、古村落、古码头、古桥梁、古关隘、老街、溪流等，几乎将故乡的山水踏了个遍，搜集打捞了大量第一手创作素材，可谓十年磨一剑。

《一方水土》正是将这些名不见经传的所在，用他的生花妙笔，凝结成满含深情的文字。这些乡土的风景虽不为天下大观，但一草一木、一石一土、一街一桥、一村一寨，都带着脉脉体温，绵绵情愫，显示出秘境之奇，发现之美。

我以为，每个人都有自己独特的审美对象，尤其是像湘鄂渝边区这块秘境之地，野性、原生、奇异、独特的风物，在人类个性日益消弭的今天，则显得尤为珍贵。

商贸科技，与世界接轨，这大概是世界的趋势，我们必须热情拥抱这种趋势，但在文化上，多样化、个性化才会弥足珍贵，文化的任何趋同都是不可取的。《一方水土》正是具有这种独有性、奇异性，从而获得一种审美意义上的新鲜感。

厚能是深耕细作的文字客，他的田野考察显示出其独有魅力，他善于从一事一物生发开去，不矫揉造作，而是随着事物、人、景的真迹，娓娓道来，情感的真切，密布于老老实实的文字之中，初读，似觉文采不足、平淡无奇，细品，才体味出其情胜于文，有天然雕饰之妙。写书法桥的打造，写自己对故乡的情怀，写父亲的人生，写故土亲友的情谊，在文字的把控、情感的抑扬、识见的深度、行文的舒畅，都见出其功力的深厚。

厚能不愧是记叙的高手。散文的叙述往往是衡量作者水平高下的一环。照实说，当下许多散文作家，下笔千言，却并不能完整清楚地说清一件事。这就缺乏还原生活场景的能力。真情无敌。真情最直击人心之处，往往是记叙的真实。《一方水土》最打动人的，是作者真实准确记叙的那些艰难曲折追求的过程。在这些记叙过程中，他把对家乡的热爱、对故土的深情、对亲人的依恋、对朋友的忠诚，全都蕴藏于字里行间。他绝少抒情，而是不明自见，一个微小的表情、一个不经意的细节、一个普通的动作、一个自然天成的场景，都意味深长。

人是要有一点精神的。当今天人们在精神追求上缺失时，读厚能的《一方水土》，你不仅能在审美意义上获得享受——欣赏龙山、桂塘别样的风景，而且可以在另一种审美中，感受人生的内涵、价值、追求。

今天的厚能，前行中可能已经蹒蹒跚跚，但他在摇摇晃晃中将自己的追求一件件落实，这种百折不挠的精神，在我看来，是可以直达远方的。

将来，桂塘的子孙们会记住，他们还有一位先辈，曾经，在故土，收纳，装点，耕耘。

是为序！

梁瑞郴

2023 年 4 月 28 日于长沙寓所

（作者系著名作家、享受国务院政府特殊津贴专家、湖南省作家协会名誉主席、湖南省散文学会会长）

目录

沉寂多年的边镇，正以其古老而又年轻的姿态，展现着自己的无穷魅力。

第一辑

这方水土

桂塘坝："一脚踏三省"的边陲小镇

桂塘，如今是湘西龙山县所属的一个建制镇，位于湘鄂川（现为渝，为表述方便，后文仍称"三省"）三省交界之地，与湖北省来凤县百福司、漫水，重庆市酉阳县大溪口、可大湖，本县的咱果、召市、洗洛等乡镇接壤，素有"一脚踏三省"之称。这里正处于县城与里耶古镇中间，各相距约五十公里。

一

桂塘的全称为桂塘坝，三个字各有其含义。据《龙山县地名录》记载，传说这里有一口深水塘，塘边有数棵特别高大的桂花树，每年八月，桂花盛开，香飘数里，这一带又有很多田坝子，因而得名。

桂塘坝本是桃子潭边的一个小地名，其位置大约在现老街一带，后外延不断扩大。据清代《龙山县志》记载，桂塘古称七寨，旧称贵堂坝，后称明溪里。

桂塘坝是一块宝地，旧时民间有一个关于龙脉的传说：宝在徐家湾，头在明德庵，脚在李家湾，腰在读书岭，尾在鸡笼滩。

桂塘历史的大致脉络为：唐虞夏商时代为荆州地域，春秋战国时为楚地，秦汉至唐，先后属洞庭、黔中、武陵、沅陵等郡州，五代、宋、元、明、清属永顺彭氏土司统治（其中明末清初属四川酉阳冉氏土司辖地）。雍正年间清廷"改土归流"，设龙山县，全县始设十五个里，明溪里是其中之一。也就是说，桂塘建立地方政权的时间与龙山县一样长，距今近三百年。

民国初年，国民政府改明溪里为明溪乡。新中国成立初期，为九区（大明区），辖王道、新坝、杨家、斑鸠、桂塘等小乡。1956年，撤区并乡，合置桂塘乡。1958年并入召市区老兴人民公社，1961年析置桂塘人民公社，1984年撤桂塘公社恢复桂塘乡，1993年撤乡建镇。2005年火岩乡与桂塘镇合并，仍名桂塘镇。2015年老兴乡5个行政村并入桂塘，现全镇土地面积209平方公里，耕地面积25700余亩（1亩约667平方米），7583户、3.1万余人，下辖明溪、古道溪、王道溪、兴坝、友谊、苦达岭、前丰、张家槽、乌龙山、双景、桃子、核桃、上锁、下锁、老寨、贾田溪等16个行政村和桂塘、四坝、老兴3个社区。有九年制学校1所，小学5所，卫生院2所。

桂塘镇碑　　作者 摄

自小我就听大人摆龙门阵说，建县之初选县城，明溪、苗儿滩、新田堡（即民安）等几处地方为备选地，县衙派人到备选地称泥巴，哪里泥巴重，县城就定在哪里。称泥巴时，新田堡有人耍聪明，用脚将泥巴踩紧，而明溪、苗儿滩人老实，没有做手脚，这样同样一筐泥巴，新田堡的重一些，县城于是定在了新田堡，取名本城里。桂塘也就失去了建县城的机会。

这个传说，现在听来觉得不太靠谱。但我从有关资料得知，古代选县城确有称泥巴之事，桂塘称泥巴传说是不是附会，就不得而知了。但从这个传说可以看出桂塘坝地理位置的重要。

桂塘位于三省交界之地，地理位置特殊。过去，这里山高林密，野兽出没，不通水路，也不通公路，经济文化十分落后，几乎与外界处于隔绝状态。但这里山间平地有大面积的肥沃水田旱土，可以种植水稻、苞谷、高粱等粮食作物，山上有油桐、油茶、五倍子、生漆、烟叶等土特产，加之四通八达的通往三省边区及本地村寨的山间小路，保持着与周边的密切往来和商品贸易，从而形成自己独特的经济社会小气候。据记载，清初这里始有墟场，随着经济发展，边区贸易逐步繁荣，至民国时期已是远近闻名的“万人场”。

墟场的繁荣，带动了民间信仰的兴起，在墟场附近，建有寿福殿、万寿宫、明德庵、关公庙、飞山庙等场所。据《湘西简史》记载，1851 年 1 月 5 日，太平天国翼王石达开率部经过桂塘，在万寿宫外墙壁上挥毫写下“边陲重镇”四个大字。

二

在与恶劣生存环境的抗争中，桂塘人逐渐形成了“不惹事，不怕事”的剽悍民风。清末民国时期，社会动荡，因生活所迫，部分村民被逼成立农民自卫武装，虎啸山林，后落草为祸害一方的土匪，贩卖枪支鸦片，杀人越货。所谓“天高皇帝远”，中央政府鞭长莫及，地方政府无能为力，成为一个“三不管”地带。明溪乡三任乡长被土匪枪杀于任上，古道溪曾发生土匪屠村惨案，一把火烧了 18 栋房屋，34 条鲜活生命死于非命，一时血流成河，明溪、二梭匪患曾引起国民政府高层重视，于是于 1941 年至 1946 年间，先后三次派重兵围剿，国民党兵采取并寨连坐酷刑，鱼肉百姓，草菅人命，不仅土匪未灭，反而越剿越多，最后无功而返。国民党军队里的一些人暗中与土匪勾结，做枪支换鸦片的勾当，大量枪支流落民间，留下无穷祸患。最后国民党改围剿为安抚政策，乱世枭雄——贾田溪的瞿伯阶、瞿波平族兄弟被国民政府招安，先后被任命为暂编第十师、新编第十师少将师长，鼎盛时近两万人，成为湘西势力最大的土匪武装。新中国成立初期，在人民解放军的强力围剿下，匪众瞬间树倒猢狲散，瞿伯阶病故，瞿波平走投无路后向人民政府投诚，放下屠刀、金盆洗手，后成为武汉市政府参事，从一代混世魔王，成为新中国社会主义事业的建设者。部分投诚土匪经教育感化，加入中国人民志愿军，在战斗中，英勇杀敌，打出了湘西男儿的威风，为祖国立下功勋，成为人民功臣。一度风靡全国的影视剧《乌龙山剿匪记》《湘西剿匪记》的故事和人物原型很多取材于此。现在，这里都还有“乌龙山大峡谷”“乌龙山村”等地名。可以说，桂塘早已声名远扬了！

三

桂塘坝，是土家、苗、汉杂居地，其中少数民族人口占总人口近 90%（苗族 51%、土家族 38%），是全县苗族人口最多的乡镇。在这里，三省边地文化与多民族文化双重融合。

桂塘人秉承与邻为善的处世之道，民族团结，边邻友好，是湖南省民族团结进步示范镇，历史上从未发生过民族纠纷。边区村民之间相互通婚，十里八村都成了亲戚。街上有一向姓人家，其三个儿媳妇分别来自湘鄂渝边区不同民族。就我家来说，就是三省融合的大家庭。我的母亲是重庆人，两个姑姑和姐姐、四个堂妹均嫁到重庆，两个婶娘一个是重庆的，一个是湖北的。镇上九年制学校的学生和老师均来自三省边区。明溪书法桥和桂塘书法墙上镌刻的 200 多幅书法作品中，也有很大一部分出自三省书法家之手。

1998 年，我曾陪同中央电视台《焦点访谈》的三名记者到三省边区采访。观众都知道，《焦点访谈》一般都是报道影响大的焦点问题，那次在桂塘，是专题采访边区民族团结进步的先进事迹。

四

桂塘山清水秀，风光旖旎，景色宜人，最著名的有乌龙山大峡谷，2009 年被国土资源部批准为国家地质公园，2016 年，又被国务院批准为国家级风景名胜区。

乌龙山大峡谷，面积达 80 平方公里，全长 15 公里，最宽处 500 米，最窄处仅 50 米。站在高处远眺，大峡谷两侧的山脉犹如两条飞奔而去的巨龙，相互平行，互不干涉，却又互不相让，昂首前行。从火烧岩山脚的两个洞穴冒出的两股溪流，汇合成皮渡河，在峡谷中肆无忌惮地流淌。河流两岸，翠竹幽篁，古木参天，绿水淙淙宛如碧玉，倒影横斜，如同一幅幅浓淡相宜的水墨画。若不是那只飞跃的水鸟惊起了水波，谁能分得清，水下的风景是倒影，还是画呢？

皮渡河两岸溶洞密布，阴河纵横，已探明的大小溶洞有200余个，以惹迷洞、飞虎洞、鲢鱼洞、风洞、石花洞、盘龙洞等最为著名，构成一个个神秘的地下迷宫，被誉为“世界溶洞博物馆”。这些溶洞气势恢宏、高深莫测、乳石密布、千姿百态、栩栩如生。有的如同古罗马的石柱，高耸洞天；有的恰似破土而出的石笋，探出嫩芽；有的像堆砌的石峰，伟岸挺拔；有的连成一片石林，错综复杂；还有的如同绽放的石花，惊心动魄。溶洞群不仅洞景奇丽壮观，而且里面还隐藏着多种珍奇动物，如娃娃鱼、盲虾、盲蝌蚪和盲鱼等。

慕名游览过乌龙山大峡谷和溶洞群的艺术家、政要纷纷在此留下墨宝。艺术大师黄永玉先生作《火龙图》一幅，题诗赞曰：“龙山二千二百洞，洞洞奇瑰不可知。”中央工艺美院原院长古元教授称惹迷洞“神宫仙境，奇景无双”。时任中共湖南省委书记毛致用欣然题词：“惹迷洞好，值得一游！”时任中共湖南省委副书记刘夫生欣然题词：“藏天地之灵，纳山川之秀。”著名作家、《乌龙山剿匪记》作者水运宪先生挥毫题写“乌龙山大峡谷”。

黄永玉国画《火龙图》　　刘昌儒 摄

飞虎洞，是中国唯一一个溶洞摆手堂，里面供奉着土家族传说中的先祖彭公爵主、向老官人、田好汉塑像，著名社会学家、全国人大常委会原副委员长费孝通先生到此参观后，亲笔为摆手堂题字。

桂塘的美丽风光，也获得了社会的广泛认同。2017年，经网民投票，桂塘镇荣获第三届“湖南省最美少数民族特色村镇”称号，可谓实至名归。

五

桂塘以山地和丘陵地貌为主，境内著名山峰有腰带山（马鹿塘）、天马山、蒲松大、三脚岩、白虎山等，山下溪流纵横，有皮渡河、明溪、古道溪、王道溪、贾田溪等，溪流的两岸形成了带状的山间小平原，人们称之为“坝子”。由于这样的坝子很多，所以桂塘又有“四十八坝”的别称。坝子地势平坦、阡陌交错、气候温和、雨量充沛、土壤肥沃、灌溉便利，是水稻的重要产区。每当秋天水稻成熟季节，坝子一片金黄，构成一幅幅美丽的田园风景画。

村民大多居住在坝子边缘，背靠青山，以姓氏或族群聚居，形成一个个自然村落。传统的建筑为青瓦木板房，同时间杂一些吊脚楼，依山就势，飞檐翘角，极具审美价值。一个个自然寨，要么凭山临水，古树参天；要么绿水绕田，春意盎然；要么翠竹掩映，闲适恬淡。人与自然，和谐美好。

在现代建筑的冲击下，这里依然原汁原味地保留了一批传统村落，如二隥岩、道坑、前丰、苦达岭、斑鸠井、官地湾等，吸引着天南地北的参观者。

六

一方水土养一方人，孕育一方文化。明溪、二梭，这个昔日的文化荒漠、土匪窝窝，如今成了远近闻名的篮球之乡、作家之乡、书法胜地。

桂塘的篮球文化，源远流长。在大集体年代，每个生产队的晒谷坪就是一个篮球场，社员们不管劳动多累，休息时就在晒谷坪打打篮球，当时的公社、大队经常举办篮球赛。我在大队小学读书时，每年“六一”儿童节都要到公社学校参加篮球赛。有时还邀请四川、湖北的学校过来参加。第一代球星田永贵告诉我，二十世纪七八十年代初，桂塘公社球队曾打遍三省边区和全县无敌手。自改革开放之初起，由村民自发组织的湘鄂渝边区（桂塘）春节农民篮球运动会，已举办了 40 届，最多时，来自三省边区的参赛队伍达 34 支，观众达数万人。大年初一至初三看球赛，已成为三省边区的一个新民俗。

篮球文化影响了一代又一代桂塘人，篮球运动在桂塘有着广泛的群众基础。早在 1992 年，在全国七运会上，原国家体委授予桂塘“全国亿万农民体育先进乡镇”荣誉称号。这里篮球人才辈出，先后有 12 人入选县级以上球队。目前，四坝社区有 3 名身高两米左右的年轻队员，考入中南大学的彭炜、重庆师范大学的彭凯、浙江师范大学的黄小炎，均代表所在学校征战 CUBA（中国大学生篮球联赛），成为中国大学生篮球联赛的一代球星。不是我在这里吹牛，现在四坝社区队的实力敢挑战任何一支县队，桂塘镇队的实力敢挑战湘西八县市联队。

桂塘是汉戏故里。据县志记载，自清道光年间传入桂塘至今，汉戏在这里上演了近 200 年。在同治、光绪年间达到鼎兴，历史上曾有凤鸣、九红、玉福、同庆四个科班，涌现出李凤高、张九寿、张海洲、李玉龙等四代名角，在湘鄂川边区红极一时。现在，我们不仅偶尔能欣赏到精彩的汉戏表演，还能天天在明溪广场、街头、村寨欣赏到村民自发表演的摆手舞、广场舞。同时，这里也是山歌之乡，秀丽的山水赋予了人们天生的音乐细胞，山歌、情歌、哭嫁歌、上梁歌，说唱就唱，首首动人。

明溪广场“桂塘十景”碑　　作者 摄

这里不乏能工巧匠。木匠、岩匠、篾匠、瓦匠、弹匠、油匠，匠匠有绝活。古道溪村英里沟年近九旬的土家族老教师王仕辉创作了200余件微缩竹雕，构思奇特，巧夺天工，既展现了湘西土家族劳动人民的无穷智慧，又记录了土家族古老灿烂的民族文化，具有很高的艺术价值和收藏价值，作品在国内、国际博览会上展出，引起轰动，获得金、银、铜奖11项。他也因此获得中国首届工美行业艺术大师和省级非物质文化遗产（后文简称“非遗”）传承人称号，受到了时任全国政协主席贾庆林的亲切接见。

七

桂塘是一片文学的沃土。双景村的蔡测海，是闻名全国的土家族作家，现是湖南省作家协会名誉主席。他从土家山寨走上文坛，创作了《刻在记忆的石壁上》《远处的伐木声》《三世界》《母船》《家园万岁》《地方》等1000多万字的文学作品，作品先后获全国优秀短篇小说奖、全国少数民族文学奖和庄重文文学奖。在他的影响下，这里近年来走出了黄光耀、王爱、梁厚能、火树、彭承忠、向宏恩、杜国平等一批中青年作家，引起了文坛的广泛关注。

难怪有人惊叹：民国时期，桂塘坝人玩枪杆子厉害！现在，桂塘坝人玩笔杆子厉害！

2014年，我主编了《清清的皮渡河——湘西桂塘优秀文学作品选》，选编了29位作者的94篇作品，算是对桂塘文学的一个小结。

2015年《民族论坛》记者专程到桂塘这个边远少数民族地区采访探秘，然后对桂塘作家群及“桂塘文学现象”作了系列报道。

为了增加桂塘的文化景观，从2010年开始，我利用节假日，通过各种渠道筹集资金和征集书法作品，先后在桂塘境内策划实施了跳岩河摩崖石刻、梁家寨书法碑林、桂塘书法墙、明溪书法桥、明溪广场十景碑、峡谷人家书法景观、二隥岩古寨匾额楹联等公益书法景观，镌刻制作了全国20多个省市200多位知名书法家的300余幅书法精品。

值得一提的是桂塘书法墙，高4.2米，长150余米，镶嵌书法碑版240余块，目前，其规模位居全省第二、大湘西和全国校园碑林第一，这些书法景观，已成为湘鄂渝边区一道亮丽的文化风景线，参观者络绎不绝。2018年

6月9日，参加《中华诗词》月刊联谊会的西班牙和我国18个省市区及本县的百余名诗友实地参观。2019年7月，中央人民广播电台湖南记者站3名记者在蒋琦站长的带领下专程采访，并写出系列报道，省教育厅有关机构授予桂塘学校为“湖南省中小学书法教育基地学校”。

书法人才开始崭露头角。本人经过数十年的不懈努力，已成功加入中国书法家协会，实现了龙山县本土书法国家级协会会员“零”的突破。省书法家协会会员向明阁，来势也不错。镇九年制学校，依托校园内的书法墙，建立了明溪书法传习所，把书法引入课堂，相信在不久的将来，桂塘会涌现出一大批书法人才。

桂塘有一群勤学上进的青年学子。改革开放以来，有数百名桂塘子弟考入高等院校深造。新寨沟的向氏兄弟，家境贫寒，哥哥辍学打工供弟弟上大学，弟弟参加工作后，又供哥哥读大学，演绎了一段兄弟励志佳话。近年来，苦达岭村的彭仲藜，明溪村的曾筱萱、符楠、符鑫，贾田溪村的瞿水香，王道溪村的符津民，古道溪村的田淑彬等7名青年学子分别考入北大、清华。还有数十位考入复旦大学、中国人民大学、南开大学、南京大学、浙江大学、四川大学、中南大学、湖南大学、香港教育大学等十多所全国知名高校。

进入大学后，他们没有停止求学脚步，继续攻读硕士、博士学位。苦达岭村有2位海归博士，田代科留学美国，现在是中科院研究员、国内顶尖荷花研究专家；田芳洁留学俄罗斯，获得钢琴演奏博士学位。古道溪村有3名学子获得博士学位。全镇还有20多位学子获得硕士学位。

桂塘，这个沉寂多年的边镇，正以其古老而又年轻的姿态，展现着自己的无穷魅力。

2024年7月15日定稿

百福司：文化底蕴深厚的商贸古镇

百福司古镇位于湖北来凤最南端，东与湖南龙山桂塘镇接壤，南与重庆酉阳五湖镇为邻，地处“一脚踏三省”之地。

这里是土司故里，据康熙版《卯洞司志》记载，从唐、宋迄元，世授宣抚使，镇守边夷，后演变为盘顺土司，明代后分设为卯洞安抚司、漫水司、百户司，至雍正年间改土归流，土司制度在这里承袭了数百年。政府驻地为百户长官司，因“户”与“福”谐音，后来演变成百福司了。

酉水河从北向南穿古镇而过，怯道河从西向东横贯全镇，从东向西而来的皮渡河，穿过乌龙山大峡谷，在古镇上游三公里处的卯洞出口前汇入酉水。三水在古镇交汇，三水之上架设了多座桥梁，加上通往各村镇的山间古道，在水陆交通上将湘鄂川（渝）边区各村镇连接起来。

因为卯洞的惊险，阻碍了酉水上游的水上运输，百福司遂成为酉水中下游航运的第一个水码头，从此乘船沿酉水而下，可通达里耶、保靖、沅陵、常德，乃至武汉等大码头。

在陆路交通落后的年代，酉水河是通往武陵山脉深处的黄金通道。优越的水上交通条件，成就了百福司的繁荣。

百福司的周边及上游地区，均是莽莽大山，山上楠竹、松木、杉木、楠木等林木资源非常丰富。山民们将从山上伐来的林木，通过水道和山路运到百福司，装上船或扎成排，顺水运到酉水下游的各个码头。一时间，百福司成为盛大的蓄木场，码头上各种木材堆积如山。

百福司一带盛产油桐、油茶、茶叶、生漆、五倍子等，尤以“金丝桐油”

闻名远近。金丝桐油因色泽澄亮金黄、可牵拉成丝而得名。它具有干燥快、比重轻、光泽好、不导电、抗热潮、耐酸碱、防腐防锈、附着力强等特点，当地土家人修建房屋、做家具、造木船、制雨伞都要用它，是他们的衣食之源。在百福司一带流传着“家有千株桐，子孙不受穷”“油桐是个宝，吃穿少不了”的民谣。清代同治版《来凤县志》载：“邑之卯洞可通舟楫，直达江湖，县境与邻邑所产桐油、靛、倍俱集于此。以故江左楚南贸易者麇至，往往以桐油诸物顺流而下，以棉花诸物逆水而来。”

百福司酉水大桥　　作者 摄

作为酉水上游第一个水码头，改土归流后，商贸日益繁荣，桐油畅销长江沿岸，乃至作为出口大宗，桐油商号达数十家。百福司场以向燕平开设的“正和祥”油行生意最为红火，该油行既为城里的商号和外地的“庄客”收购桐油，也直接外销到常德，行里有上百个木座桶专门储油，每个座桶可装桐油三百多斤。

为保证桐油质量，道光年间油商们共定了《卯洞油行永定章程》，对上市桐油的质量和商德作出具体规定，并刻石公之于众，现该碑仍保留在古镇下街三十六步，成为历史见证。

桐油贸易带来了百福司的繁荣，至清同治年间，百福司成为来凤县水陆运输总埠，和鄂湘川边区最重要的土特产集散地，以“万担桐油下洞庭，十万杉条达九州”著称，全国各地商人云集于此，其繁华程度几甲县城。江西商人修建了万寿宫，广西商人兴办了桂林书院，全县最早的银行也在这里开办起来。

由于百福司地处水路要冲，本地盛产木材，又有金丝桐油特产，于是促进了造船业发展。当时的百福司街上，有造船作坊近二十户，所造的船首尾高翘、底平、吃水浅，能冲急流险滩，被称为“北河船”或“湖北神船”。油商们往往以百吨木船装载桐油、生漆、五倍子等山货顺流而下，再装盐巴、花纱、布匹、五金百货等逆水而来，有的油商还以船载桐油输往常德、津市等洞庭湖边的口岸，多连油带船一起出售。不通水路的就走陆路运输，全靠人挑。行走在山间小路上的挑夫是当时一壮观行业，挑夫们肩挑篾制油篓，每篓五十来斤，每挑百斤左右，大多挑至四川万县售后挑盐回，也有挑至四川酉阳龙潭和湖南龙山里耶的，再挑回一些日用百货。当时挑夫们常唱一首歌：

桑树扁担软绵绵，
去挑桐油回挑盐；
草鞋磨破几多双，
过年没有刀头钱。

这歌谣是当时挑夫生活的真实写照。

2021 年秋，我邀约几位文友来到百福司采风，在酉水码头上的滨河公园里，发现立有一座雕像，下面的说明文字注明雕像主人叫徐珊。从介绍得知，徐珊是浙江余姚人，举人，明嘉靖年间任湖南辰州府（今沅陵）同知。当时我就有些纳闷，这个偏远的鄂西小镇，为什么要给一个湖南的地方官塑像呢？这背后有着怎样的故事呢？

史料告诉我，这与百福司的楠木和酉水码头有关。

明嘉靖二十年（1541）夏，北京的紫禁城遭雷击引发火灾，烧毁了太祖昭穆群庙，只有献庙独存。明廷派遣工部侍郎潘鉴、副都御使戴金于西南地区（湖广、川贵等地）采办皇木（楠木），以修复被毁建筑。京官派下来了，需要地方官配合。作为地方官，辰州府同知徐珊也被朝廷派到百福司一带督采皇木。现在的湘鄂，那时同属湖广省，百福司是其辖地，朝廷派辰州同知到此来督采皇木是顺理成章的事，并没跨省。

史料记载，徐珊从辰州出发，溯酉水而上，经明溪、凤滩、次滩、惹车溪、永顺等地，最后到达百福司，住中寨里。在百福司督采皇木的两年多时间里，目睹了大量砍伐楠木对当地生态的破坏，以及给当地百姓生活带来的深重灾难。徐珊是一个正直的地方官，但因有皇令在身，他只好用自己手中之笔，写出了大量诗词、散文、寓言，隐晦地表达自己的不满情绪，如：“掌住脚，留住索，抬起老扛莫放落。下有千仞壑，万一不谨防失错。仆夫扁头皮尽剥，官府轿上时发恶。吁嗟乎！皇天赋命何厚薄？吞声忍气行蹢躅。”他又在《洗车溪行》写道：

仆夫相对色沮丧，商人交泣心彷徨。
自感工力竭资产，那许山林输庙堂。
山程造次日旁午，官家驱逐时猖狂。吁嗟乎！
洗车之役谁办此，徒令此事今张皇。

徐珊将这段时间所写诗文，收入自己的《卯洞集》一书，后被列入《四库全书》，成为最早记录鄂西地区风土人情的人文专著。百福司今人，感念这个同情百姓疾苦并留下文化遗产的地方官，遂塑雕像纪念。

在百福司一带采伐的楠木，在码头扎排，顺酉水而下，再走京杭大运河转运至北京，成为修建故宫的栋梁之材。

二十世纪五十年代，随着武陵山区陆路交通的改善，酉水河黄金水道的功能被取代，油桐的防腐用途，也被化学漆所取代。百福司作为酉水航运第一码头的优势也渐渐丧失了，油桐码头的辉煌也就成为过去。

作为水路码头，百福司虽有些寂寞了，但作为三省边区的商贸古镇依然续写着时代的篇章。

百福司镇上常住人口 6000 多人，一直是边区最繁荣的集镇。每逢农历二、五、八，三逢场，边区的村民，或乘船走水路，或背背篓走山路，或坐车走公路，来到百福司赶集。“走！赶百福司去。”这是小时候常听父辈们说的一句话。

近些年，当地在百福司镇内的酉水河上先后修建了金龙滩、纳吉滩两座水电站，将酉水河过去的水上交通优势，转变为电能优势，从而缓解了当地用电矛盾，促进了地方经济发展。

百福司是土家族聚集区，作为中国民间文化艺术之乡，土家族文化在这里得到较好保护和传承。距古镇不远的舍米湖古村落，有一座保存完好的土家摆手堂，距今有近三百年历史，被誉为“神州第一摆手堂”。这里的摆手舞多次走上中央电视台，还跳出国门，去澳大利亚、新西兰等国表演。

百福司自古有端午节扒龙船的习俗，近些年得到发扬。2021 年的龙舟赛，来自湘鄂渝的代表队达到 34 支，盛况空前，相距较远的湖南邵阳、娄底双峰也派来了参赛队伍。老家桂塘坝不通水路，村民大多不识水性，被人笑称是

“旱鸭子”。街道上的雷二蛮将这些“旱鸭子”组建了男女两支队伍，带领他们到百福司训练、参赛。其时，数万观众赶来观战，酉水两岸人山人海，百福司龙舟赛成了边区的狂欢节。

在镇上吃过中餐，我们驱车向南朝重庆五湖方向行驶，走了约九公里，就来到鄂渝边界。百福司镇斧头落村与重庆五湖镇的赵家村（原老寨乡团坝村）在此交界。在这里交界的标志性建筑是一座保存完好的古关隘。关隘由每块数百公斤的青石砌成，颜色已呈青褐色，像被浓烟熏、烈火烤过一样。我们下车参观，关墙高约 20 米，关门上“智勇关”三个柳体楷书大字仍清晰可见。题字的关门朝着重庆方向。上款为“大清咸丰九年”，下款为“冬月榖旦立”。由此推算，距今为 163 年。

清同治版《来凤县志》对此关有如下记载：“分水关，在勇敬里南，距城一百二十五里，通四川酉阳。咸丰九年，设有关卡雕楼，名曰智勇关。”可惜，现在关犹存，碉楼已不见踪影。

位于鄂渝交界处的智勇关　　作者 摄

我爬上关墙，发现这里虽海拔不高，一边临绝壁，一边是低矮山丘，但关口还是非常险要的。

关名的由来，当地村民大多讲不清。虽然关名石刻尚在，但当地村民很少叫智勇关，而称之为“卡上”。

雍正二十三年（1735），漫水司、百户司改土归流后，归属来凤县，编漫水司为智乐里、百户司为勇敬里。很明显，这“智勇关”是取两里首字而成的。

那么，修此关的目的又是什么呢？当地村民说，是为了防御石达开率太平军从此入川。

根据这一传说，顺藤摸瓜，我真找到了地方志记载。清冯世瀛、冉崇文编纂的《酉阳直隶州总志》中对“关隘”词条记载：“咸丰十一年发逆（清廷对太平军蔑称）破来凤时，酉之防勇皆扼贼于……来邑接境之虎头糯（今为虎头落）等地，贼众屡次攻扑，胥为我兵击退，固由团练得人，抑以地利可据也。”从记载可知，真的是为了抵御太平军入川，在这里还发生过数次激烈战斗。

另查阅史料得知，同治元年（1862）正月石达开率部渡酉水与驻来凤许桂和部会师后，经咸丰县入川。我分析，石达开进入来凤后，本想从智勇关入川的，经过多次进攻，发现智勇关易守难攻，防守太严，最后不得不放弃，选择绕道咸丰县入川了。

在当地还有一说法，此关曾防御过四川白莲教义军入湖北。据《恩施大事记》记载，嘉庆元年（1796）二月二十五日，来凤县爆发白莲教起义，义军云集旗鼓寨，龙山杨子敖率教徒归之旗下，一时达数十万之众。清廷派重兵镇压，七月下旬，旗鼓寨大本营被攻破，首领胡正中战死，起义失败。

智勇关修建时间，晚于来凤白莲教起义63年。当时，四川多地也爆发白莲教起义，虽被镇压，但其残余势力仍在暗地活动。清朝地方政府据此关防止四川白莲教残余势力与来凤白莲教残余联合起事是有可能的，这证明传说也不是空穴来风。

由于这里处于两省交界之地，在当初省界没有明朗的情况下，为争地界，自然会发生一些纷争。有一个传说，有点意思，在此不妨说说。

相传好早以前，湖北当地有一曹姓土民，因有一身蛮力气，大家都喊他“曹毛牛”。他早就厌烦两边的村民天天为争界址搞得人心惶惶，于是，在一天深夜，他将放在卡上的重达一两千斤的界石搬到关前几百米处，四川那边无人搬得动，也就默认了界址。

现在的智勇关更多的是起到两省市界碑的作用。每当遇防疫、抓逃犯、整治交通安全等政府行动，两边地方政府都会在此设立执勤点。

自关口修建以来，关隘两边的村民都非常友好，未听说发生过不愉快的事件。两边村民同根同源，相互通婚，礼尚往来，和睦相处，齐奏边区民族团结之歌，智勇关也成为边区民族团结的象征。

2022年7月28日初稿

大溪口：酉水河畔的古镇新颜

从桂塘坝出发，沿湘渝公路西行十多公里，就来到酉水河畔的一座古镇，它的名字叫大溪口。

古镇隶属酉阳县，自雍正年间改土归流以来，先后有“大江里”“五福乡”“酉水乡”“大溪镇”等称谓。东与湖南龙山桂塘镇相邻、北与湖北来凤百福司镇接壤，因地处湘鄂川三省接合部，自古有“一脚踏三省”之誉。

一

由西方五湖匆匆而来的财神沟河、从北方百福司浩浩荡荡而下的酉水河，在此交汇，犹如痴情的土家姑娘见到了久别的如意郎君，彼此来了个激情相拥，在河谷掀起了层层波浪。因河口较宽，大溪口由此得名，平时简称大溪。

在两河的交会处有一座突兀矗立的石山，高约百余米，呈青褐色，如一根擎天石柱，于是当地人称之为柱头山。相传旧时一军官路过该地，觉得此山酷似古代将军的头盔，于是将柱头山易名为冠军山。后来当地乡绅请书法高手题写“冠军山”三个楷书大字，由岩匠镌刻于绝壁之上。该题刻苍劲有力，非常醒目，人们在酉水河两岸均能看见。酉水涨水时，字迹被淹没，河水退去，字迹又显现，可惜我未能目睹。题刻为大溪口增添了几分文气。相传有一年，酉水河涨洪水，绝壁上竟长出几十个碗口大的红字，无人能识，不久又自动消失了。当年，有几位伟人相继离世，人们将二者联系起来，传得神乎其神。

往山顶凿有一条逼仄的栈道。一日与众文友攀缘而上，发现入口处立有牌坊一座，上题“冠军山”山名，坊柱刻有一副行书对联：

截断众流称无双士，

襟怀三省是第一峰。

联句气象开阔，不同凡响。

山顶为一坪地，旧时修有文昌阁，后被毁。近年又修建一座山亭，名曰“揽胜亭”，亭柱上刻有对联一副：

两岸人家收眼底，

四山烟景落怀中。

亭名与对联很切合冠军山的诗情画境。作为地方名山，冠军山吸引了无数本土和外地文人骚客登临雅集，他们将古镇人家和酉水风光尽收眼底，睹物生情，吟诗作对，留下一段段人文佳话。

二

旧时，大溪口没有桥梁，千百年来，来往东西两岸的人们要靠渡船，出行很不方便。1979 年 12 月，当地人在财神沟河上架起一座石拱桥（石龙桥），桥一头搭在冠军山麓，另一头连接老街，来往于百福司、老寨、五福方向的行人从此告别了渡船。但来往桂塘、可大、沙滩方向的行人依然要坐渡船过河。酉水河水深流急，险象环生，若遇发洪水，必须封渡，这给两岸居民生活带来了极大不便。

时间到了二十世纪八十年代初，为了改变这一状况，当地政府决定在古镇上方修建一座跨越酉水的石拱桥。但在大桥选址时犯了难，因为酉水东岸比西岸高出很多，这桥一修，就成为斜桥，怎么过车走人啊？

相传一天傍晚，百思不得其解的工程师又来到现场察看地形，坐在河边，望着冠军山出神。一个放牛娃正好路过此地，看见工程师冥思苦想的样子，随口说了一句：“这有什么难的，不就是来个螺丝旋顶嘛！”一语惊醒梦中人，放牛娃的一句话，给工程师极大启发。对！冠军山不就是一座天然桥墩吗？大桥西头搭在冠军山山腰处，再绕山盘旋一周，来个螺丝旋顶，河西地势低的问题就迎刃而解了。从山上转下来的公路，正好与财神沟河上的石龙桥相接，直接通向老街。

晴好时节，蓝天白云下，如虹的双桥与挺拔的冠军山倒映在澄澈如镜的酉水里，形成了“双桥锁二江”的绝美风景。这一巧妙设计，成为人文与自然高度融合的经典之作，古镇从此拥有了一张亮丽名片，这一美景也跻身为酉阳县新十景之一。

三

记得二十世纪七十年代的一个寒假，我到斑鸠潭大姐家玩，看见她家大门上贴有一张年历。年历画瞬间引起了我的注意，那是一幅彩色摄影作品，画面正是“双桥锁二江”，这真是一幅美妙绝伦的山水画啊。当时给我的震撼，我无法用语言来形容，四十多年过去了，还记忆犹新。

大溪口地标性景观“双桥锁二江”　　彭梁心 摄

当时，斑鸠潭属沙滩公社，而沙滩公社又属大溪区公所管辖。我自小从父辈的口里就知道大溪口这个地方，在一个从未出过远门的乡下孩子心目中，那就是一个大码头。老家距大溪口不算远，由于当时是崎岖难行的山路，去来要一整天，以至于想实地参观的愿望，成为一种奢望。

一转眼二十来年过去了，时间到了二十世纪九十年代初，我已在县城工作，到过不少大地方，参观过一些著名风景，也算是见过世面的人了，但大溪口依然是我心底向往的地方。有年回老家过春节，听说去大溪口的公路修通了，于是邀上厚兴、厚盛两个兄弟专程去大溪口玩了一趟，以了却我的夙愿。

我们大约走了两个小时，终于到达目的地。登冠军山，游古镇老街。站在大桥头，凝视奔腾不息的酉水河，眺望傲然耸立的冠军山，激动的心情无以言表。百闻不如一见，感觉这风景比过去见到的年历画还美。这美是天然的、奇妙的，任何形容词在它面前，都显得苍白。如果说“双桥锁二江”是一幅水墨山水画，那么冠军山就是这幅画的画眼。化用一句古诗，“相看两不厌，只有冠军山”。美的风景就像一块磁铁一样，吸引了周边无数慕名而来的参观者。在照相机还是奢侈品的年代，当地一个叫白继凡的退伍军人，在东桥头开了一家照相馆，参观者纷纷以“双桥锁二江”为背景留影。于是，我们兄弟仨也毫不犹豫地来了一张合影。

那年，三兄弟以“双桥锁二江”为背景留影　　作者 提供

四

大溪口是一个风景荟萃的地方，自古流传着一首民谣：

自生码头自生桥，

石龙过江柳结桃。

民谣说的是大溪口的四个著名自然景观。“自生码头”指的是老街上方一里处的财神沟河边，一处未经人工打造的天然码头。

“自生桥”的意思是，在老街下游两公里处的酉水东岸，有一条从山里流来的小溪，从一块大石板下穿过后注入酉水，石板上可过人畜，像一座天生的桥梁。遇涨洪水，酉水河水形成倒灌，大河里的鱼成群结队从石桥下游上来，当地居民趁机撒网，常常有意外的收获。现通往酉阳方向的公路从上面通过，石板已被覆盖，但溪水依然可贯通。

“石龙过江”的意思是，在老街上方不远处财神沟河边有一绝壁，上面有一条十余米长、天然隆起的白色纹路，极像一条活灵活现的巨龙欲腾空过江。

“柳结桃”的意思是，在老街水巷子附近的河边生有一棵古柳树，上面寄生了一株碗口粗的桃树，春天桃花盛开，夏季则结满桃子，形成柳结桃的奇观。当地人认为这是吉祥之物，没有人去摘桃子吃，任其成熟后掉入河中喂鱼。后来，柳树老死了，寄生的桃树也随之死了。这一自然奇观也就不复存在。

五

其实，大溪口自古出名，不仅是因为它的美丽风景，而是因为它是酉水岸边繁华的商贸码头。

与酉水流域众多古镇一样，大溪口的兴盛得益于酉水河便利的交通。在陆路交通落后的年代，水上交通无疑成为一个地方经济社会发展的主宰。大溪口位于酉水河的上游，上溯可达百福司，下行可到酉酬、里耶、隆头、保靖、王村等酉水边的古码头，还可直至沅陵、常德，再经过洞庭湖可通达汉口、南京等长江边的大都市。通过酉水河这条通达武陵腹地的黄金水道，精明的商人们通过一艘艘商船，将山民们需要的淮盐、洋油、布匹棉纱、五金百货、海产品源源不断地运进来，再将这一带出产的桐油、茶油、药材、野味、木材、山果、生漆等土特产源源不断地运出去。

位于酉水岸边的大溪口，于是成为这一来一往人流与物流的集散码头，日益繁荣起来就是顺理成章的事了。于是在酉水河西岸的台地上，周边的山民、沿酉水逆流而上的各地商人纷纷涌向这里定居，慢慢地形成了街市。各类商铺沿河街鳞次栉比地建起来，后宫山下江西商人修建了万寿宫，两湖两广商人建起了湖广宫，富商周氏在大码头上修建了周家大屋。这些建筑，皆为封火马头墙、深宅大院，气势恢宏。

古镇有上街码头、下街码头、大河码头、小河码头、巴科码头通向酉水河。跑水路的船老板、船工、排古佬、渔人、纤夫，被岸上的热闹繁华所吸引，纷纷上岸歇息买醉。加之这里又处于湘鄂川三省交界之地，三省边区方圆数十公里十多个乡镇的村民，每逢农历二、五、八来此赶集，街上熙熙攘攘，是闻名远近的“万人场”。每逢集日，大街小巷都挤满了人，街道两边货摊如两条长龙，一溜摆到石龙桥上。

二十世纪五六十年代开始，供销社、粮站、肉食水产站等国有集体企业和中小学相继在此建立。先有镇政府，而后，酉阳县政府设立派出机构大溪区公所，下辖酉水、可大、沙滩、五福、老寨、柏溪等乡镇。于是，大溪口成了边区政治经济文化中心。

因没见方志记载，现在要考证古镇的发展史，的确是一件很困难的事情。同处于一个区域，其上游的百福司，下游的酉酬、里耶、王村等古镇，发展历史都有千年，甚至有两千多年，以此类推，大溪口有可能也是千年古镇。

从二十世纪八十年代开始，随着公路交通的不断发展，酉水河的交通和运输地位也慢慢下降，地处大山深处，缺乏交通优势的大溪口也随之衰落了。特别是二十世纪九十年代以来，随着经济体制转型，供销社、粮站、肉食站相继倒闭，更加速了古镇的萧条。此后，由于行政区划调整，区公所也被撤销，昔日的政治经济文化中心地位也随之消失，过去的辉煌不再。这样，大溪口走到了发展的十字路口。

六

2004年，国家计划在下游酉酬修建水电站。按照电站建设规划，库区尾水将淹没老街，古镇将不复存在。难道大溪口就此消失了？回答当然是否定的。国家实施如此宏大的水利建设工程，必然将注入大量移民搬迁资金。

酉酬电站的修建，大溪口终于再次迎来发展机遇！

于是，五年后的2009年，轰轰烈烈的移民建镇开工了。

街道新址在酉水河东岸，即老街对面河谷悬崖上的大堡山。

大堡山高出老街数十米，为喀斯特地貌，是一面倾斜的大山坡，山坡上几乎没有一块平地，全是乱岩窠，山里只有一些从石缝隙里长出的山竹、荆棘、小灌木。原来上面仅有四五户人家，吃饭喝水都非常困难。按当地老百姓的话来说，那就是一个“屙屎不长蛆的地方”。

老街上的居民，开始听说要在那里建新街，说什么也不相信。少数人还放出狠话：“打死我也不会搬！”俗话说：“发财不离老屋场。”要搬离千百年来的黄金码头，去一个不毛之地，一般人是很难接受的。

国家要搞建设，当然不会以少数人的意志为转移，但肯定也会兼顾大多数群众的利益。于是，当地政府开展了大量卓有成效的宣传发动工作，精准动员，苦口婆心，所付出的艰辛不言而喻。

新街的规划充分利用山势地貌，别出心裁地规划出了一条条之字形斜街，房屋建筑也统一规划、自已建设，充分体现当地土家族建筑风格。

现在，十二年时间过去了，大溪口人创造了山区发展的奇迹，他们炸开石山，在一片荒山野岭上建起了一座欣欣向荣的移民新镇，实现了凤凰涅槃，浴火重生。新镇上居民以老街居民为主体，同时吸引了酉水河沿岸的大批山民。街道由原来的一条发展到现在的十多条，常住人口由原来的几千人激增到两三万人。

七

江家堡是距大溪口老街约两公里的一个土家族小村落，住有十余户人家。那里全是乱岩窠，自然条件十分恶劣，村民们只能在岩石间巴掌宽的土地里种些苞谷、洋芋、红薯等作物，非常贫穷。更要命的是，那里干旱缺水，人畜饮水要下酉水河里挑，一个壮劳力每天只能挑三回。寨里有个后生，名字里有个“干”字，加之家里穷得叮当响，于是获得了“干人”的外号。当年，一坪坝姑娘，因看上他勤劳忠厚而嫁给他。从小走惯平路、吃惯大米饭的妻子过不惯那里的生活，天天以泪洗面。有一天，她以外出打工为名，伤心地离开了干人和年幼的儿子，从此再没有回来。干人没有怨恨妻子的绝情，只怪自己生长的地方太差。

俗话说：“三十年河东，三十年河西。”大溪口移民建镇，街道延修到了江家堡人的家门口。山寨于是时来运转，过去的乱岩山，如今成为金山。干人看准商机，将自家岩山炸平，将石头打成石子卖给建筑工地，将炸出的平地作屋基和门面出售，获得了丰厚收益，一跃成为富裕户。他在街上投资修了一栋五层高的楼房。除自住的外，其余房间全部出租，每年有一笔稳定的收入，还购买了小汽车，风风光光地为儿子娶了媳妇。现在，一家子其乐融融，做梦都在发笑。

2021 年仲秋，我与几个文友到大溪口采风，认识一个叫李泽华的老板。他原是大溪供销社主任，2001 年下岗。2009 年移民安置时，他在新街上获得了一个屋场，于是修建了一栋六层楼的房子，开了一家气派的大酒店，吃饭、住宿一条龙，生意兴隆，每年有稳定可观的收入，比在供销社当主任时强多了，后来他成了镇商会会长，成了大溪商界的领军人物。

干人和李泽华的命运，是众多大溪口人的一个缩影。移民建镇给大溪口人带来了千载难逢的发展机会，一些精明者抓住了这个机遇，于是命运得以根本改变。

八

酉酬电站的建成蓄水，使大溪口成为高峡平湖，为了配合大溪新街建设，方便东西两岸居民生活，当地政府先后在财神沟河和酉水河上修建了佛山桥、状元桥、公路特大桥，这样形成了“三桥锁二江”的独特风景。同时，随着新街规模扩大，一些细心的人们在西岸向东岸仰望时感觉大溪口新街景犹如挂在悬崖上的天街一般，越来越像布达拉宫。网友们纷纷拍短视频发到网上，大溪口新街一下成为网红打卡地。

酉水边的“布达拉宫” 作者 摄

“酉水边的布达拉宫”也成为继“一山镇二水”“三桥锁双江”后，大溪口的又一地标性景观。

九

酉水河，是土家人的母亲河，位于酉水岸边的大溪口，自然会受到土家文化的熏陶。被列入国家级非遗名录的摆手舞是土家族最具民族特色的民间舞蹈，大溪作为土家族地区，摆手舞在这里得到了较好传承。现在，镇里建有文化广场，每到重要传统节日，村民们自发在广场燃起篝火，跳起欢快的摆手舞，再现清代土家族诗人彭施铎所描述的“红灯万盏人千叠，一片缠绵摆手歌”的盛况。

大溪口的宗教文化一度比较繁荣，佛山崂（寺）是其中的代表。该寺坐落在老街后面的高山之巅，民间传说有上千年历史，从现存的一块道光十三年（1833）的功德碑看出，当时有众多香客为寺庙捐田，可见当时香火已十分旺盛。庙宇气势恢宏，共有三进，寺里僧侣众多，终日梵音不绝，香客接踵而至，是湘鄂川边区的佛教名山。

关于佛山峙，当地流传着这样一个故事：相传很久以前，有人想在财神沟河上游的小白溪修建寺庙。木材备好放在河边，准备运到大岩门修造，可一夜突涨大水将所有木材冲走。人们顺水往下寻找，发现木材全部停在了大溪古镇上游约一公里一河湾处。抬头一看，靠岸边有一座高山，山上石笋林立、古树参天，极像一个面朝苍天的睡佛，人们认为这是佛的心愿，想选此地为佛门圣地。于是，他们就将木材打捞上岸、搬上山，在山顶修建庙宇，称之为佛山峙。可惜的是，在二十世纪五十年代，庙宇被毁，现仅遗存石头庙门一座，上刻发人深省的对联一副：

名枷利锁，笼络无数英雄汉；

晨钟暮鼓，敲醒几多痴迷人。

人站在佛山峙远眺，大溪古镇新街、绿如翡翠的酉水河尽收眼底。登佛山，读禅联，临仙境，看滔滔江水，观人间烟火，会让人心旷神怡，物我两忘。

心中有佛、渴望得到神灵的护佑，却惧佛山峙山高路险的信女们，又在老街对面的鞍子堡山头修建了一座观音阁。每逢观音生日，边区香客就去参拜，消灾祈福。

2007 年 6 月，为配合酉酬电站建设，湘渝两地考古工作者对大溪镇杉岭村酉水岸边的笔山坝进行抢救性发掘，挖掘出 6 座古墓葬和千余件石器、陶器。考古专家分析，长方形单人墓葬和椭圆形双人合葬，分别代表了新石器时代早期和中期，因而认定，该遗址是新石器时代的石器加工坊和墓葬群。笔山坝遗址，与二十世纪二十年代在三峡巫山县瞿塘峡东口南岸的大溪镇发现并以该地命名的大溪文化遗址一脉相承。专家认为，笔山坝的考古发现，填补了酉水流域新石器时代考古的空白，丰富了酉水流域古代文化的内涵，把这一地区人类活动的历史上推到了六千年前。笔山坝考古的发现，为大溪口的历史文化增添了浓墨重彩的一笔，使人产生更多期待。

2021 年 9 月 30 日初稿

古道溪：三脚岩下的世外桃源

从乌龙山大峡谷方向过来，再走十多公里，穿过桂塘老街，过一座平板桥，沿着小溪之畔的公路往上走，这就进入古道溪了。

古道溪是一条小溪名，也是一个村名，它是桂塘镇所辖的一个行政村。

作为一个古道溪人，我曾对这个地名做了一番考证，发现清嘉庆、光绪两版《龙山县志》均有提及，说明这地名至少存在两三百年了，但翻阅《龙山县地名录》却未发现有任何记载。于是只好走访村里一些老辈人。

他们告诉我说，旧时，桂塘不通水路，也不通公路，距桂塘最近的河码头是贾市、里耶。人们把外面的盐巴、布匹、五金等工业品肩挑背驮运进桂塘，又将比邻川东鄂西和桂塘的粮食、桐油、五倍子等农副产品和药材肩挑背驮运出去，都要走这条古商道。

从这里沿溪而上，有两条古商道，一条翻过大洞坡经毛坡独岩、猛洞沟到马石堡、咱果坪，再运到贾市、苗儿滩、隆头水码头，另一条则为湘川古道，从梁家寨前分道，翻过塘防凹，就进入四川（现为重庆）酉阳县可大湖境内，再往前走还可以进入巴山蜀水腹地。自古以来，来往两地赶路的商人、挑力的脚夫、驮运货物的马帮等，频繁来往于这两条崎岖的古道上，夕阳西下时，行人多半会因看见沿途山寨吊脚楼里冒出袅袅炊烟而产生乡愁。桂塘一带文人，从马致远的《秋思》“古道西风瘦马，夕阳西下，断肠人在天涯”中生出灵感，便取了这个很有诗意的名字：古道溪。

现在交通发达了，古商道早已废弃，赶路的商人早已没有了，但偶尔还会碰上行走在乡间小路上驮运碑岩、沙石和木料的马帮。

古道溪是明溪的一条小支流，在桂塘坝街边汇入明溪，然后注入酉水，全长约五公里。

明溪不大，古道溪就更小了。它发源于洞山。一路下来，地形从山地到丘陵，再到坪坝，水流从湍急到平缓。溪水从山涧冲出，像一匹脱缰的野马，左冲右突，泥沙俱下，日复一日，年复一年，冲击成了一块块带状的坪坝子。坝子土地肥沃，灌溉便利，被迁徙过来的村民开垦播种，逐渐成为旱涝保收的农田。

溪流拐弯处，因长期冲击逐渐形成很深的水潭，从明末清初开始，从各地迁徙来的村民开始以姓氏、族群靠山临水结庐而居，经过几百年的繁衍生息，逐渐发展成为几十人、几百人的13个自然村寨。

这里，改土归流之前是溪州彭氏土司辖地，之后属明溪里，民国时期属明溪乡第一保，新中国成立初期属三区桂塘乡桂塘村，人民公社化时期先属召市区老兴公社，后属桂塘公社，1964年分设大队，因大队部设在肖家寨，于是就地取名为肖家大队，后大队改村，随之更名为肖家村。十多年前，村部已搬离了肖家寨，2015年12月，根据大多数村民意愿，更名为古道溪村了。

古道溪原在田坝子中左拐右弯，把坝子分割成若干小块。二十世纪七十年代，村里积极响应“大干快上”的号召，带领全大队社员，昼夜奋战一个冬天，将河道改直，沿山边而行。这样一来，增加了不少耕地面积，坝子也变宽变美了。

古道溪北与本镇四坝社区相接，东与本镇明溪村相连，南与重庆酉阳可大乡中坝村、七分田村接壤，西与本镇桂塘社区比邻。村部距离镇政府2.7公里。全村总面积8.2平方公里，辖11个村民小组，有耕地2080亩，有455户、1769人。

这里自然风光优美，人与自然和谐相处。村北部有牛飙尿水库，该水库是“大跃进”时期数百村民奋战一个冬天所建。水库建在悬崖之上，丰水季节，水往下流，如水牛拉尿般，汇成瀑布，形成“飞流直下三千尺，疑是银河落九天”的壮丽景观。

村中部有三脚岩奇观，因三座山峰耸立，如农村火坑里的三脚架一样，于是就有了这个形象的名字。三脚岩，山势陡峭高耸，烟雨天气云雾缭绕，天晴之日头顶白云，有几分神奇，更有几分神秘。听老辈人摆龙门阵说，在民国时期，山顶上曾建有躲土匪的寨堡。村民们逃离山下的家园，抱团住在山上，水和粮食都从山下背。有一年，土匪王麻狗攀爬悬崖，攻入寨堡，致两村民死亡，一村民跳崖受伤。

近些年，来古道溪采风的文人骚客多了起来，一位知名作家采风时发现三脚岩极像古时文人搁毛笔的笔架，于是三脚岩又有了一个新的名字叫笔架山。这一发现，增添了古道溪的文化色彩，好！但愿古道溪今后文运亨通，人才辈出。

小时候，我们村里发生一桩离奇的事件，也与三脚岩有关。有一年，小溪桂花树符家寨的华秀表姐，十二三岁，正是情窦初开的年纪，她独自外出打猪草，一直未归，亲人和附近村寨的村民找遍附近可能去的每一处地方，都没有发现蛛丝马迹，华秀表姐像人间蒸发一样。又过去了很多年，人们渐渐把这件事淡忘了。一日有村民到三脚岩砍柴，在一小岩洞里发现有一个背篓，背篓旁有一堆白骨。后经华秀家人指认，这背篓是华秀出门时背的那个背篓。于是，大家断定那堆白骨就是华秀了。华秀为什么独自一人跑到三脚岩去呢？当时有很多种说法。有一种说法是，三脚岩高高耸立，经常云雾缭绕，宛若仙境，传说那上面有仙人居住，华秀从小就听大人们摆龙门阵，有时无事时便望着门前的三脚岩发呆，那次她可能独自上三脚岩寻仙去了。可上山容易下山难，天黑了不敢下山，独自待在山上，于是酿成了如此悲剧。还有一种说法是，她踩到了迷魂草，迷路了，找不到归路。

三脚岩的对面是轿顶山，顾名思义，是山顶像官轿的顶子。此山形状没什么奇特之处，但它是一座英雄山。1951 年 10 月，四川巨匪、湘鄂川边区反共救国军副司令杨树臣被解放军围剿得无路可逃，带着四百多残部逃至山顶，妄图据险与解放军对抗。为消灭这股土匪，解放军挑选几名战士组成突击队冲锋。战斗异常激烈，有两名东北籍尖兵在战斗中牺牲。最后，解放军一举攻上山头，将土匪追赶至“牛拉场”全部歼灭。在村小读书时，每年清明节，我们都要去小溪王家后山为烈士扫墓。亲眼见过战斗的王大爷，给我们讲述当年的战斗故事。每当听到解放军战士牺牲的情节，同学们都热泪盈眶。

刚入村口的徐家湾，在现立村碑的地段田中原有两座岩堡，传说其中一座被徐家湾人挖掉了，从中飞出一对白鹤。有人说这座岩堡是桂塘坝龙脉中的“宝”，挖到了龙脉，最后徐家湾人因此招来灾祸，死的死，迁的迁，现徐家湾仅剩一个地名，寨里已没有一户徐姓人家了。

古道溪穿越全境，沿岸绿树成荫，溪水淙淙，清澈见底，流水不断，溪流两岸为平坦肥沃的稻田，坝子尽头和边缘为山地和丘陵，溪流在坝子画着三个“S”，外人初次来到古道溪，走着走着好像前面就到尽头了，可继续往前走，转一个弯，发现又是一坝田，又是另一番天地。

古道溪田园风光，远处山峰为三脚岩　　作者 摄

古道溪人敬畏自然，保护环境，与自然和谐相处。经过二十多年的封山育林和退耕还林，山上森林密布，四季鸟语花香，森林面积超过万亩，覆盖率达到80%以上。

从高高耸立的三脚岩沿小溪顺势蜿蜒而下，森林密布的山脉像一条青龙，与梁家寨背靠的卧虎山相映成趣。有一年，一群来此采风的诗人惊奇地发现这一自然奇观，惊叹古道溪原来是一处藏龙卧虎之地。并预言在不久的将来，会出国家栋梁之材。但愿这一预言变成现实。

古道溪人将土地视为命根子，珍惜每一寸土地。村委会在村口竖巨石，上刻“但存方寸地，留与子孙耕”十个大字以警醒村民，民居大多沿山边和坝子边修建，不乱占耕地，从而保住了千余亩的田园风光。

春天来临，村寨房前屋后的桃花李花，田野的油菜花，山腰处的桐子花、山茶花，以及漫山遍野的山野花，次第绽放，形成了花花世界。

盛夏时节，蓝天白云下，千亩田野秧苗葱茏，与四周山头上的万亩森林连成一片，山上山下一片绿色。

秋收时节，田野稻谷金黄一片，一派丰收景象，微风吹拂，稻浪滚滚，加之山野的灌乔木树叶开始发红变黄，山野田园又构成了一幅优美的田园风情画。

村碑题刻“但存方寸地，留与子孙耕” 作者 摄

寒冬来临，只剩下稻篼的田野里，一群群放养的蛋鸭在那里觅食。大雪不期而至时，山上山下白茫茫一片。清晨，山寨的瓦屋上，升起袅袅炊烟，村头田野边，早起的村童又开始堆雪人、打雪战了。

古道溪，四季更迭，景致如画，美不胜收。

古道溪村民崇尚教育，秉承“耕读传家”理念。新中国成立以来，全村考上大中专的学生达130余名，其中，考上北京大学、南开大学、复旦大学、浙江大学、四川大学、中国农业大学、兰州大学、华中师大等全国重点大学的10名，有博士研究生3名，硕士研究生5名；国家公职人员百余名，其中县处级干部5名，高级知识分子3名。

优美的自然山水，淳朴的民风民俗，滋养了一批文艺人才。村里有中国工美行业艺术大师1名，中国书法家协会会员1名，中国作家协会会员1名、省作协会员2名，省美协会员1名，省州非遗传承人2名，县篮球队主力1名，出版著作5部。村里的一群二胡爱好者农闲时经常聚在一起切磋技艺，兴趣来时拉上几段，自娱自乐。

村里建起了高标准的塑胶灯光球场，球场上每天都有村民自发练球。兔年春节，村里举办了首届“村BA”，各山寨都组队参加，来观赛的男女老少观众把球场围了个水泄不通。

中国工美行业艺术大师王仕辉老师，将祖传的土家竹雕工艺发扬光大，创作的微缩竹雕《土家吊脚楼》《冲天楼》《凉亭桥》等，技艺精湛，美轮美奂，在国内外博览会上，获奖11项，其技艺被列入省级非遗传承项目。现年八十六岁高龄的他拿出毕生积蓄，又多方筹集资金，在老家英里沟建立土家竹雕博物馆和非遗生产性保护基地（土家竹雕传习所），开门招徒，传授竹雕绝技给家乡子弟。

肖家寨有一处县级文物保护单位——神秘的古坟屋。在一栋房屋的堂屋，有一座清代古墓，墓主为肖氏先人，从碑文看，只是一个普通人物。多年来，房屋供守墓人居住。这独一无二的丧葬习俗，其中奥秘，至今无人能解。在寨旁的溪边，有一棵三四人才能合围的皂角树，枝叶繁茂，其果实呈碱性，捣烂后可作肥皂。以前寨里人用其洗衣服，衣服晒干后，香味长留，蚊虫鼠蚁也不会去咬。

古道溪与重庆酉阳县可大乡中坝村、七分田村只一岭之隔，站在我家后山，重庆那边人家的屋舍、家畜、家禽可尽收眼底。三十多年前，我还在外地求学，暑假回乡，到那边茶河沟砍柴，突然来了几个小孩，禁止我砍柴。我对他们说："你们不准我砍柴，你们回去给你家大人讲是我，他会请我吃中饭。"听后，他们下山去了。不久，又回来了，真的喊我去吃中饭。原来，山林的主人叫邢告化，是我父亲的干儿子，我与他是兄弟呢。别看是跨省过界的，我们家族与那边滕家、刘家、邢家等都是亲戚，而且我的辈分很高，走过去，甚至有人叫我"表叔""表公""表太公"。

古道溪土家、苗、汉杂居，有杜、王、肖、梁、李、田、张等十多个姓氏，村民都秉承与邻为善的处世之道，和睦相处，相互开姻亲，七弯八绕地都成了亲戚。

这就是远离城市喧嚣的古道溪。

这是大山深处一方难得的净土，一处鲜为人知的世外桃源。

2024 年 7 月 11 日定稿

梁家寨：沁润文化古韵的和美村落

梁家寨是湘鄂渝边陲一个有悠久历史的苗族村落，隶属于湘西龙山桂塘镇古道溪村。据始祖天璋公的墓碑记载，康熙年间湖南省靖州府会同县永安乡大坡冲族人密谋造反，惊动官府，官军计划于大年三十派重兵镇压，族人得知消息，商议趁天还未亮便悄悄把年饭吃了，分头逃命。

一

天璋公与族人坐船顺沅江而下，行数日至辰州（今沅陵）莲花池。此地，往下是常德洞庭湖平原，是不能去的。故只能逆酉水而上，进入武陵山腹地的高山密林、边远地区，方是逃生的避难之所。

小船在深山峡谷停停走走，沿途都有人下船去寻求生路。天璋公与族人一直上行，有时坐船，有时步行，经过多日艰苦跋涉，终于到达明溪口。在此地他们开始分道而行。

天璋公只身沿着明溪河畔的崎岖山路而行，至桂塘坝处又沿着明溪支流古道溪溯水而上，约莫走了半个多小时，到了一个小山湾。这是个开阔旷阳又可避风的地方，于是停下脚步，靠一棵大树休息。由于太劳累，很快就迷迷糊糊进入了梦乡。突然一位鹤发童颜的老翁拄着拐杖来到跟前，唤醒他，同他拉起了家常。

老翁问："年轻人，我看你是个远路人，来这里做什么？"

天璋公回答说："我只身一人逃难到这里，无家可归，举目无亲啊！"

老翁同情地说：“我也是逃难到这里的，我看这个地方很好，也想在这里落脚，既然你先到，就让给你吧，我到别处去。”

天璋公非常感激地说：“你是长辈，还是你老人家住这里，我到别处去。”

老翁说：“你真傻呀，这个地方是个活龙口。你看，你现在休息的地方，地形像一只大猫（老虎）捕小老鼠，小老鼠卡在两溪间，逃又逃不脱，眼睛不敢朝猫看。那边小溪有仙鹤伸头阻拦，这边有大猫伏地追赶，这地方背托佛山天子崞，面对雄伟的腰带山。往东看，形似仙人晒宝剑，两脚伸向川鄂，中间一块小平川，地势平坦，两条小溪银水流，丰衣足食子孙旺。常言道，上有犀牛飙尿，中有仙人落轿，右有笔架山（三脚岩）耸立，左有亮牌高照。再往西看，像似一条活龙抢宝。”

天璋公听得云里雾里，老翁又说：“你若一人嫌孤单，我就住在你旁边。”说完老翁欲离去。天璋公急忙伸手去拦，一个趔趄惊醒，原来是一个梦。

天璋公借着月色急忙四处细看，此地正如老翁所言，位置甚好，于是就定居此地。他心想老翁应是土地菩萨显灵，于是在进寨口的大树下修了一座土地坛，逢年过节都献上供品，烧香祭拜。

这个仙人托梦的传说一直在家族中口口相传，我想可能是后人演绎出来的，但天璋公将这里作为立足之地，显示出了他的过人智慧。

梁家寨可称得上是一块宝地，以前在桂塘坝一带民间有一个传说，说桂塘坝有三个半好屋场，梁家寨要算一个。我想，这可能是一些好事者的附会，但这也可以作为一个佐证。

二

天璋公在这里筚路蓝缕，起早贪黑，开荒拓土，积攒了一份家业，在此娶杨氏为妻，生永清、永龙二子。乾隆年间，膝下又有了元明、元登两个孙子，祖孙三代同堂，开始居沟里。到了嘉庆年间，元明公生亨弟、亨瑛、亨锦三子，元登公再生亨为、亨用、亨万、亨德四子，瓜瓞连绵，开枝散叶，人丁兴旺，于是分家，析居现在的老屋场。我梁氏一族居住于此，繁衍生息，距今已有三百多年，成为当地旺族，已历经十二代，子孙三百余人。

梁家寨是一块宝地、世外桃源。寨后卧虎山因酷似一卧虎（即大猫）而得名，寨前的小山堡，酷似趴着的老鼠，名老鼠堡，故寨中有猫捕老鼠的传说。寨前小溪即使涨洪水需蹚水过河也不架桥，为的是防止猫过桥捉老鼠，有人担心会坏了风水，对梁家寨不利。

卧虎山像守护神一样守护了梁氏三百余年平安，在梁家人的心目中，它就是圣山。任何人都不得砍伐山上的一草一木，从寨上到山顶没有一座坟茔，保持着圣山的清净。

梁家寨居于卧虎山下的卧虎坪，周围松竹苍翠，花草果木繁杂相生，四季景致呼应，“绿树村边合，青山郭外斜”。寨前是一坝肥沃的稻田，春夏之时，湛蓝的天空飘着白云。田野禾苗绿油油的，与四周漫山遍野的森林相映成趣。秋收时节，稻田一片金黄，微风吹拂，稻浪滚滚，香飘四野，好一派丰收景象，呈现出“喜看稻菽千重浪，遍地英雄下夕烟”的诗情画境。古道溪沿坝子边缘蜿蜒而过，沿岸绿树成荫，杨柳依依，随风摇曳。小溪水流不大，近二十年来，由于源头生态逐渐修复，长年流水不断。溪水清澈见底，溪水里，曾经一度绝迹的细鱼小虾又回来了，它们在水草里戏游。时有村姑在这里浣衣，暮归的老牛在溪里洗澡，放学的村童在溪边嬉戏。

寨前古道溪里，放学的村童与暮归的老牛　　作者 摄

在一个天朗气新的中午，我搬一把椅子，默默地坐在村头的高处，向前眺望，可以看见高耸入云的马鹿塘，向右上方眺望，看见轿顶山、笔架山，放飞自已的思绪，做无限的遐想。人与自然友好相处，山水田林路，构成了一幅秀美和谐的山水画卷。

三

梁家寨人敬畏每一寸土地，不乱占耕地，并在村头醒目处竖石碑，碑上镌刻“但存方寸地，留与子孙耕”名言，警示族人，从而保留了自然优美的田园风光。

上善若水，梁家寨人素来团结，崇尚与人为善，在入寨口竖上“里仁为美”石碑，与周边村寨各姓和睦相处，三百多年来从未与之发生冲突，并与周边各寨各姓世代开姻亲，而且是亲上加亲，每有红白喜事，周边各寨各姓村民都自发前来道喜、祭奠抬丧，无偿帮忙帮厨。一家人的事变成了全村人的事。

梁家寨人的仁义，我最有发言权。七年前，我突患脑溢血，先后在吉首、长沙等地救治，我的胞兄、妹妹、妹夫，四个多月到医院昼夜陪护。族人闻讯纷纷放下手头工作，从老家或打工地赶到医院探望。

我那八十六岁高龄的九婶娘，执意要家人陪伴，到医院看我。我扶着她的肩失声痛哭：“婶娘啊，您这么大年纪了还来看侄儿啊，我身体不争气，有愧啊。”

2017 年春节，我从长沙马王堆医院回老家过春节。知道我回去了，乡亲们又纷纷来到家中看望，并送上慰问金和营养品。他们还不富裕，于是我坚持不受，我退回，他们又送，如此反复多次。族孙媳张五妹，丈夫去世多年，一人拉扯几个孩子艰难度日，她也送来慰问金，我死活不要，大家也劝她不要送了，她把钱往我身上一甩，跑了，大家拉都拉不住。我动情地对大家说：“我何德何能啊，你们对我这么好，受之有愧啊。”他们则说：“是因为您平时对大家好啦，您病前为家乡做了那么多好事善事，我们梁家寨出了您这样的人不容易，现在您病了，对您好也是应该的。”听着这些暖心的话，我热泪盈眶。在家人亲人的关怀鼓励下，我的身体慢慢好了起来，精神也从崩溃的边缘走了回来。面对我的亲人，我只在心里默默地对自己说：“努力康复，等身体好后，回报我那可亲可爱、淳朴善良的父老乡亲。”

林子大了什么鸟都有。寨子里也有少数好逸恶劳之徒，刚步入社会，人生第一颗扣子就扣错的，受到法律的严惩。也还有个别稀泥巴糊不上墙之人，但在寨里强大正能量的感召下，也慢慢走上正道。有两个晚辈，年少轻狂，走了弯路。我恨铁不成钢，曾大骂他们给梁氏家族抹了黑。这次他们竟请假从沿海赶回来到医院看我。我对他们说：“我曾骂过你们，你们为什么不记恨我，还来看我呢？”他们说：“您是各人幺幺①，骂我是关心我，您教育得好，使我们认识到了自己的错误，现在改邪归正了，这次是趁看您老人家的机会，向您老人家道谢来的。”

---

① 方言，自家叔叔。

梁家寨所处的桂塘，旧称“明溪二梭”，地处湘鄂川交界之地。过去交通闭塞，经济文化十分落后，成了一个“三不管”地带，在清末民国那个时局动乱年代，土匪横行，杀人越货，明溪三任乡长被土匪杀害于任上，境内还发生土匪屠村惨案，国民党曾多次派重兵进驻清剿，均无功而返。梁家寨屡遭强人欺负，房屋被烧多次。寨子下方的长二沟，一支族人从老屋场迁居于此，生活富足，被土匪觊觎，一天深夜，四川的田、张两匪合谋将沟里族人钱财洗劫一空，还一把火烧毁了长五间的大房子。无奈，梁家寨人只好被迫在山头修筑寨堡，储备食物，修筑防御工事，购买枪炮，抱团保命。在这个土匪窝窝，很多良民被逼为匪，从被害者变成害人者，少有人能独善其身。但梁家寨人，即便饿死也没有一人落草为匪，祸害乡邻，由此，在湘鄂川边区赢得了良好口碑。土匪曾多次攻打梁家寨堡，均未得逞。有一年冬天深夜，土匪买通住在寨堡内对梁家有成见的亲戚，里应外合攻打梁家寨堡，幸亏被起夜的族人发现，族人纷纷操起家伙，英勇抵抗，把百余土匪赶下山。梁家寨由此避免了一场灭顶之灾。

就这样，梁家寨人获得了“不惹事，遇事不怕事”的赞誉。

梁家寨人家家户户在神龛供奉“天地国亲师位”家先，把国家和教师放在最高位置，秉承“忠厚传家久，诗书继世长”的祖训。

“好男儿，就要去当兵”的理念已渗透在梁家寨人的血液里，新中国成立以来，先后有十二名青年响应国家号召，报名参军，为国尽忠。代代都有当兵的，家家都有参军的。

梁家寨男儿在部队的表现，那是“杠杠的”。

族侄高万，1949 年 12 月参军，随部队参加了广西剿匪、解放海南岛、荆江分洪、抗美援朝，参加大小战斗无数次，荣立大小功各一次。1956 年复员回乡后，从不以功臣自居，而是把军功章锁入柜中，秘不示人，终生务农。

族兄厚祥，1976 年在天津服役时，遭遇唐山大地震，因抗震救灾表现出色，被保送到石家庄步兵学校学习，后成为副营职军官。族孙明海，曾在天水服役，在抗震抢险、中俄中巴联合军演中，表现突出，荣立三等功，受表彰多次，提升为三级士官。

百善孝为先，梁家寨人在外为国尽忠，在家为父母尽孝。寨里儿女孝敬父母，媳妇孝敬公婆，晚辈孝敬长辈，长辈爱护晚辈，家庭和睦，邻里和谐，三世同堂、四世同堂的家庭比比皆是，代代相因，形成风尚。

梁家寨嫁出去的女儿如在夫家发生矛盾，回到娘家告状是告不响的。记得，小时有一年，斑鸠潭大姐受了委屈，跑来娘家诉苦，父母先把大姐一场骂，然后要大姐先从自己身上找原因，今后再出现这样的问题，自己解决，不要跑回来，最后大姐含着泪悻悻地回去了。此后四十多年，大姐家庭和睦，四世同堂，儿孙绕膝。梁家的女儿相夫教子，是孝敬公婆的好媳妇。

四

族叔博龙是我们家族第一个国家干部，1951 年，年仅二十一岁的他就被委以重任，担任桂塘乡党总支书记，前途无量。他是独子，为了照顾年迈多病又失明的母亲，毅然辞官回乡陪伴老母，无怨无悔地当了一辈子农民。

我父母健在时，每年过春节回老家，我和爱人都要给二老剪指甲、洗头、洗脚。受我们的影响，侄儿侄女们也加入进来。我从小就教儿子卓儿读《弟子规》，要他懂得孝道。现在，他也经常给我和她妈烧水洗脚。

梁家寨人过去贫穷，上不起学，吃尽了没文化的亏。新中国成立后，条件好起来，崇尚“一等人忠诚孝子，两件事读书耕田”，并请著名书法家书写，刻入梁家寨碑林醒目处，并制作成匾额楹联悬挂在大门上。

梁家寨人认为“养儿不读书，等于喂头猪”，即使再穷，也要送子女读书。通过寒窗苦读，先后有近四十人考入四川大学、中国农业大学等高等院校，目前，有三十多人在省、州、县、乡各级党政机关和事业单位为国效力(其中县处级干部三人，县长一人，科级干部七人，高级知识分子两人，研究生学历三人)。

过去和现在，梁家寨没有出过一个地位显赫的高官、声名远播的名人，虽然都普普通通，但都能在平凡的岗位上尽职尽责，为国尽忠。新中国成立初期，川东巨匪、湘鄂川黔边区反共救国军副司令杨树臣被我人民解放军追剿得无处藏身，率残部四百余人逃至轿顶山。二伯伯博才不顾生命危险，给解放军当向导，追至“牛拉场”将匪徒一举全歼。此后他担任乡农会主席，领导全乡土改工作。1958 年冬，正是“大跃进”时期，父亲时任村党支部副书记，他带领几百村民奋战一个冬天，修成了洞山水库，至今仍灌溉全村千余亩稻田。后来当了二十多年生产队长，他带领社员与贫困做斗争，粮食年年丰收。别的队，没有饭吃，而我们队年年有余粮卖给国家或外借他队。

自1961年以来，辞官回乡的博龙叔任村支部书记二十多年，他带领社员修水库、建电站、改河、办加工厂等，各项工作走在全公社前列。他大公无私，公道正派，不偏护梁家人，是村民称赞的“老支书”。此后，三任村支书，均由梁家寨人担任。几任书记以“老支书”为榜样，一届接着一届干，带领村民彻底告别了贫困。

族侄高树现年八十五岁高龄，当年，兄弟姊妹八个，妹妹眼睛有疾看不见，母亲又瘫痪在床，要人照顾，家里仅父亲一个劳动力，一人养九口，家庭特别困难。但他父亲举债供他读书。他拼命苦读，成绩优异，本可以选择上高中考大学，为不增加家里负担，他选择考中专，以优异的成绩考入安江农校，成为我们家族第一个中专生，带了一个好头，树立了榜样，成为“杂交水稻之父”袁隆平院士的学生，与妻子余冬芝、袁隆平的夫人邓哲成为同班同学。

高树与余冬芝毕业后，勤奋工作，事业小有成就，余冬芝成为知名果蔬专家，高树改行从政任县统计局局长十多年。退休后，一有机会，两口子就到长沙看望老师。几年前，袁老在龙山推广超级稻时，还亲切接见了他俩。

高树夫妇教子有方，儿子明华考取医学院，是村里的第一个大学生，毕业后成为外科一把刀，晋升为副主任医师，曾担任省城一家国有医院的代理院长。

还有一位族侄，大学毕业后，扎根基层，因政绩突出被组织重用，担任某县县长，主政一方，为民造福。

族侄高山厌学逃回家，正好我回老家度假，知道后，将其喊到碑林处，也不骂他，而是指着“黑发不知勤学早，白首方悔读书迟”的碑刻叫他念，然后要他解释其意。见他解释不出来，我说：“就是说，年轻时要努力读书，不然老了会后悔。这么浅显的道理，你都不懂，赶快回去读书去。”

此后，小子乖乖回校读书去了，勤奋学习，考上了大学，后来响应国家号召“携笔从戎”，成为一名光荣的解放军战士，现在火箭军某部服役，还因表现出色荣立三等功。

五

梁家寨现仍保留贴春联、打年粑、做团馓、熏腊肉、唱苗歌、哭嫁、过早年、摆龙门阵等传统习俗。过早年很简单，就是六种青菜、六根大蒜、九两粉丝、九片豆腐、九两瘦肉，分别炒好，炖做一锅。

开饭前，父亲叫大家先用筷子搛一片肉，插入饭碗中，说：“我们现在的生活是前辈保佑的，所以不能忘记他们。要先请他们回家过年。这是祖训，必须代代遵守。”说完这些，我们才能动筷子。父亲边吃边说，这些菜的数量，其寓意是今后生活要六六大顺、长长久久，做人要清清白白。将这些菜放在一锅，叫合菜，其寓意是做人要和气和善，家庭要和和美美。从小父辈们就给子女灌输做人的道理，这样代代相传，形成风尚。

寨上族人打年粑　　作者 摄

几年前，我们编纂了首部《梁家寨志》暨《梁氏宗谱》，在族人的支持下，我筹集资金在寨内打造了一处百米书法碑林，镌刻全国知名书法家作品八十余幅，内容大多为国学经典。立碑时，全寨劳力齐心协力奋战几天完成。后来，我又在原碑林的基础上，再打造了长二十米的“翰墨奇观”书法墙，广泛收集全国文化胜地的古代著名书法碑刻，进行精准复刻。

梁家寨的厚重文化底蕴，闻名远近，吸引了湘鄂渝边区众多慕名参观者。著名作家、鲁迅文学奖评委、天津《散文》（海外版）原主编谢大光先生曾驻足游览。著名作家、鲁迅文学奖获得者田耳先生曾慕名踏访，并题词“边地有灵，廖天无廓”，现已由台湾著名书法家曹作清书写，刻入碑林。著名作家、湖南省作家协会名誉主席蔡测海题写“故里乾坤大”五字墨宝，也已刻入碑林。中宣部原副部长、中国作协党组原书记、副主席翟泰丰读了《古道溪梁家寨》一文后，欣然赋诗《赞古道溪梁家寨》：

梁家承继善良兮，忠孝名扬湘鄂渝。
瑟瑟炊烟飞细雨，潺潺细水荡河堤。
地灵人杰英贤出，土汉苗家把手携。
族旺千年台灶共，同宗万代众心齐。

为梁家寨奉献墨宝的著名书法家有中国文联原副主席高运甲、中国书法家协会原理事何满宗、朱守道、冯志福，以及中国书法家协会会员刘森堂、杨刚、王焕林、梁冰等三十多位。

梁家寨书法碑林一瞥　　作者 摄

六

梁家寨所处自然环境良好，有宜人的气候、绿色环保的食品，特别值得一提的是，梁家寨人有宽广豁达的胸怀、和谐的家庭邻里关系、与人为善的处世哲学，信奉“家有一老，如有一宝”，将老人当活菩萨供着，传承孝道文化。

上苍特别眷顾梁家寨人，赐给我们梁氏家族长寿基因，据老碑和家谱记载，历史上曾有百岁寿星三位（始祖梁天璋 103 岁，梁张氏 110 岁，梁梅翠 102 岁），90 岁寿星五位，还有一批 80 岁以上的寿星。

梁家寨的建筑，新中国成立前大多为茅草房，少量瓦房，新中国成立后都拆除或垮掉了。现存十余栋木瓦房，为二十世纪五六十年代后建造的。现存的古迹有分散在各山头的数座老碑和寨内康熙年间开掘的“龙”“凤”两泉（即康熙古井、老水井），这古井，三百多年来一直沿用至今，滋养了我梁氏家族十二代人，族人感念其恩泽，集资修葺，并建亭保护。

本土诗人曾宪国来此参观后写下赞诗一首：

天璋始祖掘龙泉，
滋养梁氏数百年。
历经沧桑仁德厚，
光前裕后出英贤。

吉首诗人张继涛参观老水井后也题诗一首：

日月精华出岫林，
夏凉冬暖味甘淳。
若求上善清如许，
汩汩凤泉滋后昆。

现两首诗分别由知名书法家书写，镌刻于古井之壁，供人参观欣赏。

我们梁家寨被传统文化沁润，根植于骨髓、流淌在血液里的家风族风，更要发扬光大，代代相传。

2023 年 7 月 11 日定稿

两河口：见证峡谷历史的两水交汇地

大湘西河流纵横，叫两河口的地方很多，这里要讲的是位于乌龙山大峡谷里的两河口。

去年初夏，阳光明媚，我携妻儿来到了乌龙山大峡谷。置身谷底，斧砍刀削般的悬崖峭壁、一排排密不透风的棚竹，直面向我们扑来。两侧的山崖已将天空挤成了一线天，山峰云雾缭绕，山脊上被夏雨洗刷后的茫茫林海愈发青翠欲滴，焕发着勃勃生机。

家乡的这个大峡谷被外界誉为“世界溶洞博物馆”，现在已是闻名遐迩的旅游胜地。作为家门口的旅游景点，我已来过无数次。这次，我们不去参观惹迷洞、飞虎洞，而是专门去踏访峡谷深处的两河口。

很早以前，家乡人将峡谷称为火岩大峡谷，在峡谷腹地的两河口，自然就被称为火岩两河口了。发源于火烧岩下的皮渡河水量较大，像个粗犷的土家后生，从北向南咆哮而来。发源于天马山下枇杷科的湾塘河（又叫老兴河）水量较小，像个温柔多情的土家姑娘从东向西款款而至，大小两条河流穿过高山峡谷，越过村庄密林，唱着欢快的歌儿，在这个 Y 字形的峡谷口亲密相拥，然后合二为一，在这里稍事驻留，集聚了更大的能量，继续前行，奔向远方。

在水流长年累月的冲击下，两水的交汇处形成了一口很大很深的水潭，由于皮渡河的水量大，水流急，将泥沙推向了左岸。经过多年的堆积，于是在左岸形成几块带状的台地。

两河口处于三岔路口。

往北，沿着皮渡河上行，翻过火烧岩或龙潭岩，可以去招头寨、茅坪。当年翼王石达开带着太平军就是走的这条路。翻过峡谷沿头的垭口，经湾塘、芭蕉坨、洗洛坪，就可到达龙山县城，以及一河之隔的湖北来凤县城。

往东，沿老兴河而行，可去二梭里的老兴场、贾田溪、老寨、干坝、贾坝、洛塔等地。

往南，沿着汇合后的皮渡河向下走约十公里，穿过卯洞出口，就来到酉水岸边的千年古镇百福司，再坐酉水上的船舶，通沅江，下洞庭，达汉口，可去很远很远的地方。向南若不顺河走，而是从娃娃潭翻过左岸的杉树坡，经过茅场坝、马鬃岭就能到三省交界之地明溪里（现桂塘坝），若不停下脚步，继续往西，稍不留神就踏上了川东酉阳的地界。

二

一个地方只要有青山，有绿水，这个地方就有了灵气。

一方水土养一方人。

秋日两河口风光　　田利平 摄

居住在峡谷两岸悬崖上的土家族山民，纷纷迁下山来，从山里伐来树木，在这依山傍水的台地上建造吊脚楼，临水而居。水边总比山上好，吃水方便，洗衣方便，洗澡方便，出行更方便。两河口自从有了第一栋吊脚楼，附近的山民看在眼里，羡慕在心里，于是纷纷效仿。在两河口沿岸的台地上一栋连着一栋，把吊脚楼竖了起来，慢慢地就形成一个新的村庄。

那些穿梭于各地墟场的行商小贩路过这里，他们在欣赏这峡谷深处如画风景的同时，用商人敏锐的眼光发现了这里通达四方的商机，于是停下匆匆脚步，从外面贩来山民们需要而又稀缺的布匹、盐巴、酱醋、五金等日用品，再从山民手里收购桐油、生漆、板栗、茶叶、山药等土特产品，通过山路或水路贩运到山外。这一买一卖，就获得了丰厚收益。

利益总能驱动人们的原始欲望，有了利益的驱动，汇聚到这里的人流就多了起来。大约在清末民初，在两河口就形成了墟场。居住在峡谷悬崖之上的山民，过去，他们到百福司、招头寨、桂塘坝、老兴场赶场，来去要走四五十公里的山路。而赶两河口就近多了，下个坡，再走几步路就到了。有了墟场，经济自然就活跃起来。

后来，这里还有了榨油坊、碾坊、铁匠铺、裁缝铺等作坊。有个宝庆商人看中了这里山山岭岭的山竹、树木资源，带着资金、技术来到这里开办造纸厂。毕竟来自大地方，眼光就更长远，他看见造纸原材料越来越少，知道不能杀鸡取卵，于是从利润中拿出一部分资金，在皮渡河、湾塘河两岸十多公里栽种棚竹和麻柳树，于是原材料有了保障。现在，纸厂早已停办，沿岸的麻柳已长大到几人才能合抱。棚竹砍了又发，且越发越多，犹如一堵堵厚实的绿墙，成为大峡谷一道亮丽风景线。

民国时期，明溪、二梭一带是个土匪窝，距两河口仅十多里路。湘西最大的股匪瞿伯阶、瞿波平族兄弟是贾田溪人。两河口上游几百米处的湾塘河右岸有个自然山洞，是他们的一处据点，经常在此落脚。这个深山峡谷里的墟场经常遭到土匪的洗劫，外地老板跑路了，山民们不敢下山赶场，墟场就日渐萧条了。

二

新中国成立初期，人民解放军肃清了明溪、二梭的百年匪患，建立了火岩乡人民政府，政府驻地设在两河口。这样，两河口获得了新生，墟场又开始繁荣起来。

1958 年开始了人民公社化运动，县里将全县乡镇合并设立为 16 个公社。其中将老兴、火岩、桂塘三个乡合并为一个大公社，社名叫老兴公社。据传说，原三个乡的领导和老百姓对公社驻地选址各有各的想法，争执不下，他们认为成为公社驻地，对老百姓办事、地方建设、经济建设等利益多多。原三个乡的书记面对群众的压力，都不敢轻易表态，怕留骂名。

在这种骑虎难下的情况下，有人想出了抓阄这一古老办法。其结果，阄被火岩乡书记抓中，有道是“好汉阄上死”，桂塘、老兴两乡的书记和老百姓也就“愿赌服输”，认可了这个结果。最后，老兴公社的驻地就定在了两河口。这样出现了一个有意思的现象：老兴顶了一个名称，火岩得了一个地盘，而耕地面积、人口占绝对优势的桂塘什么也没得到。

这一阄定乾坤的故事，我想可能仅仅是民间演绎出来的一个传说而已。

我认为，当年县里将公社驻地定在两河口，自有它的道理。桂塘、老兴、火岩三个乡均处于大山深处，都不通水路，在当年没有通公路的情况下，为了公社有效管理和群众办事方便，公社驻地必须要选在三个乡的中心位置，两河口正好具备这个地理条件，而且它又位于两条河的交汇处，水源好，这个条件更是得天独厚。公社驻地尘埃落定，两河口遂成为公社的政治、经济、文化中心，再次迎来了发展机遇。

三

老兴公社在这片河谷地带相继建起了办公楼、大礼堂，还有学校、粮店、卫生院、营业所、供销社、邮电所等社直机关，以及砖瓦厂、木器社、船厂等社办企业，一度萧条的墟场也得到了恢复。公社在皮渡河、湾塘河上分别修建了一座凉亭桥，二桥锁双河，既方便了人们出行，也为两河口增添了两道人文景观。

公社甫一成立，就赶上了全国性的大炼钢铁运动。公社一道命令，全社的壮劳力便齐聚两河口上游不远处的飞虎洞，修建了一排十多座炼钢炉，他们将两河口附近山头上的杂木砍伐烧成木炭，运到洞里炼铁。由此，两河口两岸的森林遭遇了一次大劫难。

皮渡河上的凉亭桥　　作者 摄

那时候，两河口尚未通公路，但丰水季节，小船可以通过皮渡河走水路进出。皮渡河和湾潭河上游沿岸大队的社员将山上的枞树、杉树砍伐，待汛期来临，像赶鸭子一样将木材顺水漂到两河口，在这里捞起后，堆成小山。社员们在濮绿潭畔集中扎好排。待洪水消退后，排古佬们再择机启程顺水放排下行，一时间木排绵延数里，非常壮观。

木排进入酉水，闯过死亡之门卯洞的黑角，被捞上岸后卖到百福司造船厂。

后来，公社在两河口下游不远处的娃娃潭边，修建了自己的造船厂，利用自己的木材资源，打造一些吨位不大的船只，用于社队企业自己在酉水河上跑运输，或卖给酉水河下游的一些大码头。

四

如果公社驻地一直设在两河口，那么这里无疑会更加繁荣。可是，大公社只存在了短短的三年时间。1961 年，国家对公社区划做出调整，在这次的调整中，县里将老兴公社拆分为老兴、桂塘、火岩三个公社。老兴、桂塘俩公社撤回办公去了，火岩公社驻地依旧在两河口。这样，此后的三十多年时间里，曾经的一家子成了召市区公所属的公社，成为兄弟单位。

然而，哪知好景不长。在此后不久，考虑到不是中心位置，火岩公社驻地又从两河口迁至皮渡河上游火烧岩下一个叫纸厂的地方。随后，学校、供销社、卫生院、信用社等社直机关也陆续迁走了。剩下两座搬不动的凉亭桥，在河上孤零零地守望了一段时间，后也在风雨飘摇中坍塌了。从此，曾经繁华一时的两河口就只剩下一座废墟了，冷清得鬼都打得死人。

在此后的岁月里，可圈可点的有三件事。

第一件事，是在二十世纪七十年代初，公社和苦达岭大队组织社员，在这里筑坝，修建了全公社第一座水电站。电站带来的光明，结束了千百年来夜间点桐油灯、照松膏的历史，两河口也便成了火岩大峡谷的一颗璀璨明珠。

第二件事，是曾在两河口读过几年书的土家山民之子蔡测海，因家乡的灵秀风光和深厚的人文底蕴，激发了他的创作灵感，在二十世纪七十年代，他以一篇征文《刻在记忆的石壁上》，让世人刮目，二十世纪八十年代再以一部中篇小说《远处的伐木声》获大奖而蜚声文坛。再以后，先后创作了《家园万岁》《地方》《母船》等一千多万字的小说、散文，奠定了他在中国文坛的地位。

第三件事，是在前几年的撤乡并镇中，老兴乡大部、火岩乡全部与桂塘合并为一个桂塘镇，三兄弟又聚在一起了，演绎了一段现实版“风水轮流转”的故事。这次合并，桂塘凭借其“一脚踏三省”的优越地理位置，赢得了先机，不用抓阄，毫无悬念地成了镇政府驻地。

五

二十世纪八十年代初，我考入龙山县四中。四中设在招头寨。当时桂塘坝到招头寨没有直达公路，若走公路，需绕行咱果坪、贾坝，要多走十多公里路。我们只好跋山涉水抄近路，两河口是必经之地。

当时，火岩公社驻地已迁往上游的纸厂，两河口已非常萧条，早已没有大公社时期的繁华景象，好在公社搬迁前，已修通了去县城的公路，有班车跑这里，由于乘客少，每天最多一趟。

因要走二三十公里山路，翻越五六座人迹罕至的山岭，涉过三四条河流，一般需花一整天时间才能到学校。一个人根本不敢走，每次去上学，我都与两三个同学结伴而行，好相互有个照应。每次上学前，父亲就对我千叮咛万嘱咐：“两河口沿岸山高谷深啊，抬头一望，帽子都要掉落。在那里千万不要下河洗澡，那里潭水冰冷浸骨，脚会抽筋沉潭。”

每次上学，我们早早地吃过早饭，就开始上路，当赶到两河口时，已是中午时分，班车早开走了。身疲力竭的我们真希望能赶上啊，这样可乘至火烧岩下，可少走几公里路程。

我有六位同班同学是两河口右岸苦达岭人。我们若在两河口碰上，就结伴同行。因同路，放学我们也经常相邀一道同行，边走边玩，最后在两河口分手。因有父亲的叮咛在耳，我只能在岸上看着他们下河洗澡，然后过桥爬坡，继续归程。

这样的经历，给我们留下许多美好的记忆，也让我们结下了弥足珍贵的友谊，四十多年来，不管人生际遇发生过什么变化，我最好的朋友中，从没有缺席过苦达岭同学的身影。

六

这么多年来，到过两河口不知多少次，但那次上学途中夜宿两河口的经历，最让我难忘。

1982 年的春季来得特别的迟，春节都过了，天还在下雪，越下越厚。天地间白茫茫的一片，地上的积雪有一尺多厚，临近春季开学了，也没有融化的迹象。

到了该上学的时间，可是雪还在纷纷扬扬地下个不停，我邀上族弟厚盛硬着头皮一道上路。为防打滑，我们根据大人的叮嘱，在球鞋上绑了码子，各自拿了一截棍子作探路拐杖。冬天本来就穿得厚，又背负几十斤重的书籍和生活用品，行走起来非常艰难，速度也缓慢。

我俩深一脚浅一脚，一路走走停停，先后翻过了土地坳、马鬃岭、茅场坝。在下杉树坡的途中，由于坡陡路滑，我重重地摔了一跤，差点掉下了悬崖，我顺手一把抓住路旁的一棵杂树，有惊无险，爬起来又走。当我俩身披雪花，踉踉跄跄地来到两河口时，已到傍晚时分，比平时慢了两三个钟头。脚上的鞋子早已进水，裤腿、袜子全部湿透了，走起路来叽咕叽咕响，又冷又不舒服。

时间已不早了，又没有电筒，可前面还有一半的路程，还要翻越高入云端的火烧坡，饥寒交迫的我们肯定是不能再走下去了，否则会夜困大山之中。

最好的办法是在两河口找一户人家借宿，第二天再走。在这冰天雪地、人生地不熟的地方，住哪里呢？心想能遇上苦达岭的某位同学就好了，可以请他们帮忙找。平时没有注意，这时我突然发现两河口凉亭桥头有两栋木房，有人开了一爿小客栈。店子没有招牌，只在大门前挂了两个大红灯笼。我俩不用说有多兴奋，当即决定在此投宿。

客栈老板是个年轻女子，微胖，脖子上系了一条大红围巾，把一张俊俏的脸庞衬托得红扑扑的。她看着我俩的狼狈相，热情地招呼我俩快进屋休息。我们要了一份青椒肉丝、一份豆腐和一份小菜，边吃边与她闲聊。从聊天得知，原来她还是我们的师姐，两河口附近张家槽人，几年前从四中毕业，高考差几分没能上榜。她不甘于自己的命运，不惧一些人的闲言碎语，只身下山开了这个小客栈，希望攒够钱了再去复读。看见我们还有书读，露出几分羡慕的神情。

按说刚过春节，肚子里还有些油水，但实在太饿了，我俩顾不了吃相，狼吞虎咽，逮了个肚儿圆①。

隔壁的火坑里烧了一炉旺火，七八个山里汉子围坐火坑边天一句地一句地扯寡白②。他们有的背着猎枪，有的背着柴刀，看样子是赶仗③归来后在此歇脚。吃完饭，结了账，我和厚盛也围过去向火，一边听他们摆各种新奇赶山故事，一边将湿透的衣服鞋袜烤干。

到半夜，火坑里的火快熄灭了，猎人们也各自散去，客栈只有我们两个客人。客房很简陋，板板床，但被窝很暖和。因太累了，我俩很快进入梦乡。第二天吃过早饭，又继续踏雪赶路。女老板站在客栈门口，向我俩挥手送别。我蓦然回首，发现在白茫茫的大峡谷中，围着红围巾的女老板格外耀眼。

七

这次重访两河口，我在河畔徘徊，努力去寻找四十多年前的记忆。那座凉亭桥已被一座石拱桥所取代，桥头的客栈，早已不见踪影。听路旁一熟知情况的村民说，当年那位美女老板后来嫁到苦达岭，成为我一位同学的婶娘，走出大山，到县城发展，修了一栋七层楼，过上幸福美满的生活。

现在，里耶古镇经桂塘至龙山县城的二级公路，从两河口边穿过。周围的路网早已形成，去桂塘、老兴、招头寨、百福司，以及去峡谷两岸的村寨，都通了公路，开车去来非常便捷，几乎没有人走路了。在酉水下游，湖北人在纳吉滩修建了电站，电站尾水已漫到两河口，从娃娃潭坐游船可通达地质奇观卯洞、千年古镇百福司。

交通条件改善后，居住在峡谷两岸的山民又开始搬迁下山，在两河口周围公路边竖起一栋栋漂亮的砖房子。有的村民依托大峡谷日益兴起的旅游，开农家乐，办民宿，卖本地的土特产品；有的村民平时在山上地里做农活，农闲时下山做生意；有的村民外出打工挣钱，把小孩带到城里读书，逢年过

---

① 方言，形容吃得非常饱。
② 方言，聊天。
③ 方言，打猎。

节时，便开着私家车载着一家老小回到两河口度假。女主人将房前屋后、里里外外的杂草、落叶、灰尘打扫干净，男人则来到潭边的大树下，找一坨岩石坐下，甩下钓竿，点上一支烟，悠闲地等鱼上钩。孩子们则三下五除二褪去身上的所有衣服，“扑通，扑通”跳入河中戏水去了。

土家汉子彭大初本是两河口上方不远处洞坎村的一名岩匠，他早年在浙江一带打工，凭借自己的美术功底和岩匠手艺，学得了一手精湛的石雕画手艺，回到老家，在两河口开了一间石雕作坊，创作了一批栩栩如生的石雕画作品，其代表作《大画家齐白石》，让人叹为观止。他将自家祖屋改造成展厅，通过网络平台做推介。来乌龙山大峡谷参观的游客慕名前去参观欣赏，不少游客掏钱购买，作为旅游纪念品带回家，彭老板自然收入不菲。

彭大初石雕画代表作《大画家齐白石》 作者 摄

前丰村烟农罗锦友，带着一家子下山，在两河口上游不远处峡谷人家的凉亭桥头开了一家土家风味楼，由于味道可口，价格实惠，常年食客盈门，几年来已赚得盆满钵满。

乌龙山大峡谷早已拥有“国家地质公园”和“国家级风景名胜区”两块国字号金字招牌。我们有理由相信，随着大峡谷旅游的崛起，处于峡谷腹地的两河口，必将迎来发展的春天。

2022 年 7 月 17 日初稿

苦达岭：悬崖上的村庄

2022年正月初四，恰逢立春，天气晴好，我偕妻儿与同乡文友老红、国平，来到悬崖上的村庄苦达岭，开展了一天的文学采风之旅。

一

上午九点多钟，我们从古道溪出发，驱车沿民（安）里（耶）公路行驶，约半个小时，来到两河口，与从龙山县城方向赶来的高中同学老忠会合后，跟随他的车，过了皮渡河上的石拱桥，前行百余米，在岔路口向左拐入盘山公路，向苦达岭驶去。

上坡途中，目不暇接的风景，把我的思绪拉得很远。

对我来说，苦达岭既熟悉又陌生。很久以前，古道溪与苦达岭分别是永保土司和漫水土司的属地。雍正年间改土归流，始设龙山县，初辖十五个里，又分属明溪里和二梭里。

二里相邻，同处湘鄂川交界之地，水同源，山同脉，民同俗，民风彪悍。在民国乱世，明溪、二梭成了恶名远扬的土匪窝。那时周边乡民一听见这二里的名字，背心就会冒虚汗。

新中国成立后，两里分置明溪乡和二梭乡。公社化时，两乡合并，称为老兴公社，驻地为苦达岭下的两河口。又过了几年，再分设老兴、桂塘、火岩三个公社（后改为乡），苦达岭属火岩公社的一个大队（后改为村）。在前几年的撤乡并镇中，火岩乡全境、老兴乡大部并入桂塘镇。

苦达岭坐落在乌龙山大峡谷左岸绝壁之上　　作者提供

由于分分合合，所以虽同属一个镇，然而我对其真正的了解却不多，陌生感也就产生了。

然而，我对苦达岭又非常熟悉，因为早在二十世纪八十年代初，我在招头寨四中读书时就知道苦达岭这个地方。当时没有公路，上学全靠步行。每次去来都要从苦达岭下经过。

我们班有六位同学都是苦达岭人。因同是一方人，彼此关系都非常好，每当放寒暑假，我们常结伴同行。

一路边走边玩，钻飞虎洞、在皮渡河里打漂漂岩、砸鱼、翻螃蟹、观人在河里撮鱼捞虾，然后在鲢鱼洞附近分手，目送他们捞脚扎裤蹚水过河，随后消失在悬崖之巅的白云深处。望得我脖子直痛，帽子差点掉落。当时心里就感慨，他们这书读得真苦啊！

当时，有个老师，看见苦达岭个别同学不用功读书，于是在课堂上批评道："你们那里天无三日晴，地无三尺坪，还不攒劲读书，我替你们着急啊，怎么得了哦！"老师恨铁不成钢，想用激将法鼓励同学努力读书，改变命运。

当时听了这话，我就寻思，苦达岭上到底是一个什么样子呢？真的如老师所说的连三尺宽的坪地都没有吗？哪天一定要爬上去看个究竟。

二

这一等，二等，一晃四十年就过去了。

四十年的等待，有太多的感慨，思绪像车轮一样转得飞快。刚回过神，准备欣赏沿途风景时，车就到达寨口了。

村支书、退伍军人向泽宇开着他的越野车在前面带路，老忠则当向导，一路给我们讲解。村里那些熟知苦达岭根古的老人们，老忠早给他们打了招呼，他们在火坑中烧起旺火，备好茶饭，只等我们的到来。

观风景、踏遗址、唱山歌、尝佳肴、话古今、听乡音，领略岭上风情。一天的采风活动，井然有序，使我见识了一个不一样的苦达岭。

苦达岭位于乌龙山大峡谷底皮渡河左岸的悬崖绝壁之上，是可立坡大界的余脉，整个山岭呈南北走向，与皮渡河流向一致，平均海拔七百多米，最高处窝垛，海拔超过一千米。

苦达岭是典型的喀斯特地貌。四周为悬崖峭壁，其腹部分布了大小若干溶洞，人们熟知的鲢鱼洞、石花洞、风洞、母猪洞，以及历史上有名的宇乐府、狮子关就在其中。乌龙山大峡谷，被人们赞誉为“世界溶洞博物馆”，这个博物馆的主体部分就在苦达岭之下。

来到岭上，仿佛进入另一个世界。在谷底只能望见簸箕大一片天，只觉得非常压抑。而来到岭上，视野和心胸就豁然开朗了，天空也十分高远，仿佛白云就在眼前飘浮。

这对从小生长在坪坝上的我来说，确有一种别样的体验。向南眺望，可以看见五十公里外云遮雾绕的八面山。向东眺望，可以看见四十公里外巍峨高耸的洛塔大界（木头界)。向西眺望，感觉峡谷对面的山崖、村庄近在咫尺。

苦达岭属于高山台地，岭上辽阔平旷，丘陵起伏。虽不能用坦荡如砥来描绘，但用“地无三尺坪”来形容，显然是文学的夸张了。

在山丘之间的坪地、缓坡分布着成片连块的耕地。只是以前岭上没有水源，耕地大多是靠天水，为了把这些旱土改造成稻田。二十世纪六七十年代，岭上村民试图从三十多公里外的贾坝水库修渠引水，可修了二十多公里，到最后因大山阻隔，无法贯通隧道，且渠位过低，不得不半途而废。现在还剩下一座渡槽、两个倒虹吸管和一条十多里长的土沟，成为岭上村民与自然抗争的历史见证。最后，村民们只好继续用老办法，在山头上维修新建了大小四十八口堰塘，归积雨水，让稻田实现了自流灌溉。

水的问题解决了，一垄垄雷公田变成了旱涝保收的良田。岭上地广人稀，人均两亩四，远高于很多坪坝地区。加之土质肥沃，日照时间长，昼夜温差大，产量并不比坪坝低多少，而且品质好，饭好吃，是市场上的抢手货。

在大集体年代，一些坪坝上的生产队空得个名声好，实际上由于人多地少，每到青黄不接时就断粮，而苦达岭人却年年丰收，仓库里堆满了粮食，社员们不仅有饭吃，而且还有余粮外借，他们曾接济过桑植、召市的逃荒人员。召市镇的前卫、大兴、官厅，本乡的桃子、张家槽等大队都曾到岭上借粮。社员们戏谑时任队长的老忠父亲、志愿军老班长彭大茂“管得宽”，都管到召市官厅去了，连招头寨的大黄狗来到岭上都舍不得回去。

对于苦达岭，不了解实情的人，望“名”生义，认为是一个“屙屎不长蛆”的地方。就这地名，过去曾发生一件很有意思的事情。

那是知青“上山下乡”的年代，四个城里来的知青到火岩公社报到。一个有志知青，要求去全乡最艰苦的地方锻炼。他一听大队名，就选定了苦达岭。另三位则分别选了天井、双坝、桃子坪。可他们到了实地发现，天井缺水，双坝无坝，桃子坪既无桃更无坪，而苦达岭却粮方水便，完全是另一番景象。

苦达岭上物产丰富，岭上的大小山头分布有成片连块的油茶林、油桐林、板栗林、五倍子林、山竹林、松杉林、漆树林、薪炭林和烤烟地等。大集体时，仅第三生产队每年上交的板栗达一万七千五百多公斤；实行责任制后，户均可捡板栗五百多公斤，这些成为岭上村民的重要经济来源。这要归功于村规民约：“桐茶漆栗倍，谁砍谁犯罪!”

现在的苦达岭是桂塘镇所属的一个行政村，有八百多人。堰塘堡、黄杨科、下且盘、下寨、母尾、索代、枣子坪等自然寨散落在岭上的山麓和山丘之上，相距仅几公里，过去寨与寨之间由山间小路相连，上坡下坎，道路崎岖难行。近年来，都修通了水泥公路，来去非常方便，步行一般都只需几分钟。距离最远的枣子坪、哇大哈，到村部也只要二十多分钟。

岭上民居除少量新修的砖房外，大多仍是青瓦、木板房、吊脚楼，保留了土家族的传统建筑风格。可惜的是，由于长时间没人居住，很多木屋被雨淋、虫蛀，坍塌了。

岭上生态环境非常好，人与自然和谐相处；大小山头，每个山寨周围都被茂密的森林所簇拥，其间不乏成片连块的参天古树。

苦达岭古村落　　覃占波 摄

三

岭上的村民主要由田、彭、向三姓构成，少量杂姓均为挨亲而来。迁来最早的是向姓，也是岭上人口最多的姓氏。要考证他们的祖先何朝何代来此、来自何方，这与人类登月球一样难，因为没有谱牒和老碑记载，他们已无从考证。剩下的就是传说了。一说，他们的祖先从黄河边上迁居辰州莲花池，遇战乱，把一口大铁锅敲成八块，八兄弟每人拿一块，带着信物分头逃命。以期天下太平时相聚，信物能拼在一起就是自家兄弟，苦达岭这支祖先叫向宗彦。也就是土家族三大传说祖先之一的向老官人。另一说是毗邻湖北漫水土司向伯林兄弟的后裔，改土归流后迁来。

现在，他们从祖坟碑文中考证，认定其最远始祖为向胜吾。迁居苦达岭后，繁衍了胜、经、国、文、振、兴、宗、功、召、显、世、泽、永、代十四代，由此推算，有三百五十余年历史。其部分后裔因姻亲迁往临近前丰、双景、桃子等村，个别因外出工作迁往广西、新疆等地。

彭氏有两支，迁徙时间比较短，脉络也清晰得多。一支来自毗邻湖北百福司中路口，传说其始祖彭祖述武艺超群，因其兄弟八人造反称王被“北洋兵”征剿受连累，被迫逃往苦达岭下且盘岳父向兴业家躲灾，从此定居于此；另一支来自本镇杨家坪道坑。

田姓有三支，分别来自邻近的茅场坝、前丰、张家槽者拉窠。他们的祖先均是苦达岭向家女婿，在民国时期，为躲土匪，投亲定居于此，有一百余年历史。

田、彭、向是湘西土家族的典型姓氏，从其祖先迁徙前的居住地来看，均是土家族地区。现在，岭上村民在民族认同上，均承认自己是土家族，随着多民族文化的融合，其土家族的特征在消失。村民没有人会讲土家话，仅保留部分土家族称谓，如爷爷叫拔普，姑姑叫嬷嬷，姐姐叫大大。再就是有四十多个纯土家语或土汉语结合的地名，如英里苦达、索代、木又窠、嘀迟迟、惹哈、尔达湖、古及、莫几牙、车必哈、思林木及、屁踏、拉尺坝、乔及沟、母围、且旁、苦老水、车窠低、窝垛等。

“苦达岭”就是土家语与汉语的结合体。“苦”即山，“达”即下方的，“岭”就是汉语山岭。三字连起来的意思，就是大山下的岭岗。

由于地处悬崖之上，长期处于与世隔绝状态，村民们与外界交流少。在语言上，形成了自己的独特方言，比如 on（ong）与 en（eng）不分、l 与 n 不分、没有卷舌音、合音字多等。如“门角角有一个盆子，盆子里面装的有苞谷粉粉”，他们则说成“蒙（mong）各各（go go）有一个棚（pong）子，棚子里面装的有苞谷哄哄”。还将“春”念成“冲”、“顺”念成“送”、“咸”念成“含”、“棍”念成“贡”、“风”念成“fong”、“他们”合念成一个音“tong”、“你们”合念成一个音“nong”等。

他们的这种独特发音，听起来很土，故常被坪坝上人嘲笑。有人认为，这种发音，保留了隋唐时期及以前的官话发音习惯，是古汉语活化石，对此有待语言学家前去考证。

四

悬崖之上的苦达岭，过去只有四条崎岖逼仄的山路通往山上。可谓上也难下也难，苦达岭人的生活比黄连还要苦。

村民要下山赶场采购农药化肥和日用工业品、销售山上的农副土特产品，到附近的墟场来回要走几十公里路，道路崎岖难行，一天时间大部分都耽搁在路上了。

岭上条件是不错，但毕竟地势太高，令人望而生畏。在外人的眼里，苦达岭就是艰苦的代名词，坪坝姑娘没有几个愿意嫁到岭上来。后生们找老婆非常困难，因而每一代人里，总有几个讨不上老婆的光棍汉。

怎么办？当然是肥水不落外人田，自产自销。从前文可知，彭、田二姓祖先都是向家女婿，因姻亲来到岭上的，故而彼此都是亲戚。为延续后代，晚辈们继续开亲，娶过来，嫁过去，亲上加亲，世世代代、家家户户不是家族，就是亲戚。既是家族，又是亲戚，“乱亲不乱族”，就像山里的葛麻藤一样，网去网来，搞不清楚。

老一辈是嘎公舅爷，年轻一辈是老表。这样有意思的现象就出现了，向家有一对叔侄，都与老忠成为同辈，均称为老表。这也不要紧，“家有三门亲，各人喊各人”。内外有别，按亲疏关系，各喊各的。

这样，岭上村民就不是简单的邻里关系了。他们亲连着亲，族连着族。正所谓打断了骨头连着筋。一家有喜事，全村人跟着乐，纷纷前去道喜；一家有丧事，全村人同悲，不约而同去吊唁、送葬。

五

苦达岭的重教之风，闻名远近。过去，即使岭上贫穷，条件又艰苦，村里也有不少人能识文断字。新中国成立后，他们在新寨堡下人户集中的地方建起了学校，请老师上山授课。读书的人越来越多，当然不再停留在识文断字上，从一年级到六年级都开有班，最多时有学生两百多人。学校建在家门口，为年幼的孩子上学带来了方便，避免了因路途遥远而逃学的情况发生。

苦达岭人知道，自已祖祖辈辈住在悬崖之上，要想走出去，唯一的出路就是读书，家长们砸锅卖铁送子女读书，孩子们也非常用功，大人小孩都在暗暗较劲。考学，成为岭上人最光荣的事。慢慢地，岭上勤学上进的风气便形成了。当然，也有文前提到的厌学之辈，只是极少数。重教的结果是大山里飞出一群金凤凰，成为国家栋梁之材。

他们做过统计，恢复高考以来，考入各类院校的达一百多人。其中不乏北京大学、中国人民大学、武汉大学、同济大学、中南大学、空军航空大学、中央民族大学、湖南大学、天津大学、香港中文大学、香港教育大学、美国奥本大学等国内外名校的高才生。他们中有驾“战鹰”守卫祖国万里蓝天的空军飞行员，有中科院的科技精英，也有奉献在教学第一线的人民教师、救死扶伤的医务工作者和为民办实事的人民公仆。

六

在苦达岭上，有不少文化遗迹，与之相随的是附着其上的众多民间传说。在堰塘堡西侧，有一块约百亩的坪地，当地村民称之为宇乐坪，也叫雨罗坪、宇乐府。村民在犁地、掘墓穴、挖屋场时，不时出土一些残砖、烂瓦、碎瓷、破陶片等，证明这里曾有人类生活过。

有人说，宇乐府的所在叫“天蛇赶蛋”。天蛇就是苦达岭，蜿蜒逶迤如蛇，共九节，故又叫“九节龙地”。据传很久以前，这里曾是一个城堡，里面生活着成千上万的人。建筑富丽堂皇，街道两旁的房屋鳞次栉比，非常富足繁荣。若遇下大雨，里面的人沿着阶沿走，布鞋都不会打湿。还说这里的人从卯洞沿河走上来，背笼要倒着背，不然沿路有人主动往里面丢好东西，背都背不动。更不可思议的是，他们还拥有自己的武装，敢向朝廷叫板。朝廷闻悉此地出了草寇（反贼），于是有人点拨，若将这里的龙脉破坏，可从根本上制止反贼，于是派人将对面洛塔界余脉上的一道山梁挖了一个大缺口，即卡撮垭口。

苦达岭之冬　　田代富 摄

在宇乐府的上方坳口，清代叫狮子关，现叫狮子口，有一巨石，酷似一头张开血盆大口的狮子，头朝河西方向，是宇乐府的守护神。“吃毛坝，屙宇乐。”毛坝人嫉妒这里的富足，在一个月黑风高之夜，趁人不备，将狮子的舌头錾断，还立了一块刻有咒语的石碑，将狮子口撑着。后来，宇乐府还是被朝廷征剿，加之又暴发一场严重的鸡窝症（鼠疫），里面的人几乎死光，曾经繁荣一时的宇乐府就这样仅剩一片废墟、一个地名和一段神秘的传说了。

传说听起来很离奇，在这悬崖之上的穷乡僻壤，曾有如此繁荣之所，着实挑战人们的想象力。

但岭上一个文史爱好者根据史料所作的大胆推测，却又不无几分道理。据地方志记载，很久以前，毗邻的湖北百福司、漫水一带的酉水沿岸，生活着一支土著人（土家族先民），归顺元朝后，建立了盘顺土司和散毛土司，分别建有土司府或元帅府。后因向天福作乱被镇压。明末清初这里又涌现出卯洞、漫水两个土司，直至清雍正年间改土归流。

现在，这两个后期的土司衙署均找到遗址，唯独早期的盘顺土司的衙署遗址没有被发现，成为土司文化研究的难解之谜。于是，这位文史爱好者就将宇乐府与之联系起来，推测为盘顺土司的衙署遗址。当然，其推断结果的真伪，还要等考古发现去证实。

若推测成立，那么土司为何要将衙署建在这山高皇帝远的悬崖之上呢？这是有先例的。2015 年成功申报为世界文化遗产的贵州播州海龙囤、湖北咸丰唐崖、湘西永顺老司城衙署遗址，均建在高山之上。苦达岭上土地资源丰富，土民可自给自足；居于悬崖之上，占山为王，易守难攻。由此看来，其推测也不是天方夜谭了。

七

在岭上采风发现，村民们感慨最深的是，如今交通的改善给他们的生活带来的便利。

过去，四周的悬崖峭壁使苦达岭成为一座孤岛，交通成为与外界联系的最大障碍和一切苦的根源。

为了改变这种状况，早在二十世纪九十年代，当时的火岩乡党委、政府就带领村民打通与外界的通道。开始听说要修公路，很多村民都认为是异想天开。为了增添村民的信心，乡政府采取“中间开花、倒退修路”的办法，即从山顶往山下修，从村寨向四周突围。其时，修路工地上鞭炮齐鸣，村民们敲锣打鼓，载歌载舞，山歌此起彼落，以此表达他们的喜悦心情。

进入新时代后，国家实施脱贫攻坚战略，在后盾单位的大力支持下，岭上与外界的通道全部被打通，并与毗邻村寨形成路网。

过去到召市赶场，去来要一天，现在开车只需个把小时，赶老兴、桂塘、百福司等附近墟场，均只要几十分钟。再就是岭下的民（安）里（耶）二级公路改造后，村民下山进城也更加便捷。

路修通了，村民们在岭上发展林果、养殖、种植、旅游等产业，走上了稳定脱贫之路。如原村主任田义方带领村民，以老寨堡为中心，打造了一处集休闲观光为一体的八卦形花果园。

交通方便了，坪坝里的，甚至城里姑娘，也愿意嫁到岭上来，岭上的后生，找老婆不用愁了。从苦达岭走出去的，也经常回到岭上看看，去回忆曾经的乡村生活。

老忠的二姐夫田代富也是岭上人。早年带着全家下山到县城创业，让子女接受优质教育。现在，四个子女都已大学毕业，分别在长沙、县城工作。没有了负担，夫妻俩处理了城里事务，并没有跟随子女在城里享清福，而是又回到老家木屋居住。平时打理几亩责任田，种菜、养鸡鸭、喂猪，乐此不疲。每天置身于森林环抱之中，抬头望见明净的天空，沐浴家乡明媚的阳光，呼吸岭上新鲜的空气，过着惬意的晚年生活。

2022 年 3 月 7 日初稿

道坑：古木环抱的土家山寨

一

你若走进道坑，就进入了一个森林世界，眼帘里除了树，还是树。若没有向导在前面带路，你可能会像一只无头苍蝇，整天在林海里瞎撞，而无法找到回去的路。这就是道坑，一个与湖北来凤舍米湖毗邻、有着一百多人口和二十多栋吊脚楼的湘西土家山寨。

一个山寨在你的眼前，而你无法看见，这是怎样的一个所在啊！是因为

古树旁的吊脚楼　　作者 摄

参天古木把山寨给掩盖了，不管你的摄影技术如何高超，哪怕你用先进的无人机去航拍，都无法拍到山寨的全貌。

二

有人来到道坑，发现这么多古树，于是感慨道：“为什么其他地方见不到古树，原来古树都跑到这里聚会来了！”在道坑方圆十多平方公里的范围内，全都是茂密的原始森林，道坑籍退休教师彭南庄为了弄清道坑的动植物资源，他与爱人前后花了半年时间，开展了一次普查，密密麻麻地记了四张 A4 纸，调查结果显示：能够叫得上名字的动物有四十多种，植物有四百多种，叫不上名字的植物还有九十多种，百年以上树龄的古树有五百多棵，珍稀树种有金丝楠木、红绸树、榉木树、银杏树、猴欢喜树、紫荆树、岩栎树、龙凤果树、皂荚树等十余种。这些数据足以说明道坑是一座动植物的基因库。

道坑古寨所处的地形，是一个长约四百米、宽约一百五十米的洼地，三面环水，南、北、西各有一条小溪流过。四周环山，山上全是原始森林。整个道坑寨子就像一艘正在大海里远航的万吨巨轮，船的两头各有一棵巨型古树，西边那棵从岩石缝里生长出来的，叫沙泡子树，是船的桅杆，围径超七米，需五六人才能合抱，树龄八百多年，高约四五十米，从腰部分岔成三股，象征着彭氏家族的三大房宗亲。因道坑地处湘鄂渝交界之地，有诗人来此采风后，又给它赋予新的含义——湘鄂渝三地像三兄弟一样彼此相依、亲密无间，故取名为兄弟树，并留下诗篇。东边那棵叫天枞树，是船的舵把子，笔直挺拔，高耸入云，四五人才能合抱，树龄超六百年，高约五六十米。其裸露在外面的根系比水桶还要粗，像虬龙一样窜满半边山坡。此树，开始有人误认为是国家一级重点保护植物水杉，曾轰动一时，后经林业专家考证，实为铁坚杉。有一年，树叶被毛毛虫吃光，眼见古树就要这么死去。道坑人急了，烧香磕头，祈求上苍能救活它。不知是祈求应验了，还是树本来就是假死，第二年春天来临之际，老树又发出新叶，至今仍郁郁葱葱。

三

也许你会问：在道坑，为什么能留住这一大片古树林呢？道坑人，又为什么这么爱护古树呢？

要解开这个谜团，就要从头说起。道坑人为彭姓，土家族。据彭氏家谱记载，其祖籍在大喇司（现龙山坡脚保靖普戎一带），那里多岩窠，土地贫瘠，人们非常贫穷，越穷越砍树，山上的树被砍光了，于是水土流失十分严重，田地干涸，生活用水十分困难。人无法生存下去了，他们的始祖彭绍奉只好逃离家园，跋山涉水，来到湖北卯洞一个叫阿克捏的地方，发现那里有山有水有地，于是在那里定居下来。开始居住环境很好，可后来烧饭、取暖、起屋等都在山上砍树，这样山慢慢地变得光秃秃的了。无节制的砍伐破坏了生态，于是再一次遭到自然的报复，水土再度流失，田土干涸了，庄稼颗粒无收，饮水也成问题了。一方山水养不活一方人，最后先祖彭玉信只好带着妻儿逃荒，辗转来到湘鄂边界这个叫三家田的地方。他发现这里古木参天，有水有地，适合生存，于是停下了逃荒的脚步，结庐定居，并取了个土家语地名道坑，意即古木参天的地方。破坏环境、遭到自然惩罚的道坑先人终于醒悟了：要想长久生存，必须与自然和平相处。于是给后世子孙立下规矩：敬畏自然，爱护树木，保护环境。

四

据彭氏家谱记载，彭氏迁居道坑已有两百多年历史。一直以来，族人遵照祖训，爱护山寨周边的一草一木，这样才保留住了这片古树林。

其实，道坑的古树林，历史上也曾经历过两次大的危机，要不是道坑人的机智应对，古树林有可能被毁。第一次，是大炼钢铁年代。当时由于盲目大炼钢铁，致使各地大量森林被毁。在当时的大背景下，硬顶不砍树，肯定是做不到的，但道坑人只砍伐那些要死不活的杂木，不砍珍稀树和古树。这样树也砍了，上级的命令也执行了，同时核心区域的古树、珍稀树也保住了。

第二次是二十世纪八十年代初，实行责任制初期。当时按照上级指示，生产队的田土和山林都分到了户。个别村民不履行看护义务，而是见钱眼开，悄悄把责任山里的树木卖给木材贩子。道坑的古树林再次面临被毁的危机。于是，家族里的开明人士紧急召集家族会议，商议保护祖先遗留下来的这片古树林。商议结果，一致同意将森林的管理权收归集体所有，并立下族规，今后任何人不得在禁山砍伐树木，同时推举了一名热心护林的族人为义务护林员。每年春节期间，利用族人都回来过年的机会，召开一次家族会议，专门商议古树的保护工作。

道坑人认为树木都有灵性，因古树经历了千百年风雨，见证了岁月的沧桑，他们将两棵大古树视为保佑山寨平安的神树，在树干树枝上披红挂彩，在树下设立祭坛，逢年过节时，由家族中的长者带领本族子孙给神树烧香叩头，祭酒送年饭，祈福求吉避邪。平时对古树也心存敬畏，在古树下，不做恶撮事，不讲粗痞话。同时给五十多棵古树名木建立档案，挂牌予以保护。

吊脚楼下的童年时光　　作者 摄

在道坑，流传着很多爱树护树的故事。那还是大集体时代，为结束道坑人夜间照明点煤油灯和油枞膏的历史，生产队决定从杨家坪电厂牵电线进山寨。经多方筹集，仍差几万元资金，怎么办呢？队长打起了古树的主意。他悄悄将古天枞树作价八万元卖给一木材贩子。准备砍树那天，被道坑族人知道了，大家纷纷聚集在古树周围，用生命护树，异口同声地说："我们宁愿点油枞膏，也不卖树！谁卖树，谁就不是道坑人，自己滚出去！"

面对族人的护树行为，队长羞愧难当，最后不得不放弃卖树想法。古树终于得救了！

热心古树保护的彭南庄老师现在仍记得小时候砍树挨打的往事。以前，他家屋后有一棵古银杏树，在他十二三岁的时候，少不更事的他怕树倒了会压着屋，又嫌树叶落得满地难以打扫。于是，趁父亲外出做工的机会，自作聪明地请来两名壮汉将银杏树砍了。父亲收工回来，不见了古银杏树，将他叫过去问清原委，顿时火冒三丈，一旱烟袋就挥了过来，他的头上顿时起了鸡蛋大的包包，疼得他抱着头在地上打滚，父亲吼道："你个砍脑壳的，老子今天要你长记性！这些古树就是我们祖先留下的传家宝，我们宁肯让屋被树压垮，也不得砍树！谁砍谁就是对祖先不敬。"

道坑自古有一个不成文的规定，即上山砍柴，只捡干柴，不砍活树，就是被风刮倒还未干过性的树也不准砍。现在，人们进入古树林里，随处可见被风刮倒的古树，有的快腐烂了都还躺在那儿，只有挡路的才被清除。彭南庄老师的弟弟小时候上山砍柴，偷砍了一棵丝栗树，回家后同样挨了一顿父亲的烟袋老壳。在长辈的棍棒下，一代又一代道坑子弟的骨髓里，就这么根植了爱树护树的基因。

五

被大家推举为义务护林员的彭飞是一个敢抓敢干的汉子。他整天穿着林业站发给他的那套迷彩服，一天到晚都在古树林巡逻，他手持铜锣，边走边敲边喊："进入林区，杜绝烟火！""防火防盗，人人有责！"那些悄悄进入古树林搞烧烤

著名作家谢大光（后排中长者）探访道坑，与文学爱好者在古树下合影

作者 摄

的食客、想打珍稀树木的偷树贼，听见他那沙哑的声音，便早已吓得半死，哪还敢有非分之想哦。

有一次，外地来了个偷树贼，准备砍一棵金丝楠木时被他巡山发现，他大喝一声："住手！快来抓偷树贼！"紧接着大锣一敲，道坑族人闻讯都来追赶，偷树贼跳下几丈高的土坎，屁滚尿流地逃跑了。知道了道坑人不好惹，此后，再也没有人敢打古树的歪主意了。

古树下乱石嶙峋，荆棘丛生，巡山走路很不方便。四年前，我与道坑籍州人大代表彭南才联合向有关部门提出建议，争取资金二十多万元，由彭飞主持施工，就地取材，用古树林下的石块，铺设了几公里的石板路。这为护林员巡山、游客参观和防火提供了方便。

六

道坑不仅有大片古树林，还是一个盛产故事的地方。

当年，道坑人的祖先定居道坑后，勤耕苦做，将附近两沟三岔的平地开垦成稻田，将缓坡开垦成土地，广种水稻、玉米和油桐、油茶树，建起了自己的碾坊和油坊，一时富甲一方。富裕起来的道坑人秉持"耕读传家"理念，开始重视教育，清朝末年，族人率先在寨中办起了学堂，道坑及附近农家子弟都来到学堂读书。寨里一个叫彭善位的族人，通过寒窗苦读，还考得了"顶子"，但他不愿出去做官，而是继续留在学堂当教书先生，为道坑子弟传道授业，在那愚昧的年代，撒播了无数文明的种子，琅琅的读书声在古树林回荡，传统文化在这里传播。

但是，身处民国乱世，地处明溪、二梭这个土匪窝窝，哪里有安居乐业的一方净土。这里的富足，早引起了土匪的觊觎，土匪多次扬言要抢道坑。

道坑人为防土匪抢劫，围绕山寨，用石块修筑了厚达半米、高达两米的保寨墙，和坚固的朝门。由于防范严密，土匪攻打几次都未能得手。有一次，土匪用炸药炸开了寨墙，冲进寨内，见东西就抢，见人就杀，打死了五名无辜族人。族人发现保寨墙也保不了寨子，于是在一悬崖上用石头修建了一座坚固的寨堡，购置了枪支弹药，自制了一门猪儿炮镇守关隘。平时种地，住保寨墙里。土匪打来时，迅速将贵重物品和老人小孩转移到寨堡内。有一次，土匪又来攻打寨堡，炮手点燃猪儿炮，“轰”的一声巨响，将土匪打得人仰马翻，没有炸死的也吓得屁滚尿流地逃跑了。领教了道坑人的厉害，很长一段时间，土匪不敢攻打道坑。可这时，家住杨家坪的匪首彭雨清为扩充自己的实力，派人送信，提出由道坑人出钱购买五支汉阳造枪交给他，他负责道坑的安全。彭雨清是湘西巨匪瞿伯阶的得力悍将，有他的保护，当然求之不得。但道坑人又怕彭雨清将枪拿走了又不肯出力保护，于是，道坑人索性挑选青壮男儿带着五条枪加入了彭匪队伍。就这样，五名道坑男儿被逼上梁山。

道坑人躲土匪、打土匪、当土匪，早已成为陈年旧事，现在随着旅游业的不断兴起，道坑被一些来此采风的文化人、摄影家发现，他们回去后，发表精美的摄影图片和采风游记，这块养在深闺人未识的处女地，一下被外人知晓。于是，成群结队的游人来此参观。2015 年秋，天津著名作家、鲁迅文学奖资深评委谢大光先生来到道坑采风，沉醉其间，流连忘返。前年冬天，本土作家黄光耀带领一个团队进驻道坑，以道坑为故事外景地，拍摄了龙山首部系列方言微喜剧《沙宝村的故事》。2019 年 5 月，首部土家族历史题材电视剧《血盟千年》，又在此拍摄，更使道坑名声远扬。

2015 年暮春，我带领湘西诗词协会三十多人的采风团到这里采风，当天晚餐在古树下畅饮，很多人都喝醉了。大面积的参天古树，人与自然和谐共生的优美环境，此情此景激发了诗友们的创作激情，写出了一批优秀诗作，在此，特选录钟淑美女士的《五绝 · 道坑古寨》一首：

古树擎天秀，
盘根破石生。
木楼青瓦盖，
吊脚梦魂萦。

2021 年 3 月 3 日初稿

马鹿塘：卓尔不群的英雄山

一

马鹿塘是一座高山，它位于湘鄂渝交界之地桂塘坝的中部，海拔高 799 米，山顶常年云雾缭绕。我家就住在马鹿塘山麓不远，站在屋前的坪坝边，可以望见它高耸的两座山峰。关于它的得名，从小就听大人讲，山顶有一方天池，池水清澈，树木倒映其间，还有鱼虾在水草间戏游，有一对神兽马鹿被这美景所吸引，经常在塘里洗澡。

可以说，我是听着这优美传说长大的。小时候我经常独自坐在村头默默地仰望马鹿塘，对那里充满无限美好的遐想：山顶真的有天池吗？真的有一对马鹿吗？

每遇东边日出西边雨的天气，山顶就会出现彩虹，彩虹弯弯的，像一座仙桥，煞是好看。我们把彩虹称为“马阳杠”，小朋友们谁最先发现谁就会大声喊：“快来看哦，马鹿塘又现马阳杠了！”我们看见后会马上在路旁扯一根茅草对着杠一小节一小节地掐断，不一会儿茅草掐完了，这时杠也消失得无影无踪了。

也许有人会问，我们为什么要这么做呢？这是因为大人们说，马鹿塘现马阳杠后，我们这边就要下雨，如果找一根茅草对着杠掐，就能把杠掐断，这样雨就不会下到我们这边来，我们在岩坪坝晒的稻谷就不会被雨淋湿了，在地里干活的社员也不会淋雨。

慢慢长大了，知道这不过是大人哄小孩子玩的一种游戏。但我们没有被愚弄的感觉，而是津津乐道这一童年的乐趣。从小就寻思，长大后一定要爬上马鹿塘上面去看看。可遗憾的是，至今还未能如愿。

二

马鹿塘的腰部岩石鼓出，像一条巨大的腰带将整座山紧紧捆住，因此它又有一个别名，叫腰带山。

关于马鹿塘，地方志早有记载。清嘉庆版《龙山县志》载道："马鹿山，为县南明溪里（桂塘旧名)，为一里之望，两峰并峙，苍翠欲滴，如马鹿，峰间有池水，极清澈，久旱不竭，霖雨不满。明末国（注：指清朝）初，各土司互相攻劫，里人避兵于山者数十年。"

清同治版《龙山县志》载道："马鹿山，在县南明溪里，两峰对峙，形如马鹿，中有池，水极清澈，雨旱无增减。"

从两个版本县志的记载，我们可以获得如下信息：在清代，马鹿塘叫马鹿山，不叫马鹿塘，也不叫腰带山。地名由来是山顶两峰形如马鹿，并不是上面真有马鹿。山中有池塘是真的。明末清初，山上曾有人居住。那么这"里人"又是何许人呢？为什么要住那么高？这的确是一个待解之谜。

三

马鹿塘，就其高度，在湘西的十万大山中，只能算矮个。但湘鄂渝边区方圆十数公里范围内大多为丘陵，故它鹤立鸡群，傲视群雄，显得突兀高耸。

马鹿塘植被茂密，乔木主要有马尾松、杉树、青冈、柏树、枫香树、泡桐等，灌木有映山红、土荆条、马桑树、救兵粮等，加之二十多年来，人们环保意识增强，加强了森林保护，故现在整座山头披满绿装，郁郁葱葱。就连过去十分显眼的腰带，也隐藏在树林里，若隐若现。这就形成了桂塘十景之一的"马鹿耸翠"。

每当雨后初霁，山顶云雾缭绕，犹如仙境，给人神秘之感。

山上人迹难至，却成了野兽鸟儿们的乐园。野猪、麂子、山兔、蛇出没其间，白鹤、猫头鹰、锦鸡、乌鸦、红嘴鸟、野鸡、麻雀、布谷鸟在树林里

马鹿塘远望　　作者 摄

嬉戏。有时还可见一两只磨鹰在天空盘旋，它们有时耐不住山中的寂寞，还偷偷下山骚扰村民。无奈村民手中的火枪都已上缴入库，只有干瞪眼，拿它们没办法。

山麓平缓地带，是坡耕地，有野生或人工栽种的油桐、油茶、漆树、五倍子。山麓有个寨子叫捡子沟，就是因为这里桐茶多而得名。每当春季，桐茶花盛开，白茫茫一遍，与山上的映山红和房前屋后的桃花李花交相辉映，人若到此，犹如进入童话世界。

桐茶漆倍，是农耕时代当地的重要经济作物，在桂塘坝一带有“桐茶漆倍，砍了犯罪”“家有几亩桐，子孙不受穷”等民谚。在民间还传唱一首民歌：

挪柴莫挪桐子柴，
桐子开花打油来。
灯盏挂在板壁上，
男做文章女做鞋。

从这些民谚和民歌，可以看出，村民对桐茶树的看重。

马鹿塘的两侧分别是明溪和王道溪，两溪均注入酉水。河谷有近万亩河流冲击坪坝，地势平坦，土质肥沃，灌溉便利，气候适宜，自古是重要的粮食产地。居民大多以姓氏、族群居住在坝子的边缘。

四

在马鹿塘山麓的一条山沟里有一个三百多人的自然村寨，叫马鹿塘，均为吴姓，苗族。对此，我十分奇怪。按我们老家一带的地名叫法，此寨应叫吴家沟、吴家湾，或吴家寨才对。怎么就叫马鹿塘呢？本就是一个村寨，却取了一座山的名字。带着几分好奇，鼠年暮春时节，我与家人和朋友老红专门踏访了这个叫马鹿塘的寨子，看看这个寨子到底隐藏着什么秘密。

房子大多为青瓦木板房、吊脚楼，偶尔有几栋砖房子。很多木房子没有人居住，已破败，有的开始坍塌。山寨很寂静，我们在寨子里穿行，很难碰见人。来了生人，也未听见狗吠。走了老一阵才发现一位八十来岁的长者。一打听得知，由于寨里很多人将房子修在交通方便的公路边、街道上去了，青壮年人大多外出打工，只留下老人和小孩在老家看守。老人叫吴国举，没有多少文化，对家族中的往事知之甚少。不过他给我们提供了一个线索，说，他们寨子里的退休教师吴国兴和退伍军人吴启光正着手写家谱，有什么情况可以问他俩。

我们在街上很顺利地找到了两位。他俩纂写的家谱即将付梓，他俩告诉我们说，他们的先人开始住在马鹿塘山顶，但对何时迁于马鹿塘等几个关键问题仍拿捏不准。还说他们吴家原来是有老族谱的，可惜时间久了已遗失，故族里很多往事，只能靠族人的口口相传。据族中老辈人讲，他们原籍江西，大约在明末清初，始祖吴朝明为了躲避水灾或战争，跋山涉水来到这里，当时桂塘坝一带少有人烟，为了防止兵家追上，或不受水患之害，故意躲避于高高的马鹿塘山顶。

有道是“山有多高，水就有多高”，吴朝明在山顶找到水源，于是定居下来。先是打猎充饥，后刀耕火种，开荒拓土，繁衍生息，与之同时期居住在山顶的还有一支向氏，至于他们何时为何居此，不得而知。吴氏居住的地方叫吴家堡，向氏居住的地方叫向家坪。后来，吴朝明的儿子吴凤林英年早逝，其妻改嫁给向家坪的向刚新，三个月后在向家生下一个男婴，实则是一个遗腹子，为吴凤林骨肉。于是吴、向两族约定，永远做兄弟，世代不开姻亲。

毕竟是住得太高了，上山下山都非常困难，加之山上土地有限，难以养活越来越多的人口。再则，山下战争早已平息，世道已基本太平。于是，吴氏在山上居住到了第三代、约七十年后，与向氏相继举族搬于山下，吴氏定居在马鹿塘山麓，向氏则定居于官地湾，部分后裔再迁新寨沟。在龙山，向姓大多为土家族。以前我就奇怪，为什么官地湾、新寨沟的向氏是苗族呢?在这里，我终于找到了答案。

从马鹿塘山顶搬下来的吴氏，为纪念故土，于是就将新居住地取名为马鹿塘，“马鹿塘”的寨名就这么得来了。这么算来，吴氏在山下的马鹿塘已定居了三百多年。

至此，清嘉庆版《龙山县志》记载的谜团终于得以解开：明末清初，大约三百八十年前，躲避土司之间战争数十年的“里人”，乃马鹿塘吴氏、官地湾向氏的先人也。

在此需说明的是，这里的“里人”也可理解为当地人之意，可能吴氏迁居上面久了，县志执笔者已将他们视为当地人了。

五

搬下山麓的马鹿塘人，并没有忘记当初的落脚之地。因上面有十多亩土地，他们经常要上去耕种收获。也有人到上面的塘里钓鱼，传说，一次有人在塘里钓到一件花衣裳，可能惊动了水里的妖怪，顿时，整个山顶狂风暴雨，吓得钓者连滚带爬跑下山，大病一场，从此再也没有人敢去垂钓了。

在大集体年代，社员们不仅在山顶扩大了耕种面积，还在山腰鼓出的腰带上垦荒，在上面种植玉米、高粱、小米等作物。通往山顶的只是刚可落脚的崎岖小路，春耕播种季节，他们将山下的化肥、种子，以及大粪，肩挑背驮运上去，秋收后他们又将丰收的作物肩挑背驮运下来。别人打空手上下要费时一天，而马鹿塘人负重却只要两三个小时。

艰苦的劳动环境，练就了马鹿塘人强健的体魄和吃苦耐劳的优良品格。在桂塘坝一带曾流传一段民谣，从中可见一斑：

马鹿塘，马鹿塘，

马鹿塘沟沟长又长。

马鹿塘人不简单，

男人像公牛，

女人像绵羊。

现在，山上已没有人耕种了，田土早已退耕还林，田土里生长的树木已有水桶粗，那口美丽清澈的天塘也被泥沙和树叶填平。斗转星移，沧海桑田，事物的发展就是这么周而复始。

六

二十世纪五十年代，在马鹿塘山麓发生过三次激烈战斗。

第一次战斗是 1950 年 2 月 24 日（农历正月十九）清晨，发生在马鹿塘余脉的“马鬃岭突围战”。驻扎在桂塘坝的解放军某部一支 44 人的小分队，接到营部命令，火速赶赴老兴场集结，去执行新的剿匪任务。小分队在副连长朱昌府的率领下，向老兴场急行军。在马鬃岭遭遇瞿伯阶部王家池警卫营五百多名匪众的伏击。解放军与土匪激战至下午。在雨雾的掩护下，一举突破土匪防线，夺下小马鬃岭。土匪数次反扑，均被击退。黄昏前，小分队撤至斑鸠井休整，次日赴老兴场与大部队胜利会合。

桂塘革命烈士纪念碑　　作者 提供

第二次战斗是 1950 年 10 月 22 日，发生在马鹿塘东麓的“牛拉场追击战”。川东巨匪、“湘鄂川边区反共救国军”副总司令杨树臣率残部四百余人由酉阳可大湖逃至桂塘坝源头沟，找到总司令瞿波平商量对策。瞿担心杨会把四川解放军引来，于己不利，要他把队伍再拖回去。杨匪返回途中，被我军痛击，仓皇逃窜至毛坡和王道溪之间的悬崖孤堡牛拉场。次日拂晓，解放军某部在营长杨国栋的率领下，将土匪合围，杨树臣被当场击毙，该股土匪被全歼。

第三次战斗是围捕美蒋空投特务。1953 年 2 月 26 日下午 6 时，四名美蒋特务乘坐美制无国籍飞机从冲绳岛起飞，于晚 11 时许飞入龙山县境内，在县城上空盘旋三周后降落在明溪乡（今桂塘）四坝村与来凤交界的响水洞，第二天被当地群众发现并上报，我四千多军民迅疾展开搜捕。特务逃至捡子沟后马麓塘半山腰一小岩洞里。战斗历时 7 个多小时，当场击毙组长刘玉麟，活捉组员 3 名，缴获电台、收发报机各 2 部，手枪 5 支，冲锋枪 4 支，子弹 1102 发，金砖 14 块，币 3000 万元（旧币）及其他物资若干。

一转眼，时间过去了七十多年，马鹿塘的枪声早已消失在历史尘埃中，烈士的英灵全部安息于桂塘烈士陵园，每年清明时节成群结队的学生和村民来到那里扫墓祭奠，解放军剿灭匪特的英雄事迹和不怕牺牲的大无畏革命英雄主义精神，在桂塘人民心中代代相传。

三次战斗，使马鹿塘成为一座英雄山。马鹿塘从此声名远扬，名垂青史，它在人们的心目中，更加高大雄伟。

2021 年 5 月 21 日初稿

桂塘老街：边镇居民的历史记忆

桂塘老街，是相对于桂塘近些年建设的几条新街而言的，在街道的最南端，位于古道溪与明溪交汇处下游的冲击带上，靠四川（现为重庆）方向。街区面积不大，街道也不算长，但它是桂塘集镇的源头，据地方志记载，在康熙年间这里开始形成集市，距今已有三百多年历史。

一

过去，桂塘去川东的大溪口、龙潭的崇山峻岭中，有一条崎岖的古商道，一部分川盐就是从这条商道源源不断地流入湘西北的。

过去居住在川东边界上的村民到桂塘坝赶场，越过二隥岩的卡门，路过李家湾，再沿着田坝子中间一米多宽的石板路前行，路的尽头，迎面是一堵高约四米的石头墙，墙壁下有一个石门，门洞上方题有“边陲重镇”四个擘窠大字。一迈过门槛，就进入桂塘下街了。

下街又是桂塘老街的源头。往前面讲，这与明清两朝推行的“江西填湖广、湖广填四川”的人口大迁徙政策有关。一部分填湖广的江西人，长途跋涉来到这里，看上这里，于是定居下来。还有一部分准备填四川的湖广内地人，他们拖家带口来到这距四川一步之遥的边界之地，望川地崇山峻岭，看眼前土地平旷肥沃，又有溪流环绕，气候适宜，便于居住，于是也不再前行，就“填”在这里了。后来陆续迁徙过来的人们，在这里聚集，成为桂塘老街上最早的一批居民。他们是外来人，没有土地可耕，为了养家糊口，只

八十多岁的张明胜老人在老街口绘声绘色地给笔者讲述老街的历史掌故　作者 提供

好就地做一些小生意，这样集市就萌芽了。

由于这里处于湘鄂川三省交界之地，交通相对便利，三省边区方圆十数公里的村民均来此赶场。大约到清末民初，墟场开始繁荣起来，每逢农历三、八逢场日，崎岖山路上赶场人牵起线线，街道上则熙熙攘攘，于是成为远近闻名的“万人场”。

附近部分有眼光的村民，也随之陆续搬到街上来做生意。慢慢地，街上的生意人越集越多，房子也越修越多、越修越大，青瓦木板屋取代了茅草屋。居民和房子一多，两百多米长的街道就形成了，后来集市上移，这里就成了人们口中的下街。

下街最初是泥巴街面，赶场人雨天一身泥，晴天一身灰。为了便于赶场，众人集资从李家湾岩场运来青石板，将街面铺成了石板街。

街道两旁以一层楼的木瓦房子为主，也夹杂几栋吊脚楼。万寿宫是下街唯一的砖木结构建筑，位于街道的下方。万寿宫也叫江西会馆，为迁居此地的江西商人集资修建，是集祭祀、聚会、议事、看戏等为一体的同乡会所。因无史料记载，建设时间不详。据一些老辈人讲大约建于清末民初。万寿宫的马头墙飞檐翘角，非常高大壮观，正大门上方有“万寿宫”三个浮雕楷书大字，内有戏楼、坪场、大小两个天井和若干房间。前面提到的进街门洞那堵墙，就是万寿宫外墙的延伸部分。

街上住户的格局，一般房子前面做生意，中间是火铺、住房，后面是作坊、猪圈、厕所。一屋老少住在一起，非常拥挤。成规模的店铺有鞭炮坊、染坊、烧碱坊、裁缝铺、豆腐坊、面馆，还有炸油粑粑、卖苞谷豆腐、熬汤锅的摊铺，有人家专做道场，也有人家不做坐地生意，到周边的百福司、可大湖、大溪口等墟场赶转转场，见子打子，捉飞麻雀。

从周边村寨上街来赶场的村民，则在街边自行找一块地盘，将自家背挑东西的背篓、箩筐作铺台，有的将东西放在地上，街上有熟人的，就找熟人家借一张板凳坐着等售。没有熟人的就在街边找坨石头垫屁股坐，或干脆蹲在货旁。

自墟场兴起，下街一直是桂塘老街最繁华的地段，直到二十世纪七十年代，供销社在中街修建了一排拐子形白粉墙门面，中街遂有了“丁”字路口，于是赶场人就往中街聚集，中街自然成为最热闹的地段，下街逐渐零落了。

中街是东西向的，长七八十米，东起凉亭桥头，西至明德庵山脚。东头河边，以前有一棵叫“金钩粮”的野果树，很高大，三四人才能合抱。果子有很多钩钩，很甜，成熟了会自己掉下来。平时赶场人可以在树下乘凉。金秋时节，果实成熟，街上的孩子们就跑到树下拣果子吃。可惜的是，这树后来被人砍去烧瓦窑了。

上街呈南北向，很短，只有三四十米长。街道两旁曾搭有覆青瓦的棚子，不管天晴下雨，人们都可在棚下赶场，直到修供销社那年才拆除。

人民公社化年代，街道上分为上街、下街两个生产队，中街归属下街生产队。上街生产队的社员住街上的只十来户，其他的大多居住在离街较远的上方山麓、溪边。当时的公社在寿福殿，学校在明德庵，均在山堡之上。下面社直机关的工作人员都不多，也就是说，老街上的居民，以两个生产队的社员为主，也就三四百人的样子。

二

桂塘地处三省交界之地，由于地理位置特殊，历史上是一个“三不管”的是非之地，过去在老街上曾发生过很多重大事件。

据《湘西简史》记载，1862 年 1 月，太平天国翼王石达开率主力数万由保靖清水坪过酉水入里耶，五天后从里耶出发，经长潭、内溪、咱果，至明溪（现桂塘）。部队驻扎在桂塘街上，临时指挥部设在万寿宫内。一日，石达开兴起，挥毫在万寿宫外墙上题写了“边陲重镇”四个大字。

传说其本打算从二隥岩过卡门入川的。但因清政府在卡门布有重兵，又采取迷惑战术，派人在卡门附近的山路上，将煮熟的红洋芋、苞谷、大米等食物捣烂，用竹筒装着射成一堆一堆的，像人排的大便，同时将一两尺长的草鞋零乱地丢弃在路旁。太平军探子侦察发现这些情况，报告石达开说，这里守军个个如巨人，屙的屎像牛屎那么大堆大堆的，穿的草鞋像小船似的。石达开听后不辨真假，非常惧怕，遂放弃原计划，没有继续挥师北上，最后选择涉酉水、过鄂西来凤，取道咸丰入川。

时间到了二十世纪四十年代，以二梭瞿伯阶为首的龙山土匪闹得太凶，威胁到了蒋介石的统治，遂派八十六军（代号“竹山部队”）大兵压境，进驻龙山清剿，其中一个团驻桂塘，团长佘坤是个非常残暴的家伙，其手段残忍，滥杀无辜。在下街不远处的明溪河沙滩上，设临时刑场，经常在那里杀人示众，最多时一次杀十多人。一些无聊士兵还将被枪毙者的生殖器割下，提起追赶看热闹的妇女，丢到她们的背篓里取乐。国民党为铲除土匪的生存土壤，强行移村并寨，将全乡村民赶入十多个寨堡，街上居民全部赶入街对岸的白虎山寨堡。街上没有一个人，各种食物也转移到寨堡上去了，这样昔日繁华的街道变成了一条死街、空街。土匪没有东西可抢了，失去了生存空间，于是非常不满，迁怒于百姓，伺机报复。

国民党军明里剿匪，暗里却资匪。他们用武器换鸦片烟，致使大量枪支弹药流入土匪之手。剿匪数年，结果土匪越剿越多，最后只好无功而返。国民党军前脚刚走，趴壕的土匪就卷土重来了，于是百姓遭殃了。

一天晚上十点来钟，悍匪王老黑、王麻狗、彭麻狗带一伙人把下街一把火给烧了，火光红透了半边天，一直燃到次日中午，村民们在白虎山寨堡里，眼睁睁地看着自家房子被烧，没有人敢下山救火。这次土匪烧街，除万寿宫有封火墙、黄老九家有石头围墙阻断了火势幸免外，其余几十栋房子全部被烧毁，整个下街成为一片废墟。

其时，遭殃的还不只老百姓。明德庵本是三省边区有名的佛教圣地，里面菩萨雕塑栩栩如生，香火非常旺。只因庵里曾驻扎过国民党军，遂遭土匪记恨，也被一把火烧了。

时任乡长的李启明因协助过国民党军剿匪，也遭到报复。民国三十二年（1943）冬月二十三日早晨，他在三名乡丁的护送下从李家湾家里到寿福殿乡公所上班。在路过中街张家屋旁时，被埋伏在此的土匪一枪毙命。

新中国成立后，世道太平了，下街人又陆续修起了房子过起了安居乐业的日子，墟场再度繁荣起来。人民政府在万寿宫里办起了小学，适龄儿童均可就读，学校一直持续到迁上明德庵。

在那民国乱世，在下街曾发生过一段爱情故事，给那个黑暗的社会增添了一抹亮色。下街的一个情窦初开的姑娘爱上了竹山部队的一位年轻军医，国民党军撤离时，追随而去。在战火硝烟中漂泊了多年，最后落脚在遥远的川西高原之城西昌。在那特殊年代，因丈夫是旧军官出身，她怕连累家人，而不敢给亲人写信。改革开放后，她给家乡亲人写了无数封信，因种种原因，这些信件都没有送到亲人手里。七十多年杳无音信，亲人早已认为她不在人世了。前几年，已是耄耋老人的她根据残存记忆找回老家，终于与亲人们团聚。

桂塘有两百多年唱汉戏的传统。据县志记载，道光年间，汉戏传入桂塘。同治、光绪年间达到鼎兴，历史上曾开办四代科班，涌现出四大名角，可谓风光一时，后来衰败。1949 年后，村民的物质生活好了起来，他们才对文化生活又有了渴望。

李家湾的汉戏名角李玉龙，被下街人邀请到万寿宫传艺，先后带出了雷兴万、彭世堂、黄老九、邓兆吉等十多个徒弟。于是他们成立了自己的汉剧

桂塘老街居民表演汉戏《酒相公闹馆》剧照　　作者 摄

团，排练了《四郎探母》《夜战马超》《长亭践行》等十多个剧目，一度销声匿迹的汉戏又在桂塘唱响。他们白天做工，晚上排练，重要节庆日在万寿宫里演出，村民可自行前去观看。现在，汉戏名角雷兴万的后人雷中球、雷中环仍保存多部汉戏剧本。前些年，他们试图让汉戏在桂塘重现光芒，但遗憾的是，经过多方努力，还是未能如愿。

“文革”时期，在毗邻四川的生产队下放了很多来自重庆、成都等大城市的知青。他们大多守规矩，安心扎根农村，虚心接受再教育。但也有个别好吃懒做之徒，每次借到桂塘赶场之机，在场上故意拥挤，人为制造混乱，趁机扒窃，得手后，就称肉买酒，挥霍一空。

一颗老鼠屎坏一锅粥。个别人的不良行为，败坏了知青的整体形象，一时间，知青在桂塘的名声很臭。

有一天逢场，一知青在扒窃时被抓现行，于是被气愤的民兵一顿暴揍，但在其身上并未搜到赃款，知青自己也不承认。民兵们认为他不老实，继续揍。

知青挨打的消息迅速在知青中传开了。他们非常气愤，连夜串联几百人扬言要踏平桂塘，为被打知青报仇。

桂塘方面得知此消息，于是在塘防凹、卡门两处省际关口，派民兵持枪昼夜值守。此消息传到知青中，被说成是桂塘民兵架机关枪守卡。知青再厉害，还是怕枪，不敢轻易行动。

为防知青真的打过来，距边界近的生产队，大人照常出工，老人小孩则被转移到远处亲戚家躲避。当时六七岁的我，被转移到桂花树三孃家躲了一个星期。

紧张的空气弥漫在湘川边界的上空，仿佛一遇火星就会爆炸。

一天逢场，正是李子成熟的季节，一些社员冒险上街赶场。有一农妇在下街卖草烟，被一懒汉看中，他爱不释手将烟拿在手里又翻又闻。但苦于兜里没钱，突然，他萌生一个坏主意，大喊一声：“快跑啊！四川知青打过来了！”赶场人听见喊声，不明就里，丢下东西四处逃命。于是乎，刚才还热闹的街道，瞬间就变成了一条空街，李子散落得到处都是，被踩成泥浆。而街道旁商铺、住户的茅厕、猪圈、灶房等全部挤满了人。

因不知真假，人们躲了很久才敢走出来，方发觉是一场虚惊。而那个可鄙的造谣者则趁乱拿着那把草烟悄然溜走了。后来，驻二岩的一个知青代表过来与桂塘人讲和，化干戈为玉帛，从此相安无事。

二十世纪八十年代末的一个逢场天，我哥挑了一挑大米在下街售卖，突然看见街上人乱跑，并伴有“快跑！癫子[①]乱砍人！”的呼喊声。他米也不要了，随手操起扁担就往供销社里跑，因躲避的人太多，大门都无法关上。过了一阵，只见一精壮汉子提着血淋淋的斧头，从供销社前经过，大摇大摆地到公社投案自首去了。后来人们得知，这是一起因家族矛盾引发的灭门惨案，汉子在上街当场劈死一人。街上的血案，只是这桩惊天大案的冰山一角。本是同根生，相煎何太急啊！

三

二十世纪七十年代中期，我从大队民办小学升入公社七年制学校读初中。因学校设在明德庵堡上，每次上学，都要穿过中街。从此，我与桂塘老街开始有了亲密接触。

有四五个同学是下街的，彼此相处得比较融洽。其中有个叫黄三的同学非常大方热情，他经常邀请我们几个同学到他家改善伙食。黄三成为我的堂姐夫，当然是后来的事。

黄三家就是有石头围墙、当年未被土匪烧着的那户人家。房子为木瓦结构，低矮陈旧，一大家十来口人住在一起，显得非常拥挤。

小时候，常听大人们议论，说街上人“狗架”[②]，没有我们乡下人大方。他们到乡下去，乡下人像“上大人”一样对待他们。而乡下人到街上赶场，他们却假装不认识。赶场渴了，想讨口水喝，或借张板凳，这等小事都不太情愿，更不用说请到家喝酒吃肉了。这是乡下人对街上人根深蒂固的看法。我从小就受此影响。

开始，黄三请我们到他家吃饭，我心里就犯嘀咕，担心他们家人看不起我们这些乡下伢儿。但去了几次，发觉自己的担心是多余的。至于出现前面

---

① 疯子。

② 吝啬，小气。

讲到的“狗架”行为，我认为是彼此的情分还未到那一步，或者人家自身也有着难以言说的苦衷吧。比如说，上街赶场的有那么多熟人，请一个，不请另一个，不太好吧；如果显示热情，都邀请进屋吃饭喝酒，一是房子窄挤不下，二是人太多也招待不起啊。

那时，下街的万寿宫已不演汉戏了，改为公社粮店的仓库。社员上缴的公粮都暂时存放在那里，以后还要转运到已通公路的咱果坪，再从那里用汽车运到其他地方。桂塘到咱果坪有十六公里的路程，因未通公路，全靠人力肩挑背驮。运一百斤，力资两元。那些职业挑夫去时挑公粮，回来又帮供销社运货物，一天可得四五块钱。当时在生产队挣工分，年终分红，一天仅得几毛。两相对比，当挑夫要划算得多，故当时路上的挑夫队伍非常壮观。那时我哥在咱果九中读高中，每次去上学就挑一百斤公粮，这样一个星期的伙食费和零用钱就够了。

我很想体验一下当挑夫的滋味。初二的一个周末，我随哥到万寿宫灌了三十斤公粮，第二天随他往咱果坪挑。当时，正在修公路，坑坑洼洼，十分难走。虽然脚打起了水泡，肩膀磨破了皮，但还是咬牙运到了。得了六角钱，花一角二分在面馆吃了一碗臊子面，剩余的钱与以前卖构皮得的钱凑在一起，心安理得地在供销社买了一双心仪很久的白球鞋。

在万寿宫的对面，是下街生产队的晒谷坪。白天社员们晒稻谷，晚上则成为公社的露天电影院。每到晚上，附近的社员都自带板凳成群结队地赶去看电影。

周末没有晚自习，我就早早地到街上黄三同学家借一把椅子，抢占一处好位置，过一把电影瘾。我记得在那前后观看了《智取威虎山》《上甘岭》《地道战》《哪吒闹海》等十多部电影。

与下街背靠背有一排长五间的平房，从北到南分别是信用社、邮电所，紧邻的是两层楼的兽医站和猪行。下街和中街分别有通道连接，平时人不多，赶场天则人来人往。这些机关和场所虽然在背街上，但地位重要，与社员们的生活息息相关，是正街的重要组成部分。

初三那年，公社七年制学校从明德庵迁下山。因处于迁校初期，各种设施还不完善，只有教室，没有学生宿舍和食堂。临近毕业，学习非常紧张，若走读，来回耽搁时间，不利于中考。怎么办呢？只有在街上找地方寄学。

有个远房姑爷是个兽医，他在兽医站有一间十来平方米的卧室，当兽医经常下乡劁猪、打预防针，在家时间少，平时仅由其刚进初中的幺儿居住。我和族弟白三商量认为，一个人是住，三个人也是住，还有个照应。于是给姑爷和幺老表说想一起偏耍①，他们爽快答应了。

姑爷的卧室在二楼，晚上我们仨人挤在一张木板床上。虽说有些挤，但还是比较自由，晚上可以看书复习，不像在学校受约束。煮饭则在楼梯间的转拐处进行，三人分工负责，做好后端入房间吃。

但是，好景不长。在初三下学期的时候，容忍我们很久的向站长给我们下了逐客令，理由很简单，就是在楼梯间生火做饭，既影响通行，还有安全隐患。

向站长还算好，看我们无处可去，又准许我们在猪行旁那间平房继续生火做饭。平房是猪行的开票室，比较宽敞，冷场天空着，但因在猪行旁，遍地都是猪牛屎，苍蝇乱飞，臭气熏天。有什么办法呢？我们只好将大门紧闭，快速做好饭，匆匆吃完即离开，不去想那么多，眼不见为净。

吃完饭后，我们经常到隔壁玩耍。有个向姓同学的父亲在信用社工作，有时会找他玩。职员在柜台里一沓一沓地数钱，看得我眼花缭乱。但因是经济重地，不敢过多逗留。

邮电所守总机的是两个中年汉子，一个姓严一个姓符。老严的背景可不简单，其舅舅是老红军。他矮个小眼，为人不“二气”②，待人随和，说话一脸笑，因我们是同村人，因而到他那儿玩得最多。那儿总机上插满了线头，上班时耳朵上又戴着耳机，机子整天“嘀嘀嗒嗒”响个不停，我感到非常新奇。有时听见老严接电话，那头拖声拖调地说：“喂！你是‘总机吧’（此三字谐音本地粗陋话）？请接公社！”接通后，老严“呵呵”一笑，小眼睛眯成一条缝，骂道：“砍脑壳死的！又在开我玩笑。”

四

改革开放以后，作为州县重点建设的边贸口子镇，桂塘的小城镇建设进入快车道，街道建设总体朝四坝方向拓展，先后修建了湘川路、工商路、民

---

① 搭伙。
② 显摆，做作。

族路等几条大街和农贸市场、明溪广场等基础设施，街道和镇上居民都翻了好多倍，上街赶场的，都是车来车往的，已很少有人走路了。街上过去是人挤人，现在是车挤车了。

老街上的供销社垮台了，房子、地基都卖给了个人。赶场日，老街早已没有人赶场，只有几家杂货店还开着业，过去的繁华不再。

二十世纪八十年代初中毕业后，我就到外地求学、工作，四十多年来，只是在节假日偶尔回趟老家，来去匆匆，很少去老街上走一走。壬寅深秋我回老家度假，于是邀约同乡文友老红兄，专门到老街走了一趟。

老街很寂静，除了街边一桌打麻将的人外，很少碰见行人。居民大多将老屋拆除，在原址修建三四层楼的砖房，一两栋仅存的青瓦木板房，已很少有人居住，也没有人去修缮，天通地漏的，随时都可能坍塌，与周围的高大楼房显得格格不入。在街边一间破旧的老房子里，我们找到一位年近九十的童姓老者，他给我们讲述了关于老街的很多故事。

黄三同学家的那栋瓦房，已垮掉了，未竖新房，屋基上空余一地瓦砾。曾让老街人引以为豪的万寿宫早已不见踪影，村民在原址又盖了几栋新房。那条通往下街的石板路，还残存几段，村民下地干活还可行走。下街生产队的晒谷坪早不放露天电影了，现在是桂塘社区的办公所在地，平时有社区干部值班，不时有居民来此办事。

我与老红辗转来到邮电所那排矮房子前，发现房子竟然还在，地上到处是垃圾，难以下脚，窗户织满了蜘蛛网，没有了一丝生机，破败、荒凉之感扑面而来。向姓同学和他在信用社工作的父亲均已去世多年。邮电所总机房还在，总机早撤除了。守总机的老符也已去世了。老严还健在，现已八十多岁，他在老机房打了一个铺，有时还在此过夜，成为那排房子的最后一位守望者。

兽医姑爷和向站长早已作古了，兽医站房子垮得只剩半截，猪行棚子和旁边那间平房保存最为完整，里面放着杂物，地上比较干净，只是这里早已没有人卖猪了。

在这个人生的驿站，我生活了约一年时光，光阴荏苒，韶华难留，当年的懵懂少年，现已年近花甲。故地重游，很多久远记忆涌现脑海，让我久久难以平静。

2022 年 11 月 17 日初稿

前丰：故事里的传统村落

三年前的冬天，我从新闻媒体获悉，前丰村被住建部、文化和旅游部等部门列入第五批中国传统村落名录。我感到非常自豪和惊奇，在我的家乡，还有如此村落，而我却知之甚少，实在惭愧。我想，能够评上国字号传统村落，其文化底蕴肯定深厚。于是，我决定找机会做一次实地踏访。

一

牛年正月初七早晨，我偕妻儿并邀约同乡文友老红、国平，开始了我们的前丰踏访之行。我们在桂塘坝街上吃过早餐，驾车沿着湖南省最美乡村公路——民（安）里（耶）公路向前丰进发。小车在风光旖旎的乌龙山大峡谷底部皮渡河畔穿行，然后爬上东侧的挂壁公路，路过风景名胜惹迷洞，经过一个多小时的行程，到达了一个山垭口，一栋房子上“村卫生室”的牌子告诉我们，前丰村到了。

同行的国平在县文化部门工作，曾参与前丰村申报传统村落的资料整理，对前丰的情况比较熟悉，他与村卫生室的向楚亮医生早就取得了联系，向医生早早地站在门口等候，非常热情地欢迎我们一行的到来。向医生是一位乡土文化爱好者，有了他为我们做向导，我想我们的这次采风活动一定会收获满满。

前丰距离桂塘镇政府约十公里，坐落在国家级地质公园乌龙山大峡谷东侧的山顶之上，位于桂塘最高峰蒲松大的山麓，是典型的高山台地，喀斯特地貌，境内群山起伏、森林茂密、青山叠翠，溶洞天坑众多，自然风光美不胜收。

初春时节，和煦的阳光亲吻着前丰的山岭，漫山遍野的野樱花次第绽放，雪白一片，香气随风吹来，沁人心脾，给我们的采风平添了几分雅趣。

二

“前丰”，从字面看村名不古，使我很难与国家级的传统村落联系在一起。因在我的印象里，传统村落一般都有一个传统的村名。

经一番打听，方知村名还有些来历呢。

很多年以前，这里是永顺彭氏土司的属地。传说在明崇祯年间，土司王为了发展所属地区的经济来巩固自己的统治地位，组织大队人马在这穷乡僻壤采矿炼铁，打造农具和兵器，然后把制成品运到山下的皮渡河装船，经酉水河运往湘西各地。为保护采矿和制造兵器的安全，土司王便在村口设立岗哨，驻兵守卫，称之为“前锋”，于是，就有了前锋这个地名。后来又被改为“前丰”，取“在前进中取得丰收”之意。

这个传说的可信度是很高的，因为这里铁矿石非常丰富，现在这里仍留有铁厂的地名、炼铁遗址和二十二个开采过的铁矿石洞。

村卫生室所在地叫马壁店，是一个三岔路口，经此地往西翻山可以通往湖北的百福司、漫水，往南行到娃娃潭翻过杉树坡，可达四川的大溪口、可大湖、龙潭，往东可去本县的招头寨、老兴、贾坝等地，自古为交通咽喉。过去为崎岖的山路，来往行人均会在此歇息，有人看准商机，于是在这里开了一爿供路人吃住的小客栈。现在，向医生将村卫生室和超市设在这里，无疑也是因为地理位置好的缘故。

马壁店的地名，源于附近的马壁天坑。向医生带我们去参观，我们发现路坎下的确有一口大天坑。天坑口被杂草、藤蔓和灌木丛所遮盖，没有人提醒，路人根本不知道那是一口深不见底的天坑。

马壁天坑是有来历的。

传说，太平天国翼王石达开负气出走，大队人马一路开来，从里耶、桂塘往四川方向溃逃，大队人马好不容易爬上陡坡，路过天坑边时，因雨天路滑，一匹战马不慎掉入天坑底部的阴河里，石达开派士兵和当地村民下天坑救战马，因天坑太深，坑壁太陡，办法用尽，也没有将战马救上来。因这次天坑坠落马匹事件，事后当地村民将该无名天坑称为“马匹天坑”，久而久之，就因谐音演化成了“马壁天坑”。那个开店子的山垭口，因距天坑不远，所以就被当地村民称为马壁店了。

三

前丰因为历史悠久，故留下很多历史传说故事和文化遗迹。

在村里的一座小山堡上，我们发现一座土王庙遗址。据村里老辈人口口相传，当年的土王庙，雄伟壮观，庙里供奉土家族传说中的祖先彭公爵主、向老官人、田好汉的三尊塑像。逢年过节，附近土家民众云集于此，跳摆手舞、开展祭祀活动，香火非常旺盛。可惜在“破四旧”的年代，庙宇被拆毁了，现仅存乱石垒成的院墙、石门洞和一块纪事碑。

前丰土王庙遗址　　作者 摄

经查阅有关文献得知，土王庙，又称摆手堂或土王祠，为土家族纪念祖先的圣地。《永顺县志》卷八载：“土王祠，阖县皆有，以祭历代土司，俗称土王庙，每岁正旦后、元宵前，土司后裔或土民后裔鸣锣击鼓，舞蹈长歌，名曰摆手。”唐五代后，由于彭氏土司在湘西北统治时间较长，人们便对土司产生信仰和崇拜，各地为其建立神堂庙宇。“相传土王至高无上，文武百官在庙前经过必须下马，新娘必须下轿。每年正月，由‘梯玛’主持民众在庙前杀猪椎牛，以祭土王，同时举行盛大的摆手歌舞活动。祭祀时间各地有所不同，有的正月举行，俗称‘正月堂’。有的在二三月举行，称作‘二月堂’或‘三月堂’。”村民传说与史料记载基本吻合。

立于庙入口处的石碑为立式，长方体，无碑帽，青岩凿制，入地部分与碑座套合，通高一米有余，宽约半米，厚约二十厘米。碑额为“万福攸同”四个楷书大字。碑文字迹仍很清晰，为清秀的阴刻楷书，二十二行，三百七十二字。

我们通过仔细释读碑文得知，此庙建于咸丰二年（1852）腊月初一，由田有泮书丹，距今有近一百七十年历史，由当地田、向两姓人捐建，以田姓为主。碑文说，建庙是为了不忘土司功德，同时，仰其神威驱除当地豺狼虎豹之患。文字还提及了溪州之战、会溪坪立铜柱、永顺十八代土司彭肇槐主动向雍正皇帝献土（即改土归流）等重大历史事件，内容还涉及土家先民对祖先“禳灾祈福”“保境安民”寄托的精神追求。

此碑有很高的文物价值，为研究土家族历史文化提供了重要参考史料。在这里，我要为前丰村民强烈的文物保护意识点赞！希望有关部门一定要保护好此碑，千万不要被盗窃或人为破坏。

四

在前丰村里广泛流传着关于田文龙将军的故事。嘉庆六年（1801），爆发全国性的白莲教起义，湖北来凤县城被破，龙山县城告急。正在这危急时刻，前丰池格洞的田文龙，带领数千乡勇出征，在来凤旗鼓寨与白莲义教军展开激战，大获全胜，白莲教首领胡正中阵亡，龙山、来凤两县城解了围。田文龙因忠君卫国有功，上报朝廷，嘉庆皇帝赏军功顶戴，封为将军。

向医生说，田文龙将军的事迹在其墓碑上有记载。为弄清原委，我们来到位于老寨村头的将军坟。向医生扒开坟前的竹栅栏，我发现墓冢很普通，不像将军级别的。墓碑共有三块，向医生用杂草擦去碑上的尘埃和青苔，碑面虽斑驳，但碑文依稀可辨。碑文中去世时间空着，这说明修墓时，墓主人尚未去世。

正中主碑大字为“皇清待诰封田公文龙老大人之灵”，两侧碑文除介绍墓主生平、为人外，有关抗击白莲教事迹有如下记载：

嘉庆元年，湖北白匪猖獗，公以纠集乡勇悍御匪徒，为国勤劳，不遑暇食者，经年累月，乃龙城得以保固。龙城民获以无恙者。公之忠君卫国上达于朝廷故督部堂，庆赐以军功顶戴。

从碑文获得的信息可知，前丰确有田文龙其人，他曾带领乡勇抗击过白莲教。因军功被朝廷赏赐军功顶戴，但没有说赐几品顶戴和封“将军”，也就是说朝廷只赐官帽，未授将军衔职。

后又查清嘉庆版《龙山县志》，找到田文龙词条，有二十三字记载：

团集乡勇在他砂坝（注：现召市镇一带）地方杀贼，永顺协庆赏军功外委顶戴。

从县志记载可知的是，田文龙只是一个低级小官，而且还是员额之外的，不是嘉庆皇帝赏赐的，也没有获封将军头衔。至于村中人关于田文龙将军的传说，我认为是村人不明就里或人为拔高的缘故。以讹传讹，时间久了，假的就被传成真的了。这样的事，很多地方都有。

为进一步了解田文龙的情况，我们来到村民所说的将军屋场，即池格洞田文龙的故居遗址。这是一个只有几户人家的小村落，四周古木参天，风景宜人。

在田文龙故居遗址，原来的房子早已不复存在了，现在的几栋房子都是砖房，我们在遗址上发现一口整石打造的石水缸。寨里老人介绍，这是田文龙用过的水缸。老人称还见过一对田文龙当年练武用的石锁，后被一贾姓宣传干部收藏了。

田文龙后人介绍石水缸的故事　　作者 摄

我通过察看发现，老屋基的保坎全部为料岩砌成，朝门遗址的梯步很规整，表面已被踏磨得很光滑。从这些遗存可以想象出“将军府第”当年的辉煌。

在寨中遇见一位叫田万金的热心寿星，今年九十多岁。老人介绍，田文龙共娶五房妻室，裔孙众多。他自己也是田文龙的后人，是一位退役老军人。近年，田文龙后人里有不少出息者，裔孙田代科曾留学美国奥本大学，获园艺学博士学位，现是中科院的研究员、博士生导师。还有一名裔孙女田芳洁曾留学俄罗斯圣彼得堡国立音乐学院，获钢琴演奏博士学位。

五

无独有偶，在前丰村里，我们还听到一个“苞谷状元”的故事，竟也与皇帝有关。

铁厂向氏第十一代孙向世奎出生于1805年3月14日，因家境贫寒，只上过两年私塾，十五岁开始随父母下地劳动。他是一个高大结实又勤劳聪明的土家汉子。十八岁娶妻，遂与父母分开居住，带着新婚妻子起早贪黑劳作，并在耕地旁搭茅棚，吃住在地旁。为扩大耕地面积，在人手不够的情况下，他请了两名长工，在村里一个叫青山堡的地方，开荒八十余亩，又从外地引进一种叫马齿白的苞谷种子，通过合理密植、精心培管，克服重重困难，大获丰收。1825年收获苞谷籽一万五千多公斤，此后，又连续几年丰收，晒干的苞谷堆满仓库、堂屋、粮柜，成为全县有史以来第一个苞谷种植大户。

在当时生产力十分落后的情况下，收获这么多苞谷，实属不易，于是在湘鄂川边区一带引起了轰动。二梭里报告给龙山县府，县府再报告永顺府，经过地方政府逐级上报，消息传到了北京城。咸丰皇帝闻讯，龙颜大悦，特钦批向世奎为全国“苞谷状元”，并赐予“苞谷顶子”（相当于现在的劳动模范）称号。为此，村里有人作了一首打油诗：

前丰堡青山，今昔成美谈。
以勤为荣念，拼搏在田间。
咸丰帝钦定，苞谷顶状元。
此事记千古，佳话传人间。

这个故事，被写进了前丰铁厂向氏家谱，在申报传统村落的材料里也有体现。故事听起来有些离谱，但很励志。我想这么大的事件，地方志绝对会有记载。为此，我查阅清代和新中国后编纂的《龙山县志》，均未发现任何蛛丝马迹。

看来，这仅仅就是一个美好的传说故事吧。故事的真实性虽然没有得到印证，但这个故事体现了土家先民们对丰收的期盼和对勤劳的赞美，它带来的正能量，一直激励着前丰土家人与恶劣的自然环境抗争，从而走上勤劳致富的康庄道路。

六

村里有一个叫指革洞的土家族古村落。指革洞这个地名，早在清嘉庆版《龙山县志》中就有记载。在村旁有两棵神奇的黄连木古树，两棵并立的古树生长在寨旁一块巨大的石灰岩石之上。

当地村民说，古树岩板下有一个大溶洞。洞里有一对栩栩如生的岩狮子，故该洞被村民称为狮子洞（土家语即指革洞）。古树根连着溶洞里两条并生的钟乳石，这样当地村民形象地将古树称为“岩连树”。

这两棵古树根部相连，虽形如一胞所生，却有雄雌之别。东边的雄树高大巍峨，西边的雌树低矮多姿。雄树不结果实，雌树每年都结果实。两古树的枝丫相互拥抱在一起，树冠枝丫交错，组成一个冠幅达七百多平方米的巨大绿伞。若遇下大雨的天气，数十人可以同时在树下避雨。

这两棵古树恰似一对如胶似漆、亲密无间的恋人，故被当地村民称为“夫妻树”或“情人树”。面对这两棵古树，人们不能不感慨大自然的神奇。

关于夫妻树，村里流传着一个凄美的爱情故事。

相传很久以前，村里有一个彭姓穷苦人家的后生，给田姓大财主做长工。后生高大英俊，勤劳肯干，在朝夕相处中，被东家俊俏可爱的千金小姐看上，俩人暗生情愫，悄悄谈起了恋爱。但因门不当户不对，遂遭到了财主的强烈反对。多次劝阻无效后，一怒之下，财主将后生驱出家门，而将小姐锁于闺房，派家丁严格看管。同时，又有几家门当户对的人家上门提亲，但小姐不为所动。

尽管如此，也没有阻止俩人的真心相爱。每当月亮爬上古树梢，小姐趁看管人不备，悄悄翻窗逃出闺房，来到古树下那块大石板上与后生幽会，他俩唱情歌，互诉衷肠。一天夜里，他俩又出来幽会，不知何因，天气突然变化，气温剧降。两人如胶似漆，又不愿分开，紧紧相拥取暖，最后竟冻成了冰雕。

几年过去了，村民们惊奇地发现，在岩板的缝隙里长出了两株连根的小树苗。几百年过去了，小树苗以顽强的生命力不知扛过了多少大灾大难，慢慢地长成了两株紧紧相拥的参天大树。

这个凄美的爱情故事，对封建家庭干涉恋爱自由的行径给予了鞭笞，对美好坚贞的爱情进行了歌颂。

前丰村夫妻树　　曾祥辉 摄

这对古树也被人们认为是那对至死不渝的恋人的化身。多少年来，夫妻树受到了人们的推崇，四面八方的夫妻、恋人络绎不绝地牵手来到这里，在古树下海誓山盟，许下相伴终身、白头到老之愿。

令人遗憾的是，因年代久远，雄树树干被蚂蚁蛀空。在几年前的一个风雨交加之夜，被雷击倒了。现在，人们在那里，只能看见雌树孤单憔悴地立在那儿。而倒地的雄树也没有人去动它，它的枝丫向雌树伸着，好像在呼唤："亲爱的！我想站起来，快拉我一把吧！"人们观此，无不为之动容。

现在，人们只能通过村民们的描述和以前拍摄的照片来想象夫妻树曾经的模样了。

前丰作为一个传统村落，目前村里还有保护较好的特色民居三十余栋，百年以上土家木屋五栋，老房屋的建筑风格为土家族排扇屋和吊脚楼，木构建筑，小青瓦盖顶，大多依山而建，层次分明，镶嵌在青山翠绿中，与地理环境相融合，古朴而美丽。

我们在村内的小山头，还发现三处民国时期村民躲避土匪的寨堡遗址，依稀可见过去石头砌成的房子和防御工事。

给我们当向导的向医生是一个土生土长的前丰人，年过古稀的他，仍精神矍铄。他是一位乡土文化爱好者，平时利用走寨串户给村民看病打针的机会，搜集挖掘散落在民间的乡村故事，回家后精心整理，写成一篇篇乡土文章。一部分内容载入家谱，一部分在报刊上发表。这些珍贵资料，在前丰村申报第五批中国传统村落名录时派上了大用场。

前些年，向医生牵头编纂了前丰《铁厂向氏族谱》。通过其族谱，我们了解到铁厂向氏始祖向进吾，原籍为湖南沅陵县清水坪乡，清雍正十三年（1735）始迁入火岩苦达岭定居。后来他被征集到前丰铁厂炼铁，见这里山清水秀，矿藏丰富，交通便利，上承天路，下接地气，是一处“金盆取鱼”的好所在，于是在此定居下来，娶田氏为妻，现已繁衍子孙十四代。

前丰古村，历史悠久，文化沉淀深厚，值得人们去慢慢品读。前丰村里的传说故事，几天几夜也讲不完。

2021 年 4 月 21 日初稿

二隥岩：最早唱响汉戏的边陲古寨

二隥岩是湘渝边界上的一个土家族村落，与重庆酉阳大溪镇石堤村只一步之遥，是一个名副其实的省际边陲古寨，现隶属龙山县桂塘镇桂塘社区。因村寨坐落在半山腰的一个台地上，背靠青石山，前临悬崖，崖壁险峻，形如两层楼梯状，一湾清流从崖下穿过，二隥岩由此得名。隥（dèng），古同“磴”，阶梯、石级之意。所以在过去很长一段时间里，这里被人们称为二梯岩。因其深厚的文化底蕴和气势不凡的古建筑，二隥岩在湘鄂渝边区享有盛名。

十年前初春的一天，我慕名来到了二隥岩。走进古寨迎面看到的是三座高大的古朝门，昭示着古寨曾经的辉煌。

给我当向导的是外号叫“老红”的土家汉子，他是土生土长的二隥岩人，是一个乡土文化人。

通过走访寨中一些老人，倾听他们讲述二隥岩曾经的故事，使我对眼前这个神秘的古寨有了更多的了解。

据始祖彭君宪（又作现）墓碑文记载，其原居住在下溪州（今永顺县）一个叫扯述湖的土家族山寨。十二岁那年，彭君宪为避仇杀之难，只身流亡辰州（今沅陵）。数年后，再返回原籍，无奈世道依旧不太平。故园虽好，不是久留之地。在康熙年间，遂背负小脚母亲杨氏欲逃往传说中的“天府之国”四川避难。母子俩昼夜兼程，不知翻过了多少座高山峻岭，越过了多少条河流，辗转来到明溪河畔，根据当地村民所指方向，沿楚蜀古道继续西行。夜幕降临时，筋疲力尽的娘儿俩发现路边有一个岩洞。娘说：“宪儿啊，天快黑了，你背不动娘了，我们就在洞里歇息吧，明天再走。”

儿说："好吧，儿听娘的！"

于是，母子俩停下脚步，就在岩洞歇息。夜间，隐约听见附近有鸡鸣狗吠之声。等到天明，娘儿俩起来四周一看，发现这里是一个半山坡，前临悬崖，一条小溪从崖下流过，对岸崖壁和周围尽是古树林和乱岩窠。原来，娘儿俩已走到湘川边界，再走几步，就走出永顺彭氏土司辖地进入四川了，在山洞后面的山坡上还发现了几户人家！

古语云："蜀道难，难于上青天。"山道漫漫，凶险未卜。娘儿俩认为这是缘分，便不打算再往前走了，就在此搭了一个茅棚，暂时落脚下来。

娘儿俩在这里安顿下来后，起早贪黑，拓荒耕地。哪有草窠饿死蛇！彭君宪本是一个勤劳孝顺的土家后生，杨氏是一位能干的母亲，几年过去了，娘儿俩盼皮①地劳作，用勤劳的双手慢慢地积攒起了一份家业，很快融入了当地社会。彭君宪娶后山麻阳寨田氏女子为妻，生有明、有进二子。他为人和善，处事公道，在当地树立起了崇高威望。

雍正年间，清廷改土归流，始设龙山县，下设十六个里。二隥岩归属明溪里。因明溪里地处三省交界之地，村民田土犬牙交错，边界一直扯不清，村民为争夺地界经常打架扯皮，甚至动刀动枪，流血事件经常发生，三地官方对此也束手无策。在这种情况下，彭君宪挺身而出，凭借自己的智慧与威望妥善划定了三省边界，平息了事端。从此，三省边区人民世代友好，再无争端。彭君宪为加强三省边区民族团结，立下汗马功劳，可歌可颂，永垂青史。

上述历史，清嘉庆版《龙山县志》之记载，可以佐证：

彭君宪，土籍。年十二避仇家之难，只身流寓辰郡。改土后归居明溪里，生平灵警勇敢，乡人惮服。雍正间，明溪里，西界四川，北界湖北，三省接址纷无定处。悉凭君宪为之画一。年五十三卒。

时间一年一年地过去，子孙一天一天地多了起来，瓜瓞连绵，人丁兴旺，慢慢地发展成为一个山寨。部分后裔迁往湖北来凤县百福司懒板凳、本县咱果三分田、四川酉阳县大溪老寨等地。至今，时间已过去了三百多年，历经了君、有、应、启、永、世、守、先、贤、范、开、宗等十二代，子孙达一

---

① 勤劳，不怕苦。

百七十多户、八百八十多人。

从二隥岩前面经过的山路，自古是湘鄂西通往川东的古商道，经常有商队、马帮从这里路过。距二隥岩不远处有个村寨就叫歇马场，就因商队、马帮经常要在此歇脚而得名。受此启发，二隥岩的先人们用积攒下来的家业为资本，开始学做生意，购买运输船只和马匹，组建自己的商队，捐资参与修建五板船酉水码头，利用酉水河和茶马古道发展长途贩运，他们将湘鄂川三省边区的桐茶油、生漆、药材、板栗、名贵木材等土特产品通过酉水河源源不断地贩运到川东及辰州、常德等地，又从外面采购运回山里人所需的布匹、盐巴、五金、海产品等日用工业品。二隥岩寨前有一棵高大的皂角树，是二隥岩的地标。他们在常德开设自己的商号，就取名为“皂字号”。通过酉水河和茶马古道贩运，二隥岩人获得了丰厚的利润，一时富甲一方。

有了钱的二隥岩人，决定大兴土木，营造自己的安乐窝。跑过大码头的二隥岩人，见识和眼界要比明溪一般人高得多。他们请来了三省边区的能工巧匠，将江西的建筑风格与土家族传统建筑风格相融合，历时十年，修建了气势恢宏的两栋四合水天井屋、后花园、书房、戏台、大中小三座朝门。在寨子里建立了自己的学堂，从外地延请老师给寨中子弟授课。

据《龙山县志》记载，在清道光初年，二隥岩人从外地请来了汉戏班子，在寨中日夜演唱，当地人称之为“人大戏”，吸引了三省边区村民前来观看。为了培养本土汉戏人才，他们开办了汉戏科班，招收二隥岩本寨和明溪周边村寨子弟进班学戏。先后举办了凤鸣、九红、玉福、同庆四代科班，薪火相传约两百年，涌现出了李凤高、张九寿、张海

湘西汉戏的最早传入地——二隥岩古寨　刘能朴 摄

洲、李玉龙等名角，演出《火烧棉山》《程英救孤》《四郎探母》等几十种剧目。光绪年间，二隥岩的汉戏达到了鼎盛，在湘鄂川边区享有盛誉。汉戏从这里先后传入龙山县城、里耶及湘西其他地区，作为湘西汉戏的最早传入地，二隥岩赢得了“汉戏故里”的赞誉。

同时，二隥岩还开设了餐馆、赌场和鸦片馆。财大气粗的二隥岩人为吸引更多赌客，开始时，给赌客无偿提供一定数额的铺底赌资。说是送的“起脚粮”，赢钱的赌客，拍屁股走人了；输钱的赌客还不上，当然就算了，也拍屁股走人。赌客们打牌累了，就上戏场看戏，戏看腻了，就上酒馆喝酒划拳，或上鸦片馆吞云吐雾。逍遥自在，好不快活。

一时间，二隥岩成了湘鄂川边区的“逍遥宫”，各色人等云集，三教九流混杂，鸣锣开饭，热闹非凡，宛若闹市。这里每天要杀两头大肥猪，才能保证食客们的供应。四川有个在赌场里打工的伙计，几年后回老家，用打工挣来的钱和在垃圾里捡得的碎银购买了大量田产，成了当地的大财主。传说可能有夸张的成分，但也从侧面佐证了二隥岩当年的畸形繁荣。

道光年间，因寨中住户炕腊肉，不慎引发一场灭顶火灾，无情大火烧毁了两座四合水天井大屋、书房、戏台，幸亏有封火墙的阻隔，方保留住部分房子，可惜大量钱财化为灰烬，很多人无家可归。从此，二隥岩风光不再，一蹶不振。

好在二隥岩曾办过学堂，大多数人受过教育。于是有十多人到周边地区的一些村寨办私塾，以教书为生。办私塾收入很微薄，自家子弟又不能带在身边接受教育，故其后代大多没有什么文化。为了维持生计，先后有十七八个子弟外出拜师学打银饰、缝纫、织布、染布、雕刻、扎花等手艺。一时间，二隥岩匠人辈出。有手艺就可以养家糊口，赚得钱后，他们又陆续回到二隥岩，重建家园。慢慢地二隥岩有了一些生机，人气又开始旺起来了。家家购买了纺纱机或织布机，一进寨门都能听见织机声，与之配套的染房、缝纫房也建立起来，日夜忙个不停。

民国时期，明溪、二梭一带是有名的土匪窝。二隥岩的富足，引起了土匪觊觎。村民彭守干，是个本分老实人，通过做生意和勤耕苦做，积累了丰厚的家业，成为二隥岩的富裕之家，在边区一带置田买地不少。一日，古道溪悍匪王老黑来到二隥岩，硬说他的几斤鸦片烟寄存于彭守干家，要其退还。

这本是子虚乌有之事，明显是敲诈，彭守干当然不会承认。于是，王老黑将其抓去一场暴打，用大木棒滚身，致其大小便失禁，整得死去活来。最后，为保全性命，不得不违心答应“退”鸦片，为了凑够买鸦片烟的钱，只好变卖大部分家产，全家被迫逃往湖北百福司，另谋生计。

这事以后，为了保全家财，防止土匪、恶棍再来骚扰，二隥岩人开始加强防卫，他们筹资购买了十多支民枪，在三座朝门口修筑碉堡，派青壮年持枪轮流值守，严防可疑人员进入寨内。为防止土匪从后山偷袭，他们还在那里扎木城，筑防御工事，架设一座“猪儿炮”。一日，一支土匪队伍从寨前路过，二隥岩人故意向对门禁山开了一炮，炮声震耳欲聋，将山里几根合抱粗的树木拦腰击断，山林里飞禽走兽被吓得惊飞逃窜。因惧怕二隥岩土炮的威力，自此后，土匪再也不敢打二隥岩的主意。

毕竟有过辉煌，大火后的古寨里仍留下了很多古迹遗存。

老红领我在寨里穿行。在重建后的天井屋里，我看见脚下的青石地面全部龟裂，老红说这是当年大火烧成的。在残存的书房老岩门上，我发现很多精美的雕刻作品，如喜鹊闹梅、白鹤采莲、狮子滚绣球，以及暗八仙壁画等。废弃的磉礅岩和依然耸立着的两根高大的后花园门柱，依稀还能见证古寨曾经的辉煌。我们在寨子里行走，一种沧桑和破败之感扑面而来。

但值得庆幸的是，山寨的大朝门没有被火烧着，朝门还是原来的朝门。朝门有五级台阶，是一栋两层楼的青瓦木房子，我们到那里时，五个学童正在朝门外的楼梯上爬上爬下，玩着游戏。

老红叫来寨子里的几个汉子将两扇高大的木门关上，一个“井”字形的木锁便呈现在我的面前。汉子们捣鼓一阵后，将锁合上，然后便打不开了。原来这锁设有机关，不懂其原理是打不开的。

在朝门两旁的青石墙壁上，我竟然发现四个石刻大字——“绰有古风”，这着实使我眼睛一亮，精神也为之一振。

四个字是在石碑上刻好后镶嵌在朝门两旁墙壁上的，右边是“绰有”，左边是“古风”。每块石碑长约 150 厘米，宽约 70 厘米。驻足观之，发现字体呈长形，高约 50 厘米，楷书结体，行书笔意；结构稳健，笔画灵动；既有颜字的宽博浑厚，又有柳体的瘦硬俊朗，还有王铎的潇洒传神。刻工也比较精细，阴文，平底，四字的行笔飞白均得到较好体现。

从字面上理解，“绰有”，有很多、宽余等意思，“古风”，即古朴之风。四字连起来解释，就是说这里古朴之风盛行。这是对山寨过去的赞美，也是对山寨未来的希冀。

在朝门里面一栋老屋的神龛下，我发现一个雕有“忍”字的旧神柜。这行书“忍”字，粗看起来整个字显得中庸、规矩、富态。但认真品味，也能看出笔势的灵动，如心字底的三点和弯钩的顾盼恰到好处，有点妙不可言的感觉。因为要忍，所以去掉了火气，增加了平和，也许是书写者的真正用意。

寨里老人告诉我说，“文革”时期，神柜作为“封资修”的东西差点被销毁了。幸亏族人们机智地将其有字的一面朝板壁，未被红卫兵发现，最后得以保存。近年，有人曾出高价想买走神柜。因这是祖先留下来的遗产，族人们坚决不卖。

神柜上面，置放着四个灵位牌，老红小心翼翼地取下来，抽出布满尘埃的木套子，蓝底金字金边的灵牌便露了出来。

村民在大朝门前跳摆手舞　　刘能朴 提供

从用笔、结体来看，我认为，这“绰有古风”“忍”和灵牌上的字，出自不同人之手，书写时间为两段“大兴土木”之时，距今应有两百余年历史。

经过耐心寻找，我们又在寨里老书房和住户的天楼上，发现了四块清代匾额和一副对联。在“文革”时期，为避免红卫兵破坏，二隥岩的族人们想尽办法将匾额楹联藏了起来。他们将匾额反扣在二楼伪装成天楼板，故没有被发现。由于平时烟熏火烤，起到了很好的保护作用，匾额没有受潮，也没有被虫蛀。我和老红爬上彭贤辉的天楼，小心翼翼地翻开匾额，轻轻将匾上面的烟尘拂去，只见匾上字迹还很清晰，分别为“熙载始基”“云联甲第”“求学正大”。“熙载始基”这块老匾，印证了彭氏家族从康熙年间定居二隥岩的传说。

我们还找到与“云联甲第”相配套的楹联。文字内容如下：

奂轮标彩云连画栋莺声巧，

甲第耸奇露浥新庭桂子香。

近些年，国家加大了对传统村落的保护力度。二隥岩通过申报，被列入传统村落名录，获得了大量资金支持。老红参与了古寨的部分修缮工作。

在征求我的意见时，出于对家乡的关心，我对修复工作提出了一些建议，部分得到采纳。同时，受老红的邀请，在朝门、书房的匾额、楹联的文辞创作，邀请书法名家题写和匾额楹联的制作上，我也做了一些力所能及的工作。

我题写的“寰海镜清”四字现镶嵌在中朝门的外墙上。

在构思三座朝门匾额内容时，我紧贴古寨历史文化，对大、中、小朝门分别想出了“汉戏故里”“湘渝名寨”“土家福地”文辞，将两座凉亭分别取名为“古枫”“新韵”，书房的匾额文辞为“善读医愚”。然后，针对匾额文辞，分别邀请湘西州楹联高手创作。此后，我再邀请林时九、黄叶、杨刚、王焕林、黄长龙、黄蔓之、李晓鹏、陈振华、曾令刚等十余位湘西书法名家题写。这些匾额、楹联全部悬挂于二隥岩的相应位置，顿时，二隥岩古寨深厚的文化气息便扑面而来了。

现在，经过几年的修复工作，三座古朝门和一系列老建筑得到了修缮加固，有人在寨里开起农家乐，逢年过节，还恢复了摆手舞等传统习俗，昔日的繁荣景象又开始呈现。

修缮后的二隥岩，吸引了远近的慕名参观者。现在，二隥岩人还打算修复戏台，重光汉戏。我期望，在不久的将来，汉戏又会在这个湘渝边界上的土家古寨唱响。

2022 年 3 月 28 日初稿

哈巴城：一个有故事的小山村

梁家寨距哈巴城仅三四百米，站在老家门口，一眼望去，就能看见它的全貌，若去那儿嗨①，步行几分钟就可到达，是一个名副其实的望城。

而真实情况却是，哈巴城叫城不假，但它不是城，仅是湘鄂渝边陲古道溪边的一个小寨子。

哈巴，在老家一带是一个贬义词，其意与傻瓜相近，与此相类似的词还有苕包、哈包、蠢包等，于是也有人将哈巴城称为苕包城。将一个山寨叫作城，而且还有几分贬义，这多少使人有些费解。

一

那么，哈巴城名字背后到底隐藏着怎样的秘密呢？

二十世纪八十年代，县里地名普查员来到这里，找“城里”的一些老者了解，但没有问出个所以然。后来《龙山县地名录》只好这么记载：“虾扒城，含义待考。”

村里有人说，因古道溪从城外包绕而过，故叫河包城，后来因河包与苕包读音相近，几经演变，就成哈巴城了。

不管怎样，哈巴城这个地名在三省边区是挺响亮的，在县上的地图上有醒目标注，人们可以毫不费力地找到它。

---

① 玩耍。

哈巴城寨子背靠青山，山虽不高，但上面森林茂密，可提供充足的建筑和薪炭原料。周围山坡上生长有经济价值很高的桐茶林，是稳定的经济来源。寨前是一坝平旷肥沃的稻田，灌溉便利，旱涝保收。山寨距桂塘坝集镇仅一公里多路程，一脚平路，不须爬坡下坎，上街赶场非常方便。这种依山临水的自然条件，在农耕时代，堪称一块宝地。

走访村里八十五岁高龄的乡村教师王仕辉老人得知，最早定居于哈巴城的是王氏家族。大约在康熙年间，王宗旭、王宗才两兄弟从宝庆府（现邵阳）麦子岭迁明溪（现桂塘坝），弟弟王宗才定居沙坝竹园柯，哥哥王宗旭定居古道溪塘防凹下老水井上方。因传王氏祖居地山东莘县王氏宗祠“三槐堂”内有三棵大槐树，为纪念故土，王宗旭也在屋前手植三棵槐树。现仍存一棵，须两三人才能合围。居住塘防凹的王氏，历经了宗、世、应、先、嘉、绍、承、廷、仕、定、开、永、万十三代，距今逾三百年。其部分后裔分迁英里沟、红岩坪、哈巴城，现老屋场仅有王老丑一家人居住。析居哈巴城的是“嘉”字辈，经过三四代、百余年的繁衍生息，人丁兴旺起来。这里自然条件优越，加之勤耕苦做，一时富甲一方，陆续建起了数栋青瓦木板房和吊脚楼，寨内道路、阶沿均用青石板铺就。

哈巴城叫城不假，但它不是城，仅是湘鄂渝边陲古道溪边的一个小山村　　作者 摄

有了经济基础的哈巴城人，开始重视子女教育，在山寨下方一个僻静的小山湾里，建起了一所学堂，延请私塾先生授课，哈巴城子弟均在此就读，有三个学生后来还考上师范，这在当时普遍文化水平不高的社会里，无疑是鹤立鸡群，而学堂湾的地名一直延续到现在。受到文化熏陶的哈巴城子弟，一部分人走到了山外的世界。

二

现在的人肯定不会想到，在民国时期，哈巴城曾是一个有名的土匪窝。据老辈讲，当年在湘鄂川边区一带，老百姓一听见“哈巴城”三个字，就会不寒而栗。

现在这么一个祥和的地方，过去为什么会如此恐怖呢？

说到哈巴城的根古，总绕不开乱世枭雄王吉安。

王吉安，派名王廷江，是王宗旭的第七代孙，哈巴城的第四代。他从小聪明过人，加之在学堂湾上过几年私塾，长大后成为村中少有的狠人。由于爱争强好胜，因故得罪了当地不少人，在老家践①不住了，只好亡命到毗邻的四川酉阳县龚滩，听命于当地大土匪田瑞卿。由于他精明能干，很快站稳了脚跟，深得田匪赏识，当了他的师爷。为扩充自己的势力，王吉安悄悄以“打老庚”的方式，暗地里结拜了十多个异姓兄弟。

王吉安所为，引起了田匪的不快，怕其有二心，随时都提防着他。一日，田匪与其心腹密谋，要将王吉安铲除，以绝后患。

世上没有不透风的墙，田匪的这一密谋被王吉安的拜把兄弟获悉，并告诉了他。王吉安一听，吓出了一身冷汗，但他不露声色，暗地里却与把兄弟们商量对策。决计一不做二不休，先下手为强。在一次行军途中，趁田匪不备，王吉安一枪将其打于马下。王吉安跑去查看时，与奄奄一息的田匪怒目相对，田匪恶狠狠地骂道：“王吉安！早知你有了二心，你手脚比老子快些，不然死的不是我！”

王吉安得手后，怕田匪心腹报复，连夜手忙脚乱地带着老庚们跑回哈巴城，找到族中长老商量对策。他说：“我把田瑞卿杀了。惹天祸了！”长老支

① 躲。

招说："佬佬①，你手头有十多条枪，怕个啥？你只要建立自己的山头，拉起自己的队伍，哪个还敢惹你？"

于是，王吉安便打出自己的旗号，以哈巴城为基地，开始招兵买马。他吸取田匪教训，为防备异姓人有二心，只招王家父子兵。王姓在明溪一带是大姓，不久就拉起了自己的队伍，成为明溪乡势力最强的股匪。但其又恐自己势力太小，被人吃掉，于是寻找靠山，投靠了当时内溪棚亦官亦匪的师兴周，在其手下谋得一小官。寄人篱下的日子也不好过，同样投奔师兴周的二梭乡强人瞿伯阶也在其手下任副营长，因不愿屈居师手下，负气叛师将人枪拖回明溪。此后，不服师调遣的王吉安也随之离开，于是臭味相投的两人合股，独树旗帜，一时拥有一百六十余人枪，出没于湘鄂川边界的明溪、二梭一带，打出"抗粮抗税，劫富济贫"的旗号，对抗政府。为加深彼此关系，两人烧香磕头，结为干亲家，王吉安儿子王家仁拜瞿为干爹。有了这层关系，王的地位更加牢固，成为瞿部早期的二号人物。

抗日战争爆发后，国民党派重兵进驻湘西，以抗日为名，令湘西王陈渠珍组编抗日队伍，出湘西抗日。瞿、王商量后，接受整编。他们将人枪带入指定地点，哪承想这是一场阴谋。深夜时，突然被国民党兵包围，他们关闭大门，大开杀戒，用机枪乱射，当场打死四十余人，瞿、王二人侥幸逃脱，手下仅剩人枪二十余条。同时，瞿伯阶的老婆和两岁的儿子、王吉安的儿子王家仁被获，被投入县城大牢。

投靠政府，以期升官发财的瞿、王二人，竟上当受骗，落得如此下场。从此再不相信国民党政府招安，死心塌地与政府作对，伺机报仇雪恨。

有道是，天无绝人之路。没有人枪，可以借啊！1937 年 7 月，瞿、王二人跑到四川酉阳老寨恶霸地主彭继才处，借得两百余人枪，加上自己所剩全部人马，神不知鬼不觉，星夜奔袭县城，以早先买通的警察队副分队长向道美为内应，拂晓从南门轻松入城，一举活捉县长周铣锟，打死警佐，打开牢房，救出妻儿，放走在押全部犯人。随后，召开全城绅士会议，瞿宣布自己为保安团团长，王吉安为副团长，编两营，分别任命彭雨清、王家仁为营长。发布告示，禁抢安民。瞿、王二人的一系列组合拳，打得国民党政府措手不及，堪称漂亮。

---

① 小男孩，弟弟。

干完这些，瞿、王二人自知县城不是久留之地，于是带着妻儿大摇大摆地将人枪拖回明溪、二梭老巢去了。俗话说，有借有还再借不难。瞿、王二人用借来的两百人枪，把龙山的天捅了个大窟窿，毫发无损地将人枪还给了借家。瞿、王二人的“义”举，在江湖上赢得声誉，边区各路大小土匪都纷纷归附于二人旗下，其中包括酉阳巨匪杨树臣、永顺巨匪彭叫驴子，三巨匪合股，势力迅速大增，人枪近两万，成为湘西的第一号匪帮。

瞿、王二人为牢牢掌控自己的队伍，特约法三章：

一是不准得罪干人（穷人）；

二是不准奸淫妇女；

三是不准牵别人的耕牛。

此纪律为他俩在社会上赢得了好名声，迷惑了湘鄂川边区众多老百姓。每当国民党重兵追剿他们时，他们即可藏身于民，队伍被打垮后，又能招兵买马、重整旗鼓，迅速恢复元气。

1939 年，内溪棚师兴周用一千五百斤鸦片烟贿赂省府要员，谋得龙山县保安团团长一职，奉命回县招安瞿、王二人。瞿、王吸取以前教训，表面接受招安，暗地里保存实力。招安后各得保安团营长名号，既得了官家身份，又得到枪支弹药装备，何乐而不为？但他们坚持队伍不离乡，仍驻明溪、二梭。不久，二人宣布脱离保安团，自树一帜，瞿伯阶自封湘鄂川边游击司令，王吉安为副司令，肖瑞禾为参谋长，长期盘踞明溪、二梭，势力遍及四省边区，躲过了国民党政府的多次重兵围剿。

1947 年，在屡剿不灭的情况下，瞿伯阶再次被国民政府招安，武汉行辕主任程潜封其为国民党暂编第十师少将师长，王吉安也水涨船高，被委以要职。

有人有枪了，又有瞿伯阶这棵大树靠着，王吉安成为边区一霸，无人敢惹。

为防仇家偷袭，他组织人马在哈巴城山寨周围用青石和火砖筑起了一人多高的保寨墙；为防人翻墙偷袭，他命人在墙脚栽种了大量牛王刺。他在寨内修建了一栋坚固的窨子屋，供自己日常居住。高大的封火墙飞檐翘角、气派非凡，在以茅草屋、木屋为主体的山寨中格外耀眼，尽显王者之气。入寨口处，修了一座高大的青石朝门。从寨前流过的明溪犹如一条天然护城河，成为一道水上屏障。经过王吉安的多年经营，哈巴城成了一座具有防御功能的城堡，平时戒备森严，外人不敢靠近。哈巴城的“城”，就这么建成了。

三

再说哈巴城的“哈”。王吉安的手下，有几员得力打手，王家池为第一大悍将。此人是王道溪人，其诡计多端，心狠手辣，随王吉安归附瞿伯阶后，王家池也被瞿赏识，被封为警卫营长，为瞿匪干了不少伤天害理的哈事①。

王老黑是王吉安的侄儿，此人是一个哈头哈脑的亡命之徒，曾亲手枪杀其三叔王师爷。王师爷被害的过程，说起来有些让人啼笑皆非。

作为亲侄儿，王吉安开始将王老黑安排在自己身边当勤务兵。但王老黑抽鸦片烟、调戏妇女，经常惹是生非。王吉安的三弟有文化，有计谋，是其谋士，人称王师爷。

作为长辈，王师爷看不惯王老黑的恶习，经常不给其好颜色，还常日决②他。王老黑被训，虽心里窝火，但碍于是长辈，只好忍气吞声，背地里却经常跑到王吉安那里告状，说三爷对他不好，经常日决他，请大爷为他做主。王吉安当然知道王老黑是什么德行，于是懒得搭理他。

一日，王老黑又跑去告状，王吉安正在忙，听后很不耐烦地说：“怎么搞？你那么恨他，你干脆把他杀了算了！”王老黑得到这句话，信以为真，于是跑到坎上王师爷家，喊道：“三爷！三爷！赶快下来！大爷找你有事。”

这时王师爷正在家里过鸦片烟瘾，听说大哥找他有事，于是连忙放下烟枪，披衣拖鞋来到大门口，有些不耐烦地吼道：“黑佬佬！喊得那么急，有么子③大事！”王老黑口里说：“看！三爷，就是这个事！”心里却骂道：“看你今后还骂不骂我！”王老黑说完，随即朝其脑壳就是一枪。王师爷当即一命呜呼。王吉安突然听见“砰”的一声枪响，正疑惑不解，这时只见王老黑得意扬扬地跑来报信：“大爷！大爷！三爷被我一枪打死了。”

王吉安听后，大惊失色，黑起脸骂道：“王老黑！你个大哈包！我那是杵④你的话，你都听不懂！他是你亲叔老子啊，你都下得去毒手？黄眼狗不认

---

① 傻事。

② 教训，训斥。

③ 什么。

④ 驳回。

人！今后你不要再跟着老子了！”

被王吉安撵出来后，王老黑从此浪迹江湖，杀人放火，成为一个悍匪。其恶名与王麻狗、彭麻狗、张花狗齐名，桂塘一带流传有“三狗夹一黑，不死掉魂魄”的民谣，其凶残可见一斑。新中国成立后，四人均被人民政府抓获正法。

王麻狗，也是一个十分凶残的惯匪。听闻军队声称抓不到他的人，就要烧他的屋，一日晚，他酒后一把火将自己的屋烧了，然后只身从绝壁攀上三脚岩寨堡，打死无辜村民两人，伤数人。

默默矗立的房屋骨架，述说着哈巴城的历史沧桑　　作者 提供

1941—1944年，国民党政府派“万安”“万全”“万胜”三个师，1944年9月，又派八十六军（代号“祝山”部队）朱鼎卿部围剿瞿伯阶股匪。其中有一个团进驻桂塘坝，团长叫佘坤，是个十分残暴的家伙。他带来的一千多人在铅厂坡追瞿伯阶遭伏击，损失惨重，回去无法向上峰交差，竟将枪口指向无辜百姓，屠杀村民十九人，还把捉去的四位村民视为土匪割首示众，而后向上峰冒功请赏。

土匪哪是正规军的对手，大军一来，他们就化整为零。

国民党派重兵围了几次哈巴城，都没有抓到王吉安，但跑得了和尚跑不脱庙，他们把王吉安的老巢哈巴城一把火烧了，寨墙推倒了，王氏族人各自逃命。至此，一段时间里，哈巴城无一人居住，成为一片废墟，长满了杂草，没有一缕烟火，寂静得鬼都打得死人。

王吉安的老巢被捣，无处落脚，如丧家之犬，亡命他乡，最后，于新中国成立前夕病死于王道溪（一说死于花垣），其部队由其子王家仁接管，后被解放军剿灭。

四

新中国成立后，土匪被肃清了。人民终于过上安居乐业的生活。我们梁家姑爷田启进，老家是四川沙滩坡脚的，那里条件差，开始挨亲住梁家寨沟里，土改时，改在了哈巴城。随后其兄田启丰也迁了过来。二梭乡的向树恩，也是我们梁家姑爷，由于无田无土，开始挨亲住，后来也改在哈巴城。我们家族里外出谋生的人，梁博发从乌鸦河、梁博学从大溪财神沟陆续回来了，也改在哈巴城。外出逃难的王家人也相继回来了。这样，哈巴城又开始有了人烟。经过二三十年的发展，人户慢慢多了起来，哈巴城又发展为有一百多号人的大寨子。

哈巴城是依山建筑的，几十户人家错落有致地排列着。建筑均为青瓦木板屋，在坎边的，就因势就形建为吊脚楼，地势平的就起“三柱四”“四柱七”“五柱八”等结构的木屋。由于不是城，也就没有街，通往各家各户的是一些曲曲折折的石板路，或者本身就屋挨着屋，阶沿就是路。过去垒筑环寨城墙的砖石，早被村民拆去填屋基、砌阶沿、盖猪圈去了，仅剩下一小段墙基。

哈巴城的前面是一片田坝子，肥沃的稻田盛产稻谷。但“城里人”却总与饥饿联系在一起，因历史的种种原因，哈巴城周围的稻田看起来很多，但大多不属于哈巴城人。加之人口增长快，人均田土面积不足五分，人多田少的矛盾十分突出。大集体时，虽然社员们起早贪黑，拼死刨命劳作，却总是填不饱肚子。

哈巴城，新中国成立前因土匪窝出名，大集体时又穷名远扬。他们不仅是全大队最穷的生产队，在全公社也挂得上号，每到青黄不接时，家家就断粮，差点出去讨米。为度饥荒，他们曾到附近条件好的生产队借粮。当时，附近村寨的姑娘几乎都不愿嫁到“城里”来，哈巴城后生伢要娶上老婆，的确是一件难事。

五

哈巴城的城前，原来有一座水碾坊。碾屋不大，房子四周装有板壁，上盖青瓦。碾坊虽在哈巴城，但那块地盘是我们四队的。二十世纪六十年代，当生产队长的父亲带领全队社员建了这座碾坊。当时村里没有通电，没有打米机，社员们吃米要靠人工用碓马舂。水碾属于半机械化，自然要比人工先进得多。

水碾建在哈巴城人家门口，近水楼台先得月，这给他们带来了极大方便。当时，水碾非常忙碌。除了哈巴城，附近的火烧沟、梁家寨、徐家湾、英里沟、小溪王家、桂花树，甚至四川的滕家寨、邓家沟等村寨的人，也要将稻谷挑到这里加工，远的要走上十多里山路。

水碾全靠水流带动，故水流的调节至关重要，水碾的水源来自古道溪。在梁家寨前的河中扎了堰，通过涵洞将溪水引过来。社员在坝子边沿挖了一条一米多深的水渠，在王毛伢的屋头设了个水闸，水闸距碾坊大约五十米。

平时关闸蓄水，碾米时，碾工再跑过去开闸。碾好㮚槽时又去关闸。枯水季节，古道溪水量小，甚至断流。为保证足够的水源，丰水时社员们将水渠路过的稻田里也蓄满水，要水时可开月口往水渠补充。

碾坊昼夜不停工作，就是这样，一天也只能碾出七八挑稻谷。碾坊辐射的范围广，要碾的稻谷实在太多，忙不过来啊！社员们将稻谷或挑或背运到碾坊，不能马上开碾，除非家里有红白喜事加急，都要按先后次序排队，一般要等上一两天，方可碾好取回，在家里自己用风车去糠。

记得碾坊的碾工是田老八父子和富哥。他们三人开始实行三班倒，后来由富哥一人负责。

碾工的工作是比较辛苦的。他们要负责碾坊设施的维护保养、开关水闸、㮚槽换谷、运行安全、防盗防窃等，不能有丝毫马虎。碾工晚上睡在碾坊二楼，吃饭则抽空回家吃，或由家人送过去。碾工们对工作认真负责，为人非常和善。虽然他们是我们四队的，但与哈巴城人都是沾亲带故，与他们的关系处得非常融洽。茶余饭后，哈巴城人爱到碾坊来玩，摆龙门阵。碾屋是机房重地，为防止出事故，小孩子一般是不准进去的。有一年碾工回家吃饭去了，哈巴城一小男孩乘机钻进去玩，失足掉入碾槽里，待被发现时，已被碾死。

后来，大队在梁家寨旁的许家堡建起了电动加工厂，打米快多了。不过村民们发现用打米机打出的米煮饭，远没有水碾碾出的米香。

有了打米机，水碾坊也就完成了它的历史使命，不久就被拆除了。哈巴城的水碾坊也就成为村民的历史记忆。

六

记得那时的古道溪是在坝子中穿行的，左冲右突、七弯八拐的，在坝子里写着无数个“之”字。一个拐弯处就形成一个深潭，深潭边就有一个寨子。

洪水季节，古道溪往往会翻堤，甚至会冲出大缺口，洪水和着泥沙冲毁了不少稻田。为确保河堤不决口，村民们就运来石头将河堤加固加高，并在上面种植麻柳、野竹、牛王刺等根系发达的植物。由于历年累加，河堤越来越高，一般高出稻田两三米，最终形成地上河。

古道溪从梁家寨方向走来，在油坊潭遇到山的阻挡，来了一个拐弯，就改变方向朝哈巴城方向冲来。直走了不足一百米再遇阻挡，于是又来了一个大拐弯，经过千百年的冲击，河水在哈巴城形成了一个一人多深的大水潭。潭边有三棵高大的古檀木树，于是村民将这潭称为檀木树潭。

有一棵檀木树的树洞里寄生了一株三月泡树，每到三四月便结出鲜红的果实。三月泡树不结种子，它怎么长上去的，成为一大谜团，附近一带村民纷纷跑去观看这一自然奇观。

河堤宽两三米不等，是通往外界的道路。本村及毗邻四川可大的村民到桂塘坝赶场、伢崽们到镇上读书，均从河堤上走。从河堤通往哈巴城的道路为田埂，米把宽，经常有老人和小孩不小心滚下稻田。不过，坎不高，水不深，一般不会有生命危险。

老家一带没有大河，伢崽们没有地方玩水，檀木树潭就成为上下几个寨子伢崽们的最佳玩水处。

每当涨洪水的时候，我们这帮伢崽就跑到潭里冲浪飙滩。我们来到岸边，三下两下把自已脱得光溜溜的，站在河堤边，用手拍几下肚皮，口里喊道：

"一拍拍！二拍拍！老子下水莫着嘿！"然后用手把鼻子一捏，纵身一跃，"扑通！"一个猛子就扎入滚滚的洪水中，三五分钟后，便从下面的浅滩钻出水面，爬上岸，连喊："过瘾！过瘾！"

每到暑假，古道溪会断流，但檀木树潭不会干涸。在地里干活的农人，在山上砍柴、放牛的伢崽们，都会不约而同地来到潭里洗澡消暑。

潭里水深，停得住鱼，伢崽们经常在这里摸鱼、撮鱼、炸鱼、闹鱼。有一次，我们在这里用桐枯闹鱼，由于枯量不够，当时没有将鱼闹翻潭，大伙收获不多。待第二天有人清早跑去一看，好家伙！发现潭里白花花的一片，连两三斤重的沉潭鱼都闹翻白了。

天气晴好时，"城"里的姑娘、媳妇们便将待洗的被褥、衣服用背篓背到河里，先用茶枯搓洗，然后再用洗衣棒在石板上捶打，洗好后拧干，晾晒在河滩里的沙石上，或晒在河堤上的灌木和刺蓬上。晒干后的衣物充分吸收了太阳和茶枯的味道，很香很好闻。

1977 年冬天，全国上下"大干快上"，担任大队支部书记的博龙叔，带领全大队社员进行人工改河，将原来的河弯子拉直，坝子变宽变漂亮了，增加了不少稻田。新河堤变成通村公路，进出村更方便了。只是有些遗憾的是，檀木树潭被填平了，伢崽们再也没有地方飙滩了。古道溪改直后，距"城"远了，"河包城"的景观就不复存在了。

七

进入二十一世纪后，哈巴城人纷纷外出打工挣钱，未出门的也在家乡找到了脱贫致富的门路。人们发现，如今的哈巴城不再是贫穷的代名词，多数家庭都盖起新楼房，对没舍得修的吊脚楼也进行了保护性修葺。早已通电，家家都用上了自来水，经常有新媳妇嫁进寨。每当高考过后，不时从寨里传出有子女考起国内知名高校的好消息。进出道路全部修成宽阔的水泥路；每逢春节，寨前的公路上不时有小汽车进出。

新时代了，哈巴城终于有了城的气息。

2022 年 5 月 22 日初稿

油坊潭：一个山村旮旯的烟火气

从洞山下泻来的古道溪和从轿顶山流来的小溪在中坝子南端汇合后，蓄足了力量，再一路咆哮着向前面的山嘴撞去，这一撞就撞出了个大水潭。那座山也不是好惹的，虽然被撞出了一个洞，但仍纹丝不动地矗立在那儿，硬是把来势汹汹的溪水转了方向，乖乖地向着哈巴城方向流去。涨水的时候，河水在这拐弯处形成一个太极图状的大旋涡，仿佛潭里有什么怪物在作祟。

那个大潭，叫油坊潭。在村里人的语境里，其外延也泛指那一旮旯地盘。据老辈人说，该地名源于以前在潭旁边有一座老油坊。

一

油坊潭的最深处，有一两人深，远远看去，绿莹莹的，有些吓人。潭的上方崖壁上有一个洞穴，洞口有一两人高，洞内黑黢黢的，不知有多深，像个要吃人的吞口。在附近的山头埋有不少坟茔，早年潭里溺死的伢崽也埋在那儿。每到清明节，坟头上一条条白色的清明纸随风飘动，发出“哗啦哗啦”的声响。有时，我看见一些无家可归的讨米叫花和在附近放鸭的鸭客在洞里面躲风避雨，真佩服他们的胆量。

因而，在我儿时的记忆里，油坊潭一带是一个阴清恐怖之地。

在公社读初中时，有段时间读的是跑跑学，每当上完晚自习回家，我和伙伴们都是结伴而归，总担心有什么妖魔鬼怪从潭里、洞里或坟堆里跳出来。有时山头的沙子被风吹着往下滑，发出“哗哗”的声音，就疑惑是鬼在撒沙

山村老油坊　　作者 摄

子，想抬腿跑，又怕跑不过鬼，于是硬着头皮往前走，汗毛都竖起来，回家时内衣都湿透了。

有深潭的地方，就会集聚鱼类。潭中的鱼，以鲤鱼、鲫鱼、白漂子、岩花鱼、麻壳鱼居多。有一年，村民还捉到过一只大团鱼。在村小读书时，班主任田老师，家住在油坊潭下游不远的哈巴城。当时学校设在肖家寨，放学时，田老师经常与我们一道回家，一路边走边玩。在夏秋时节，有时走到油坊潭，他突然来了兴致，于是叫我们在岸边等他一下，他自己则挽起裤子，扎起衣袖，口里衔着一截藤条，下到潭里。只见瘦高个儿的他，长脚长手的，摸索着走到水潭边缘，弯下腰，将手伸到岩缝里摸鱼。不一会儿他就摸得一条，不一会儿又摸得一条，像变戏法一样。每摸到鱼后，他高兴地举起向我们展示，然后就将鱼用藤条串上。不出个把小时，他就能摸到一大串。我们这帮学生伢，凝神静气地在岸上观望，看得目瞪口呆。真想不到田老师书教得好，摸鱼技术竟也如此之高，同学们佩服得五体投地。

每当暑假时，我们将茶枯饼用火烧煳后捶烂，撒入潭中，然后用撮箕使劲豪①，半个小时后，潭里的鱼都浮出水面，翻白翻白的，我们一捞兜子撮下去，鱼们马上成为箩中之物。

古道溪和小溪都不长，盛夏季节，仅剩下浅浅的流水，甚至断流。这时

① 搅动。

油坊潭便成了一口大蓄水池。社员们用抽水机或水车从潭里抽水，灌溉潭边的稻田。

二

夏日的傍晚，月亮升起后，附近寨子里的汉子和伢崽们吃过夜饭，则不约而同地来到潭里泡澡消暑。

这时，潭边的大路上没有了行人，四周静悄悄的，只有月亮姑娘从岸边的柳枝间探出头来，羞怯地偷窥着我们，斑驳的月光洒在我们赤条条的胴体上。妇女们毕竟害羞，她们则在夜深人静时，才结伴到这里洗澡。

记得初一那年暑假，我与同寨伙伴头顶烈日到山里挪柴。把柴扛回家，往地上一甩，就跑到油坊潭，看四下无人，几下脱光了衣服，“扑通”跳到潭里玩水去了。

我俩正闹得欢，突然远远地看见潭边的大路上，本村在镇粮店工作的彭继堂与两三个男女同事从集镇方向而来。

我俩只好躲在潭边的柳树和牛王刺后面。他们一行走到潭边，彭继堂听见河里有“哗啦哗啦”的声响，走过来观看后惊讶地说：“快来看啊，潭里有好大两条娃娃鱼！”两个子婆婆客①信以为真，走到岸边一看，发现是两个精光的半大伢崽在潭里玩水，于是，嗲声嗲气地骂道：“彭继堂，你个砍脑壳死的！尽会日弄人②。”听见彭继堂拿我们与女同事开玩笑，我俩则觉得自己还是伢崽，也没有多少尴尬，继续在水里玩各人的。

裸浴，使那时的山村生活多了几分野趣和浪漫。

又怕又爱，是儿时对油坊潭的真实感觉。

三

二十世纪七十年代，村里响应“农业学大寨”号召，发扬“人定胜天”精神改河，将挡住河水的山头给炸掉了一角，河水不再转弯，顺直流去。由

① 少妇。
② 作弄人。

于失去了山的阻挡，河水在这里也就不再停留，油坊潭没有了潭，也就没有了鱼，摸鱼、闹鱼就成了留在村民心底的永久记忆。

近些年，通过脱贫攻坚，全村都通了自来水，经过改厕，村民大多有了家庭浴室，洗澡不用下河了。虽然现在通过封山育林，生态修复了，古道溪一年四季不断流，但裸浴的风俗早已不复存在了。

“油坊潭”之名，不知是何时喊起的，儿时只看见潭，而油坊却早已不在，总觉得有些名不副实。

油坊潭的地理位置有些特殊，它是两溪的交汇处，这也自然成了四条路的岔路口。沿古道溪下行，不出三里，就可到桂塘坝镇上，沿溪上行，则可去本村的梁家寨、肖家寨、罗家寨、杜家寨等，再翻过糖坊坳，路过英里沟，还可去四川（今重庆）的滕家寨、茶河沟、斑鸠潭、老店上、七分田等十多个村寨。涉水过河沿小溪上行可至下小溪王家、桂花树、田坪等村寨。若从油坊潭右岸的山路翻过土地坳，就到了四坝村的官地湾等村寨。

若遇农历三、八桂塘坝逢场，来自十里八乡，背背篓的、挑担子的赶场人流　　作者 摄

在平时，油坊潭边通往街道的大路上，行人不断，若遇农历三、八逢场，来自十里八乡背背篓的、挑担子的赶场人流，从早到晚牵着线线。当年没有桥，小溪方向的村民都需蹚水过河。

四

我们那一带盛产桐茶，漫山遍野的桐茶树林，大集体时，桐茶籽是生产队的主要经济来源。以前村里人榨油都是用古老的木榨，由油匠一锤一锤地去撞，远远地就可听见他们的“嗬——呀——”声。这种办法既费工又费时，出油率还不高。

二十世纪八十年代初，寨上的三个族人通过在城里工作的亲戚帮忙，跑得了贷款，购回了一套榨油机械。他们看准油坊潭四岔路口的优越地理位置，将油坊地址选在路口的一丘小田里，在油坊潭边有了一座油坊。只是，这时潭早已不存在了。

油坊盖的是三柱四棋的木屋，上盖青瓦。方匾、柱头、椽皮均是从附近山上砍来的枞树和杉树，远远看去，房屋与老木榨油坊没什么两样，可到里面一看，那些躺在地上的几堆硬邦邦的铁家伙就非同一般了。

榨油机的出现，成为村里的新鲜事。村民们不约而同地跑到这个山村小旮旯看新鲜，看着那亮晶晶的桐油从榨油机里汩汩流出时，个个佩服得不得了，感慨地说："家伙上的，机械化就是机械化，就是不一样！"

有了新油坊，附近的村民纷纷将自家的桐茶籽拿到这里加工。随着机器的轰鸣声和来来往往村民的吵闹声，昔日冷清的油坊潭开始热闹起来。

有了机榨，村里那座工作了百余年的老油坊，慢慢地，萧条废弃了。机榨提高了出油率，也带来了商机。一些村民榨完了自家桐茶籽后，便开始从村民家中收购零散桐茶籽，集中起来到油坊加工，榨出油后，挑到镇上粮店去卖，不仅从中赚取差价，还可赚得桐茶枯，用作肥料。那些家里桐茶籽数量不多的村民也乐意将桐茶籽卖给他们，落得个撇脱①。

一时间，方圆十多个村寨，甚至毗邻四川的一些村寨的桐茶籽都源源不断地汇集到这里。在油坊周围的公路和空地上，油箍子、桐籽、枯饼码成了小山，汽车、拖拉机去去来来，川流不息。一时间，油坊潭成了湘川边境桐油加工的集散地。顾主一多，三个油坊老板心里暗暗高兴，为多榨油，机器日夜不停息，他们常常工作到深夜。榨油的人越多，加工费就多，油坊老板的腰包也就鼓得越快，他们成了村里最先富裕起来的那拨人。

五

加工桐油的人多了，抽烟喝酒的人也就多，他们在夜间如果烟瘾或酒瘾犯了，要跑到自己家里或到几里外的乡供销社去买，很不方便。

这样，油坊潭又出现了新的商机。

---

① 直率，方便。

英里沟的王三麻是参加过抗美援朝的复员军人，他看准商机，首先在油坊潭路边起了一间小木屋，开了一爿小商店。

此后不久，老支书龙满满也挨在旁边开了一家经销点。龙满满是桂塘乡的第一任书记，精兵简政那年，响应国家号召志愿回村当农民，后任支书二十多年。一个是出国打过仗的老英雄，一个是当过乡书记的原国家干部，两个店老板都是出过远门、见过大世面的狠角色。

有道是，生姜还是老的辣，两个“老革命”的眼光就是与常人不一样，于是他俩抢得了商机。他们的经销点虽小，但烟酒、日用百货样样不缺，不仅路人、油坊里的人在这里买东西，附近十多个村寨的村民也经常到这里购物。特别是那些伢崽崽，口袋里一有了零花钱就往那里跑，爆竹、火腿肠、气球、棒棒糖、麻辣鸡翅、小玩具等，是他们的最爱。

龙满满的另一个精明之处，就是在有限的店子里开了一间棋牌室，平时过往的路人，或者附近村寨的村民，总自觉或不自觉地在这里打扑克、“上大人”、打麻将，或下象棋、摆龙门阵。于是，他的店子总是聚满了人。这些人玩累了，就买烟抽，买酒喝，或买糖果副食吃。由于货真价实，加上又有老书记的面子，生意还不错。

于是，村民给油坊潭起了一个新的名字：“点上”，意为经销点所在的地方。现在的二十世纪八十年代以后出生的人，都知道“点上”这个名字，而对“油坊潭”这个老地名普遍感到陌生。

村民集资在溪上修了一座石拱桥，一个从县卫校毕业的女孩在桥头开了一间卫生室　作者 摄

后来，龙满满从镇上专门牵来电话线，在村里第一个安装了有线电话，村里在外务工人员将电话打到点上，叫他带信约定时间在这里接，给大家带来了方便，他也合情合理地收取一点劳务费，皆大欢喜。就这样，点上成了村里娱乐和信息传播中心。

为方便出行，村民集资在古道溪上修了一座石拱桥。不久，小溪王家一个从县卫校毕业的女孩在桥头开了一间卫生室，方便附近的村民买药打针。后来，又有人在路边建起了一家面粉、大米加工厂。

侄儿二黑初中毕业后无所事事，时常到棋牌室娱乐，一来二去，竟与卫生室女孩来了一场姐弟恋。后来女孩成为我的侄儿媳妇，现在已是三个孩子的妈妈。小两口恩恩爱爱，小日子过得还不错，不仅盖了新楼房，还把一双女儿送进了大学。

因村部离村寨较远，于是村里将村务公开栏也建在点上，上级的政策和村里的事务常在这里发布。

六

斗转星移，不知不觉间，村民耳朵已听不见油坊里的机器轰鸣声了。这时人们才注意到，油坊生意淡了，面临停产。原来县里建起了大型植物油厂，附近村寨的桐茶籽早已被商贩卖到植物油厂去了。同时，随着化学漆的兴起，桐油的实用价值也大为降低。

村民们再也不看中油桐，油桐山荒废，桐子树被砍伐作柴烧了，桐籽大幅减产。原来收桐籽加工的人也都外出打工去了，油坊冷落了。

二十世纪九十年代中期，就像当年村里那座老油坊一样，新油坊在运转了十多年后，也停摆了。

每到傍晚，附近几个寨子里的留守老人不约而同地来到石拱桥上纳凉、摆龙门阵　作者 摄

走进新时代后，国家脱贫攻坚措施力度加大，步伐加快，通往镇上的公路拓宽硬化，与重庆可大的边际路也接通硬化了，很多家庭买了小汽车，村民的出行更加方便，上街赶场都

是车来车往，在公路上很少看见行人。村民们早用上了手机，不需要在商店处等接电话。

这样，油坊潭边上的两家商店生意越来越差，先是王三麻将商店搬迁至湘渝边界处的英里沟路旁，龙满满的商店也在拓宽公路时被拆除了，商店没有了，两位老人也相继去世。龙满满当年在店子前河堤上手栽的两棵柳树，现在郁郁葱葱，已有水桶粗。

近年，村民在油坊潭的公路边上盖了四五栋砖房，大米加工厂一直在运转，生意一直不错。有人还想在此建房子，因占耕地，被政府禁止了。

“油坊潭”，由于名不符实，现在村里的小孩大多都感到陌生了，而“点上”这个新名字常被大家提及。“走！到点上买棒棒糖去！”“到点上玩去！”这是小孩子们的日常语。

从“油坊潭”到“点上”，这个山村旮旯的地名变迁，是中国社会变迁的一个缩影！

前几年，小溪王家八十多岁的王老十又在石拱桥头修了一栋砖房子，开了一间小商店，延续着点上的功能，卖些烟酒、酱醋、糖果、火腿肠、麻辣条等小商品。小本生意，主要是赚点烟鬼和小鬼们的钱。他说，现在不比以往，路宽了，车多了，交通方便了，街上有大超市，村里人要买个东西，上街非常快当，十多分钟就可以打个来回。

他为此很纠结，货进多了，久了卖不完，会过期变质。货卖堆山嘛，进少了呢又没有卖相，又吸引不到顾客。他开这个小店子，无非是打发寂寞，随带赚点零用钱罢了。在商店前摆了几张懒板凳，在屋里摆了一张牌桌，每到傍晚，附近几个寨子里的留守老人便带着孙子不约而同聚集到这里，坐在懒板凳或拱桥两边的护栏上纳凉、摆龙门阵，或打几盘扑克。油坊潭继续成为村民们娱乐和感情信息的交流中心。

我回老家时，吃过晚饭后也经常散步来到这里，与村民们天一句地一句地日寡白①，了解村里发生的很多新鲜事，常常至夜深才回去。

2022 年 6 月 27 日初稿

① 摆龙门阵，聊天。

糖坊坳：凉风吹过山歌来

糖坊坳是故乡的一个小山坳，老家就住在坳下，相距有三四百米的样子。因坳处于由湘入川（今渝）的咽喉处，是来往湘川边境行人的必经之地，因此在当地很有名。

据《龙山县地名录》记载，过去坳上有一家熬糖的作坊，因而得名。寨里老辈人传说，民国时期，为防川匪过来扰民，坳上曾驻扎过乡公所的团防，故称团防坳，后因音变，变成了糖坊坳。

近得清嘉庆《龙山县志》，发现明确记载为塘防凹。这是目前发现的最早最权威的出处，我想这应该是它本来的地名，应与清代时在这里设立过边关哨卡塘汛有关。也就是说这个地名，至少存在三百多年了。

从家里往坳上走，是一条弯弯曲曲的山路，过去铺有青石板。从这条山路一直走下去，不出两三里地，路过英里沟，就从湖南到达重庆的滕家寨。

若沿着山路继续往前走，还可以到可大、大溪、龙潭、酉阳，乃至重庆。父辈们说，当年解放重庆时，刘邓大军有一部分就是从这里入川的。

山坳重庆那面，山坡较陡，道路崎岖，沿途树林杂草丛生。民国时期，时局动荡，抢饭（土匪）经常在此出没，杀人越货。路边有不少野坟，坟上经常冒出鬼火，因此，这一带非常阴清，是当地人心目中的阴森恐怖之地，在夜晚，一般人是不敢从这里经过的。

站在坳上，向东望去，屋后的青山和屋前的稻田便可尽收眼底；向西望去，重庆那边的佛教名山天子崞好像就在眼前，如果再爬上山顶，还可看见云雾缭绕的里耶八面山。

塘防凹是故乡的一道分界线，寨上人的房屋、稻田大都在坳东，而旱土、桐茶树、山林大都在坳西。

以前，坳上曾有人开了一爿茅屋小店，屋外摆了一张桌子、几条板凳，平时向过往路人卖茶水、凉粉、苞谷豆腐、油粑粑等。

由于地处边境要道，遇有什么紧急情况时，有持枪的民兵在这里守卡。

山坳上有十几棵合抱大的古树，两面山坡长满了柏树、马尾松、杉树、栎木、杜鹃、楠竹等，大的甚至要几人合抱，一些树杈上有雀儿窠，很多不知名的小鸟儿整天在上面叽叽喳喳的。

杜鹃树，我们那儿叫“鸡骨头”，可能与它的枝干像鸡脚有关。每当农历五月，平时隐藏在树丛中的杜鹃树便开出红艳艳的花朵，漫山遍野的，火红一片。

如今的糖坊坳　　作者 摄

有绿树的掩映、山花的馨香、小鸟的陪伴、凉风的吹拂，这里成了寨上人和过往行人的绝好乘凉、小憩之地。

山坳为风化石地面，干燥沥水，比较干净，乡下人没有那么多讲究，在树下斜躺，或席地而坐均可。

小时候在茶河沟、老沟田、英里沟、天山湾、落子湾那边砍柴回来，总要在坳上歇口气，待山风把汗水吹干，疲劳散去后再走。

有一次，我们几个小伙伴砍柴回来正在坳上歇凉，这时从四川那边坳下走来一个身材高挑、衣着很时髦的年轻女子，由于爬坡时走热了，她把外衣脱下后挽在手上，白衬衣的衣袖也挽得很高，露出了白皙的皮肤和亮铮铮的手表，衣着、气质一看就是大地方的人。

我们这帮乡下伢崽哪见过世面，过去只在电影里看见过这么漂亮优雅的女子。她的出现，把大家的眼睛都看直了，大气都不敢出。她从我们面前走过后，还留下一股淡淡的清香。

有个调皮的家伙望着背影壮起胆子搭腔："喂！同志！几点啦？"只见那个女子也不生气，停下脚步，优雅地将左手抬起一看，转过头来说："五点一刻啦！"声音特别好听，而且还是普通话。等她走远后，我们几个伢崽学着她的动作和腔调，嘻嘻哈哈闹了好一阵子。五点一刻，那"一刻"到底是多久呢？有人自作聪明地说："哼！这个都不晓得。一刻嘛，应该就是'一刚刚'的意思。"

"那五点一刻，就是五点多点点啰。"马上有人附和道。

这时髦女子的出现，着实让我们这群山村少年的心弦，被狠狠地拨弄了一下。我们推测，可能她是从成都或重庆下放来的知青。因为，那时有很多大地方的知青下放到四川的生产队插队落户。

每到农历三、八，赶桂塘坝场的四川人总要在坳上歇一歇凉后再回去。

斑鸠潭的刘喳口是一个神不弄懂①的人，每次在桂塘坝赶场喝醉了，闹窜翻天②地来到这里，袒胸露肚地躺在坳上吼天话，满嘴跑火车。他说自己会治病。"吹牛皮吧！你那×样子还会治病？"路人半信半疑。

当时医疗条件差，有闹肚子痛的壮起胆子找到他，他顺手从路边的黄荆树上抓几把籽儿，叫病人和水服下。反正不是毒药，药不死人，吃就吃。哪想歪打正着，吃下去之后肚子真的不痛了。顿时，他就被乡人奉为神医了。

坳上更是生产队社员们的领地。

早晨，社员们一般会在这里集合，先开个短会，当队长的父亲把一天的工作任务分配下去，才驾事③上工。他们从地里劳作回来，爬上山坳后，将装有或苞谷或桐茶籽或红苕或洋芋的箩筐重重一放，脱下衣服当扇子，边喘粗气边"哦嗬——哦嗬——"地叫喊，声音大得连坳下的人都能听见。

有的犁地回来，将铧口一甩坐在地上，从口袋掏出纸条和草烟，卷上一支喇叭筒，"吧嗒！吧嗒！"慢慢享用。而牛则早已跑到坳上的小水凼滚澡去了。

水凼不大，也很浅，牛在里面几个翻身下来，全身都沾满了泥巴，像包皮蛋一样。没有滚澡的牛则靠在树上擦痒痒，擦出"哗沙哗沙"的声响。大

---

① 神经兮兮。
② 形容走不稳路。
③ 开始。

树在微微晃动，牛很舒服，“呼哧呼哧”地喘着气。主人则惬意地斜躺在地上望着牛出神。

社员们在山坳附近干活，中午太阳当顶时，会在坳上歇凉休息。大家在一起谈天说地摆龙门阵，说北京，谈上海，交流道听途说来的各类新闻旧事。有的则捡来一抱干柴，生上火，取出从家里带来的糍粑、红薯烤熟，当中饭。

他们天天在地里干活，大多没有出过远门，很多人一辈子都未去过县城，他们凭借自己仅有的知识做无限的遐想。

有个汉子狠狠地说：“老子这辈子如果能到上海走一回，就是马上死了都值得！”

他们最羡慕的是寨上那些出去当兵的，因为，只有当兵的人才能出去见大世面。

有个族侄虽未当过兵，但到过大地方。因为他曾被派到海南岛学制种，他在天涯海角待了好几年，的确是见过大世面的人。回来后，他给大家讲了很多海岛见闻，大海有多深，轮船有多大，椰子有多硬多甜。他慢慢讲，大家则听得津津有味，跟着他长了不少见识。

龙门阵摆来摆去就只好炒现饭。于是社员们就找其他乐子，有的四个人围在一起打“上大人”纸牌，旁边总围着几个主军的。有的就地画棋盘，下“打三棋”。一些生猛汉子，就在地上扳手劲、扭扁担。几个爱争强好胜的后生，禁不住好事者夺弄[1]，把上衣一脱，光着膀子就瘛抱腰子，看热闹的就在一旁瞎起哄。

于是，坳上就开始变得生动而热闹起来。

父亲给大伙摆完龙门阵，又到路边摘来几片木叶，坐在一旁，把木叶对折，衔在嘴里，惟妙惟肖地模仿各类鸟儿的叫声，与树林里的鸟儿对语，或吹奏一些自创曲调。老父亲的木叶声清脆悦耳，能把大伙带入一种幽静的气氛里，于是山坳出现短暂的安静。

那时的农民们很苦很穷，但他们过得单纯、快活。

有个后生家穷，人又懒，没有姑娘愿意嫁给他，三十多岁了还是光棍一

---

① 怂恿。

条，因而成了队上婆婆客们絮毛[1]的对象。但他爱唱山歌，无聊时，经常唱山歌来排解心中的苦闷。

一天中午，他与社员们一起在坳上休息，有些孤单的他躺在一旁抽旱烟，他突然看见一对点水雀在树林子里嬉戏。触景生情，于是扯起嗓子来了一首山歌：

点水雀，穿白衣，
人家有妻我无妻。
人家有妻搂妻睡，
我无妻子抱客膝。

这歌声一唱，气氛就更热闹了。有个中年妇女，是光棍后生的远房嫂子，老家是四川那边的，爱讲笑话，是个雀宝[2]。她听后，也即兴来了一首：

二十出头未讲亲，
三十老几没成婚。
看见鸡公踩鸡母，
看你动心不动心！

歌声一落，惹得社员们哈哈大笑。光棍后生一听嫂子挖苦他，也不生气，稍稍想一想，又回了一首：

桐子开花坨大坨，
别人笑我无老婆。
今年攒劲揶[3]一个，
明年背娃走嘎婆。

光棍后生的歌声又引起大家的一片笑声。

龙门阵摆过了，凉歇够了，山歌唱完了，太阳也偏西了。

这时，喊工副队长王蛮子从地上一个翻身爬起来，长长地伸个懒腰，高喊道："走啊！上工去！"于是，大家又到地里干活去了。

坳上原来住着三户王姓人家，人们称之为坳上王家。这里地势高、少水，

---

① 嘲笑取乐。
② 讲话风趣的人。
③ 找。

坳旁的那口水井，一遇天旱就干涸，故只好到坳下的癞子溪挑，只有毛路，来回要花半个钟头，很不方便。于是王麻子、王箩筐两家搬到坳下的大寨子上去了。最后只剩王蛮子一家。

王蛮子是个粗人，当过副队长、屠夫、村护林员、市场管理员、电影院守门员。曾经也风光一时，做过一些可恶事，也为社会做过一些贡献。现在我们古道溪村的大小山头森林茂密，满目葱茏，这里面有他的一份功劳。

他性情粗暴，嗜酒如命，天天喝得烂醉如泥，回家后又常以酒发狂，砸东西，打骂老婆。老婆怄气，喝农药死了。

后来他喝酒后突患脑梗，虽然捡回了一条命，但从此落得个半身不遂。他的境况，过去的豪气已荡然无存，真是造孽翻天。

说句公道话，蛮子虽然以前做过一些可恶事，但在我的心里，对他一直是心存钦佩的。毕竟是一个地方人，不是亲也是亲了。他的境遇，总让人有些牵挂。

前些年每次回老家过春节，我都要到坳上转转，与他摆一阵龙门阵。有天吃过早饭，我与新婚妻子散步来到坳上，远远地看见他坐在木屋门口，冷火秋烟的，孤零零地向坳下张望。当我走到他家门口时，他惊讶地说："三满满，你几时回来的啊？今天又嗨到坳上来了哦。"他岁大，我辈高，过去他对我很尊敬，称呼我为满满或老把式，从来不直呼我的名字。

我望着他那暗淡无光的眼神，说："回来好几天了。今天才有空到坳上嗨[1]哈子，找你摆会儿龙门阵。"

他问："现在，你老人家在哪儿工作？"

"在吉首。"

他说："哦。到州里去了，有搞头，那要攒劲逮！"

我回答道："也就混口饭吃吧。"接着又问，"蛮子，你现在还逮[2]酒吗？"

"逮不得了，再逮，就要死人啦！"

他告诉我，他的三个儿子都外出打工去了，每年每人给他寄几百元，加起来有一两千元，戒了烟酒，平时的钱够用了。要挑水或上街买东西，就叫

---

① 玩耍。

② 喝，吃。

我（左一）与蛮子（右一）和他的孙子们合影　　作者 提供

过往熟人帮忙。腿脚不方便，上山挪不得柴了，他将房屋的地板、板壁劈开当柴烧了。

正交谈时，眼尖的他看见一汉子从坳上路过，于是喊道："丰孝！丰孝！帮我挑一挑水去！"那个叫丰孝的是他妹夫，也不多说什么，放下背笼挑起水桶就下癞子溪去了。

临别时，我掏两百元送给他。他开始不接，嘴里直嚷："我各人①有。"

我说："蛮子，你以前是个撇脱人，现在怎么巧意起来了，莫非是嫌少？"

最后他还是接过钱，喃喃地说："唉！其他人都像你老人家这样关心我们老百姓，就好了。"

我说："都是乡里乡亲的，一点小心意，莫把我抬得那么高啰。否则，甩②下来痛。"

那天，我正好带着照相机，于是，我坐在他家的门槛上与他及他的四个孙子照了张合影。

几年前，通往可大方向的跨省边际公路修通硬化了，为降低坡度山坳被挖下去好几米。

有一年春节，我再到坳上转了一圈，发现非常冷清，而且还有几分苍凉的感觉。路上行人很少，但来往的车辆川流不息。

坳上原有两栋木屋，王蛮子住的那栋老木屋现不见了，取而代之的是一幢漂亮的小洋楼，是王蛮子的二儿子修的，坳上还通了自来水。十几年前蛮子已去世，没有人与我摆龙门阵了。睹物思人，我心里有些失落。

① 自己。
② 摔，掉。

在坳上的一棵松柏树下，我发现几个正在玩耍的少年，也不知他们是附近寨子的，还是重庆那边赶桂塘坝场的，但让我仿佛看见了自己小时候的影子。

我的到来让他们感到有几分惊讶，用当年我与小伙伴一样的目光好奇地打量着我这个“城里人”。也许他们也在心里问：他是哪里人？在这里干什么呢？

在坳上的一棵松树下，发现几个玩耍的少年，他们用好奇的目光打量着我　　作者 摄

时间在变，山坳也在变。山坳无言，它见证着这里发生的一切。

正在走着，一阵凉风从重庆那边吹了过来，打在脸上，感觉冰冷，于是返回走下山坳。这时，只听见坳旁的柑橘地里飞来一首粗犷的山歌：

如今山村大变样，
农民也能住洋房。
搭帮党的政策好，
挖掉穷根过小康。

2005 年 10 月 5 日初稿

卯洞：千里酉水的第一自然奇观

发源于湖北宣恩椿木营姊妹山的酉水河一路南行，蜿蜒于湘鄂边境，经过湖北来凤、湖南龙山两座县城后，流入百福司境内时，在距古镇三公里处被一座高达数百米的大山挡住了去路，使这一带成为水乡泽国。

也不知是何年何月，山底下的一个天然溶洞在水力的巨大作用下，轰然洞开，形成了一条长220米、宽58米、高38米的大穿洞，骑跨在酉水之上，犹如卧龙吞江，酉水河到此伏流地下，流出山体后，一路狂奔千余里，然后汇入沅江，注入洞庭湖。

沿岸人们无法解释这一自然奇观，最后归结说是神力所致。经过多少年的口口相传，最后演变成一个神奇传说：鲁班与弟子云游四方，至酉水河上空，看见下面一片汪洋，湖光山色，非常秀美，又体谅湖区百姓被水所困，生活太艰难，顿生出为民造福之念。于是师徒二人分工，鲁班自己在酉水上游的佛潭绝壁上修凿佛像，保佑酉水沿岸百姓幸福安康；弟子则负责打通下游绝壁以泄水，使苍生免遭水患之苦。以鸡鸣为期，必须当晚完工。等到雄鸡报晓，鲁班完成佛像开凿后，去查看弟子开山进展，因工程艰巨，徒弟法力不够，无法将绝壁凿通。此时鸡已叫过三遍，天快亮了。于是，鲁班也没有责怪弟子，而是灵机一动，用随身所带的神錾在悬崖上戳了几下，绝壁下便形成了一个孔洞，水“哗哗”地流了出去。因为当时正好是卯年卯月卯日卯时，人们遂称之为卯洞。鲁班临走前，发现洞口太小，水消得太慢，于是又在佛潭扔下一只草鞋，每隔二十年化成一艘铁船，用以疏通卯洞。对此，酉水河上的船工们唱道：

要想卯洞船路开，
需等佛潭铁船来！

美丽的传说，给卯洞增添了几分神秘色彩。

后来地质学家考察后，认定这里是第四纪冰川遗迹。

卯洞内外景观雄伟、壮观、奇异、惊险。自古以来就吸引了人们去参观游览，文人骚客们纷纷留下诗篇。清代本土诗人张涛游览后，写下《卯洞》诗一首：

南乡卯洞太奇绝，
山势回环水势灭。
其中灵奇多异常，
大洞正洞景差别。

大自然的鬼斧神工，卯洞的奇绝壮观，在文人骚客的眼里，无疑是美丽的。但在酉水河上讨生活的船工眼里，卯洞却是一座鬼门关。卯洞里礁石嶙峋，水急滩险，加之光线昏暗，船只、木排从卯洞经过，船、木排要么被礁石划破，要么撞上洞壁，常常是船（排）毁人亡。即使酉水河上最有经验的船工、排古佬，经过卯洞时也是九死一生，一般的船工根本不敢经过。有首

酉水河自然奇观——卯洞　　作者 摄

船歌唱道：

纳吉滩、螺蛳滩，

难过卯洞那一关。

卯洞的凶险，阻碍了酉水河的交通运输。因卯洞上游的船只、放排无法通过，下游的船又上不来。因而，卯洞成为酉水上游航运的终点、中下游航运的起点。

游人若从卯洞荡舟逆水上行两公里，就到了落印潭，沿河两岸山势嵯峨，崖壁如削，森林翠绿，自然与人文资源非常丰富。两岸绝壁上散布着月亮洞、燕子洞、观音洞等 18 个形态各异的溶洞。洞口有的呈人字形，有的成半月形。洞口朝着酉水河，犹如牛郎织女，隔河相望，独特壮观，迷人成趣，这段是酉水画廊中不可多得的胜景奇观。在东岸有一个天然溶洞，洞内宽敞幽深，各种形态的钟乳石，有的如观音坐莲，有的如凤凰展翅，有的如龟鳖爬行，千姿百态，栩栩如生。

在落印潭附近山顶上，有五代时期漫水土司所建的城堡遗址，一千多年过去了，其城垣遗迹，还依稀可见。

落印潭的得名，源于一个传说。漫水土司之弟想自立为王，夜盗其兄官印向湖南方向逃跑，正当其用嘴衔印至河中时，被闻讯追来的土司一箭射中其脚板心，痛得“哎哟”一声惊叫，官印落于潭中。据说，后人经常看见从潭中冒出万道金光。前些年，有人在湖南龙山县茅坪乡复兴村两河口发现一座清代向氏族源碑，碑文记载：

自卯、漫兄弟参商，始祖口衔印玺，鸿水过河，后射一箭，中脚板心，叫声哎哟，印落潭内，至今有落印潭为名。

此碑文，从侧面证明落印潭传说流传甚广，历史悠久。

在卯洞入口的正上方一百七十多米绝壁处有一个圆形的山洞，传说洞里有神仙居住，于是被称为仙人洞，传说洞里有金银财宝和粮食无数。这神仙还有些特别，他食人间烟火，特别善良。在青黄不接时节，山民们开口向洞里的神仙借粮度荒，在操办红白喜事时，向神仙借金碗银碗、金筷银筷添喜，只要开口，每次都能如愿，而且不要任何租金，只要到时如数归还就成。眼看这么容易借，个别贪心之人便打起了歪主意，借金还铜，借银还铁，借谷还糠。对这种不讲诚信的行为，天上的雷神看不下去了。一声惊雷，将通往仙人洞的道路、天桥劈毁，从此再也没有人能上得洞去了。

以上传说，清同治版《来凤县志》还真有文字记载："相传，汉唐时，有径可入。中有金环玉箸，借之者望空中诚心祷求即得。后来，有人以铜杯和锡杯还给，于是仙径隔断，可望而不可即。"

1992 年初，有胆大村民进洞探奇，真还寻得宝剑、青铜器若干，遂私下贩卖，被警察发现，因倒卖国家文物被抓去判刑坐牢。"仙人洞有宝藏"的消息一下传开，从而引起了文物部门的高度重视。同年 8 月，考古工作者对仙人洞进行了抢救性考古发掘，从而揭开了仙人洞千百年来的神秘面纱。

考古人员从洞中发掘出了不同形制的棺木，还发现青铜器、瓷器、渔具、文房用品等文物 131 件，专家认定山洞为汉晋至宋元时期的崖葬地，时间跨度千余年，其文物数量之多、文化内涵之丰富，实属罕见，为研究酉水流域丧葬文化提供了极具参考价值的实物材料，也进一步佐证了酉水卯洞一带历史文化的博大精深。

人们无法想象的是，在那蛮荒年代，土家先民在没有任何辅助性工具的情况下，是如何在陡峭的绝壁上雕琢出这奇特的洞穴，并将棺材及随葬物品运上去的，先民的智慧让后人拍案称绝。

有专家分析说，是用茅缆及称式滑轮原理跷上去的。对此解释，我难以理解信服，于是，我斗胆做这样一个假设：在很久以前，仙人洞洞口与水面是平齐的，这样向洞内运送棺材和物品就非常容易了。但自从卯洞洞开后，洪水泄出，水位下降一百多米，仙人洞就高悬于绝壁之上了。

时间到了 2002 年，湖北人在卯洞下游的纳吉滩修建了一座水力发电站。电站大坝将酉水河的水位抬高，高峡出平湖，卯洞内的险滩急流不见了，从乌龙山大峡谷流来的皮渡河可以通游船了。来凤人趁此机会整合卯洞周边的自然和人文资源，以卯洞为中心打造成一处旅游景区。

2012 年秋，我与三位朋友专程来到卯洞景区，乘游船游览酉水峡谷，轻松地穿越卯洞，对这处家门口的神奇自然风光，来了一次切身体验。

2022 年 7 月 27 日初稿

舍米湖：湘鄂边界上的摆手舞之乡

多年前的金秋，我与朋友去湘鄂边界处的森林村庄道坑采风，路过一道山梁时，发现路旁有一尊奇特的天然路标石，于是停车察看，只见石上写道：中国少数民族特色村寨舍米湖。哦！原来这里就是闻名远近的摆手舞之乡——舍米湖。

我们站在路标石处，向西眺望，眼前是一面缓缓的山坡。

在半坡上，三个寨子相对独立，又相互依偎，形成了一个大寨子。一两百户人家，鳞次栉比的青瓦、木板房、吊脚楼掩映在树林里，寨子的后面是一片茂密的森林，前面和左右两侧是层层叠叠的梯田。梯田里的稻谷已成熟，在阳光的照耀下散发着金光，人与自然和谐共生，好一幅山村丰收图，我不由在心底里感叹：这真是一处人间仙境、世外桃源啊！

我提议过去看看，于是我们一行四人不期走进了这个土家山寨。

我们在寨里石板路上穿行。走了一阵，没有看见一栋砖房子，都是青瓦木板房，整洁、古朴、干净。寨子里的人呢？正在纳闷，终于听见说话和砍料的声音，寻声走过去一看，原来有三个人正在一户人家的院坝里做木匠活，见我们四个不速之客，他们开始有点意外。我主动自报家门，说我们是桂塘坝的，慕名来此参观。他们一听，马上表现出友好的神情，一个说："我们这里距桂塘坝只有几公里，处邻隔近的，我们经常到那边赶场，欢迎参观，欢迎参观！"我想找一个熟悉情况的人，了解一下寨里的有关情况，于是问："你们这里哪个最有名望？我想拜访他一下。"

哪想，一位八十多岁而且只有一只眼的长者自告奋勇地说：

站在路标处向西眺望，只见眼前是一面缓缓的山坡　　作者 提供

“我最有名望！找我吧。”

牛人遇到不少，但这么大年纪的牛人还第一次遇到。自己说自己最有名望，我心感疑惑，老爷子是吹牛，还是与我开玩笑呢？于是说：“都是乡里乡亲的，您老人家莫唆[1]我啊！”

“信不信由你！我当过两届全国人大代表呢！在人民大会堂开过会，亲眼见过周恩来、朱德等党和国家领导人呢！你说有不有名？”见我惊讶，他马上又说道。

他这一说，倒把我们镇住了。我在人大机关工作，知道能够当上全国人大代表，绝对不是一般人物！看来眼前这位老人，的确不简单。于是，我请他放下手中活计，坐下来，给我们摆一摆舍米湖的龙门阵。通过扯白了解到，老人叫彭昌松，时年八十二岁，二十世纪五十年代时担任村民兵连长的他曾带领民兵追捕空投在湘鄂边界响水洞的特务，还是摆手舞的传承人，曾被恩施土家族苗族自治州授予“摆手舞艺术大师”荣誉称号。

---

① 哄骗。

找对人了，老人真的是舍米湖德高望重的“活字典”，我问他什么他都基本答得上。根据他的介绍和后来查阅的有关资料，我终于对舍米湖有了一个基本了解。

舍米湖是一个土家语地名，其解释有四五种说法，主要的有三种：

一种说法是，《来凤县地名志》解释道，“舍米湖”，土家语“舍”是“有，富足”的意思；“米”是“墨”，是“无”的意思；“湖”是“地方”。总的意思就是指这里自然条件好，是天然富足之地。

第二种说法是，明嘉靖年间，彭氏祖先从大喇司（即明代保靖宣慰司所辖大喇巡检司，今为湖南龙山县南部与保靖西北交界之地）迁到这里。老祖公迁来的时候，这里都是大山林，为了生存就砍火畲，种小米，小米丰收了，太婆在前面摘，太公在后面背，不小心丢了几把，第二年发现时，已发芽长成秧苗了。“舍米湖”就是舍弃小米的意思。

还有一种说法是，“舍米湖”，“舍”是土家语“惹”的读音误记，是美丽、漂亮之意；“米”是“火”，形容此地宽敞，阳光充足；“湖”是平缓的山坡。“舍米湖”的含义是阳光照耀的小山坡。

通过观察舍米湖的地形地貌，我还了解到有梯田梯土八百七十多亩，坐西朝东，阳光充足，村寨古朴，物产丰饶，稻谷曾是贡米，西瓜又沙又甜，茶油是比橄榄油更好的植物油，烤烟富硒。

我个人认为，第三种说法最靠谱，应该是“舍米湖”地名的本义。

舍米湖现在是鄂西来凤县百福司镇的一个行政村，地处三省交界之地，东与湖南桂塘坝道坑相邻，西与重庆酉阳五湖相望，历史上就是一个封闭落后的地方。在清朝雍正年间改土归流前，曾先后归属湖北卯洞安抚司、漫水安抚司和百户长官司管辖。新中国成立初期属卯洞区，1958 年改由卯洞人民公社河东大队管辖，后河东大队改为河东乡，改由河东乡管辖，再后来行政区划调整，现为百福司镇管辖。

舍米湖村现有 6 个村民小组、近 200 户 700 多人，全部聚居在这面向阳山坡上，村民绝大部分为土家族，以彭姓为主，此外还有田、张、高等姓，都是从湘西那边迁来的。他们的祖先把土家族摆手舞带到了舍米湖，修建了摆手堂，从此，摆手舞也在舍米湖扎下了根，并向周边土家族地区传播开来。

舍米湖人世代务农，民风淳朴，不沾赌毒，唯好摆手舞。土家族摆手舞，已列入国家级非遗名录，摆手舞大师彭昌松、鼓手彭承金被政府授予摆手舞传人称号，百福司镇被国家命名为“中国民间文化艺术之乡”。

舍米湖村民在古摆手堂前为游客表演摆手舞　　作者 摄

土家人跳摆手舞有专门的场地——摆手堂。其不同于现代舞场的是，摆手堂不仅可以跳舞，也是土家族人用于祭祀祖先的神堂。

舍米湖被称为神堂的摆手堂，坐落在村子西边的神堂堡上，与村寨保持了一定距离。我们根据村民的指点，前去参观，一路走过田埂，走过石板小路，发现眼前的小山堡松柏苍翠，给人以神秘、静穆、庄重之感，走近一看，在树林掩映下，东西南三面用大青石条砌成高约两米的围墙，北边是神殿，供奉着彭公爵主、向老官人、田好汉三尊传说里的土家族先人塑像。大殿一字三开间，悬山式屋顶，墙壁用长方石块砌成，无雕梁画栋、斗拱飞檐，简洁厚重、朴实无华，与我们常见的寺、观、祠迥然不同。大殿门口有一木质牌坊，上雕刻“摆手堂”三个大字。

整个建筑为石木结构，坐北朝南，大门在神殿的正前方，中间的神道从大门直通神殿，成为院落的中轴线，神道两边植有古柏五棵，既增添神秘幽静的气氛，又便于跳舞时悬挂灯笼。摆手堂的坪场，呈长方形，占地约五百平方米，神殿墙体上镶有两块石碑，一块是现代所立，另一块是清代所立，记录当时捐钱修建的人物名单。从记录上看，捐钱之人有鲁、贾、陈等姓，落款为“同治三年十二月”。古碑虽年代久远，字迹斑驳，但文物价值十分珍贵，它是考证摆手堂历史的重要物证，据有关人士考证，此为全国土家族地区保存最完整的古代摆手堂，因而被誉为“神州第一摆手堂”。在围墙大门入口处，有2008年4月25日所立的“湖北省第五批文物保护单位——舍米湖摆手堂”石碑一块，从此可以看出古摆手堂的文物价值。

据舍米湖村现任书记彭平介绍，古摆手堂始建于清顺治八年（1651），历史上曾经过四次修复，最早的是清道光二十七年（1847），最近的为2008年。

舍米湖的摆手堂和摆手舞曾一度被历史的尘埃所淹没。雍正年间改土归流后，清廷采取文化同化政策，汉文化的大量输入，加之清末民国时局动荡，兵燹匪患猖獗，经济凋敝，民不聊生，摆手堂一度荒芜，土家人喜爱的摆手舞也很少有人跳了。时间到了1957年，卯洞民族文化馆干部陆训忠、李逢贵到舍米湖采风，发现这座村民口中叫“神堂”的古建筑，走访村里老人得知是摆手祭祖的祠堂，陆、李二人十分欣喜，经过一番考证，初步认定为土家人的“摆手堂”，于是便请彭荣梓、彭祖裘、彭昌义三位老人在神堂前跳摆手舞。老人们的舞姿质朴刚劲、粗犷清新，是难得一见的民间舞蹈佳品，随后二人以三位老人为师，开始了摆手舞的传承。

令舍米湖人最自豪的是，他们的摆手舞为国家确定土家族为单一民族发挥过重要作用。

土家族，自称毕兹卡，历史悠久，但以前没有被认定为一个单一民族。1950年9月，永顺二十一岁青年女教师田心桃在北京参加国庆观礼期间，第一次向毛主席等党和国家领导人提出调查确认“土家族”为单一民族的请求。1956年3月，著名民族学家、全国政协民族工作组组长潘光旦先生，奉全国政协和中央统战部之命率队到湘鄂川边区进行民族调查，在来凤县城遇上舍米湖摆手舞队，观看了他们的表演后，兴奋不已，他说：“这个舞蹈有特点，它不是跳着玩，是祭祀祖先的，表现出山地民族潇洒粗犷、不惧困难的精神风貌。”此前，潘光旦一行已到酉水流域的龙山、永顺、保靖、酉阳等土家聚居区考察，观看过摆手舞表演，在舍米湖潘先生再一次感受到了土家族摆手舞的独特魅力。观看完后，他欣然与舍米湖摆手舞队合影留念。

潘先生与舍米湖摆手舞的不期而遇，为中央将土家族确定为单一民族再增添了重要实证。后来经过潘光旦、汪明禹、严学窘等专家的多方考证，1957 年 1 月 3 日，中央统战部正式行文确认“土家族”为单一民族。

现在，在舍米湖的寨中又建了一座摆手堂。青瓦、木板、吊脚楼，飞檐翘角，钩心斗角，全部体现了土家族建筑特点。

1955 年，民族学家潘光旦（后排左四）观看舍米湖摆手舞后欣然与他们合影　作者 翻拍

舍米湖的摆手舞特色浓郁，洒脱粗犷，新奇好看，反映了土家人的生产生活。其动作特征为：摆同边手，出同边脚，顺拐、颤动、躬身屈膝，略微下沉，时而“单摆”，时而“双摆”“回旋摆”。其动作多是表现土家先民渔猎农耕生产生活，如砍火畲、挖土、种苞谷、薅草、插秧、割稻谷、织布等，其主要伴奏是锣鼓，时有摆手歌穿插其间，歌舞乐浑然一体。舍米湖的男女老幼都爱跳摆手舞，逢年过节，只要锣鼓一响，大家就自发赶去围着篝火跳起来。

舍米湖摆手舞长盛不衰，在于它保持了良好的传承机制。现年九十多岁的老一代艺术大师彭昌松传承摆手舞六十多年，新的代表人物彭成金，是酉水流域有名的“鼓王”，现是国家级非遗代表性传承人，成了继彭昌松之后的摆手舞核心人物。

自 1957 年老摆手堂被发现以来，舍米湖人将摆手舞不断发扬光大，他们跳到了北京、上海，跳出了国门，登上了大雅之堂。舍米湖摆手舞队参加了上海世博会、西安世园会展演，并参加了荆楚文化走进澳大利亚、新西兰活动，多次参与中央电视台、湖北电视台历时两年拍摄的大型文化纪录片《神堂》的拍摄，后来纪录片在全国展播，引起国内外的广泛关注。国内一些大学、研究机构及日本、新加坡等国的研究人员专程到舍米湖做田野考察，武汉歌剧院等专业艺术团体多次来此实地采风。舍米湖村也被命名为“中国少数民族特色村寨”“中国传统村落”“湖北省民族团结进步示范村”。

在舍米湖的磨刀湾，有一大片古金丝楠木群落。据彭书记介绍，面积有百余亩，胸径超过一米的有百余株，最大的一株胸径超过两米。

这些金丝楠木或生长在房前屋后，或依次排列在道路两旁。每一株都有水桶般粗细，树干笔直光滑，上下一般粗，挺拔高耸，伸向天际。人们行走在古树林里，可以闻到一股天然清香。一栋栋吊脚楼，掩映在楠木林里，游人如果走累了，可以在路旁的茅草凉亭里歇息，偶尔有老牛行走在铺满金色树叶的石板路上，不知名的小鸟在树上叽叽喳喳追逐戏闹，犹入无人之境，人与自然相映成趣、和谐共生，构成一幅天然画卷。

楠木原名“桢楠”，属樟科，常绿乔木，是我国特有的珍贵树种。因其树干挺拔笔直腰部好，木质细腻起金色花纹，气味芬芳，经久耐用，在漫长的历史时期，大量用于宫殿、寺庙等大型建筑的栋梁、立柱，或用于制作屏风、雕花架子床、桌椅箱柜、棺椁等，历来是达官贵人的专用木料。据史料记载，百福司一带因盛产楠木，自明代以来，尤其是嘉靖年间，朝廷因九庙被火焚，特派湖广辰州府同知徐珊在此督采楠木。两年多时间里，徐大人因皇令催逼，走遍了卯洞一带的山山水水，当地土民也深受其害，被征为木夫进山伐树运木，往往“入山一千，出山五百”。徐珊既深感上命难违，又悲悯木夫悲惨命运，遂写下大量诗文，出版《卯洞集》四卷，记载伐木过程和木夫艰辛，鞭挞封建制度腐朽残暴，后被收入清《四库全书》。

徐珊记道：“维兹木之理，擅阴阳之冲和，既培质于大造，亦根植于层阿。中郁结于轮菌兮，傍纷披以娜。阅岁时而耸峙，耸云霓以交摩，日所照临，鬼神之所护呵。”并称赞楠木“直而有理，正而不颇”，把楠木的外形与土家人的品格联系在一起，这些诗文成了研究土家族的重要史料。

舍米湖村历史上就是金丝楠木的集中产地，然而从明嘉靖年后，巨型楠木几乎被砍光，以后尽管有少量成材楠木，也在“大炼钢铁”中被砍伐。磨刀湾的大片金丝楠木得以保存，可谓是劫后余生，十分难得。

前文所述，这里的彭姓村民先祖本是湘西大喇司人，在明嘉靖年间被作为木夫征调到此，后来幸存者就在这里落脚谋生，繁衍生息。因此族人爱楠护楠。分田到户时，这些楠木也分到各家各户，但村民们相约不准砍伐。即使有人出高价购买，也不砍一株，从而留下了这片金丝楠木群落，成为舍米湖村的一道亮丽风景。

舍米湖之行，给我留下了深刻印象，但总感觉意犹未尽，此后，我又找机会去了两次。

2015年5月，为了配合桂塘书法墙建设，我与湘西诗词协会联手，策划了一次“走进桂塘，感受‘一脚踏三省’神秘地域文化”诗词采风活动，我将舍米湖作为一个重要采风点。那天，我带领三十多人的采风队伍，前往舍米湖，彭昌松老人身披“摆手舞艺术大师”绶带，带领舍米湖摆手舞队在古摆手堂前给我们跳了一场原汁原味的摆手舞。那天他成了诗友们眼里的大明星，在古摆手堂神殿前，采风队员争相与他合影留念。那次采风，舍米湖优美的自然风光和浓郁的民族风情，给大家留下了深刻印象，回来后创作了一批诗词作品。八年来，每当诗友们见面时还津津乐道。现录吉首大学师范学院王明辉教授的《舍米湖》一首：

云追雾裹逗梯田，风景风情两绚然。
人爱走心迷摆手，楼称吊脚漫炊烟。
地名多解诚生趣，野鸟相鸣更亮颜。
陶令渔翁迷路后，一声鸡唱见神仙。

同年国庆假期，我与朋友老红再去舍米湖，我们直接来到彭昌松家，他正一人在家休息。老熟人相见，他非常热情。

扯了一阵白话，我突然心血来潮说道：“彭老，我想拜师学跳摆手舞，您可以教我们吗？”

他听后“呵呵”一笑，爽快答道：“要得吵！只要你们肯学，我就当场教！”

说到做到，不放空炮。彭老下到晒谷坪，就给我们跳了起来。磨鹰展翅、犀牛望月、推磨、撒种，一招一式潇洒利落，全然不像一位年近九十的老人，他在前面示范，我俩在后面亦步亦趋跟着学。现在，时间又过去八年多了，老人那潇洒粗犷的舞姿，仍在我的脑海里久久地挥之不去。

2023年7月13日定稿

茶岔溪：美轮美奂的吊脚楼群

庚子仲秋的一天下午，天下着淅淅沥沥的小雨，我与老红、国平参观过道坑，又来到茶岔溪。

茶岔溪，地处湘鄂渝交界之地，是湖北来凤县百福司镇新安村的一个自然村落，为土家语地名，翻译成汉语就是喜鹊多的地方。为了叫起来顺口，当地人平时简称为茶溪。喜鹊为吉祥之鸟，因此茶溪也成了村民心目中的吉祥之地。

为避免进村后找不到人，在出发之前，老红联系好了寨里的老朋友田光德。当我们来到他家吊脚楼下时，却发现大门紧闭，老红打电话一问，方知主人刚上山挖红苕去了，答应不久即回。我们边等边自行在寨子里参观。

堂屋、阶沿都堆满了黄灿灿的苞谷棒子，看来是个丰收年　作者 摄

当我们走到后面那栋吊脚楼时，听见有人在说话。一个中年妇女从屋里探出头张望，发现了我们，友好地问："几位大哥，你们是哪里的？有什么事吗？"

老红回答道："我们是桂塘坝的，就是到你们这里随便逛哈子！"

听见老红的回答，她热情地招呼我们说："天在下雨，有点冷呢，快进屋坐坐。"

我们也不客气，就钻进屋里。我发现堂屋、阶沿都堆满了黄灿灿的苞谷棒子，看来今年是个丰收年。火坑里已生上了火，火坑边围坐着一位年逾古稀的老者和三个小伙子，老者边摆龙门阵边往火坑里添柴。见了火，我方才觉得外面已有几分凉意。

我们三人的到来，他们也不感到意外，客气地招呼我们。我们也没有拘束，就像来到亲戚家一样，自个儿找板凳围坐在火坑边。闲谈得知老者叫田光正，是这家的主人，三个小伙子均来自桂塘坝街上。老者是向姓小伙子的嘎公[1]。小向三年前参军入伍，现在是某特种部队的一级士官，这次回老家探亲，专门邀上两位高中同学一道来看望嘎公。一同来的还有小向的妈妈。

美轮美奂的茶岔溪吊脚楼群　　田光德 摄

向妈妈与这家媳妇在屋里屋外忙碌着。一交谈，方知主人媳妇的娘家是桂塘四坝雷打沟梁家寨的，按辈分，她应叫我满满[2]呢。大家寒暄过后，主人媳妇对我说了一声："满满，你们慢坐，我们上坡做工夫去了。"她俩前脚刚走，屋里又进来一位六十开外脚穿高筒靴的汉子。来者不是别人，正是主人的弟弟、老红的朋友田光德也。来者快人快语，向我和国平问道："请问你两位是哪里的？"

我答："桂塘坝的。"

"桂塘坝哪里的？"

---

① 外公。

② 叔叔。

“古道溪的。”

“古道溪哪里的?”

“糖坊坳梁家寨的。”

“哦，是梁家寨的啊！那你认识梁老毛吗?”

“当然认得啦，他是我堂弟。”

“我是老毛的幺姨爷呢!”

“那我也应该叫您姨爷啰。”

这一交谈得知，原来我们竟是亲戚，而且他还是长辈。以前听家里人说过，老毛的幺姨嫁到茶溪，因我长年在外地工作，很少回家，故亲戚之间彼此还不认识。

这交界之地就是怪，虽说是跨省过界的，由于相互通婚，转去拐来，彼此都成了亲戚。既然知道是亲戚了，那种陌生感顿时烟消云散，说话也就随便起来了。我们怕谈话影响小向和他的嘎公，于是将火坑让给他们，随光德姨爷来到吊脚楼上。见多识广的他绘声绘色地给我们摆起了关于茶溪的龙门阵。

茶溪的地理位置很特殊，它东临湖南龙山桂塘镇的四坝、桂塘社区，西与重庆酉阳大溪镇二坪界村接壤，南有茶溪河，北靠凉亭山，即武陵山余脉独署岭（土家语：野鸡多的地方)，湘鄂渝在此处交界。茶溪，是湖北西南边陲的最南端，也是鄂西土家族人最早、最集中的聚居地之一。

茶溪现有 26 户，110 多人，主要为田姓，土家族，均是一公之子。还有彭、张两姓散户，为田家女婿，挨亲过来的。现在，寨里的青壮年大多到沿海城市打工去了，只是在过春节时赶回来团聚。平时留守山寨的只是一些老人和小孩，寨子里显得比较冷清，一些吊脚楼很长时间都没有冒炊烟了。

茶溪田氏的始祖叫田仕富，原籍为湖南大喇司黑皮寨人，在清末逃荒来到附近的中路口，给彭家人帮工打油为生。彭家人看其诚实勤劳，招为上门女婿，并砍草为界，将茶岔溪作为女儿陪嫁。于是田氏在此定居下来，开荒种地，繁衍生息。因其老家是黑皮寨，为不忘来路，这里也曾被称为黑皮寨。他们“仕”字辈后面的字派为“国正天心顺，官清民自安，妻贤夫祸少，子孝父心宽”。现在已发到“自”字辈，照此推算，彭氏在此定居已有二百五十多年。

肇始住房为茅草屋，经过几代人耕耘，慢慢有了积蓄。于是在上方老屋场修建了一栋五柱六棋的青瓦木板屋。祖屋正对面是一座大山，为了改变这种状况，于是始祖在修屋时，根据他人的建议，将大门修成了吞口状，意为能将前面的大山吞下。

现在，祖屋仍保存完好，正房共三间，中间为堂屋，正中板壁装有神龛，上面有供奉历代祖先的家先，正中书“天地国亲师位”。堂屋是家族祭祀的核心，堂屋两边为火铺，为烤火取暖、煮饭的场所。阶沿为条石砌成，坪坝为青石铺就。由于年代久远，已被踩踏得光滑透亮。柱头下的磉磴岩均精工雕刻而成，上圆下方，花纹图案细腻灵动，寓意吉祥和谐。堂屋大门和房间上的雕花窗棂工艺精湛，线条流畅，图案别致，极具审美价值。

后来家族渐渐发展了，族人在祖屋右边又并排修了一栋房子，后又将两头的厢房修成了吊脚楼。

吊脚楼是土家族的典型建筑，为一种干栏式建筑，分两层，一楼为猪圈、厕所，空出的地方堆放柴火、农具等杂物。二楼为卧室，是客房或女儿的闺房。走廊向外挑出，栏杆为“万字格”，是观景、歇凉、绣花的绝佳场所。栏杆上平时用来晾晒衣服、苞谷、豆类、干菜等。

再后来人丁越来越多，老屋场就住不下了。于是成家立业的后辈子孙们，开始自已在周围依据祖屋的样式，依山就势修建新的吊脚楼。这样子孙一代一代地发展，吊脚楼一栋接着一栋竖起来了，一个院落挨着一个院落，楼与楼之间有青石板路相连，相互串门都很方便，慢慢地就形成了吊脚楼群，层层叠叠，鳞次栉比，错落有致，十分壮观，最多时有三十多栋。这些楼群大多掩映在古树翠竹之中，若隐若现，犹抱琵琶半遮面。

每当早晨起床后和傍晚收工回来，寨里的姑娘媳妇们便在火铺忙碌开来，不一会儿，炊烟便从吊脚楼的瓦缝里冒出，袅袅升起，被微风吹拂，消散在天际和周围的树木里。这一人间烟火图景，是多么的祥和而温馨。经常被烟火熏烤的吊脚楼，不发霉，不腐烂，不长虫，不垮塌，寿命会达到数百年之久。可惜，近些年由于外出人增多，一些房屋人去楼空，无人打理，一些年代久远点的，慢慢破败、倒掉了。不过还好，现在仍还有十多栋。

茶溪是缓山坡，少坪地，吊脚楼依山就势，飞檐翘角，“占天不占地”，不仅极具审美价值，样式好看，而且还很实用，可以隔潮气，还能防止野兽蛇类的袭击。

茶溪人自古以来就秉承人与自然和谐共生的理念，爱护山中的一草一木。现在，山寨周围的山头都是茂密的森林，吊脚楼群掩映在树木和楠竹林中，特别是寨中三棵几人才能合抱的古枫香树，更凸显了山寨的古老和静谧。

茶溪的山里物产十分丰富，周围的竹木林更是动物的乐园。野猪、麂子、山兔、猫头鹰、松鼠、野鸡、锦鸡等野兽野禽在林子里出没，也不惧怕人。有时，它们还偷偷从周围的林子里跑出来，与家禽家畜混在一起争食，让主人有眼莫辨。夏秋时节，经常有数百只白鹤、喜鹊成群结队飞临山寨，栖息在寨中的古枫香树上，这给宁静的山寨平添了几分祥和和喜庆。古往今来，茶溪人与自然互不惊扰，和谐相安。

寨后的山梁一直上到团山堡、滑石坂，均是成片连块的野山竹林。山竹可以编织各种农具，可以做菜架竹、晒花帘，一年一发的竹笋是上等的山珍，将这些拿到市场上去卖，可以获得丰厚的收入。同时，山中还有板栗、狮栗等天然果木。寨前的茶溪河沿岸是成片的油茶林，开花时节，白茫茫的一片，香飘数里。

茶溪在山坡上，缺水，稻田少。但旱地较多，加之地广人稀，人均耕地面积多。土地经过多年耕耘，已非常肥沃了。苞谷、高粱、小米、红薯、洋芋、落花生、黄豆、烤烟等，是其主要粮食和经济作物。

茶溪人世代居住在这山坡上，日出而作，日落而息，远离闹市，犹如世外桃源，长期以来过着自给自足的农耕生活。

随着商品经济的到来，山里的宁静被悄然打破，他们慢慢与外界有了密切的人际和物资交流。赶集是茶溪人最重要的经济活动，最近的墟场是湖南这边的桂塘坝，下一个山坡就到了，仅几公里的路程。每逢农历三、八，他们就将自产的山货或挑或背到场上交易，再购回所需的化肥、农药、种子和日用工业品。

茶溪距湖北的百福司镇较远，有一二十公里路程，还要翻越几座大山坡，因而，他们的生活主要依赖桂塘坝，而相反与自己的镇子却联系较少。茶溪人与桂塘坝人的交往既密切又有些微妙。

桂塘坝是坪地，有成块连片的稻田，吃的是白米饭，是边区交通、文化、经济的中心。而茶溪人住在山界上，吃的是杂粮，行走的是崎岖的山路，上街赶场、小孩上学读书都要去桂塘坝。这样一来，作为“坪坝人”的桂塘坝人，在作为“界上人”的茶溪人面前，就多了几分优越感。在人际交往上，潜意识里多了几分张扬和好胜，而茶溪人则多了几分谦卑。

桂塘坝虽地平田多，但山矮地少人多，山上的物产相对贫乏。在大集体年代，好强的桂塘坝人总想打界上人的主意。山上的竹子、林木、果子，总是被桂塘坝人悄悄顺走。茶溪人当然也知道是谁干的，每当发现有人偷砍竹木，或偷打板栗时，只是虚张声势地吓跑了事，并不想真去抓现行。

少数爱耍赖皮的人，做“贼”还不心虚，干脆不跑，等在那儿让你去抓。茶溪人一见是熟人，反而觉得不好意思，忙赔笑脸说：“原来是你呀！怎么不先打个招呼呢？饿了吧？快到屋里吃了中饭再走。”

这就是茶溪人的处世之道。反正那些都是吃露水长大的，山竹砍了，来年又会生；板栗打了，明年又会结。“做事留一线，日后好见面”，不把事做绝，以免今后到桂塘坝赶场见面时尴尬。

新寨沟是桂塘坝街后一个自然村寨，紧邻茶溪和滑石坂，自己没有山竹林。大集体的年代，新寨沟的汉子们一年四季都在给供销社卖野山竹。原来山竹的来源就是茶溪和滑石坂的山竹林。有一年茶溪有人烧灰不慎，引发山火，烧了一大片野山竹林。这样新寨沟人有好几年都没有山竹砍了，经济收入大减。

有一年，湖北卯洞公社书记夏卓友与桂塘公社书记尚天泽一块儿喝酒。酒过三巡，夏书记对尚书记说：“你尚（上）我夏（下），一笔一画，湖南湖北，支援很大。”

然后又明知故问道：“尚书记，听说最近我们这边的一把山火，把你们新寨沟人取钱的银行烧毁了，他们伤心地哭了好久，是不是有这么回事？”

夏书记明里是开玩笑，实则是在挖苦湖南人觊觎湖北人的物产。尚书记听后，也不生气，说：“两兄弟，莫讲卵话，逮酒！逮酒！”“哈哈”一笑了之。

自古以来，边界上的一些不愉快，自有它的解决办法。官方或者民间，就这么一顿酒、一个玩笑就过去了，从来没有闹到不可开交的地步。

光德姨爷说，在桂塘坝，真正“二气”① 的人毕竟是少数，绝大多数桂塘坝人非常豪爽、侠义。他有很多桂塘坝的朋友，关系好了，其实比亲兄弟还亲。大集体年代，界上久旱无收，生活困难，桂塘坝人二话不说，给他们借粮食，方才度过那个饥荒岁月。他们界上人下桂塘坝赶场，经常被朋友拉进屋里喝酒，大块吃肉，大碗喝酒，边喝边唱，不醉不归。

茶溪人过去出行，都是翻山越岭走山路，日子过得十分艰苦。前些年修通了去桂塘坝、百福司的水泥公路。出行方便了，村民都脱贫了，经济好起来了，很多家庭都买了小汽车，过上了小康生活。

茶溪以前没有出过读书人。自从公路修通以后，茶溪的教育也好起来了，不断从山里飞出金凤凰，近些年，先后有十多人考取名牌大学，成为国家栋梁之材。现在，在县城来凤、州府恩施、省城武汉都有茶溪子弟在为国家效力。

作为土家山寨，茶溪的老辈人都能讲土话，随着时间的推移，现在几乎没有人会讲了，只是在一些地名和称谓上还遗留一些土家语的痕迹。但茶溪仍较好地保留了土家族人的很多传统习俗，如跳摆手舞、唱山歌、打三棒鼓（花鼓）、打溜子、吹木叶、跳九子鞭、过土家年、打年粑、熏腊肉、推合渣、做霉豆腐、打油茶汤，结婚嫁女喝拦门酒、哭嫁，等等。这些有光德姨爷的山歌为证：

吊脚楼里日月长，
土家腊肉格外香。
团馓合渣霉豆腐，
离不开的油茶汤。

哭嫁拦门酒为先，
花鼓摆手山歌唱。
闲来无事吹木叶，
男女喜跳九子鞭。

光德姨爷是远近闻名的土家三棒鼓高手和山歌大王，农闲时节，他经常带领茶溪的山歌和三棒鼓队，到边区一带的村寨、集市表演。若在红白喜事

① 显摆、好强之人。

上遇上了对手，在众人的吆喝声中，他临时起兴，随口便答，可以连唱三天三夜。他的山歌均来源于生活，歌词通俗易懂，不乏幽默诙谐，声调高亢而悠长，老少喜闻乐见。这些年，不断有电视台记者来茶溪采访，有道是艺高人胆大，面对镜头，他开口就唱，因而在电视里经常有他的“声影”。

他还曾与其搭档参与鄂西的土家山歌擂台赛，从百福司唱到来凤，一路闯关过将，一直唱到了州府恩施。2019 年，来凤老英雄张富清受到习近平总书记亲切接见，并授予共和国勋章后，光德姨爷组织茶溪三棒鼓队到百福司镇各村寨巡回宣传老英雄的先进事迹，受到了广大村民和有关领导的点赞。

茶岔溪吊脚楼一瞥　　作者 摄

茶溪的男人爱唱山歌，茶溪的妇女则会哭嫁。每当寨里有人嫁女，出嫁的前夜，新娘父母和寨里的姑娘媳妇们便换上平时舍不得穿的新衣裳，相约来到吊脚楼上的新娘闺房，围在新娘周围，用陪哭嫁来送别新娘。哭嫁时，用手绢蒙脸，以便随时擦泪。

开始由一个婶子辈的妇女开腔：

“哪个姑娘不出嫁？哪个男儿不出门？鸡已叫，天快明，母女哭声牵人心。”

接着新娘便哭爹娘：

“爹娘养来爹娘生，今日离娘放悲声，爹娘盘儿千般苦，未报爹娘万般恩。”

哭了爹娘又哭哥嫂：

“我的哥啊我的嫂，今天就要离开了，堂上爹娘我丢下，尽孝重担你们挑。妹妹今成远乡客，想得到来做不到。”

哭了哥嫂哭姊妹：

“橙子好吃要剥皮，姊妹情深今别离，同口井水没喝饱，同个屋场没坐老。”

哭嫁一般要哭至清晨上轿前，新娘要把关心她的至亲挨着哭个遍。声音哭嘶，眼泪哭干，声泪俱下，如歌如泣。快要上轿时，亲人们纷纷劝说：

“幺妹！莫哭了哦，今后你要经常回来看看。嫁过去后，你各孝敬公婆，夫妻恩爱，发家发人，过好日子去！”

在亲人们的谆谆教诲、循循开导下，新娘方收住哭声。

哭嫁是土家族新娘出嫁的一种独特的哭唱仪式活动，新娘把新婚的喜悦寓于哭声之中，这就是所谓的“喜极而泣”吧。这一风俗，数百年来就在茶溪流传。

哭嫁歌词既有一代一代流传下来的，也有新娘和陪哭姊妹们即兴创作的。歌词内容主要是感谢父母长辈们的养育之恩和兄弟姊妹间的手足之情。同时，也表达新娘对自己少女时代即将结束的留恋和对未来婚姻生活的美好期望与迷茫。

十多年前，本村中路口的土家族作家彭承忠先生，在茶溪拍摄了一部自编自导的方言电视剧《打把剪刀送姐姐》。电视剧的热播，第一次把茶溪的吊脚楼群、童谣推向了山外的世界。

近些年，随着乡村旅游的兴起，爱好文学、摄影、绘画、诗词的创作者发现了这片处女地，纷纷到这里采风，寻找创作灵感，创作了一批文艺作品。随着作品的发表，茶溪也渐渐让更多的外人知晓。

2018 年，中央电视台国际频道《不忘乡愁》栏目组专门到这里住了一个星期，拍摄这里的吊脚楼群和土家风情，然后制作成专题节目，向全球播放。这样，茶溪的名声就漂洋过海了。

茶溪的吊脚楼群也引起了当地政府的重视。地方政府将茶溪列入“少数民族传统村落”，加大了保护力度，下拨专款对吊脚楼进行了维修加固。为防火灾，又免费给各家各户发放灭火器，设置警示标语。

龙门阵摆到尽兴处，光德姨爷即兴给我们来了几段土家山歌：

我是湖北来凤人，
家住河东新安村。
茶溪是个小地名，
屋后一脚踏三省。

我家住在公路边，
房屋一正两厢房。
门前公路通桂塘，
团转都是楠竹山。

吊脚楼台成了群，
迷倒多少外地人。
央视记者来采访，
全国各地闻了名。

光德姨爷的歌声刚落，从餐厅飘来了腊肉腑腑和枞菌的香味，这是久违了的家乡味道。主人盛情邀请我们共进晚餐，逮酒逮饭，我们也就不把自己当外人了。

2021 年 3 月 26 日初稿

滑石坂：三省界碑旁的界顶人家

滑石坂，鄂西大山界上的一个土家族古村落，与桂塘坝比邻。记得四十多年前，我还在镇上七年制学校读初中。初一那年，学校放勤工俭学假，同学们大多回到村里捡桐茶籽去了，几个高年级同学则相约到滑石坂禁山偷砍青冈、"九把斧"等杂木，结果被滑石坂社员发现，人被抓，刀斧等工具被缴，闹出了省际边界纠纷。此事闹到学校，最后李开华校长出面前去讲好话，那边才肯放人。后来，他在全校大会上通报此事。因此，我第一次知道了滑石坂这个地方。此后，我又在供销社的收购点经常看见一些古铜色皮肤、小腿后面有碗口大精肉坨坨的壮汉搬大捆大捆的山竹来卖。大人告诉我说："他们是界上滑石坂的。"

山竹林、青冈树、壮汉，这是滑石坂留给我的最初印象。

于是，我对滑石坂充满了好奇，那究竟是一个什么地方呢？哪天找机会一定去看看。

2013 年，国庆长假期间，我回老家度假。为写一本关于三省边界的书，特邀约同乡文友老红、国平去团山堡"一脚踏三省"玩，第一次探访了滑石坂，儿时的愿望，终于得以实现。

当车行至新寨沟，因没有车路了，只好弃车步行。过去的小路，或长满了小山竹、荆棘，或被开垦为一台台的烤烟地。没有路，我们三人只好钻入山竹林，走着走着竟迷路找不到方向了。竹林太密，不能直立行走，只能像狗那样在竹弄窠里缓慢爬行。

过去半个多小时的路程，我们竟花了两个多小时。好不容易爬到"湘鄂

作者与老红在三省界碑处留影　　杜国平 摄

川三省交界之地”界碑处，心里不用说有多兴奋。我们在界碑处留完影，站在高处向四周眺望，可以看见三省边境的村寨。向北眺望，我发现一个三面环山的小山湾，周围森林、竹林密布，坪地有十多丘稻田，十多栋青瓦木板房、吊脚楼的村寨，寨里人与鸡狗清晰可见，袅袅炊烟从瓦屋上升起，这真是一处世外桃源啊！我好奇地问老红：“那是什么地方？”老红答曰：“滑石坂。”滑石坂？原来这就是滑石坂！于是，我马上邀约他俩进寨看看。

下到滑石坂的坳口，我发现停了一辆小车，原来，从湖北方向上团山堡的公路已经通车。下滑石坂的路，是一条弯弯曲曲不太规则的石板路，年代久了，石板已被踏得很光滑，稍不留神就会打蹩脚搭告子①。沿途遇到几个背着背篓捡板栗的汉子，操湖南口音，一问，得知他们是桂塘坝的，每年一到板栗成熟的时节，他们就成群结队过去捡，滑石坂人也不会干涉，有时还喊到屋里吃餐中饭。

我们在寨中穿行，除偶尔遇见几条狗外，很难发现人影，山寨显得很静谧，犹如空村一般。转了一阵，终于在一栋木屋前的晒谷坪上，发现了一对晒谷子的老年夫妇。老人带着老花镜，山羊胡子几乎全白了。交谈后得知，老者叫彭大全，八十多岁，他对我们的不期而至有几分惊奇。虽是跨省过界，但都是边邻，方言基本相同，交流起来没有一点障碍。

“你们是哪里的？”

“是桂塘坝的。”

① 摔跟头。

“看你们样子像工作同志，到这里搞么子？”

“放假了，无卵事，参观‘一脚踏三省’，看你们这里风景不错，就顺道来嗨哈子！”

“我们这里偏僻得像卵形，有什么好嗨的哟。”

“想请你老人家给我们摆哈这里的龙门阵。”

当老人得知我们是桂塘坝人后，很是热情，忙叫老伴儿给我们搬椅沏茶。老人有点文化，记忆力也不错，待我们落座后，就与我们摆起了龙门阵。

与他交谈得知，滑石坂有十多户人家，五十余口人，都姓彭，是一个大家族。在清代末期，先祖从湖南里耶岩冲逃难来到这老山界，见这里风景优美，土地辽阔，便在此搭茅棚定居。在这个人迹罕至的地方，开垦播种，繁衍生息，距今已有两三百年。现在，年轻人都外出打工，小孩子们都上学去了，平时寨子里就几个留守老人。

民国时期，因这里地处三省交界之地，是一个“三不管”地带，天高皇帝远，曾有一股土匪躲在这老山界上练兵。

老人说，这里的地名本来叫发誓板，是先祖们曾坐在一块大岩板上发过誓，因而得名。后来因为谐音，演变成了滑石坂。

滑石坂天然物产十分丰富，周围漫山遍野是山竹。山竹可以编织各种农具，可以卖晒花帘、菜架竹。鲜笋和干笋是可口的山珍，可以在集市上卖钱。而且山竹是一年生植物，今年砍了，明年又会再生，年年砍，年年有，砍不败。

山上森林茂密，一类是杂木，如青冈、栎木、“九把斧”、枫香树、映山红等。九把斧的意思，就是木质十分坚硬，九把斧头才能砍断，是做家具的上等材料，也可以烧制上等木炭。

一类是高大的枞树、杉树。枞树是起屋的好材料。春秋两季，小雨之后，枞树林里便生长出一窝一窝的枞菌，这菌香脆可口，其味道和营养是菌类之冠。而且，这种菌子只有野生，目前世界上还没有人能人工繁殖栽培。

树林里夹杂很多野生板栗树、丝栗树。秋天成熟时节，早晨出去在板栗、丝栗林下打一个转，就能捡回一背篓板栗、丝栗。

界上的春天，万物复苏，房前屋后的桃花、李花、梨花，以及漫山遍野的映山红次第开放，滑石坂的周围就成了花海。

界上的秋天，夹杂在森林、竹林里的枫香树、栎木树、板栗树，树叶次第变红变黄，梯田里的稻谷、玉米、烤烟也到了收获季节，一片金黄，这老山界便有了色彩，有了层次，也有了韵味。

界上的冬天，很长一段时间，被大雪封山，变成了林海雪原。

滑石坂的森林是飞禽走兽的乐园，麂子、野猪、野兔、野蜂、锦鸡、野鸡、竹鸡、麻雀、乌鸦，等等，应有尽有。过去，每当冬季大雪封山，滑石坂的男人们就扛上火枪，带上猎狗，在雪野里赶仗套鸟。界上人自有界上人的规矩，上山赶野猪，见者有份。不管是谁打中，大人小孩妇女，参与赶仗的人都平均分，不过打中枪的人，还要拿走一条腿和猪头。现在，火枪上缴了，动物也不能打了，他们有时就钓野蜂，不时能获得灯笼般大小的野蜂窝。

我们在寨中穿行，除偶尔遇见几条狗外，很难发现人影，山寨显得很静谧，犹如空村一般　　作者 摄

现在，一些农户利用这里漫山遍野的山野花资源养蜜蜂。蜂蜜纯正，闻名远近，拿到市场上去卖，或慕名者上门收购，这是一笔可观的收入。

在山寨的入口，有三个相连的大天坑，坑口直径小的有二三十米，大的有百余米。天坑相连处，构成自生桥，从下往上看，十分壮观。坑里传说有大蛇栖息，有胆大者曾进入天坑内，寻得珍贵药材田三七和蛇药。

滑石坂山大人稀，土地资源非常丰富，旱土种苞谷、黄豆、高粱、洋芋、红薯，田里种水稻。这里虽山高缺水，大多是雷公田，产量不高，但这里是向阳坡，阳光充足，海拔高，昼夜温差大，土地又富硒，独特的小气候小环境，稻谷病虫害少，很少使用农药化肥，故这里出产的大米有机质含量高，绿色环保，清香可口，挑到市场去买，非常抢手。

滑石坂地处大山界上，如世外桃源，多少年来，村民们日出而作，日落而息，过着自给自足的农耕生活。随着商品经济的发展，他们与外界的商品交流多了起来。

界下的墟场，湖南这边有桂塘坝，重庆那边有大溪口，湖北那边有百福司，这里距桂塘坝最近，所以他们主要赶桂塘坝场。这里距街上有六七里山路，赶场去是一路的下坡，赶场回来又是一路的上坡。坝上每月农历三、八逢集，不同季节，滑石坂人就将界上出产的板栗、枞菌、蜂蜜、竹笋、竹编、木料、木炭、烟叶、粮食等运到场上交易，然后，购买日用品、农资工业品等运回界上。过去不通公路，去来都靠肩挑背驮，要两个多小时。滑石坂人的生活，真的是那个苦啊！

由于长期负重走山路，滑石坂的男人女人都精干结实，我现在明白这里的男人为什么小腿后面都有碗口大的精肉坨坨了。

近几年，滑石坂通路了，开车只要半个小时左右，非常方便。他们在团山堡下用挖掘机整理出了大面积高标准的烤烟地，种植烤烟，金灿灿的烟叶运下山，换回了大把大把的钞票，滑石坂人开始走上了致富路。

路通了，电通了，腰包鼓了，滑石坂人的腰杆子也硬了，也自信多了。界下那些坪坝人，再也不敢小觑他们。

距滑石坂最近的村落，湖南这边有新寨沟向家，四川（今重庆）那边有新寨王家、二坪界彭家。几个寨子相距两三里路，现都有公路连通，虽各归属不同省份，因同处界上，又都是土家族，语同音、习同俗、人通婚，彼此保持着较密切的交往。

坪坝里的人称滑石坂人为“界上人”。在桂塘坝那些坪坝人面前，这些界上人也有几分自卑。譬如说，在与桂塘坝人的交往上，不敢得罪人家。如果桂塘坝那边有人过来偷伐竹木，发现后只是虚张声势吓跑了事，不敢理直气壮去制止，怕得罪人。不然，今后下界去桂塘坝赶场，如遇内急要上厕所、口渴要讨口水喝，不好意思去向人家开口。

老人自豪地告诉我们说，过去滑石坂教育很落后，有文化的人少。近些年，他们省吃俭用把子女送到界下的桂塘坝、百福司，甚至来凤县城读书，孩子们也很争气，陆续有人考取大学。其中有几个还考起了名牌大学：一个是武汉大学，现已毕业，是路桥工程师，现正在某地修高速公路；另一个刚考起南京航空航天大学，即将成为国家栋梁之材。

老山界上飞出了金凤凰，听到这些，我们真为滑石坂人高兴！

作为距团山堡界碑最近的村寨，这里的人们当然知道发生在那儿的许多有趣的故事。老人告诉我们说，团山堡一带有闷山草，此草很神奇，人踩到后就会迷路。因对“一脚踏三省”好奇，多年来，不断有外地人，包括北京的，单个或结伴到那里探奇。有人不小心踩到了闷山草，就会迷路，找不到归途，会整天在那里打转转。我想，此前我们三个在竹弄窠迷路，是不是也因为踩到了闷山草呢？

民国时期，湖南那边有一个妇女到那里扯笋子，踩到了闷山草，转了三天都转不出来。晚上只好在那儿过夜、哭一晚上，滑石坂人听见哭声后，将其救出。还有个别运气差的人，不小心碰到了马蜂窝，被马蜂追得满山跑，蜇得喊爹叫娘的。

关于闷山草，我曾向林业局专家请教，他没听说过，植物辞书里也没有它的词条。我猜想这个所谓的闷山草，是滑石坂人为了增强“一脚踏三省”的神秘感，编织出的美丽童话故事。

作为曾经在此迷过路的人，我可以解开其中的谜团。团山堡，因山形像包子般浑圆而得名。上面长满了野山竹，没有大树和其他标志，竹比人高很多，遮天蔽日的，里面又长有很多乱刺，人进入竹林里只能跪着或匍匐行走，因没有参照物，走着走着，就分不清东南西北，迷路了。

吊脚楼旁，七八个汉子正在围炉畅饮　　作者 摄

与老人摆了一阵龙门阵，我们三人又继续在寨里穿行。我发现一栋三层吊脚楼掩映在树林里，很好看，便走过去拍照。正拍着，隐约听见有说话声，于是寻声而去，发现在吊脚楼旁，七八个汉子正在围

炉畅饮。走过去一看，好家伙！竟发现了熟人。

此人不是别人，正是我的初中同学梁三。梁三是桂塘坝雷打沟的，按辈分，他应叫我爷爷。他高中是在湖北上的，后在那边参加高考，考入医学院，现是来凤县人民医院的外科大夫。我与梁三差不多二十年未见面了，今日不期重逢，均喜出望外，自然要聊上几句。聊后得知，他的一个朋友彭健是滑石坂的。应朋友之邀，他们到团山堡、滑石坂一带钓野蜂子。钓蜂得手后，便在朋友的弟弟彭辉家打平伙。既然碰上，他们热情邀请我们入伙。此时已是下午三点多了，我们正饥肠辘辘，看见一桌的山珍野味，早已垂涎三尺。俗话说，择日不如撞日。有好酒好菜正巴不得，我们就不客气了。

一般读者可能只知道钓鱼，钓蜂应是第一次听说吧？下面我给大家讲讲如何钓蜂：就是将在路边草丛里游玩的单个野蜂逮住，将餐巾纸撕成细条，用丝线绑在它的腿上，然后放飞。受到惊吓的蜂子就会往回飞。人就跟踪追，这样很容易就找到了蜂窝。

待大家酒足饭饱，已是傍晚时分，我们各自打道回府。

当我们披着夕阳走到团山堡下时，看见提前离开的彭辉两口子已在梯田里打稻子了，滑石坂人，真勤劳啊！

2015 年初夏，为配合桂塘书法墙建设，我带领湘西三十多位诗友来到滑石坂采风，他们大多年过花甲，被这里优美的自然风光、古朴的民风所吸引，在寨里流连忘返，寻找创作灵感。回去后，创作了三十多首赞美诗词。胡希旷教授的《初夏滑石坂》这么写道：

古木参天山路幽，野花吐艳鸟啾啾；
一塘碧水浮雏鸭，几处修篁隐吊楼。
柰李盈枝青果涩，芭蕉带雨绿荫柔；
何须辗转苦寻觅，世外桃源此地留。

一转眼，时间又过去七八年，但滑石坂却依然在我的脑海里经常浮现，经过这几年的精准扶贫和乡村振兴，滑石坂肯定又有了不小的变化，回老家时，再邀上老红、国平，到滑石坂钓野蜂去。

2023 年 7 月 13 日定稿

二坪界：伞把岩下有人家

在湘渝边界有一座大山界，像一幕巨大的屏障横亘在桂塘坝的西边。小时放学后，每当晴朗的傍晚，我就爬上寨后的卧虎山挪柴①，经常站在山顶向西眺望，目送西去的夕阳慢慢下沉。当夕阳洒下最后一束余晖躲入山界背后时，可见界上村庄的上空升起袅袅炊烟。这时天就暗了下来，我们的小山寨便进入夜间模式。

那地方叫二坪界，是四川（现重庆）酉阳县大溪镇东北部的一个村落，位于湘鄂渝交界之地。对于我来说，这是一处既熟悉而又陌生的所在。

2021 年初夏的一个早晨，我与老红、诗猛从桂塘坝街上出发，驱车西行几公里，越过了卡门进入渝地，路过歇马场后，发现公路右侧的三岔路口立有一块淡黄色石头，上刻“避暑天堂——二坪村”，于是汽车右拐，向二坪界驶去。

一

我们的汽车沿村道平稳而行，没有陡坡，没有高坎，也就没有惊心动魄。界上是典型的喀斯特地貌，茫茫旷野，视野十分开阔，只见到处都是石头，一种苍凉之感扑面而来，对于从小生长在界下坪坝、举目见山的我来说，这的确是一种不同的体验。界上土地辽阔，但我所见平整成形的大块土地却不多。庄稼地被岩石分割成东一坨西一块，像和尚身上的百衲衣。

---

① 砍柴。

二坪界之名，缘于老二坪，因其村落位于山界的半坡坪地，当地人称为二台台。界上海拔七八百米，没有突兀的山峰，地形厚实而平缓。

界上有老二坪、高家寨、新寨、麻阳寨、田家寨、茶阳坪、牛条尾、香东岩、甘溪口、石槽等十多个自然寨，分散在一面向阳大坡上。这些自然寨原为二坪、南坪两个行政村，隶属老寨乡，因近年行政区划调整，合并为一个村，统称二坪村，归属大溪镇。全村现有 546 户，1963 人，耕地面积 5420 亩，村域面积 21.5 平方公里。

在一天时间里，我们对老二坪、新寨、高家寨等三个大自然寨进行了踏访。

二

老二坪的地名是相对合并后的新二坪村而言的。其原住民为彭姓，他们是二坪界最早的居民。据村民彭选友介绍，他们的始迁祖叫彭万明，原是湖南龙山贾家寨锁湖溪人。因那里地势低洼，连年遭水淹，清代改土归流后，人员流动相对自由了，于是逃难于此。为避免再次受水灾，从而选择了湘川边界这个人烟稀少的大山界定居，在此日出而作，日落而归，开枝散叶，历经了万、志、玉、文、象、元、宗、世、选、光、昭十一代，距今已有二百五十多年，子孙一百五六十人。

老二坪的民居大多为青瓦木板屋，依山就势而建，偶见一两栋飞檐翘角的吊脚楼，为我们那一带传统的建筑风格。砖房不多，房屋周围大多为树木和楠竹林，人与自然非常和谐。

我们梁家与老二坪彭家上两辈开有姻亲。我的一个远房婆婆和两个伯婶娘就是老二坪人。现在老辈们都去世了，平时老表之间少了走动，但遇有红白喜事，老表们还有来往。去年五月九婶娘去世时，界上的几个老表得信后都赶去吊唁。

小时候，经常看见二坪界的亲戚下山到桂塘坝赶场，或来走亲戚。界上土多田少，大集体年代，经常因干旱歉收，青黄不接时就断粮。而我们生产队稻田多，旱涝保收。于是，他们就向我们生产队借粮度荒，其回报是在“双抢”（即抢收早稻、抢插晚稻）时节派出劳力给我们生产队帮工。同来借粮帮工的还有比邻四川中坝村斑鸠潭刘家、湖北新安村彭家，都是亲戚。“双抢”时节，三省三地的社员们聚集在一起劳作，男女老表们开玩笑、对山歌，你来我往，田间地头整天笑声不断，好不热闹，苦中有乐。

有一次比赛插秧，界上有个新媳妇说：“哎呀，我们界上地方生得差哦！做工夫都不用脱鞋袜！”我们队里有个后生听出弦外之音，马上回应道：“哎哟！我们坪坝地方不好啊！路不平，走路经常搭扑趴[①]，大米饭吃多了，又肯起眼屎！”彼此嘴里在自谦，实际是在挖苦对方、吹嘘自己。我们这些参加支农的中小学生，在一旁像听相声。

在老二坪寨子里穿行，一个年轻人也没有碰上，遇上几位留守老人，一攀谈才发现都是老表。虽说是第一次见面，但他们都非常热情，连忙招呼我们进屋吃饭喝茶，与他们聊起过去那些有趣的往事，依然是那么新鲜，仿佛就发生在昨天一样。

伞把岩　　王道清 摄

在老二坪寨后，有一处“伞把岩”自然奇观，被附近村民们说得神乎其神的，吸引着我们赶去参观。

出寨一会儿，我们的车子就来到一块百合地边，发现一尊赭色的巨石静静地矗立在一块大石板上，我想，那就是他们所说的伞把岩了。

走近观察，发现岩石下小上大，像一把巨伞，但我觉得更像一朵蘑菇。伞下置有数箱蜂桶，以及被盖、衣物等生活用品，这里可能是种百合的村民的夜宿避雨处。

---

① 摔跟头。

据目测，岩石高约1.7米，长约3.5米，宽约2米。老红和诗猛轻松地爬上岩石，俩人站在上面稍一晃动，奇迹出现了，岩石竟晃动起来。我也很好奇，走过去单手稍用力朝南北方向一推，岩石也晃动起来，里面像装有滚珠。而往东西方向推，我们三人一齐用力，却纹丝不动。

村民说，大集体时代，一生产队的社员在此做农活，中午休息时，无事找事，摇石寻乐。二三十个壮汉齐用力，只能晃动。最后他们砍来木棒等工具也不能撬翻，只能将石头稍稍移位，再也不能晃动。当天半夜，奇怪的事情发生了。在毫无征兆的情况下，突然狂风暴雨，睡在伞下的几名女社员的被盖和衣服全被淋湿，吓得跑到寨子里求助。社员们将石头复位后，雨即停了。“人在做，天在看。”村民对此用迷信的解释是，他们欲推翻石头的举动惊动了神灵，于是受到神灵的警告。此后，再也没有人敢乱动伞把岩了。

村民还说了一件事，伞把岩旁原有一口天然水潭，潭水清澈见底，可见鱼虾在水里戏游，石头和云彩倒映在潭里，非常好看。在附近地里做农活的村民渴了可以在潭里取水解渴，也可以取水浇灌庄稼。有一户好强的人家，见这里位置好，将去世的老人葬于潭边，不久，潭便干涸了。天赐的好风光，从此不复重现。

这两件离奇的事情使村民明白了一个道理：人们对大自然要有敬畏之心，要与自然和谐相处，不能人为去破坏，否则会遭到自然的惩罚。

三

距离老二坪不远的新寨，与团山堡相距只有四五百米，是重庆这边距三省界碑最近的自然村寨。

说起来，新寨王家与老二坪彭家有着一段历史的渊源。

新寨王姓始祖叫王泽宣，原是湖南龙山五寨里烈坝（现洛塔乡烈坝村）人，是个前清秀才，因家道中落，不得不外出谋生。他先是来到二蹬岩打工。读书人斯文，加之个子又矮小，挑箩筐无法越过门槛，被主人辞退，于是他辗转来到老二坪彭家帮工。主人看他人虽身材矮小，但干活却十分卖力，加之有文化，为人忠厚诚实，于是将女儿许配给他。

结婚后，这对新婚夫妇先是在老二坪下方一坪地搭茅屋定居。小两口起

新寨入口处池塘边的吊脚楼　　作者 摄

早贪黑，巴家巴业[1]地做，日子一天天好起来，收回来的苞谷、谷子仓库都装不下了。

有一天早晨，王泽宣到家后上方的秧田坳做农活，忽然听见前面的一片原始树林里传来鸡鸣犬吠声、小孩哭闹声，还有推磨舂米声，好像生活着一寨人家。他好奇地走去察看，竟什么也没发现，原来是自己的幻觉。但他仔细观察周围环境，觉得此地不错，应是一处发财发人的好屋场。于是回去与老婆彭氏商量，决定将家搬迁于此。此后，原居住地叫老屋场，将此地就称为新寨了。

寨里刚过而立的王道清先生，热衷于乡土文化，特别是对本族的历史文化颇有研究。他说，新寨是一块母性地，整个地势犹如一位慈祥的母亲斜躺在那儿：寨后的山头为头部，中间的山脊为躯干，左右两侧的山梁为手臂，寨下的两个小山丘为膝盖。在入寨口，有一泓天然池塘，久旱不竭，久雨不盈，长年绿莹莹的。前两年有好事者用抽水机将其抽干，发现底部由两块大

① 勤耕苦作。

石板构成，水从石缝中流出，两石板间还有高约一米的立石，像是孕育婴儿的器官。

有一年，湖南那边有个文化人慕名来此采风，看到这方池塘后，惊奇地发现，这池塘原来是山寨的一个聚宝盆。

新寨的确是一处发财发人之地。王泽宣起早贪黑，在这一带开荒拓土，砍火畲，广种苞谷、高粱、小米、黄豆，慢慢地富裕起来。为扩大生产规模，他只要听说有人卖田卖土，他就去买。在湖南那边买到了古道溪、大面土、草坪沟、独薯岭，在四川这边买到了牛条尾。家业越做越大，劳力不够了，就请长年短工十多人帮忙打理。后来又娶了一房周氏，两房共生八子。现已繁衍了文、一、中、正、大、道、学、永、光、发十代，子孙两百余人。由此来看，至少有两百多年历史，新寨早成古寨了。

新寨的自然风光和人文底蕴确实不一般。寨前是一片古森林，其中有两棵树龄超六百年的参天古树，高达四五十米，现已被政府挂牌保护。整个古寨躺在一个缓坡地上，民居为青瓦木板房、吊脚楼，依山而建，飞檐翘角，层层叠叠。古寨原有三座大朝门，周围为两米多高用青岩砌成的保寨墙，现仍残存几段。各家各户有自己的小朝门和小院落，寨内道路和院内坪坝全部为青石板铺就。

2013 年 10 月的一天傍晚，我曾与老红、国平踏访过新寨。在一个院落，我发现一位老妈妈蹲在地上收苞谷。我走过去给她帮忙，问道："老人家高寿?"她答道："九十四了!"如此高龄还在做农活，这的确使我感到意外。那次，因天快黑了，来去匆匆，但这个勤劳高寿的老人给我留下了深刻印象。

以前听说，四婶娘本是比邻湖北中路口人氏。因父母早亡，小时候曾到新寨投靠其姑爷家。她当年出嫁就是从新寨坐花轿下山的。回家后，我给她说起在新寨见过一个高寿的老人家。婶娘说："我认得，我叫她表嫂，小时经常与她一起玩。"这么看来，我与老寿星还是转拐亲戚，按辈分应叫她表伯娘呢。

八年后的今天，我们再次来到新寨，进寨一打听，竟欣喜地得知老人还健在，老寿星五世同堂，两年前过的百岁生日，当时前去祝寿的子孙有八十多人。我们从屋里把老人家请到院坝，说要沾沾老寿星的福气，她欣然同意与我们合影。家人介绍说，老人家平日生活自理，除了耳背，没有其他疾病，思维也很清明。老人叫张世英，老家原是桂塘坝王道溪白杨坳的。原来还是老乡呢，在此，祝福老人家健康长寿！下次找机会再去拜望。

新寨的周围山头物产很丰富，出产板栗、木材、山竹、桐茶树，加之人少地多，土地肥沃，村民种植苞谷、花生、辣椒、烟草、百合等经济作物，带来丰厚的经济收入，一直以来生活比较富裕。由于地处大山深处的“三不管”之地，过去经常受到土匪的打劫。为自卫，他们修建了坚固的保寨墙，购买了十多条枪支。川东恶匪张绍卿第一次攻打新寨时，三老爷、四老爷两兄弟带领族人奋力反抗，将张匪弟弟打死，山寨得以保全。后土匪用奸计打死四老爷，山寨被攻破，大部分房屋和家产被化为灰烬。新中国成立后，土匪被彻底剿灭，山寨才慢慢恢复元气。

由于祖上是读书人，“耕读传家”的家风得到了很好传承，因而走出了一批学有所成的读书人。民国时期，族人王焕章曾在县府任职。新中国成立后有二十多人考取大学，可谓人才济济，他们中有海外留学生、“985”高校研究生、省城二甲医院院长、部队军官、粮食局长、中学校长等。

我们一行三人与百岁老人张世英合影　　王道清 摄

四

参观完新寨，最后一站为高家寨。正如它的名字，高家寨所处位置也最高。

虽说叫高家寨，但现在却没有一户高姓人家，高姓后裔不知何因都搬往其他地方去了，空有其名而已。现在只能在一些老墓碑上寻找到高姓人的名字，证明确实有高姓人在此生活过。

那么，高家寨的村民为何许人呢？他们是移民及其后裔，若追根溯源，还与新寨人有关。

新中国成立初期，山大人稀的二坪界森林茂密，有野兽出没。村民们辛辛苦苦种植的庄稼还没有成熟，就被成群的野猪吃光了。村民们束手无策，苦不堪言。

1956 年，新寨的王道厚任村支书，他趁到酉阳县城开会的机会，专门向县委书记反映了二坪界的情况，请求县里采取措施，移民过去帮助开发。县委书记问："能容纳多少移民？"答曰："几百户！"

正好，城郊双河区的小河、铜西、小岗、官清等乡镇人多地少，人地矛盾十分突出。于是，县里研究决定：动员双河区人移民二坪界。这样可以两全其美。

问及当时情况，第一代移民、现年八十二岁的张竹萍老人绘声绘色地说："领导宣传说二坪界土地宽得很，一个人一天犁三铧，天都黑了。土地很肥沃，在地里随便撒几把种子，就能够长出庄稼。"经过县乡领导的广泛发动，双河人的心被讲动了。他们纷纷自愿报名移民。在村干部的带领下，他们带上必备用品，拖家带口，浩浩荡荡行走了三天三夜，行程一百多公里，终于到达了目的地二坪界。

那次移民来了多少人？有人说一两千，有人说五六百。因时间已过去六十多年，到底来了多少，现在已没有人讲得清。

移民主要安置在高家寨，和周边的田家寨、麻阳寨、茶阳坪等。一开始，不管一家人口多少，当地政府给每户搭建一间茅草屋，先落下脚。随后，再就地取材，给每户修建一间木板瓦房。为了方便移民生活，在寨子里还修建了一条三十多米长、几米宽的街道，街道两边都是移民户的房子。

乡供销社在街上设立了代销店和收购门市部，政府有意识组织附近村民来此赶场。因流动人口太少，物资贫乏，开始赶了几场，最终还是没有赶起来。不过，因街道地处中心位置，移民们茶余饭后还是喜欢来到这里逛逛聚聚。

为方便孩子们上学，当地政府在高家寨设立了小学、初中，附近村寨的小孩都来此上学，多时有两百多学生。

在高家寨采访老一代移民　　杜国平 摄

其实，我很早以前就知道二坪界上有移民户。小时候经常看见背高背篓、穿草鞋的界上人成群结队下山到桂塘坝赶场，他们来时背着满满的山货，回去背着必需的化肥、农药、日用百货等，说话口音与本地人稍有区别。大人们说，他们是二坪界上的移民户。但他们何时移民？为什么移民？是哪里的移民？我一概不知。一直以来，我对这一特殊群体充满了好奇。这也成了我这次踏访二坪界的重要原因。

那时候，移民户成了这一群体的代名词。他们响应政府号召，背井离乡、拖家带口而来，在这老山界上，白手起家，用自己勤劳的双手来建设自己新的家园。他们开荒拓土，扩大耕地，为的是多打一粒能够果腹的粮食。

农耕时代，土地是农民的命根子。因地界问题，他们经常与原住民发生矛盾。移民说是他们新开垦的，原住民说是自己的祖业。为此打架扯皮事件就经常发生，为求自保，移民户更容易抱团，一致对外，也经常占上风。在政府面前，他们也更加理直气壮，因为不是他们要来的，而是政府动员来的。政府在调解时也多要求原住民多让着点，毕竟自己是主，移民是客嘛。1962年，国家对土地权属“四固定”后，这样的纠纷慢慢就少了。

在过苦日子的年代，一部分移民被饿死了，一部分移民因住不习惯，又迁回老家去了。最后，约有一半多移民扎下根来。现在，六十多年过去了，第一代移民大多去世，后裔最快的已发展到第五代，移民后裔约七八百人。第二代还有些移民的烙印，在界上出生的三代、四代，他们与原住民同学习、同劳动，还互相通婚，彼此都成了朋友或亲戚，早已融为一体，在心理上早有了归属感，在行为、习俗上已难分你我了。

老红的朋友樊彬今年五十八岁，与爱人冉大姐都是第二代移民。他曾是驻守西藏高原的边防军人，退伍后又当过村干部，现在早已当了爷爷。他说："我就是土生土长的二坪界人，如果哪个叫我移民户，心里就感到非常不舒服。"在老家，我已很久没有听见"移民户"这个称谓了。是的，外界早已把他们看成土生土长的二坪界人了。

我在高家寨走访时发现，政府原来修建的青瓦木板房大多已东倒西歪，早已没有人居住，已所剩不多，取而代之的是一幢幢漂亮的小洋楼。

水泥路已修到了每户的家门口，城乡公交开到了村头，很多人家里还买了小汽车，来往方便多了。过去因道路崎岖难行，赶场一趟要几个小时，现在只需十多分钟了，而且赶场地除了桂塘坝，还经常赶大溪口、老寨。年轻人外出打工挣钱，留在界上的村民在政府的支持下发展起了烤烟、百合、油茶、高山反季节蔬菜等支柱产业，收入也有了保障。

踏访了界上的三个自然村寨，聆听了众多村民讲述的故事，以及对自然风物的观察，总体印象是：老二坪最老，新寨不新，高家寨最高。不知不觉，夕阳就要落山了，虽感觉界上的傍晚来得迟一些，但还是来了。好在心里的众多疑问已找到答案，这里发生的故事也记入了我的心田。

披着落日余晖，我们依依不舍地踏上了归程。

再见了，二坪界！

2021 年 6 月 1 日初稿

五板船：酉水左岸的众省码头

五板船是船又不是船，它是与桂塘坝毗邻，位于重庆酉阳可大乡境内、酉水左岸的一个古村落和众省码头。

在大人们平时的言语里，自小我就知道五板船这个地方，由于以前不通公路，人们要翻山越岭才能到达。故在我儿时的印象中，它是一个遥远而又神秘的所在。

五板船，这个用船命名的村落和码头，到底是一个怎样的地方？隐藏着哪些不为人知的秘密呢？一直以来，我对那里充满着好奇和期待。

一

2021 年初夏，在老家度假的我，邀上同乡文友老红、国平，带上卓儿，开始了我们的五板船探秘之行。

我们从桂塘坝老街出发，驱车二十来分钟到达酉阳大溪口，在街上遇到了此行的向导、老红的朋友老宋。

五板船在大溪口的下游，水陆均可至，如坐船去约四十分钟。因现在很少有船只通达，于是我们选择走公路，继续开车前行。

向导老宋，是个黑大汉，那年六十八岁，是土生土长的五板船人，对那里的情况了如指掌。大河边的孩子，自然离不开水，他从小一天到晚光溜溜地泡在酉水河里，练就了一身好水性，皮肤也被太阳晒得黢黑，于是就获得了“宋老黑”的外号。后来，在村里有了威信，当上了村支书，又被村民们亲切地称为“黑书记”。

公路除一小段泥路外，其余均为水泥路面，顺畅好走，车行约三十分钟，就来到了酉水河畔的五板船。

走进山寨，一种荒凉之感扑面而来，除了残留在屋基上的一些烂砖破瓦外，没有遇上一个村民，也没有鸡鸣狗吠，整个山寨异常的安静，已然是一个荒村了。

来到酉水岸边，发现码头已被泥沙和杂草覆盖，台阶也难以下脚。举目远望，只见酉水河的两岸高山耸峙，山头森林茂密，郁郁葱葱，沿岸的山峰、绝壁、树木倒映在绿如翡翠的河水里，时有水鸟从水面上轻轻掠过，两艘小渔船静静地躺在回水湾里，船上也没有渔人。这宁静的和谐画面，犹如人间仙境。

突然一艘机动船响着刺耳的马达声从下游急速地驶去，在平静如镜的水面上犁出一道深深的波痕。

二

我们在新码头上方的一台地上，发现一块横躺着的大石碑，高约 2. 4 米，宽约 1. 3 米，厚约 20 厘米。黑书记说，此碑原立在下方的罗家码头，因下游修酉酬电站蓄水，原址被水淹没，故移之于此。因大型机械不能到达，当时是靠二十多个后生抬上来的。但不知何故，十多年过去了，没有立上，一直斜躺在那儿。本来还有两块副碑，现已下落不明。

石碑右侧着地，部分文字已被淤泥掩埋，老红从附近农舍里找来被遗弃的农具将淤泥慢慢刨开，找来一个塑料桶，从酉水河打来水，又找得一块破布片将碑面擦拭干净。于是碑面露出了真容。好家伙！碑面风化不甚严重，字迹清晰可辨。

端详发现，文字全部为阴刻，字体工稳。碑额为“众省义渡”四个大字，其余为中楷，原来是一块功德碑，内容主要记载捐款者姓名与捐款数量。横排竖写，每排 16 人左右，共 9 排，粗略算了一下，捐款总人数为 140 多人，有 45 个姓氏。捐款数量不等，有捐银几两、十几两的，也有捐钱几百文、一千文的。

黑书记（右一）给我们讲述众省义渡碑的来历　　作者 摄

碑正中有一行竖排文字“大清嘉庆六年（1801 年）岁次辛酉”，我想这应是立碑时间了，由此推断，距今已两百二十多年了。

在捐款名录中，老红惊喜地发现他们二隥岩彭氏先人的大名，叫“彭应榜”，捐银十六两，为捐款数额之最。作为桂塘坝人，我对这位远逝的老乡由衷地钦佩，也因他而感到几分自豪。

修桥、修路、修渡，自古以来是受人称颂的积善积德之举，我们念叨这些先人的名字，口留余香，对他们的善行义举由衷地钦佩和点赞。从捐款人的众多姓氏可以看出，五板船过渡的人应来自湘鄂川（渝）边区各地，由此看出，五板船是名副其实的众省码头。

在碑的右侧竖排有三行碑文，因文辞晦涩，我不能完整释读。这块义渡碑记载的众多信息，对研究酉水流域航运史及码头文化有着重要的参考价值，加之精美的书法，故具有重要的文物价值。我见过的一些省级文物也不过如此，我们今人应当好好保护才是。否则，将对不住这些慷慨解囊的众省先人啊。

在义渡碑旁的垃圾里，我们发现一块课本大小、塑料质地的文物保护责任牌，文物等级标为“一般”，牌子上有乡、村责任人的姓名和电话。责任牌都丢到垃圾堆里了，这文物保护又从何处谈起呢？

黑书记对古碑的保护现状深表担忧，也有几分无奈，因为在任时，他曾多次向上级呼吁要妥善保护，但因人微言轻而未果。古话说，不在其位不谋其政，他已尽其责了。

下次若再到五板船，真希望看到的是，古碑已立起来了，并建有碑亭。

三

五板船原是可大乡天堂村的一个自然寨，2002 年并入程香村。最早居民为宋姓，历史上还住过少量的罗、任、张、彭、谭、孙、刘、肖等姓人，人口最多时有五六十户，两百来人，基本上与宋家沾亲带故。后来一部分人家无后，自然消亡了，一部分迁往周边村寨或上游的百福司、大溪口，最后就只剩下宋氏家族了。

宋氏家谱遗失，族中之事只能靠老辈人的口口相传。快九十岁的宋碧厚老人说，他们的祖籍是广东省惠州府（现为河源市）龙川县下洋西。乾隆末期，因那里发生战乱（族中也有人认为，是因为明清时期朝廷推行“湖广填四川”政策），始祖宋文捷外出避难，乘五块木板做的小木船溯酉水而上，历经千辛万苦，船行至此地时，早已饥肠辘辘，无力再上行，正好发现有一回水湾，于是停靠上岸，寻找吃的。他们发现这地不错，又没有人烟，就不再上行，在此定居下来，开荒拓土、插草为标，成为五板船最早的居民。

宋氏后裔为纪念始祖来时乘坐的那艘五块木板做的小船，于是，将这无名之地取名为五板船，后又随着过渡路人传播到周边地区。

宋氏的字辈，他们只记得“文昌华国忠厚传家”八个字，前后的都不知道了。现已繁衍到第十二代，因字辈少，现已转头，最小的到了第二轮的“昌”字辈，据此推算，宋氏定居五板船近三百年。

在五板船上方两公里处的茅坡，有一支晚迁于此的宋姓人，现有百余人，其始祖为宋文捷的亲弟弟宋文芩，其来历有点传奇色彩。

相传有一年，宋文捷带领儿孙们在茅坡看守苞谷地，发现一个衣着破烂、面容憔悴的年轻人在地里偷啃生苞谷。抓住一问，年轻人说其来自广东惠州，出来寻找外出逃难多年的哥哥，因路途遥远，没有饭吃，实在饥饿难当，于是上岸找吃的，见地里有快成熟的苞谷，不管三七二十一，掰下就啃。

宋文捷一听，大吃一惊，此人来自自己的老家，口音又是久违的乡音。宋文捷寻思莫非是家乡人？他忙说："小兄弟，快莫吃生苞谷了，跟我回家，我给你煮熟苞谷吃。"回家后，再细细盘问，喜出望外，原来小偷不是别人，正是与自己离散多年的亲弟弟。兄弟异地离奇重逢，彼此都感慨万千，抱头痛哭。

于是，哥哥就将茅坡那块苞谷地连同附近的地块都送给弟弟耕种。从此，宋文芩就在此定居下来，繁衍生息。

宋氏身份证的民族为苗族，但已没有苗族特征。前文所述他们本为广东客家人后裔，现他们的部分称呼仍保留着客家人的印记，如母亲称阿姐，奶奶称阿斋。

他们的过年习俗却与众不同。相传，宋氏老祖宗外出做生意，因路途遥远，大年三十赶不回来。家人们就做好年夜饭一直等着，等到初二早晨，待外出亲人回家后一起吃团年饭。为纪念老祖宗的辛劳，故就以正月初二为大年。

四

宋氏先人选择定居五板船，是很有眼光的。

先从地理环境来看，整个村寨依山临水，坐东朝西。后靠燕子千，左拥万福山，右抱梭罗堡，前望拐杖山，左青龙右白虎，前朱雀后玄武，的确是一块宝地。

再从经济角度来看，从寨前流过的酉水河，是沅水的最大支流，发源于湖北省宣恩县，先后流经龙山、来凤、酉阳、秀山、保靖、永顺、古丈、沅陵等县境，汇入沅江，最后流入洞庭湖。穿越三省九县，全长477公里，沿岸有众多著名码头。在五板船的上游有百福司、大溪口，下游有酉酬、石堤、里耶、隆头、保靖、罗依溪、王村、沅陵等，自古以来，水上航运十分繁忙，是武陵山腹地重要的水上运输生命线。

五板船人若利用这黄金水道跑运输，只要将山里的金丝楠木、杉木、山竹和桐茶、漆、倍、板栗等土特产品贩运出去，再将山民必需的食盐、布匹、五金、南杂百货贩运进来，就会赚得盆满钵满。

西水河里鱼虾丰富，只要有一艘渔船，每天下河撒上几网，定有不少收获。将水产品拿到附近的龙潭、酉酬、麻旺、干溪、大溪、可大湖、桂塘坝等墟场销售，一家老小吃穿不愁，日子也会过得滋润。

就陆上交通来说，五板船处于湘鄂西宣恩、来凤、咸丰、龙山诸县通往四川、贵州腹地茶马古道的咽喉位置，是过往商帮和周边村民走亲访友、赶集的必经之地。

从土地经济来看，五板船周围地域辽阔，山大人稀，森林茂密，物产丰富，大量的荒地可开垦种植庄稼和经济作物。

每遇酉水河上游山洪暴发，堆放在沿岸码头上的木材和河里未系结实的船只就会被洪水冲下来。要在洪水中将这些物资打捞上岸，是玩命的活儿，一般人根本不敢下水，只有望水兴叹的份儿。而从小在酉水里玩水的五板船人，个个练就了一身超凡的水上功夫。每当这个时节，他们就下河去拦截，将这些滚滚而来的浮材打捞上岸。有时打捞上来的物资堆成小山，他们称之为"截材"，即"接财"也。根据多年经验，他们根据河水颜色就能判断，是上游哪个地方涨洪水了、物资是从哪里冲来的。若水是淡黄色的，就是来自龙山、来凤一带；若水是红色的，就来自兴隆界一带。上游码头冲走了物资，少量的损失不大，也就没人去管。大宗的，洪水过后就会有人沿河到下游寻找。按照酉水河的规矩，下游人打捞上来的物资必须得归还失主，否则会被视为发不义之财。但打捞者也是冒着生命危险才能打捞上岸，故失主对此也是感激不尽，会主动给打捞者价值一半的酬谢。每年，五板船人靠"接财"就可获得一笔不菲的收入。如果从百福司船厂买船，把物资拉到下游的大码头卖掉，利润就更为可观。

黑书记说，他当村干部时，上级领导非常信任他，有很多机会吃上"国家粮"，但他都放弃了，因为他每年放排、跑船运、捕鱼或"接财"，十天半月所得的收入，比那些国家干部一年的工资还多。

五

富裕起来的五板船人在码头上方的台地上修建了宋家一条街，靠山边的一排有十几幢，临河的一面为吊脚楼。还建了一座仓库，平时储存食盐、桐油、南杂、百货、山货等。还修有宋氏祠庙、彭家会馆、罗家戏楼，在后背河入口处修建了十分壮观的九层八角宝塔。

现在，酉水上虽然跑船的人少了，但五板船仍有人会来几段《酉水船歌》：

五板船，名气有，
咱纳门脱水明溪口。
货龚滩，钱龙潭，
航运还靠五板船。

同时，我还寻得乡土诗人刘功辉先生所写的《古渡五板船》一首：

一江碧水贯北南，
两岸绝壁五板船。
匆匆西去东往客，
揣测临渊过天堑。

从这些古老的船歌和新作的诗词中，我们可以窥到五板船独特的自然风光和人文风情。

五板船地方虽小，人也不多，但自古以来，出过不少狠角色，黑书记给我们娓娓道来，如数家珍。清末宋华封考中秀才，在酉州当过师爷，人称“封老爷”，能写一手漂亮的书法，五板船一带的碑文大多出自他之手。

民国时期，宋伯林曾任酉阳县参议长、龙潭镇镇长，“抗战”期间，曾先后主管酉阳至秀山公路、秀山飞机场等的修建；宋吉清曾在“湘西王”陈渠珍部任营长，后回乡任酉阳县保安大队长，手下有一百多号人枪，周边的土匪强人因惧怕他的虎威，从不敢打劫五板船；宋连厚曾任远征军连长，“抗战”期间，出征缅甸抗击日寇，为国捐躯；宋成厚从正规军校毕业，官至旅长，任团长时曾参加常德会战。

在当代，五板船的子弟多好学善武，成材者不少，先后有七人从事教育工作，五人参军入伍。宋力是华东师范大学博士，现是重庆生态环境部门的学者型领导干部；宋晖长曾任可大乡中心小学校长，是一名优秀的教育工作者；黑书记，脸黑，心却亮堂，豪爽大度，凡事拿得起放得下。在任村干部的二十多年里，为村里做了不少好事实事，在村中有很高威望，是地方上的乡贤人物。

旧时，在湘川边区，曾流传一首“五子谣”：

沙滩湖的银子，
二隥岩的戏子，

歇马场的拳子①，
茅场坝的顶子②，
五板船的小伙子。

其他四子就不细说了，在这里说说五板船的小伙子。从这段民谣可以看出，五板船后生长得帅，得到了社会的公认。

我认为，民间评价五板船小伙子帅是有来由的。从外形上说，他们从小吃酉水里的鱼长大，营养好，经常在河里游泳体格健壮，高大结实。从内在品格上看，五板船的小伙子从小生活在大山深处，他们有山里男人朴实、豪爽、憨厚的性格。他们从小生活在水边码头，经常跟随大人在酉水里放排、行船、捕鱼，练就了胆大心细的性格。

酉水河上放排人　　宋晖 提供

五板船地处水路要冲，经常有路人在此歇脚。当时又没有旅店，这些歇脚客只好借宿在五板船人的家里。不管是哪个省哪个县的，他们都像亲戚一样以诚相待，食宿免费。这些仁义之举，为五板船人在周边赢得了好名声，自然也给五板船小伙子的形象加了分。黑书记说，五板船男儿好娶老婆，自古以来，没有一个打光棍的。

五板船最繁荣的时候为大集体年代。可大、沙滩、新溪等公社，还有酉酬巴科、生基，大溪金线、白家，偏柏核桃等大队的公粮、桐油，都由社员自行交到五板船国家粮站，再从这里用船转运到酉酬。由于管的地域宽，故

① 拳头。
② 官帽子。

五板船粮店规模较大，有仓库、宿舍、食堂等房屋 7 幢，大小房子 17 间。收购的桐油历年为全县之冠。为方便装船，还修建了专用码头。秋收后，通往五板船的崎岖山路上，都是肩挑背驮交公粮的社员，成群结队，来来往往，好不壮观。我哥说，他曾帮斑鸠潭大姐往五板船送过公粮。社员自己还饿着肚皮，却将“余粮”送给国家，村民们的爱国热情可见一斑。粮站对送粮人茶水管喝够，中饭自行解决。

鼎盛时，粮站还开办了大米、面条、油料综合加工厂，乡供销社也在此设置转运站。

五板船人趁此机会，炸油粑粑、熬汤锅、卖苞谷豆腐、开面馆，生意还不错，既方便了送公粮社员，也获得了丰厚收入。粮站有六位正式员工，繁忙时节，再请四五个社员帮忙，黑书记就曾帮忙上船扛过大包。

其时，上百条大小船只云集于此，好不热闹。改革开放后，国家取消公粮，粮站职能自然消失。五板船昔日的繁荣景象也就不在了。

六

村里已将众省义渡碑复立于老码头　　宋晖 摄

五板船渡口与周边人们息息相关，远近闻名。

年近六十的宋晖先生说，他自懂事起就看见义渡船在摆渡。船是公家的，船工由乡政府指定，一般挑选酉水边村寨里胆大心细的“老把式”，先后换了六七人，黑书记的父亲就当过船工。

县航管部门对交通安全非常重视，规定每次过渡最多不超过十人，涨洪水时必须封渡，每年都会派人下来检查几次，因而渡口从未发生过翻船、死人事故。渡船一般停靠在东岸码头，对岸有人要过河，就大声喊："喂！船老板，要过河！"船工听见后，就不慌不忙地把船划过去，一趟约几分钟。有时船工外出有事，遇有人过河，听见喊声五板船人也会主动帮忙摆渡。

过船费，给或不给，给多少，全凭自愿。二十世纪五六十年代为几分，七八十年代为几角，九十年代后为几元，都是象征性的。船工吃住在船上，生活的主要来源为义渡田。

七

近些年，酉水上修了几座大桥，乡村先后也修通了公路，来往更加便捷，过渡的人就慢慢减少了。

2007年，国家在下游酉酬兴建了发电站，拦河坝抬高了水位，昔日奔腾咆哮的酉水，成为高峡平湖。五板船山寨的大部分房屋和原来的码头均在水位线以下，加之燕子千出现山体滑坡迹象，于是，当地政府组织村民搬迁到附近的集镇，黑书记搬到了大溪镇。发财的搬走了一批，读书考学的出去了一批，五板船的人口就越来越少。现在，寨子里仅有三户人家。

有着数百年历史的众省义渡虽已完成了它的历史使命。但它所蕴含的仁义文化，彰显出的乐善好施的美德，却永远根植于人们的心中。

现在，五板船古码头没落了，山寨也荒废了，五板船的辉煌，永远成为过去。这是时代的进步，也是历史的必然。

俗话说家园难舍，故土难离。搬离了五板船的宋家人，经常回到故园，去寻找过去的记忆。族人们商议，准备修一幢四合院，在那儿养老，每逢春节都回去吃住几天，集体过大年。并计划在梭罗堡上修凉亭，趁国家乡村振兴东风，引进资金把五板船打造成为旅游度假康养胜地。

不久前，黑书记打电话高兴地告诉我说，村里已将众省义渡碑复立于老码头，还准备建亭保护，请我再去看看。文物得到了妥善保护，这是一件值得点赞的好事，义渡虽废了，但它留下的乐善好施的美德应当代代传承下去。

2023年7月14日定稿

提督寨：忘不了那碗油茶汤

西水河使出万钧之力奋力钻出卯洞，依依作别灯红酒绿的鄂西千年古镇百福司后，便一头扎进川（渝）境，像一匹脱缰的野马，一路在高山峡谷间狂奔，在距渝东古镇大溪口上游约三公里的银子滩，稍事歇息，来了个90°的大拐弯。在这个河湾西岸的悬崖上，有一个百十人的土家山寨，它有一个非常特别的名字——提督寨。

一

金秋的清晨，你若站在寨子对岸的山崖，向西眺望，可见碧绿剔透的西水河从寨下缓缓流过，因近年下游修建西酬电站，抬高了水位，昔日奔腾的西水不再咆哮，变得温顺平静。百余米高的悬崖之上有一面小斜坡，斜坡上有一个寨子，二十多幢房子依山而建，层层叠叠，高低错落。

山寨里的房子以传统建筑为基调，青瓦、木板房、吊脚楼，屋脊、屋檐全部用火砖和石灰走了线，一条条白色的流线勾勒出了屋顶的轮廓。其中也间杂几栋白粉墙的砖房。远远望去，这黛瓦粉墙相映成趣，也没有违和感。山寨的四周被茂林修竹拥簇，房前屋后也有不少橘、橙、柚、柿等果树。一栋栋漂亮的吊脚楼掩映在树林后面，好像村姑羞于见人似的，只有那飞檐翘角从枝丫间探出头来打量着远方的来客，任由你拍照留影。

树林以枞松、柏树、青冈、杉树、楠木、凤尾竹等常绿树木为主，四季郁郁葱葱，其间也夹杂一些银杏、枫香、板栗、栎木等落叶乔木，秋天来临，

站在寨子对岸，向西眺望，只见碧绿剔透的酉水河从寨下缓缓流过，百余米高的悬崖之上二十多幢房子依山而建，层层叠叠，高低错落　作者 提供

这些树叶被秋霜染过，次第变黄变红，点缀在万绿丛中，如画龙点睛，山的色彩便生动起来，煞是好看。

昨晚下了一场淅淅沥沥的秋雨，在阳光的照射下，山寨笼罩在一片雾岚之中，真是“青山雨后白云生，云气参差草树清”。到家家户户生火做早饭的时候了，只见一缕缕炊烟从吊脚楼上的瓦缝里钻出，袅袅地升起，犹如身穿白纱的少女在半空中翩翩起舞，最后与山雾混在了一起，随风飘向远方。

这时，你会隐隐约约看见山寨里有人影在走动，听见鸡鸣狗吠和大人呼唤小孩吃早饭的声音，此情此景巧妙地构织成一幅农耕社会和谐的乡风俚俗画。这一切，让人脑海里自然会跳出一串生动的词汇：如诗如画、世外桃源、天人合一、人间烟火、安居乐业。

二

人们初到提督寨，自然会对这个特别的寨名感兴趣。据寨中人口口相传，古时，一提督乘船沿酉水河溯水而上，到武陵山区视察。当行至银子滩时船搁浅，无法上行。在这进退两难时，陪同的地方官员对提督大人说，这银子滩西岸的悬崖上有一个毕兹卡（土家族）古村落。村民十分好客，可以到那里歇息，还可以体察民情。同时还告诉提督说，那里的村民们会做一道叫油茶汤的传统美食，香脆滑鲜，味美适口，可以提神解渴。船行不了，又有美食诱惑，饥肠辘辘的提督同意上山寨看看。

去山寨只有一条人工打凿的栈道，山路陡峭险峻，石阶又不太规则，一行人花了个把时辰才爬将上去。

山寨平时几乎与世隔绝，极少有外人造访，突然来了这么多陌生人，村民感到很惊愕。当他们得知是提督大人体察民情时，遂放下了戒备心理。贵客临门，淳朴的土家人，当然要拿出自己最美味的食品，他们端上一碗碗香喷喷的油茶汤款待。村民们即兴唱起土家山歌，在吊脚楼下的岩院坪燃起篝火，随着鼓点，跳起欢快的摆手舞至深夜。

当晚提督大人连喝了三大碗油茶汤。次日晨又喝了三大碗后，才依依不舍地告别山寨，翻山越岭，开始了下一段行程。后来，这个传奇的故事慢慢在乡间传开，于是，人们就将寨前的山坡叫提督坡，这个小村落就叫提督寨了。

故事的真实性，我无从去考证，也许就是个传说吧。从此，提督寨的油茶汤，随着故事的传播而声名远扬了。

三

提督寨村民为李姓，为一公之子。据家谱记载，他们是李渊第二十二子滕王李元婴的后裔，远祖李廷宪从江西南昌到湖南辰州府做官，其后裔李国兴迁湖南泸溪浦市李家巷，后裔李纯再迁麻珑，再迁长坪。因那里地势低，经常被水淹。又过去了若干年，为避水患，雍正年间的某一天，李仙玉拖家带口离开长坪乘船沿酉水而上，行至银子滩时看见沿岸山高林密，风景宜人，于是下船，扯着树藤、芭茅，踩着岩缝爬上峭壁，来到现提督寨的位置，发现有一块小坪地，地势高，不会再遭水淹，于是在此结庐定居下来，开荒拓土，开枝散叶，繁衍生息，成为提督寨李氏始祖。

李氏后裔与当地土家族子女通婚，入乡随俗，在漫长的生产生活中，植入了土家族文化基因。这支李氏历经了仙、源、启、世、泽、万、代、诗、书、香十代，有子孙两百余人，成为当地的旺族。除少部分迁居邻近村落，大部分仍居住在提督寨。

住在酉水边，祖先又是从酉水而来，靠山吃山，靠水吃水，这样提督寨人的生活与酉水有着千丝万缕的联系。在陆路交通闭塞的年代，靠水的提督寨人拥有了得天独厚的优势。他们在山里伐木，打造了自己的货运船只，在银子滩边修建了自己的码头，农闲季节跑运输，上跑鄂西的百福司，下跑川东湘西的大溪口、酉酬、里耶、保靖，甚至更远的地方。他们将山里的特产运出去，又将外面的工业品运进来。

提督寨一带盛产油桐，桐油具有耐热、耐冷、防水、防腐、防锈的特点，过去广泛用于油漆船舶、家具和军工，民国时期是政府管控的战略物资，市场需求量非常大。提督寨人抓住商机，开设了自己的油坊，大量收购桐籽进行加工，然后用油船运输到下游大码头出售，获得丰厚收益，于是提督寨殷实起来，开始有了大户人家。

提督寨所在地带为喀斯特地貌，不能种庄稼。他们的田土在上游一个叫跃溪坝的地方，相距三公里，走陆路翻山越岭要一两个小时，打空手还可以，春耕时运肥料，秋收后运谷物，比较困难。

但若乘船走水路，就便捷多了，只要十多分钟就可到达。古时，酉水河是武陵山腹地通向外界的黄金通道，水边村寨古镇个个因占得交通便利而繁荣。但以前从山寨去河里没有路，山里的特产运不出，外面的工业品搬不进。就好比现在，你住在高速公路旁，而没有上下高速的口子和匝道，只能望路兴叹。

为了改变这一状况，在乾隆三十二年（1767）冬，李氏族人们商议决定捐银修建河码头和通寨栈道。你三两五，我二两二，他三两二，李氏族人和姚、黄、陈、彭等姓乡邻倾其所有，拿出自家仅有的银两。人心齐，泰山移。在那个冬天，提督寨人男女老幼齐上阵，用錾子、钢钎、铁锤等简陋工具硬是在寨前的悬崖峭壁上，凿出了一条总长两百余米、每级两三尺不等、宽可落脚的人工天梯。从此，提督寨人连接上了黄金水道，进出山寨和搬运物资不再难，这给山寨人的生产生活带来了极大便利。

修路，对于山寨来说，的确是一件大事，竣工当年，他们在路旁立了一块《修路碑记》，碑文记录了修路缘由和捐款者姓名及金额。这通古碑，为考

村民行走在修缮后的古栈道　　作者 摄

证山寨历史提供了珍贵的史料，透过斑驳的文字，我仿佛看见了古人不屈服于恶劣环境、与命运抗争的高大身影，听见了二百五十四年前提督寨先人们用铁锤钢钎錾击岩石的声音。

夕阳西下，从地里劳作归来的姑娘媳妇们将被褥、衣物背到河里清洗，不时就有一阵阵清脆的捣衣声传来。夜幕降临了，月亮从码头边随风摇曳的凤尾竹后探出头来，羞涩地打量着洗衣的女人们。“花飞织锦处，月落捣衣边”，这是一幅多么生动温馨的生活场景啊。此时，若有游人路过，听闻砧声，定会想起大诗人李白“长安一片月，万户捣衣声”的诗句来。

值得欣慰的是，前些年在当地政府的支持下，提督寨人对这条天梯进行了维修加宽，增设了栏杆，石级全部换成了规整的青岩，上下码头更为方便了。

四

对于提督寨的孩童们来说，寨前的酉水河有着不同的意义。那是他们的天堂，他们的乐园。

暑假时节，在山里放牛、打柴归来的孩童们，最想去的地方当然就是酉水河。他们三五成群地下到河边，也不管附近有人无人，三下五除二褪去身上的所有衣服，来了个赤条条，在肚皮上连拍三下，口里念道：“一拍拍，二拍拍，老子下水莫着嘿！”并学着大人的样子，齐声高喊：“大河卵，无人管！”然后闭上眼睛，捏着鼻子，“扑通”“扑通”跳入河中。于是，先前的山里娃儿，马上变成了浪里白条。

酉水河清澈透明，河底的卵石、水里的鱼群，都看得清清楚楚的。蓝天白云下，夹岸高耸的崖壁、山上郁郁葱葱的树木和风姿绰约的凤尾竹倒映水中，沿岸青青嫩嫩的小草和漫山的野花，散发出淡淡的清香，微风吹拂，弥漫在空旷的河谷和波光粼粼的水面。

有时鱼儿也游过来凑热闹，用小嘴啜他们的屁股，逗他们的“小弟弟”。孩童们一会儿一个采功扎入水底，一会儿又浮出水面，一会儿鲤鱼打挺，一会儿鹞子翻身，一会儿克马①晒肚，一会儿狗刨水。

打水仗，打漂漂岩，没有一定之规，怎么好玩就怎么玩，欢声笑语响彻河谷。他们在这戏水中，个个练就了一副好水性。嬉戏够了，他们就开始钻入水中，在石缝里摸鱼，在河滩上捡螺蛳、翻螃蟹，有的蹲在河边的礁石上甩钓竿钓鱼，有的则划来自家的渔船，学着大人的样子，撒下几网。

那时酉水没有堵坝，长江、洞庭湖的鱼可以沿着沅水、酉水溯流而上。河里的鱼真多啊，叫得上名字的就有巴岩鱼、角角鱼、黄鸭叫、鲫壳子、白漂子、青鱼、鲤鱼、鲢鱼、麻壳鱼、马口鱼，等等。几网下去就有不少收获。捕得少，就拿回家，小伙伴一起活鱼煮豆腐打平伙，或者孝敬各屋老汉②作下酒菜。捕得多时，晒干后，就让娘拿到大溪口街上销售，得的钱用于买学习用品，或买心仪已久的玩具。

个别胆大的，不惧水急浪高，潜入银子滩底，去寻摸传说中古时翻船掉落的银子。当然，银子没有人摸得，但铧口、耙齿这类农具却时有所获。小伙伴们一般会在水里玩到夜幕降临，当听见爹娘们站在坡头，高一声低一声呼唤自家孩子回家吃晚饭时，“水鬼们”才意犹未尽地爬将上岸。

五

现在的提督寨是重庆酉阳县大溪镇杉岭村的一个自然寨，跻身中国传统村落名录，有通村公路，距集镇仅需十多分钟。由于交通便利，景色宜人，被人们誉为“大溪口的后花园”。

和当下大多数农村一样，平时寨中只有老人和儿童留守，年轻人大多到沿海地区打工去了。经过多年打拼，部分人在大溪口镇上、县城或其他地方

---

① 青蛙。

② 父亲。

购置了新居。

“胡马依北风，越鸟巢南枝。”虽然外面买了新房，但发财不忘老屋场，提督寨是他们的根，老屋都舍不得拆除。平时抽空回来打个望，把房前屋后的卫生打扫干净，把破烂的地方维修加固。

逢年过节，在外面做官的、打工的、读书的、做生意的，都会回到山寨，走亲访友，过一个热热闹闹节日，度一个团团圆圆新年。

2015 年春节期间，族人们一合计，举办了一场别开生面的民俗文化表演活动——大串烧，项目有打糍粑、哭嫁、打三棒鼓、跳摆手舞、吹唢呐、打油茶汤等。一时间吸引了湘西龙山，鄂西来凤，贵州沿河、松桃，以及渝东秀山、黔江、彭水等地的数千观众和百余名摄影爱好者来参观拍摄，有摄影作品发表于全国多家媒体。从此，昔日寂寂无闻的提督寨开始走进公众的视线。

此后，他们将寨里的岩坪坝扩建成为文化广场，每年春节都自编自演，自娱自乐，举办属于自己的春晚。如今已连续举办了七届，成为山寨的一个新民俗。

如今，提督寨声名远扬，2018 年被酉阳命名为“最美村寨”，2019 年被住建部等部门列入“中国传统村落”，同时，寨里的独特美食土家油茶汤也被列入重庆市非遗项目。

六

辛丑金秋的一个中午，我与妻儿及同乡文友老红，在本土文友李万绪先生的陪同下，第一次踏访提督寨。说实在的，我们是冲着那里的油茶汤去的。我要亲口尝一尝传得神乎其神的土家油茶汤到底是个什么味道。

当我们步入村口，我就闻到一股茶叶、黄豆、猪油等混合的香味。一打听，得知是李代银家正在做油茶汤。原来万绪先生早将我们的行踪告诉他们，得知有湖南的客人来，好客的他们早早地就开始忙碌，为我们的中餐准备油茶汤。

寻着香味，我们来到李代银家的灶房。只见婆婆彭翠芝老人腰系围裙，亲自下厨，在一口大灶锅旁手握锅铲，忙个不停。

媳妇姚冬玉则甘愿当下手，不时往灶孔里添柴，或帮忙端配料。她告诉我们说，她婆婆是提督寨最会打油茶汤的人，附近很多人都慕名到她家来喝油茶汤。前不久大溪中学的百余师生专门到她家喝油茶汤，带队的老师是北方人，一口气连干了三大碗。听见媳妇在夸自己，彭翠芝也不搭话，只顾忙自己的活。

看我们对制作工序感兴趣，于是婆婆边做边给我们讲解起油茶汤做法来：先用菜油或猪油将适量茶叶炸至焦黄后，加水于锅中，并放上生姜丝、葱花、大蒜、花椒、胡椒粉等天然佐料，水一沸便舀入碗中，加上事先炒好（或炸好）的炒米花、玉米花、豆腐果、核桃仁、花生米、黄豆、洋芋、红薯、小糍粑等泡货，即可食用。她强调，油茶汤的制作关键是茶叶质量和炸茶叶的火候，佐料和泡货的选用可随客人口味。

主人给我们每人盛了一大碗油茶汤，泡货则根据自己喜好酌放了

作者 摄

我半懂不懂地听她讲解。闻着喷香的油茶汤，看着满桌子的泡货，我的口水都差点流出来了。

到了晌午，主人招呼大家上桌吃饭，我们也不客气，围着餐桌坐下来。主人给我们每人盛了一大碗油茶汤，泡货则根据自己喜好酌放了。

大家边喝边摆龙门阵。油茶汤是武陵山区鄂西、湘西、渝东土家族地区极具代表性的美食之一，历史悠久，堪称中国茶文化一绝，可与藏族酥油茶、蒙古族奶茶相媲美。据清代地方志记载：“土人以油炸黄豆、苞谷、米花、绿焦诸物，取水和油，煮茶叶和汤泡之，饷客致敬，名曰：‘油茶。’”

土家族人好客，每当有贵客临门，主人会做一锅香喷喷的油茶汤招待。喝油茶汤是土家人生活的一部分。自古有民谚：“一天不喝油茶汤，满桌酒肉都不香。”彭翠芝老人说，有一次她与提督寨的几个妇女到湖南那边的二隥岩喝满月酒，由于没喝上油茶汤，于是脑壳发晕、心里发慌，因是做客又不好直说，故只好悄悄跑后面山里躲起来。后来，还是李家女子发现了端倪，于是亲自做了一锅油茶汤，请娘家人下山喝。她们下山痛痛快快地喝了三大碗，脸上这才露出笑容。

还有一句俗语："油茶汤不冒气，巴①坏傻女婿。"这是因为做油茶汤一般用猪油，做好了之后猪油会浮在表面上，温度极高，但它不像开水会冒白汽，看不出来烫。傻女婿们受丈母娘油茶汤款待，高兴之余一大口灌下去，轻者舌头烫掉一层皮，重者烫得满嘴水泡。正好妻子也姓李，五百年前是一家，我也是李家女婿哦，而且她老家保靖在酉水下游，同饮一江水。这亲戚一攀上，主人家更热情，气氛就更热烈了。

主人介绍，传统的喝法是不用勺或筷子，将碗转着圈喝，讲究把汤和辅料同时喝完，或是拿一根筷子插在碗里慢慢画圈。要想同时把汤和泡货都喝干净需要技术，用土家人的话说就是"舌头上要长钩钩"。山寨的一些老辈人喝油茶汤时嘴还不用接触到碗，只在碗边上空用巧劲一吸，碗中之物便进入口中，其中趣味，妙不可言。

这些高超技术，我一下是学不会的。为不当"傻女婿"，我要了一把勺子，边搅边小心翼翼慢慢喝，以免巴着嘴巴，闹出笑话。

大家边喝边聊，聊到尽兴处，彭翠芝的山歌就开腔了：

土家爱喝油茶汤，
一餐不喝心发慌。
一日三餐三大碗，
做起活来硬邦邦。

听见歌声，提督寨歌王李诗元从隔壁吊脚楼探出头来，也即兴飞歌一首：

人不唱歌心不宽，
路不走人成荒山。
花不浇水会干枯，
人不开心事枉然。

听见歌声，得知来了贵客，一女邻居也进来凑热闹，来者叫梁桂香，其娘家是桂塘坝雷打沟人氏，一清谱，她与我同辈，论年纪我应叫她姐姐。既然不是外人，有话就直说了。她说，当初嫁过来时，有人还取笑她，大坪大

① 烫。

坝的人，竟嫁到岩窠[1]来了，当初心里很不是滋味。现在，她学会了打油茶汤，爱上了喝油茶汤，一家和和睦睦，日子过得安逸着呢。山歌声中，我和卓儿连干了三大碗，才依依不舍地踏上归程。

2021 年 12 月 17 日初稿

① 石头多的地方。

七分田：一载过两年的奇俗古村

金秋时节，从斑鸠潭大姐家门口的凉亭桥头出发，沿斑鸠潭河畔弯弯曲曲的村道上行，只见河底流水潺潺，河边麻柳依依，夹岸高山低丘连绵，遍野茂林修竹郁郁芊芊，沿途风光，美不胜收。

大镜山下有人家

约莫一小时，就到达一座高耸挺拔的大山之下。这山从对面观看，像一面硕大无朋的镜屏，当地村民给它取了一个很好听的名字——大镜山。

土家族村落七分田依偎在大镜山麓。走入村口发现，田野一片金黄，金风送爽，稻浪滚滚，屋舍俨然，炊烟袅袅，阡陌交通，鸡犬相闻，村民往来耕作，怡然自得，竟怀疑自己走入陶渊明笔下的世外桃源。

“七分田”现在是一个行政村的名字，隶属于重庆酉阳县可大乡，地处湘渝边陲，与湖南龙山咱果坪的连界湖、桂塘坝的古道溪为邻。

地名的由来，传说是七分田人的先祖居此地时，开垦的第一丘田刚好有七分。为纪念这最早的生养之地，后人于是将所居住的寨子称为七分田。后来其外延扩大，整个村子也叫七分田了。

同时，民间还有另外一种说法：“三分山水七分田。”有赞美这地方生得好、田土多、山水秀丽之意。

现在的七分田村，由潘家湾、玉河湾、油坊坪、小中溪、岩连树等六个村落组成，有七八百人。远看是一大寨，近看有六小寨。

七分田以李姓人为主。据村中老者说，他们李氏发源于甘肃陇西，现家家户户神龛上的家先“陇西堂上历代祖先”可作为一个佐证。李姓人唐代迁湖南辰州（今沅陵）岩鸡头，后迁酉阳大坂营湖南咱果小咸井（今酉阳木叶乡小咸井村），其中一家先迁到七分田上游不远处的三分田。因李家人少势弱，经常被当地人欺负，于是跑回小咸井向家族长老哀求说：“三分田一带，山清水秀，土地辽阔肥沃。但自己单家独户，势单力薄，希望家族多迁一些人过去。”

于是，正值中年的李太魁听从族中长老动员，便带着妻子和上茂、上荣、上华、上兴四个儿子迁了过来，在这里买田置地，繁衍生息。历经了太、上、承、先、恭、逢、盛、世、文、光、宏十一代，约三百年。李氏一脉人丁兴旺，后裔达七百多人，成为当地旺族。

七分田美轮美奂的吊脚楼　　作者 摄

七分田人自称是土家族，身份证上的民族也是土家族。但他们几乎不会讲土家语，村民平时交流讲西南官话（川渝方言），这与我们桂塘人的口音大同小异。通过与村民们接触，我发现他们的民族意识还是比较强的，生活习俗与武陵山区土家族相似，但又保持了自己的特色。

对此，人们会感到奇怪，甘肃陇西可是汉族地区，迁到了七分田怎么就成为土家族了呢？我认为，合理的解释就是，在长期的生产生活中入乡随俗，他们的后裔与当地土家族融合了。

美轮美奂的吊脚楼群

走进七分田，那一栋栋依山就势、层层叠叠、飞檐翘角的土家吊脚楼群，令人叹为观止。这些吊脚楼，或单家独栋，或相连成寨，或立山坡，或矗溪边，它们的周围不是参天古树，就是楠竹林、枞树林，或是芭蕉树、果木树，还有数不清的花花草草，人居环境非常和谐。在村口，立有一块石碑，上刻“重庆市美丽宜居村庄”，这说明七分田的宜居，已获得政府的认可。

现年七十六岁的老支书李世军感叹地说，以前七分田民居基本上都是吊脚楼，那时才叫壮观哟。近年打工回来的一些年轻人，把老屋拆了，建了一些砖房子，加之一些老房子很久无人居住，烂掉了。不过，现在全村仍有吊脚楼五六十栋。

李世军认为，七分田人爱修吊脚楼，主要有以下几个因素。首先是七分田周围都是大山，山上森林茂密，枞树众多。这为建造吊脚楼提供了丰富的木材资源。其次是吊脚楼占天不占地。七分田人大多居住在大镜山麓的斜坡上，修吊脚楼不需要多大坪地，可以避免占用耕地。其三是吊脚楼为杆栏式建筑，钩心斗角，飞檐翘角，极具美学价值。楼下放杂物，做猪圈；楼上住人，晾晒衣物。既美观、干净、实用，还可以防毒蛇，隔湿气。

古树、菜园、吊脚楼　　作者 摄

李世军对吊脚楼如数家珍，这是因为他本人就是一名优秀的吊脚楼掌墨师。吊脚楼美观好住，构件多，结构复杂，故建造难度非常大。只有技艺高超的掌墨师才能为之。

吊脚楼掌墨师，就是吊脚楼建造的总工程师，是木匠里的佼佼者和灵魂人物。从选址、资金预算、规划设计、地基开挖到木材砍伐加工、掌墨画线、房屋起架、上梁封顶等一系列流程，他都要成“楼”在胸，亲力亲为，严格把关。

李世军十多岁就拜当地最有名的掌墨师学手艺，师傅看他脑瓜子灵，又肯钻研，非常欣赏，不仅将自己的绝活毫不保留地传授给他，还把自己心爱的女儿许配给他。他拜师三年便能独当一面，二十出头便开始修吊脚楼，成为远近闻名的掌墨师，七分田一带的吊脚楼大多出自他之手。五十多年来，大大小小修了三四十栋。由于他有修吊脚楼的绝活，为人正派，后来又当过村支书，故受到乡邻们的尊重，在村中有很高的威望。

传说里的八角楼

老掌墨师李世军说，在七分田的众多建筑中，构造最复杂、外观最雄伟、工艺水平最高的要算村中的八角楼。

他所说的八角楼就是七分田李氏祠堂，它是土家建筑艺术的一座高峰，闻名于湘鄂渝边区。早年我就听父亲说过，当年他在七分田一带放鸭，就曾在八角楼的屋檐下关过鸭、避过雨。这次我去七分田踏访前，大哥知道后，就对我说：“那里的八角楼雄伟壮观啊，你们一定要去看看。”

八角楼建于清代，具体年代不可考，为迁七分田第四代先祖李先开主持修建，后来李先鹏又进行了扩建，加修了八字朝门。

八角楼主体建筑为三进两层，第一进为前厅，第二进为正厅和两个天井。家族里的重大事项，均在正厅举行。天井上方为冲天楼，巍峨高耸，直插云霄。一层有四个角，两层共有八个角。八角楼就此得名。八角楼的八个翘角，增添了整座大楼的气势，既有美学价值，又有通风、采光、观光等实用功能。

第三进为祖先堂，是祠堂最神圣的地方。正上方悬挂“祖德流芳”匾额，神龛上供奉有始迁祖李太魁的指甲和历代祖先的牌位。逢年过节的祭祀活动均在此举行。

整栋楼宇全部为木质榫卯结构，不用一颗铁钉，上覆青瓦，左右两侧有土墙。整座楼宇古朴庄严，神圣典雅。前任支书李毅说，二十世纪八十年代的某一天，重庆大学一著名建筑学家带领几个学生到此做田野调查，发现了吊脚楼，并对其高超的建筑艺术十分赞赏，在八角楼下流连忘返，与学生一道采集了详细数据，还拍下了一张珍贵的照片。后来，该建筑学家成为重庆市传统村落的评审专家。当审阅七分田村的申报资料，得知八角楼已毁坏时，长长地叹了一口气说："可惜了！可惜了哦！"

二十世纪五十年代初，由于时代原因，祠堂里的祭祀活动停止。八角楼收归集体所有。公社化时，曾用作集体食堂，后作为村小校舍，二十世纪八十年代成为片完小。鼎盛时期还开设过初中班，有公办教师十多人、学生三百多人。

改革开放后，村里新修了小学校舍，八角楼划给村委会管理，因管理不到位，于是成了附近村民堆放杂物的场所和牛羊舍，祠堂的威严已荡然无存。后来只好作价八百元卖给村民。

再后来，由于年久失修，八角楼在风雨飘摇中坍塌了。从此，辉煌一时的八角楼，成了老一辈七分田人的遗憾记忆。

七分田村民记忆里的八角楼　　李毅 提供

更令老掌墨师李世军痛心的是，现在村里的年轻人大多外出打工去了，攒够钱后就在老家修砖房子。以前的几个徒弟因无人请修吊脚楼，面临失业，为谋生计只好改行。即使2013年，七分田被住建部列为中国传统村落后，国家出资鼓励村民修吊脚楼，这种状况也没有多大改变。他说，自己最近一次修吊脚楼，已是七年前的事了，于是不无忧心地说："我可能是七分田最后一个掌墨师了。"

惊心动魄的高台狮舞

每当逢年过节，在七分田有一项重要的文化表演活动，那就是高台狮舞。说实在的，狮子舞，并不稀奇。每到重要节庆活动，我国很多地方都有这种表演形式，我在一些地方也亲眼见过。但七分田人的高台狮舞还是第一次听说。

七分田人认为，舞狮子能驱逐邪魔，带来吉祥，使村寨兴旺发达。

传说很久以前，七分田有一位老猎人上山打猎，被一头受伤的野猪拱翻在半山腰的石窟里。待族人发现时，老猎人早已冻死，还被蚂蚁含泥埋上了。老猎人的儿子们欲动手掘泥，阴阳先生上前阻拦："这里是哮天狮子穴，好得很!"大家好生一观察，这石窟还真像一只哮天狮子，儿子们就听从了阴阳先生的话，将老猎人就地安葬。之后若干年，老猎人的子孙们兴旺发达起来。于是，他们便在逢年过节期间跳"狮子舞"，以此祈祷来年有好运。

为增加狮舞的观赏性，他们增加了难度，把数张桌子拼叠起来，变成高台狮舞。

七分田的高台狮舞，既有文狮的温顺可爱，又有武狮的威猛无敌，熔杂技、舞蹈和体育于一炉，有着浓厚的乡土气息和民族地方特色。

高台狮舞，先用多张桌子重叠搭建高台，以喷火花开场。在欢快的锣鼓声中，一个"武士"手执绣球逗出一头五彩斑斓的"狮子"，后面跟着一个笑呵呵的"大头佛"。"狮子"踏着鼓点或翻或仰，或趴或跌，时而龇牙瞪眼、抓耳挠腮，憨态可掬，逗人喜爱。舞狮过程中的跌扑、翻滚、跳跃、搔痒等动作，都与"武士"的动作相配合，加之"大头佛"一步一摇，滑稽可笑。

高台狮舞有严谨的传统套路，主要动作有"鲤鱼飙滩""鸭子浮水""蛤蟆跳坎""狮子舔虱""四肢滚球""野鹿衔花""金鸡独立"等。

高台狮舞的高台，是用五至八张方木桌垒叠而成。叠法一般有两种：一种是以一张桌子为底，叠得上下一样大的一炷香式；一种是上小下大的宝塔形。高台平面约三尺见方，高达八米，又无保险措施，表演者不仅要有过人胆量，还要凭智慧、靠机敏，同时需要表演者之间密切配合，这的确是一种高难度的表演。

表演时，以面具、狮子头和狮皮为道具，称为“头子”，孙猴子和笑和尚的面具称为“小头子”，狮头狮皮称为“大头子”。表演按位置分为平台和高台；按角色出场多少分为全盘表演、小头子表演和大头子表演。小头子平台表演有“靠台桩”“跳桌角”“打马赶路”“鲤鱼飙滩”等二十多个主要动作。小头子上高台，有正上、倒上、翻上、双双倒立交错上等。做高台上的动作，孙猴子的动作有三十来个，前部分二十来个动作在高台内外或四条向天的桌腿上表演，后部分动作则要加一条长凳变化表演。加凳动作有“鲤鱼晒肚”“山间出笋”“天王托塔”“飞檐翘角”等。结束动作常是“下岩摘桃”：表演者从横放在一条桌脚上的长凳上翻下，先后以小腿和脚掌倒挂在凳子头上，自由自在地吃悬挂在半空的“仙桃”。小头子高台上的最后一个动作是“宝塔指天”，这是最惊险的动作之一，需由三人完成，即两人双手搭于对方肩上，“孙猴子”从二人手臂之间蜷身翻上，在二人头顶上倒立成宝塔形。这样，高台上再站两排人，似青峰、如玉柱，惊心动魄，令人叫绝。

七分田高台狮舞　　作者 摄

狮子上高台有多种上法，有直上、穿上、穿螺丝绞上等。舞狮人边上边不停舞动手中的狮头狮尾，登上顶台，一声长啸，再昂首四望，凛然生风。在桌上表演后，二人再登上四条桌脚，边舞边转，且要做出抖毛、舔毛、搔痒、踢脚等高难动作，称为“踩斗”，这是舞狮的高潮。

现在，七分田高台狮舞已被列入重庆市非遗名录。现年八十八岁高龄的省级非遗传承人李世荣，二十世纪五十年代跟随同村的李顺堂师父学艺，技艺精湛，是李家班第四代班主，从事高台狮舞表演六十多年，授徒十余人。师徒经常在七分田及湘鄂渝边区乡村表演，深受广大村民喜爱。

奇特的赶年习俗

七分田的李家人在过年习俗上与众不同，因为他们一年要过两个年。一个年与全国各民族人民一样，过腊月三十。另一个年就是农历七月初一，他们称之为过赶年。这个“赶年”的含义，相对于先一年来说，就是把年往后赶了；相对于后一年来说，则把年往前赶了。

老支书李世军为我们说出了七分田人过赶年的原委。传说，其祖上的四兄弟，分别外出求仕、避祸、求财，由于大山阻隔，路途遥远，每到腊月大雪封山，无法赶回老家与亲人团聚过年。于是四弟兄与父母议定，待大雪融化后，什么时候赶回家什么时候就是年。几年后，四兄弟在农历六月二十几陆续赶回家乡。儿子们平安回家，做父母的当然十分高兴。于是把消息告诉给自己的亲朋好友，并相约七月初一这天都来家团聚。农历七月初一那天，一家人早早地就忙碌开了，把屋内屋外打扫得干干净净，请人杀猪宰羊，拿出好酒好菜招待四方宾客。为助兴还要敲锣打鼓表演高台狮舞、跳摆手舞、打三棒鼓、跳花灯、吹木叶等，其热闹程度还高于平时过大年。

李家人商定，腊月三十，在老家的亲人照常过年。农历七月初一，出门在外的李家人赶回老家与亲人们再过一个赶年。赶年，其寓意不在辞旧迎新，而在亲人团聚。

从此，七分田李家人每年就过两个年了。过赶年习俗，一直延续至今。每到农历七月初一，在外打拼的李家人，不管工作多忙、路途有多遥远，都要从四面八方赶回七分田，与家人团聚。同时邀请远亲近邻都去凑热闹，并且还要暗地里比谁家请的贵客多、酒菜好，哪家贵客多就说明哪家人缘好、关系广、面子大，在家族中的地位就会高。如果哪家冷火秋烟的，就会被族人瞧不起。在二十世纪八十年代时兴看电影，有的家庭就把电影队接过来，在晒谷坪、河沙坝等空旷地方放电影至深夜。方圆十里八村的村民都跑去观看，狠狠地热闹了一回。

令人欣喜的是，七分田李家赶年已被列入重庆市非遗名录。伟大的时代，祥和的节日，美好的愿景，将会代代相传，发扬光大。

2021 年 12 月 29 日初稿

故乡是年少时你天天渴望逃离、

年老时天天想要回去的地方。

第二辑

乡风乡愁

故乡的滋味

故乡，是生命的原点，也是人生的起点，不同的人有不同的理解，我十分赞同央视著名主持人白岩松先生的那句话："故乡是年少时你天天渴望逃离、年老时渴望回去的地方。"

一、没有了母亲的春节

二〇一三年腊月二十八，离春节还有三天，我向单位请了假，开车载着妻儿，从我所在的城市向故乡出发。

与那些天南地北漂泊的人来说，我距故乡并不遥远，它在湘鄂渝三地的边界处，只有一两百公里的路程，说大点叫桂塘坝，说小点叫古道溪，再小点就叫梁家寨了。

从出生到现在，人到中年，都快要知天命了，可在故乡的面前，自己总像一个长不大的孩子，春节还未到，自己的心却早已飞回故乡了。掐指算来，自己人生的四十九个春秋，没有一个春节不是在故乡度过的。

以前回故乡，最大理由是看望年迈多病的父母，因为父母在哪里，家就在哪里。七年前父亲走了，丢下了风烛残年的老母亲。没了父亲，我还有母亲啊，因而这几年来，我回故乡的理由就是为了看望母亲。想不到的是，去年母亲也追随父亲去了，丢下了我们这些儿女，而我现在回故乡还有什么理由、什么期盼呢？

父母都没了，我们不就成了孤儿了吗？孤儿的家在哪里啊？还那么急着回去干什么呢？我默默地在心里问自己。

是啊，父母没了，可我还有兄弟姐妹、侄儿侄女、父老乡亲，以及我熟悉的村村寨寨、山山水水。我又在心里回答自己。

按照老家的习俗，家里老人去世，要连续过三个孝年，今年是第一个孝年。过孝年要比平常提前一天，我们平常过三十，今年就过二十九。

大哥大嫂、侄儿侄媳忙碌了大半天，年饭就要办好了。吃年饭前，我们要到母亲的坟前给她老人家送亮。在大哥的带领下，我们大大小小十多人，带着年饭、酒肉等祭品和香纸、鞭炮来到糖坊坳下的墓地。

父母是合葬在一起的，墓地是我家的自留地，他们生前经常在这里劳作，而现在他们在这里安息。五个多月过去了，放在坟墓周围的花圈被风吹得东倒西歪的，颜色已不再鲜艳，而坟前已长出了杂草。我小心整理花圈，大哥他们就摆放祭品，点上蜡烛，焚烧香纸。

我问刚满四岁、还懵懵懂懂的卓儿："儿子，你知道这里面埋的是谁吗？"

儿子回答说："知道，是爷爷婆婆。"

是的，他爷爷去世时，他还未出生，婆婆下葬那天，他也在场，幼小的他目睹了当时的情景，第一次经历了亲人的生死离别。

姗姗来迟的卓儿与他婆婆整整相差八十岁，他婆婆生前是多么心疼比她重孙还小的孙子啊，每次回家，她都是又亲又抱。而卓儿也是多么想他的婆婆啊，就在他婆婆去世前几天，还打电话说："婆婆，我想你呢！我放假了和爸爸妈妈回去看你！"

可他婆婆没有等到我们去看她的那一天，就匆匆而去了。为此事，我一直在心里自责，如果早些回去看她，也许能见上她最后一面。

大哥边烧纸边教他的孙儿孙女说："太太，我们给你们送亮来了，你们在那边也过闹热年哦。"

烧了纸，我们每人手拿三炷香，在大哥的带领下，毕恭毕敬地给二老三鞠躬。

送完亮，就回来吃年夜饭。年夜饭像往年一样，在堂屋吃，鸡鸭鱼肉，煮的、熬的、炒的，摆了满满一大桌。父母健在时，二老坐在神龛的正下方。后来父亲走了，母亲依然坐在那儿。而现在，就是大哥大嫂了，正所谓长兄为父，长嫂为母。

与家人吃年夜饭　　作者 摄

神龛两旁仍悬挂着"福""寿"两块黄底黑字的大镜框，那是八年前父亲八十大寿时，我为他祝寿所写的，这是我平生所写的第一块寿匾。神龛上方悬挂的红底金字匾额，上刻"福寿无疆"四个金色大字，是五年前母亲八十大寿时，我为她老人家祝寿亲手所写所刻制的，那是我平生所刻的第一块匾额，当时我一刀一刀地刻了好多个夜晚，手都刻破了皮。

想想当年父母均健在时，四世同堂，和和睦睦，远近闻名，一家人在"福""寿"匾额下热热闹闹过大年，是多么喜庆的场景啊。而现在二老已去，情景不再，睹物思人，我的心里空荡荡的，戚戚然欲哭无泪。

树欲静而风不止，子欲养而亲不待。父母健在时，我真的尽到孝了吗？可现在我已没有尽孝的机会了。

二、又去斑鸠潭

近些年每到春节，我都要到斑鸠潭走一走，今年也不例外。

斑鸠潭是离我们寨子两三公里的一个小村寨，但它是重庆酉阳县的辖地。因为我姐嫁到那里，使我与那里有了割不断的因缘。从小就在那里玩，认识了很多亲戚朋友。以前我曾以斑鸠潭为题材撰写了三篇散文，一些文友读后说："你把斑鸠潭写得那么美，哪天我们一起去看看？"2009 年清明节的时候，我真的邀请一位作家、两位画家朋友到那里采风。他们去后认为，虽然没有我所描绘的那么美，但那里秀美的风景、淳朴的民风，给他们留下了深刻印象，大呼不虚此行，在那儿吟诗泼墨，好不风雅。我在那儿写了一幅书法：“斑鸠潭，我一生永远牵挂的地方”。

腊月二十九，二外甥刘权带着他的媳妇和大女儿到我家来了，一是在我家过孝年，代表全家为他的嘎婆送亮，二是接我们去他们家过年。刘权是他们四姊妹兄弟中的老小，小时大家都很疼他，我也非常喜欢他。记得有一年暑假，那时他才五六岁，我到他家玩，大人们都做工夫去了，只有我俩在家做饭吃。我们炒了一大碗腊肉，好久未吃肉脑脑的他，一口气逮了大半碗。可能是吃得太多，被腻恼火了，后来见到肉脑脑都摆脑壳，很长一段时间都不敢沾肉腥，这成了一大笑话。现在他已是两个孩子的父亲，每当说到此事，他都有些不好意思。

去斑鸠潭虽修通了公路，但还没有硬化，坑坑洼洼，泥泞难行，我的车底盘太低，去不了，两台摩托车又坐不下，于是就叫我的二侄儿开拖拉机去送。拖拉机是他修新屋拖砖时借的，坐在车上我逗卓儿说，这回我们坐上了真正的“砖车”了。

开车比走路快多了，二十多分钟就到了。大姐和姐夫站在村口等我们，我们的到来让他们非常高兴。卓儿这是第三次来这里，来之前我们说要去斑鸠潭，他就兴奋得不得了，拉着我的手直喊快点走。刚一落地，他就与几个表侄儿侄女玩耍去了。

岁月真的是不饶人啊，我那曾经年轻漂亮的大姐，我那曾经背着我到处看电影的大姐，现在已是年近七十的人了。她现在儿孙满堂，家庭和睦，生活非常幸福。但近些年身患高血压、脑梗、糖尿病等多种疾病，一年四季，不是打针就是吃药，身体比较虚弱。每当我看见她脸上不经意挂着的愁容，我的心就在隐隐作痛。

大姐家隔壁空闲了十多年的老房子，今年热闹起来，里里外外贴满了火红的对联，原来姐夫在外打工多年的幺弟丰兵也带着一家老小回来了。坎上姐夫的堂弟丰梅哥，爱人去世以后，就随儿子长住在黔江，今年也回来了。姐夫的大哥丰碧哥，一直未出远门，在家照看几个孙子。听见我来了后，他们都陆续来到大姐家，与我摆龙门阵至深夜。

以前我每出版一本书，就给他们送一本。没有出书时，或者到书店买，或者朋友给我赠书时请他们多送几本，也会给他们带去。今年春节前刚好又出了一本新书，见面后我给他们每人送了一本。丰碧大哥是个退伍老兵，最爱看书，他说："三老弟的礼物，比什么都珍贵。有了这本书，我又可以看上一段时间了。"

他很有感触地说："你出的书，写的都是本地的人和事，讲的是本地话，读起来格外亲切。"

丰碧大哥不仅爱看书，也爱写诗。他的诗记人记事也说理，均是有感而发，方言土语，原汁原味，大多随手记在小学生作业本上。他写的诗，在有些人眼里的确不像诗，其实也就是顺口溜，还有不少错别字。他的诗在报刊上是发表不了的，但他有自己的发表阵地，就是他家的两块小黑板，读者是他的老伴和六个孙子，此外就是我了。有年春节，他邀请我到他家吃饭，我在两块黑板上看见了他写的两首诗：

珍惜时间

饭后准备去串门，走拢大路脚又停。
左思右想不合适，还是下午好会人。
回到家里都笑我，又学上回没去成。
脚手休闲心不停，门刚关上又开门。
关门在家多看书，继而一想不得成。
伐柴备物零碎事，自把闲人变忙人。

启发自觉

电视门上已上锁，饭后装满一盆火。
你们莫紧看电视，坐在那里要冷撮。
公公上课孙不记，一天都在看电视。
气得狠心把门锁，转身又把钥匙递。

记得前年春节，我专门给他送了一个专用笔记本，叫他将诗分类整理后，抄录在上面。不想去年，他患了一场大病，开始还怀疑是癌症，后来在重庆市里的医院检查才得以排除。他说，得病后有些心灰意冷，诗也懒得去抄了。现在，有了我的鼓励，他表示今年将认真整理，还要继续写下去。

丰碧大哥说：“给子孙留钱财，不如留下精神产品。”听后，我顿时发现，眼前的这个有些木讷的老农民，早已是一个大彻大悟的高人了。

三、长辈们的龙门阵

往常，每次回故乡我都要在寨里挨家挨户走一走，聊一聊。

以前，我爱听寨里的长辈们摆龙门阵，听他们讲故乡的历史典故，讲他们的坎坷人生。与我摆龙门阵最多的是当过乡书记，后来精兵简政时又回乡当农民的博龙满满。我的博荣幺幺[①]，也算一个读书人，作为父辈兄弟里的老小，父亲他们供他到毗邻四川酉阳的龙潭古镇读过几年书，龙潭在我们那儿的人眼里可是个出人才的大地方，革命先驱赵世炎就是那里人。幺幺不仅读过书，还加入了解放军。按讲有此经历，在农村应是一个佼佼者，但我从未见他看过书写过字，就连生产队的干部都未当过。我真的有些不解。有次我好奇地问他：“幺老汉，你都到龙潭读过书，怎么平时没有看见你读书看报呢？”

他一听就起火：“佬佬，你快莫讲起到龙潭读书，读个卵书嘛！我哪里得读书哦！”

原来，我的舅公也就是他的舅舅，虽然在龙潭做裁缝，由于家口重，屋里非常困难，他吃住在舅舅家。由于没有钱买书，他与两个老表共读一本书，经常争书打架，平时要为舅舅家做这做那，还受到舅娘白眼。他吃不了那个苦，也受不了那个气，只读了一段时间就跑回家，打死也不去了。

幺幺最喜爱的是上山挪柴[②]，屋团屋转码满了他挪的柴。每到过年，他将火烧得旺旺的，寨上伢儿都跑到他家去向火[③]。他不会摆龙门阵，但他会唱山歌，于是我们围炉向火，我说：

“幺老汉，大过年的，逮[④]首山歌听听，闹热闹热！”

---

① 小叔叔。

② 砍柴。

③ 烤火。

④ 唱。

他听后，干咳了两声，喝了一口水，笑着说："娘皮的，逮首就逮首。"于是，便用嘶哑的声音唱起来：

守牛娃娃会打雀，屁股扛①个火药角。

对到青山打一炮，只见飞嘛没见落。

唱歌嗨嘛唱歌嗨，我没唱歌没发财。

去年唱歌得尺布，今年唱歌得双鞋。

听后，我吃惊地问他："幺老汉，你怎么肚子里这么多山歌啊？"

他说："还不是向你屋老汉学的。我这个×，你屋老汉那才叫会唱。我的山歌只扯到你屋老汉的一只衣角角。"

梁家寨康熙古井上的福亭　　作者 摄

在一年又一年的摆龙门阵和山歌声里，我已从孩童步入中年，而长辈们已慢慢老去。我想万一他们哪天走了，我到哪里去见他们呢？于是在2007年春节期间，我将寨里的七位长辈请到一起，高高兴兴地给他们照了一张合影。照片上，七老八十的老人们，个个面带笑容。可这才过去几年，我的父母、两个叔叔、一个婶娘都相继不在了。现在的长辈里仅剩下两个八十多岁的婶娘了。

他们的故事，他们的山歌，我再也听不见了。

① 挂。

四、梁氏宗谱

今年，我也像往常一样，在寨子里家家户户走一走。与往年不同的是，我给他们送去了新年的礼物——刚刚下印的《梁氏宗谱》，这样，我们的龙门阵又有了新的话题。

宗谱主纂是族侄高树，他是一个快八十岁的老人。他早年毕业于安江农校，是袁隆平的学生，退休前是县统计局局长。退休后的他热心于家谱文化研究，经过二十多年的努力，终于理清了我们家族的发展脉络。从他的研究成果中，我知道了自己来自何方，自己的祖先是谁。有感于此，我特写了一首打油诗：

康伯立梁于韩城，后裔从此以国姓。
叔鱼东周迁东原，镇公宋初徙汴京。
延缱熙宁居会同，天璋康熙定龙境。
桂塘繁衍三百载，源远流长三千春。

撰写家谱，族里的一些人开始对他不太理解，认为是封建的东西，是在搞宗派。在他遇到困难的时候，我这个年轻的叔叔总是第一个站出来支持他。因为热爱地方文化研究的我深深地知道，族之有谱，犹如国之有史、邑之有志一样。家谱文化是中华民族传统文化的重要组成部分，蕴藏着人口学、社会学、民族学、民俗学、传记、宗法制度等方面的重要信息。

他写家谱，在形式上吸取了全国各地家谱文化之精华，在内容上吸收了老谱之惯例，剔除封建糟粕的东西，采用垂系简介，图文并茂。又有自己的创新，他打破老谱重男轻女、载男不载女的做法，把族中女性全部归谱。

例如梁姓出闺女子适于何姓、居于何地、有什么突出贡献，娶进的媳妇出生何时、何方人氏、生育情况、有何成绩一一入谱，便于后世溯考。他这种男女平等的家谱文化思想，的确是一大进步，对于摈弃千百年来形成的重男轻女思想，有着积极意义。

我在他初稿的基础上，又建议他对梁家寨的历史变迁、民俗文化进行了挖掘整理，进行了原汁原味的记载，这对后人知悉、传承、研究地方和家族文化提供了珍贵史料。

譬如，大年初一拜年的习俗早就没有了，多年来坚持的打年粑习俗近两年也没有了，过早年的习俗也在慢慢淡化，传统的木瓦建筑已慢慢被水泥钢筋建筑所取代，这些传统文化如果不记载下来，后人将无从知晓。

根据我的提议，家谱印刷费用全部由寨里十多个在外拿国家工资的人出，不向寨里家家户户分摊一分钱。又根据高树的建议，家谱由委托人上门发放，尽量低调，不杀猪，不宰羊，不聚餐，不举行任何仪式。

受高树委托，我抱着沉甸甸的家谱挨家挨户去送。来到四婶娘家，发现只有她一个人在家，儿孙们都出去玩去了。婶娘不识字，我翻开家谱找到介绍她家情况的文字和图片，她抚摸着四叔的照片，陷入了沉思，喃喃地说："老三，你看哦，你满满还那么年轻，可我已老了哦。"听到这里，我的眼泪差点流了出来。婶娘八十多岁，而四叔患癌症早已去世二十多年了，生前几乎没有留下照片。这次要入家谱，堂弟翻箱倒柜才找到他年轻时的身份证，我从身份证上复制了他的照片。

住在沟里的五哥厚光快八十岁了，身体有病，行动不便，平时很少在寨里走动。我把家谱送到他手上，他连夸高树为我们家族做了一件大好事。

五哥与高树是上下届同学，当年叔侄俩难得地考入县一中，他由于家庭困难交不起生活费，读了几十天就辍学了，回家后一直在家务农，当了二三十年生产队会计和保管员。而高树咬牙坚持下来，考起了学，最后当上了领导干部。

后来，寨上人将他与高树打比，取笑他怕吃苦。他与我一说起这事就非常激动，他说大家误解了他大半辈子，其实是由于交不起伙食费，连稀饭都没有喝的了才退学的。但他也后悔没有像高树那样咬牙坚持下来，因为他辍学不久，国家开始发放助学金，家庭实在有困难的，也可以休学，待条件好转以后再继续去读。二人的不同命运，总是使他感慨万千，后悔不已，可世上哪有后悔药哦！

五哥年纪较大，经历的事情多，在寨上同辈人中文化又最高，这次修家谱，族里很多鲜为人知的内容都是他提供的，为此，高树在后记里对这位同学叔叔大大地赞扬了一番。

我来到坎下嘎子大嫂家，她家大门紧闭，我敲门，不开。再敲门，还是不开。又敲，里面有人警觉地问：

“是哪个？”

“是我！”

“有莫子[1]事？”

“讨点米。”

“没有！”

“那讨点钱嘛。”

“没有！”

我早已听出是大嫂的声音，于是与她开起了玩笑。我还准备再往下说，这时里面传出了一个小女孩的声音：“婆婆！我听出来了，是坎上的三伯伯！”

待我进得屋去，嘎子大嫂差点笑打滚了，笑着骂孙女婷婷道：“没有大小，乱喊人，明明是三公公呢，你喊三伯伯。”

嘎子大嫂的三个儿子在外打工均未回家过年，家里只有她和一个读高中的孙子、一个读小学的孙女。嘎子大嫂是个雀宝，经常与寨上的小叔子们开玩笑。

嘎子大嫂读过几年书，认得一些字，当她翻阅家谱，看见嘎子大哥和她自己的照片时，惊讶地问我：“你怎么有我们的照片？几时照的啊？”

我说：“其实，我每次回家都在照，只是你没有注意。”

嘎子大哥已去世好些年了，能有他的照片确实不容易。他们的大女儿秀芝毕业于永顺师范，是我们寨子里第一个考起学的女孩子，至今仍在教书育人。我告诉嘎子大嫂，秀芝也上了家谱，而且还上了人物简介，并主动出了钱。她听后很是高兴。她的孙子是村里通电那时生的，为纪念这个特殊的日子，嘎子大哥特意给他取小名为“通电”。早些年回去过春节，我带着他，还有寨上的几个小家伙，满山满岭地疯跑，现在一转眼就长成了快一米八的帅小伙。这几天，他正代表村里参加镇上组织的春节边区篮球赛。通电在县里的高级中学读高三，成绩名列年级前茅。我对他说：“我们寨上的孩子虽考取一些大中专学校，但没有一个考上名牌大学，现在就看你的了。”他听后，有些害羞地点了点头。

---

① 什么。

五、建书法碑林

回故乡过春节的一项重要任务，是请岩匠继续镌刻书法碑版，为建书法墙做准备。电话中已与岩匠说好，时间定在正月初三。

我们的寨子不大，只有十多栋房子，但是一个古寨。据祖碑记载，康熙年间，我们的祖先天璋公从会同逃难来到这里，看见这里有山有田，还有一条小溪，于是在这里定居下来，繁衍生息十多代，已经有三百来年历史。

虽说是古寨，其实现在古的东西也不多了。以前，大家都穷，住的是茅草屋，后来好不容易修了几栋木房子，却被四川过来的土匪一把火给烧了。之后陆续起的房子，最长超不过一百年。

从家谱记载看，以前除了几个读了几年私塾的人外，没有一个真正的读书人，因而在文化传承和积淀方面显得十分薄弱。只是改革开放以来，生活条件好了，教育也跟了上来，先后有二三十人考入各类大中专院校，有八人先后参军，在国家机关、事业单位工作的公职人员也有二十多个。因而，后来有好事者将这里附会为全镇“三个半”好屋场之一。

但我觉得，现在虽然寨子里出了几个读书人，其实仍是个没有文化积淀的村寨。多年来，我就想为故乡增加一些文化景观。

寨子的前面是一条大路，它连接着桂塘与重庆酉阳县的可大湖，每当桂塘坝逢场，路上行人络绎不绝。2008 年，镇里在扩宽公路的时候，将寨边的小山堡挖去一部分，为了防止垮坎，村里又用石头在这里砌了一堵高 1.6 米、长 40 余米的保坎墙。在修保坎前，我曾建议在保坎里镶嵌一些石碑，然后好在碑上刻些书法作品。不料，主持修保坎事宜的村干部把这事给忘了。

2010 年 7 月，我在里耶出差，其间，带同行的书法家黄长龙、黄蔓之先生在寨里参观，提及在保坎镶碑刻字之事，并到现场查看。他们看后大为赞赏，说这里交通、位置、环境均很好，可以多刻一些书法作品，立在保坎上面，这样既可使保坎升高，起到加固保坎作用，又将成为一道新的人文景观，增添寨子的文化气息。他的建议，一下使我茅塞顿开，对！就在这里建一个小型书法碑林、一个书法诗词文化墙，让湘渝边界过往行人欣赏到高品位的书法，受到书法文化的熏陶，特别是对寨里的年轻一代有启迪教化作用。

此后，我利用业余时间，一边收集整理或向文化人征集文字内容，一边邀请国内书法名家题写作品。去年春节期间，我开始请岩匠镌刻，已刻碑二十二块。在镌刻期间，受到本寨及过往行人的关注，天天有人在刻碑现场观看，纷纷诵读诗词、佳句和欣赏书法作品。绝大部分人对这一举措表示了支持，一些在外打工的年轻人说：“想不到，过去只能在大城市才能看见的高水平书法，现在在我们乡旮旯也能看见。”此后我又利用国庆长假，请岩匠刻碑十五块。今年正月初三，又请岩匠刻了三块。按照原定计划，总共将刻四十多块，今年上半年将全面竣工。

书法墙吸引了寨上孩子们的目光　作者 摄

碑刻文字内容主要包括三个方面：一是与梁家寨历史文化有直接关联的内容，其目的是使人们看了这些内容后，了解梁家寨历史变迁及梁氏文化；二是对人有启迪教育意义的国学经典，这些内容具有潜移默化作用，引导人们学习文化经典、正确处理邻里关系、珍惜土地资源、积极向善向上，如“但存方寸地，留与子孙耕”“为善最乐”“百善孝为先”“耕读传家”“家和万事兴”等；三是文学性较强的与梁家寨、古道溪、桂塘坝有密切关联的原创佳句、诗词、对联等，使家乡的村民、学生受到文学的熏陶。

六、占田建房之忧

今年的春节，我发现变化最大的，是寨子前面的稻田里一字排开四栋砖房正加紧建设，有的刚开始下脚，有的已盖到三层。

盖新房是好事，说明乡亲们的生活水平提高了，但我反对在稻田里建房。正如前面所说的，我建设书法墙时特地刻了一块“但存方寸地，留与子孙耕”的石碑，就是想告诉家乡的人们珍惜每一寸土地。前些年，有的人告诉我要在田里修房，要我去帮忙打通关节办理相关手续。对此我就明确表示反对，为此还与他们进行了论辩。

我说：“以前我们祖祖辈辈都没有土地，现在有土地了，作为农民还是要十分珍惜土地，如果没有土地了我们吃饭靠什么？”

他们说：“那怕什么啊？我有钱可以去买。”

我说：“我国是一个有 14 亿人口的大国，粮食相当一部分依靠进口。如果哪天真的发生天灾，或者发生战争，进口成了问题，你有钱都买不到！”

他们说：“应该不会发生那种情况，别人有吃的，我们也不会饿着。”

我说：“你知道 2008 年那场冰灾吗？有些偏远村寨缺粮，而粮食又运不进去，差点饿死人。”

他们无言以对。

我说：“你知道前两年有人造谣盐荒吗？”

他们说：“知道。”

我说：“知道就好。你看盐这个东西烂死便宜的，每餐也要不了多少。大家听信谣言，一抢购，卖空了，你有钱都买不到！”

他们哑口无言。

我说：“如果哪天有人又造谣说粮食没有了，大家都去抢购，我们怎么办？所以啊，农民没有土地了怎么能行呢？”

他们说：“那没有几个靠耍锄把发财的。”

我说：“是的，我承认光种田发不了财，挣钱可以去打工。但吃饭都要靠买，就成问题了。俗话说，民以食为天，家中有粮心里不慌啊！”

论辩的结果，好像我赢了。而事实上我还是输了，因为房子还是一栋接一栋地在稻田里竖了起来。他们有的还征得了国土部门同意，办理了相关合法手续。既然已成了事实，我还有什么话好说呢？

经过十多年的外出打工，老家的很多人都积累了一些钱，要想在城里扎根，谈何容易啊，房价动不动一平方米几千上万，根本买不起。在城里立不了脚，最后只好回老家修房子。在外面打工久了，平时一年几载都没有回家，虽是一个寨子里的人，缺乏了交流，彼此显得越来越生疏。因而，回家修房子也是你修你的，我修我的，互相暗地里较劲，没有统一的规划。其结果就是，一栋栋火柴盒子式的房子拔地而起，一栋比一栋难看，把原来古朴漂亮的村寨破坏了。

我一家一家地上门，了解他们的想法，做他们的工作，谈我的建议。我说，房屋建设要与整个寨子相协调，体现民族地方特色。我们这一带千百年来房屋建筑的最大特点就是青瓦、木板房、吊脚楼，其颜色基调是黑褐色。因此，即使现在修的砖房子，也要体现这些元素，屋顶照样盖青瓦、垛屋脊，墙面贴火砖，走廊挑吊脚，窗户外面装木格子，这样风格就协调了。如果做平顶、贴瓷砖或涂墙漆，就与原来的寨子格调格格不入。他们认为我说得有道理，但又担心会增加成本。我给算了一下账，其实并不会增加多少成本，关键还是观念问题。如果真的一时钱不够，可以分期进行，关键是开始要设计好。

很欣慰的是，这次我好像赢了！我的建议得到了他们的赞同。他们说，一辈子也修不了几次房子，要修就要修出特色。

七、新年的礼物

这次回故乡，我带去了两本书，除了家谱，还有一本书是《清清的皮渡河——湘西桂塘优秀文学作品选》，我是书的主编，也是作者之一，刚刚出版发行。这本书的出版，在镇内产生了不小的轰动，乡亲父老争相传阅，他们感慨，想不到我们边陲小镇有这么多作家，写了这么多好作品。很多人竖起大拇指表扬我，说我为家乡做了一件大好事。

作品选出版后，春节前我特地给全镇无偿赠书 540 本，其中镇九年制学校 350 本，嘱咐校长将 50 本赠送给爱好文学的老师，其余 300 本赠送给有文学天赋的学生，每年 30 本，可以分十年送完。学校可以设一个“文学希望之星”这类的奖，用这本书作奖品（后来从新闻媒体上得知，学校评选了二十名校园文学新星，在开学典礼上由校长亲自颁发）。我是想通过这种形式，来启迪家乡青少年的文学梦想，也许十年、二十年后，家乡会涌现出更多作家，写出更多更好的文学作品，使桂塘真正成为一个作家之乡、文学之乡。

不知不觉，七天的春节假期就过去了。

我庆幸自己是一个有故乡的人，这样才使我有了故乡情结，才有了我与故乡的故事，才有了我在故乡的酸甜苦辣和喜怒哀乐。

2014 年 2 月 12 日初稿

老屋的乡愁

老家的老屋真的老了，多年没有人居住，已处于风雨飘摇之中。

今年回老家过春节，我在老屋里里外外转了几个来回，眼前的萧条景象，有点惨不忍睹。屋顶的青瓦很多已松动掉落，开了很多天眼，可以用“天通地漏”来形容。雨水从天眼哗哗流下来，木地板长期被雨水浸泡，早已腐朽，脚一踩下去，像踩在稀泥巴上一样，会留下脚洞。担头的屋檐沟填满了泥沙树叶，排水不畅。屋基长期积水，柱头开始腐烂。屋后楠竹的根系穿过松软的屋基，窜至屋内，在这里长出了新笋，成长为碗口粗细的楠竹，而且枝叶繁茂。正屋后拖水的倒间房，曾是我小时居住的地方，现已严重倾斜，走在楼板上发出嘎吱嘎吱的声响，随时都有可能倒掉。拖水后面的猪圈，已有三十多年没养猪了，屋顶已经烂掉，覆盖在上面的瓦皮，在下雨天随着屋檐水哗啦啦往下掉。房屋的中柱里已被白蚁蛀空，外面看起来好好的，可轻轻一拍，腐木就纷纷往下掉。

老屋周围积满了厚厚一层树叶，脚踩在上面犹如踏上了海绵。屋前从前晒谷子的青石地坪很多已经破碎，上面长了不少青苔，一些不知名的野草从石缝里钻了出来，肆意生长。

唯独屋梁看起来还比较结实。几年前，镇政府在实施民居保护工程时，对寨上所有瓦屋的屋顶都进行了统一改造，即对屋脊走了水泥线，两头做了翘角，又将水泥线涂上白色的颜料，这样远远地向屋顶望去，黑白相间，轮廓分明。

看见这一切，心里的确不是滋味，是痛心，是失落，更是伤感，抑或触动了自己心底那遥远的记忆。

梁家寨的老屋群　　作者 摄

关于老屋未来的命运，此前我曾与家兄谈起过多次。我的意见是，要将老屋维修，让它保存下来。而家兄的意见则与我相反，也更现实一些。他认为老屋现在已没有了实用价值，今后也不可能有人去居住，与其花钱维修，不如干脆拆掉算了，而且屋上的青瓦还可以用于正在修建的砖房。大侄儿也希望快点把老屋拆除，因为他打算在此盖砖房子。

这次，我在老屋转了几圈后，又叫来了家兄，在老屋里再次谈起维修之事。我说了三条理由。其一，我们祖辈在康熙年间从会同迁来，一直定居在梁家寨，现在已有约三百年的历史，是名副其实的古村落。而能体现古寨历史内涵的，目前只有寨上的几栋老房子。老房子没有了，怎么称得上是古村寨呢？况且，现在国家对一些传统村落加大了保护力度，并拨出专款进行特色民居保护，我们自己为什么不珍惜呢？其二，这房子是祖辈留下的，父母去世后传给了我们，这是他们给我们留下的遗产。老屋在，父母犹在，见到老屋，犹如见到了父母。其三，我们都是在老屋出生，并在这里成长，直至外出读书我才离开这里，老屋有我童年和少年的美好记忆，因而我对老屋有着深深的感情。维修老屋，就是留住我儿时和少年的记忆。

也许是因我的动情和在理的一番话，或者家兄本来就没有真正打算拆除的意思，只不过是因事情太忙无暇顾及的一个托词，这次他同意对老屋进行维修。

所谓维修，其实也不是大兴土木，只是对老屋进行简单维护，防止其垮掉。我建议主要做以下几件事情：一是请瓦匠捡瓦，解决漏雨问题；二是清理水沟泥沙，解决排水问题；三是清扫垃圾，解决环境卫生问题。由于我在外地工作，离家较远，没有时间回去，于是提议由我出资金，由家兄负责实施。他说，厢房里的仓屋和屋后的猪圈，现在已烂了，没有必要去修复，打算拆除。我亦赞同。

这样，我心里悬了多年的石头终于落了地。我想，经过这次维修后，老屋起码在十年八年内不会垮塌。

老屋位于寨子的东头，与寨里其他房屋坐南朝北不同，它是坐东朝西。它的一头挨着后山，一头抵着一个小山堡。据说以前小山堡与后山是连在一起的，后来为了修房子平屋场而将其挖断，挖断的地方正好用房子接上。

老屋是一栋三柱四棋的木房子，上覆青瓦，柱头、板壁和楼板均是枞木做的。正屋只有三间，两头是火铺，中间是堂屋。在正屋的后面加了长长的拖水，拖水中间做居室，后面做猪圈、茅厕，或者杂物间。这是我们那一带典型的民居建筑。

我家老屋存照　　作者 摄

老屋修于何时，由于父母在世的时候，我没有问及，现在已不知其确切的年代。新中国成立前，梁家寨人都比较穷，而且又被土匪烧过多次。后所建大多为茅草屋，我们家由于没有房子住，不得不寄居在毗邻四川滕家寨幺姑爷家，新中国成立后，才搬回老家。由此我推测，可能是在二十世纪五十年代初期，爷爷还在世的时候修的。

以前，婆婆在世时，与两个叔叔没有分家，一大家子一块儿居住，由父亲当家。后来婆婆去世了，两个叔叔也结婚生子，于是才分家。自打我记事的时候起，我家就是与我的满满[1]一家共同居住的，他家住靠后山的一头，我家住靠小山堡的一头，堂屋为共用。父辈们刚分家时可能还不觉得，但随着人丁不断增加，两大家子人居住在这么一个狭窄的空间里显得十分拥挤。于是，满满在靠后山的方向加了一间偏房。我们这一头，在家兄高中毕业回乡务农后，攒钱修了一间厢房，在他结婚时，作了婚房。

现在看来，老屋显得低矮破旧，过去却是一个热闹的地方。

老家位于湘鄂川交界之地，过去兵匪横行，强人当道，社情十分复杂。我们梁家寨祖辈都是忠厚老实人，是地道的贫下中农，是人民政府团结和依靠的对象。新中国成立初期，大伯当上了乡农会主席，族叔成为乡里的书记，父亲是土改根子和村干部，满满是民兵队长，幺幺是光荣的解放军战士。那时村里没有会议室，于是一些大会小会常在堂屋召开，来来往往的乡亲自然不少。据父亲讲，新中国刚成立不久，有一个操着北方口音的人，带着一个随从，骑着高头大马来到我家借宿，为了不打扰住户，他们睡在老屋后面的猪圈楼上。他们走后，父亲听说那人竟是当时的县委书记，但没有人说得清楚他们是下乡明察暗访还是路过这里。

我记事的时候，正是“文革”时期。当时父亲已没有在村里任职，回到生产队当队长。队长虽小，责任却重大，是生产队一百多号人的主心骨。我们第四生产队自然条件好，加之父亲管理有方，在全大队十个生产队中，主业副业一直位列前茅。由于底子好，上面办点作样往往选择我们生产队，办点干部吃住也大多在我家。记得公社有个姓彭的武装干事，在“双抢”（抢收早稻、抢插晚稻）那阵住在我家，与社员同吃同住同劳动。他长相英俊，为人随和，与广大社员特别是我家兄他们这些基干民兵结下了深厚友谊。后来彭干事升职调到另一个区工作，知道消息的社员们纷纷赶到我家送别，在我家聚餐，娘从柜子里翻出平时舍不得吃的一大截腊肉，炒了半锅子，社员们围着火坑，用大碗喝了很多苞谷烧，难分难舍，很多人边喝边流眼泪。

堂屋的神龛张贴着一张毛主席的画像。记得有一段时间，每天社员们在早晨出工前和收工回家后，都要面向主席像“早请示，晚汇报”。满满那边的板壁上，用红墨水写有毛主席语录，是什么内容我记不清楚了。长辈们大多

---

① 叔叔。

是文盲，就由识字的干部或年轻人教他们，教鞭是用杂木做的，已染成了红色。我家火铺碗柜下的板壁上，写有一段毛主席语录，每天煮饭吃饭都会看见它，印象十分深刻，我至今还背得："列宁说：'小生产是经常地、每日每时地、自发地和大批地产生着资本主义和资产阶级的。工人阶级一部分，党员一部分，也有这种情况。无产阶级中、机关工作人员中，都有发生资产阶级生活作风的。'"内容是记住了，但意思我仍似懂非懂。

堂屋最热闹，要数打年粑的时候。"大人盼种田，小孩盼过年。"那时物资匮乏，日子过得紧巴巴的，但越是日子不好过，越是将过年看得重。过年，自然少不了打年粑。哪家粑粑打得多，说明哪家年过得闹热。以前寨子里有"拜年拜年，粑粑上前"的俗语，粑粑在老家人心中的分量可见一斑。家里即便平时缺粮少米，父母也都要想办法积攒一些糯米、高粱、小米、玉米，为春节来临之际打年粑做准备。近些年日子好了，寨子里反而没有人打年粑。

那时几乎家家户户都要打，而且还打得不少。打年粑这个习俗，是与当时的生产生活联系在一起的。大集体时，社员们早出晚归，劳动时间长、强度大，中午回家做饭会耽搁时间，这正好粑粑派上用场，社员们只要在地边找点柴、生个火，将粑粑烤熟，中饭就解决了。

打年粑的粑槽，呈椭圆形，是用上好的青石做的，打粑时放在堂屋中间。粑槽旁边放着一个木水桶，里面盛有淘米水，两个粑槌就放在里面。饭桌洗净抹上油，用于待粑粑打好起槽后分掐粑坨，两扇洗净的门板叠放在两张条凳上，用于将圆形的粑坨压成薄薄的扇面。

以前每年都在老屋打年粑　　作者 摄

冬天时节，气候寒冷，家人吃了晚饭，就围着火坑烤火取暖。没有收音机、电视机，更没有手机，我们就听父亲摆龙门阵，或者唱山歌。当然，高兴的时候，他还给我们吹木叶，随手摘来的树叶他可以吹出悦耳的曲调和模仿不同鸟鸣的声音，我常常在父亲的龙门阵或者山歌声中进入梦乡。

我读书却比较早，在上学前我就跟着大人们学了一些字，并经常用小石子，或者木炭在地上、板壁上画字。看我有此爱好，家兄在公社供销社给我买了几盒粉笔，任由我画。后来上学，跟着老师学了几年毛笔字，没有临过碑帖，那时也没有碑帖可练，就是信马由缰地写。学了几笔字，除了在学校写墙报，有时来了兴趣也搞点“创作”。记得在我卧室的板壁上，曾张贴着我平生第一幅毛笔“书法作品”。在大门的后面，还留有一排白粉笔字，虽有些斑驳，但还认得，是“人生自古谁无死，留取丹心照汗青”。没有落款，从字的位置高度和书写成熟度来分析，大约写于小学五年级或初中一年级。

在老屋，我曾养过一只叫沙和尚的小鸟。沙和尚的学名叫松鸦，这是后来才知道的。沙和尚的个头不是很大，如成人拳头大小，羽毛颜色呈红褐色，嘴、尾和翅为黑色，翅上有黑、白、蓝三色相间的横斑，极为醒目。老家一带枞树很多，它就栖息在这些树上。沙和尚与八哥相似，经过训练后，会讲话，因此老家一带的人喜欢作宠物喂养。我现已记不清是谁给我的，我得到后要父亲给我做了一个鸟笼，每天放学回家就抓小虫回去喂它。当它快要长成成鸟的时候，它几乎已成为我们家庭的一员，鸟笼早已不要了，它可以自由飞出去游玩，然后又可以自由地飞回来。据说，只要将它的舌条剪圆，再涂上主人舌条上的血，就可以教它说话了。英里沟有户人家这么做之后，他家的沙和尚就可以讲话了。我想再等一段时间，就给它剪舌，教它说话。

可意想不到的是，有一天放学回家，竟不见沙和尚的踪影，等啊，等啊，等了两天也没有飞回来，到处找也没有结果。我原以为它已飞走了，去找它的同伴，过自由自在的生活去了。心想，这样也好，它本来就是大自然的生灵，而不是人类的玩物，它回到大自然去，这是它最好的归宿。只是有一些担心，从小养尊处优的它能否适应丛林法则。

可是，在第三天傍晚，母亲盛猪食时，在灶锅里竟发现了一坨黑乎乎的不明物体！娘捞起来一看，天啦！竟是沙和尚。此时，沙和尚早已被煮得面目全非。真不知道它是如何跌入滚烫的灶锅里的。为此，我一人躲在卧室里伤心地哭了很久。后来，我在后山的一棵大枞树下，挖了一个坑，含泪将它的遗体埋葬在那儿。

我的大姐是从老屋出嫁的，夫家是毗邻斑鸠潭的。仿佛是转眼间，大姐早已过古稀之年，都当太婆了。她出嫁的时候，我还没有发蒙。当时正处于大集体时期，一切要求移风易俗，父亲是党员，是队长，更要带头，因此父母给她陪嫁的东西很少，其实家里也没有多少钱给她置嫁妆。记得母亲亲手织了一弄蚊帐，请弹匠弹了几床棉絮，打了一口柜子、几口箱子，漆都没有上。姐姐出嫁前，姐夫利用工余时间，自己一件一件将这些扛过去的。出嫁的时候，也没有摆多少酒席，只是请家族和亲戚一起吃了一顿饭。出嫁的那天早晨，大姐哭得很伤心，家兄用背带把她背出大门，没有唢呐，没有长长的迎亲队伍，大姐在几个姐妹的陪同下，踏上了老屋后面那条通往斑鸠潭的羊肠小道。望着大姐远去的身影，我的眼睛早已一片模糊。

我唯一的弟弟是在老屋出生，又在老屋去世的。本来我有六个兄弟姐妹，一个姐姐、两个哥哥、一个弟弟、一个妹妹。二哥在我出生前就夭折了，连名字都没有留下一个，在我的记忆里只是一个概念而已。而弟弟的去世，是我第一次失去亲人，刻骨铭心地体验了什么叫生死离别。弟弟小我两岁，去世那年才六岁。由于营养不良，与我一样长得十分瘦小，但他特别的聪明，同时又十分的淘气，但很讨人喜欢。我俩一起长大，一起上山砍柴，一起下河洗澡，夜晚一起在田里抓泥鳅、黄鳝，一起与寨子上的小朋友玩打仗，可谓形影不离。不知是什么时候起，他吃饭的时候经常喊肚子痛，父母整天忙碌，也没有在意。有天晚上，我们一家人正在火铺吃晚饭，端着碗的他又开始喊肚子痛，又说要屙尿，然后全身无力瘫在地上。父亲见状马上放下碗筷抱着弟弟到屋檐下给他抽尿。突然，父亲感觉

老屋里其乐融融的团年饭　　作者 摄

弟弟软绵绵的，于是大声喊道：“这个伢崽拐了呢!”我们听见喊声全都跑出去，只见在父亲怀里的弟弟头已歪在一边了。着急的母亲天啊地啊地哭了起来。听见哭声，寨子里的大人们都跑了过来，他们抱着弟弟就往乡卫生院跑。我木然地站在那儿不知所措。我和娘焦急万分地在屋里等待，大约过去了四五十分钟，听见寨子前的大路上传来哭声，这时我知道弟弟已不在了，我的眼泪不由得“哗哗”地流了出来。后来听大人们说，弟弟在去卫生院的半路上就已经断气了，但他们还是把他抱到卫生院，经过一番抢救，医生也无力回天。医生诊断的病因是蛔虫钻胆，难怪弟弟经常喊肚子痛，原来他肚子里有蛔虫！夭折的孩子是不能进堂屋的，大人们连夜做了一个木匣子，把他的遗体放在里面，摆放在屋旁那棵大猴栗树下。第二天早晨寨上族人们把他抬到距寨子三四里远的老沟田，埋葬在荒茅野地的一棵桐子树下。

我在老屋生活了十多年，直到去外地读高中，每年寒暑假才会回到老屋居住。后来，家兄新修了一栋房子，父母都搬过去同住，一家四世同堂，过着其乐融融的生活。而后我又到更远的地方求学和工作，每次探亲回家，也随他们居住在新屋，老屋再也没有冒过炊烟了。

随着年岁的增长，自己对家乡的山水、亲人的思念之情越来越浓烈。但随着时间的推移，家乡的山水，已不是原来的模样，昔日的羊肠小道变成了宽敞的水泥路，昔日低矮的青瓦木板房被一幢幢钢筋水泥房子所取代。故乡的亲人，长辈们已一个接一个去了另一个世界，永远不能与他们摆龙门阵了，同龄人大多外出打工，几年都难见上一面，而一些开口叫我“爷爷”“伯伯”的孩子们，我也不知道他们姓甚名谁了。

故乡的一切，似乎变得越来越陌生，渐渐有了隔膜，而唯有老屋，依然是那么熟悉与亲切。

2022 年 12 月 12 日初稿

漫话桂塘坝方言

桂塘坝是我魂牵梦绕的地方，因为那里是我的老家，那里有我最熟悉的方言。

一

先谈谈最具桂塘坝特色的四个高频方言词："嗨""二气""逮""像卵形"。

第一个词是"嗨"

"嗨"这个词，在桂塘人的日常语境里是玩耍的意思。农历三、八桂塘坝逢场，村民赶场是少不了的，如果有人要上街赶场去，他就对人说：

"走啊！到街上嗨哈去！"

如果在赶场时遇上亲戚朋友，打招呼时说：

"哎哟！老表，你也上街嗨来了哦？你好久都没有到偶（我）屋嗨了，你几时抽空到偶屋嗨几天啰？"

如果被邀请的人推脱，就回答：

"哎呀！偶这一向工夫硬是忙得脱不了爪爪，想去嗨嘛，也嗨不成啊！"

唱山歌，在桂塘人眼里是一件好嗨的事，于是歌声里就有了"嗨"。

"唱歌嗨嘛，唱歌嗨，我没唱歌没发财，去年唱歌得尺布，今年唱歌得双孩（鞋）。"

旅游有玩耍的意思，于是桂塘人将旅游叫作嗨。一个时期，县里在桂塘境内的乌龙山大峡谷开发旅游，刚好旅游局局长又是桂塘人，于是他们就叫那个局长为“嗨嗨局长”，而且一叫叫出了名，州里县里的领导对其也这么叫。后来还衍生了“嗨嗨书记”“嗨嗨县长”等称谓。

嗨，也引申为干事情不认真。如果有人说“这人做事搞嗨嗨”，就是说此人办事不认真，不靠谱。那一定是贬义了。

桂塘街边的三棒鼓表演　　作者 摄

嗨，这个方言词，在桂塘坝最甚，也在龙山一带流行，与龙山比邻的保靖、永顺基本不说。但有一次，我偶然听见泸溪县一个人说“上街嗨哈去”，一问得知就是上街去玩。真奇了怪，龙山与泸溪，一个在北，一个在南，中间隔着好几个县，并不搭界呀，怎么也用一个生僻的方言词呢?

后来，我又听见与泸溪近邻的怀化市所属辰溪、溆浦、洪江等地人也说“嗨”。我分析，可能与酉水河有关。酉水是沅水的主要支流，而这些地区均在沅水流域，过去以水路为主要交通的年代，把语言从河上带走了。桂塘坝很多姓氏是从怀化那边迁来的。如我支梁姓的祖籍就是怀化所属的会同，桂塘有支向姓的祖籍是辰州莲花池，辰州就是今日的怀化市的沅陵县，“嗨”这个词，很有可能是从那边带过的。

至于“嗨”，这个词，与英语 happy 翻译成汉语“嗨皮”的意义相近，这应该算巧合，或者说提前与国际接轨了。现在全国很多地方的年轻人，也经常说“喝嗨了”“出去嗨皮一下”，看来，在网络时代，“嗨”这个词，不仅仅在桂塘流行了。

第二个词是“二气”

“二气”是桂塘独具特色的一个贬义词。这个词与“阴阳二气”“骄娇二气”无关。桂塘方言里的“二气”，是做作、假正经、装腔作势的意思，与近年网络上流行的“装13”“装老麻”等词近似。如果评价某人“干二气”“二气得像卵形”，那一定是对其为人的很低评价了。桂塘有首童谣这么唱道：“二气人，大不同，脸上长的有癞子红。”

第三个词是“逮”

逮，在桂塘的语境里是一个万能动词。与张家界那边的万能动词“干”相近。喝酒，叫逮酒；吃饭，叫逮饭；先解手后吃饭，就说先逮屎后逮饭（不要笑，确实这么说）；打架，叫逮架；做工夫，叫逮工夫，等等，不一而足，好像很多动词都可以用一个“逮”字代替。只要你愿意，时时处处都可以逮。逮，这个词在桂塘坝更流行。在龙山境内同样流行，其使用频率，从南半县往北半县递减，在湘西其他地区也偶尔使用。

第四个词是“像卵形”

像卵形，可以看作是一个万能形容词，形容的是程度。形容这个东西好，就说这个东西好得像卵形；形容这个东西很差，也说这个东西差得像卵形。如这栋大楼很高，也形容说高得像卵形；如果很矮，就形容说矮得像卵形。若这顿饭可口，就形容说这顿饭好逮得像卵形；如不合胃口，也形容这饭菜难逮得像卵形。街上遇上模样俊俏的姑娘，就形容说乖得像卵形；如果长得不好看，也形容丑得像卵形。

一个人站在一个鱼馆子旁给朋友打电话说：“快过来逮饭啊，这里的角角鱼好吃得像卵形！”这里的“像卵形”，是形容角角鱼好吃得无法形容。电话那头的人听后，回答说：“那要得嘛！我正在路上，车子堵得像卵形。”这里的“像卵形”，指堵车堵得非常厉害。

高也像卵形，矮也像卵形，好也像卵形，坏也像卵形，大也像卵形，小也像卵形，美也像卵形，丑也像卵形，等等，只要形容程度的，正反都可以用“像卵形”来形容。既是褒义词，也是贬义词，也可以是一个中性词。

二

在日常生活中，桂塘人时时处处都在使用方言，而且丰富多彩。

关于称呼

我叫偶，父亲叫老汉、老崽崽，外婆叫嘎婆，外公叫嘎公，外公外婆通称为嘎嘎，叔叔叫满满，最小的叔叔叫幺幺，姑姑叫孃孃，哥哥叫锅锅，亲家叫庆嘎，岳父叫亲爷，岳母叫亲娘，连襟叫老一，年龄最大辈分最高的人叫菩萨，年长辈高的人叫老把式，高龄妇女叫老芭芭，小男孩叫佬佬，弟弟也叫佬佬，少年叫糙糙伢（子小伙），年轻小伙子叫后生嘎，爱显摆的女孩子叫秋娘怪，未出嫁的女孩子叫姑娘嘎或者叫孃孃人家，结婚女人叫婆婆客，少妇叫子婆婆客，刚进门的媳妇叫新姑娘，穷得叮当响的人叫干人，怀孕的妇女叫四眼人，自己叫各人，主角叫抖正角的，配角叫敲边鼓的，瘦子叫老歪，胖子叫肥冬瓜，矮子叫矮打杵，又肥又没有劲的人叫肉喇叭，闷不作声的人叫嘎巴，瞎了一只眼睛的人叫一只虎，乞丐叫告花子，土匪叫抢饭，盗贼叫墨脑壳，小偷叫扒老二，不正经的人叫水老倌，流氓叫二流子、流子伢，爱显摆的人叫二夹二，爱卖弄又没真本事的人叫假白筒，性格固执的人叫倔巴佬，做事蛮横的人叫蛮子，不好打交道的人叫夹壳人，游手好闲的人叫逛逛人，办事不牢靠的人叫挪阔人，爱讲笑话的人叫雀宝人，做牛生意的叫牛客，放鸭的人叫鸭客，土豪叫财客，打牌经常输钱的人叫送财童子，爱出风头的人叫冲包老壳，狡猾的人叫尖尖脑壳，有心计的人叫精杆子，做事不干脆的人叫灭屑人（搂狗人、邪狡人），百事不管的人叫懂懂宽，怕老婆的人叫耙（pā）耳朵，遇事讨价还价的人叫嚼筋客，一群人叫一蒲人、一泼人。

关于身体部位

头叫脑壳，光头叫沙罐，额叫碍门头，太阳穴叫脑门心，嘴唇叫嘴巴皮，下巴叫牙包骨，脖子叫讲更，后颈叫后讲窝，喉结骨叫喉三骨，肘叫倒拐子，手臂叫膀子，肩胛骨叫盐产骨，锁骨叫饭食骨，拳头叫锭子，腋下叫瞎孔角、嘎子窝，裆部叫咔裆，大腿叫腿胯胯，膝盖叫克西头，膝关节叫脚弯筋，小腿叫穷脚杆，踝关节叫螺丝骨，一丝不挂叫光咚咚，没有穿裤子的叫光叉叉、打条卡。

关于动物

乌鸦叫老娃，虱子叫色子，跳蚤叫狗蚤、隔蚤，螃蟹叫螃嘎子，青蛙叫客马，蛤蟆叫癞克宝，蚂蚁叫蚂娘子，苍蝇叫饭蚊子，细蚊子叫嘿嘿蚊，蟑螂叫油嘎子，蚯蚓叫蚯川子，蛇叫溜子，老虎叫啊呜子，蝗虫叫爪母子、跳嘎子，大毛虫叫活辣子，老鼠叫老水子，蝙蝠叫洋老水，猫头鹰叫猫老壳雀，蜻蜓叫雀孃孃，猪叫狃狃，母猪叫草猪，公猪叫牙猪，牛叫牤牤，母牛叫沙牛，没劁的公牛叫骚牯子，公鸭子叫菜鸭子，母鸭子叫蛋鸭子。

关于日常食物

饭叫馒馒，肉叫腩腩，瘦肉叫精腩腩，酒叫八加一，也叫癫子水、马尿，猕猴桃叫羊桃子，鱼腥草叫折耳根，南瓜叫方瓜，香菜叫盐须菜，洋姜叫南京菜，西红柿叫酱瓜（酱辣子），辣椒叫海角，甜菜叫扯根菜，几个菜放一个锅里叫和菜（一笼鸡），豆腐渣做的菜叫和渣。

关于常见物品

火枪叫爪（zhuǎ）子火，斧头叫猫头，锯子叫革子，背篓叫抛背，大背篓叫咱笼，鞋子叫孩子，洗脚后穿的便鞋叫煞脚孩，鸭舌帽叫爪爪帽，床单叫罢单，硬币叫锑壳子，纸币叫麻版子，杀猪盆叫腰子盆，棺材叫老木、木头、方子、寿方，窗户叫亮穿眼，正料叫行心，边料叫喝皮，石头叫碍头，开水叫巴水，小水塘叫克马凼凼，粪便叫巴巴（bǎba），手扶拖拉机叫狗儿车，吉普车叫包包车。

关于语音里常见动词及动词性词组

暮归的樵夫　　作者 摄

追叫擂，跑叫刹，托叫胎，吃叫齐，触叫嗙（páng），甩叫料，跌叫搭，爬叫啦，爬起来叫巴起来，伸叫嗤，按叫毿，滑叫唆，贴叫巴，捆叫绹，靠叫抨（pēng），看叫布，蹲叫孤、跩，搬叫搌，找叫挪，搅叫哈，感谢叫拿威，欺骗叫日弄，泄密叫醒水。

确定叫搞一合，试一下叫告哈子，背后讲别人不是叫打背杖，讲是非小话叫嚼牙苞谷、嚼腮，扯谎叫扯朵子，搛菜叫拈菜，责骂叫日决，打扫叫杀贴，溺爱叫惯司，出嫁叫打发，跑步叫刹趟子，结束叫杀果、归一。吵架叫扯皮、割业，追责叫找开竿，打架叫打宝子、撕皮褂子，箍在一起打架叫放滚龙。讲故事叫摆龙门阵，聊天叫扯卵谈、讲白话，亲嘴叫打啵，吃饭一般情况下叫逮馒馒，有点不高兴时叫屙痢巴子，很不高兴时叫屙通肠痢，十分不高兴时叫吃上路食。端碗叫抬碗，拿针也叫抬针。

搞生产叫做活路、做工夫，做农活叫耍锄把、耍二尺五、修地球，砍柴叫挪柴，烤火叫向火，搬新家叫镶火坑，摔跟头叫搭扑趴、滚告子，打耳光叫铲耳屎，打呼噜叫扯噗汗，打瞌睡叫请七姑娘，碰痛了叫扛（kuāng）痛了，摔跤叫惩豹虎子、惩抱腰子，打秋千叫打喂秋，干什么叫搞耸个，一齐搞了叫一发实、一包搂收。行贿叫塞（sāi）背手，做随机生意叫捉飞麻雀。

关于日常用语里的常用形容词

肮脏叫乃呆、派乃，愚蠢叫苕、哈，机灵叫机古钻，便宜叫香赢，聪明叫狡猾，吝啬叫迷莫、狗夹，出问题叫出啰阔，直爽叫撇脱，柔软叫杷（pā）和，肥胖叫肉乃乃、肉喇巴，差劲叫马或撇，多叫颇拿的、少卵宝，粗心叫大皮，做事马虎叫搞逛逛，做事快叫麻刷、溜麻，光滑叫掼，很烫叫滚巴的或飞卵巴的，突然叫猛猛吱，厉害叫猫刷、猫得狠，糊涂叫嗨嗨呼呼，丢脸叫臊皮，刚好叫按合，不专心叫张四玩场、弯里弯当、羊子狐皮，互相揭短叫晒麦子，不舒服叫不恭观，有教养叫落轿、懂哈数，勤劳叫巴家巴业，努力叫盼皮，轻浮显摆叫轻宽。

形容道路非常直叫飙卵直，形容老谋深算叫精杆子长，形容十分可怜叫造孽翻天的，形容非常脏叫乃呆死哒，形容臭不可闻叫攀腥烂臭的，形容十分危险叫差颗米，形容宽松叫松皮俩垮的，形容衣服大了不合身叫大笼垮式的，形容刻薄不讲理叫格古格怪，形容人迂腐叫搞不清二五一，形容辨不清方向叫打不到山势，形容非常性急叫扑趴翻天的，自作聪明叫倒尖不秃，形容某人力气大叫老虎都打得死，形容某人立场不坚定叫寡母子的裤子不禁扯。

关于其他日常用语

小孩子过家家叫摆馒馒嘎，捉迷藏叫躲哦喂，怕见生人叫出不得井，装糊涂叫装苕，大声叫喊叫扯讲根。未婚先孕叫种早苞谷，偷人叫打野食，只敢在家里讲大话叫扳到门槛狠，偷偷藏东西叫涨心经，话太多叫舌根子长。死人发丧叫上山、上坡，死了叫哦祸了，枪毙人叫敲沙罐、吃花生米，打肿脸充胖子叫抖马卵壳子，说大话叫吹死牛麻逼，打官腔叫充正神，正在做工的现场叫遇口，田埂上放水挖的口子叫月口，想歪点子叫打屙屎主意。

醉酒呕吐叫下猪儿崽崽，小孩睡觉时尿床叫搂虾子，贪吃叫喉讲喉食。地方叫廊场，厕所叫茅室，角落叫卡卡各各，上面叫皮头、高头，中部叫半中拦腰，下面叫底哈，最下面叫独独脚，后面叫后头，开头叫起先，开始叫驾事，正房的两边叫担头。以前叫往天，下次叫二回，以后叫二天，第二次叫复二火，拂晓叫麻麻亮，傍晚叫麻擦黑。彩虹叫马阳杠，闪电叫扯火闪，暴雨叫流子雨。操办红白喜事叫为会头，讲话偏离主题叫飘野火，跟着后面数落他人叫垒下坡岩，出歪点子叫嗤烂眼药，背后揭别人短叫败掌人，全部叫一哈。

表示肯定语气的“反正”叫“红嗨”，如“你不信是你的事，红嗨不是我搞的”。兜底叫一包搂收、包督，如“剩下的这些东西，不管大小（多少），我一包搂收（包督）了”。

三

在日常生活中，桂塘的村民经常使用一些歇后语。平时交流要表达某种意思，只要讲上半句，下半句不需说，听者自明。这些语言，具有鲜明的地域特色和浓郁的生活气息。幽默风趣，耐人寻味。下面对部分常用歇后语，进行解析。

屁股上扤牛打脚——横拌。意思是挖苦某人蛮横，不讲道理。

三百斤野猪——得一张嘴。意思是挖苦人只讲空话，不办实事。

火坑里烧黄鳝——熟一截吃一截。意思是挖苦某人只讲眼前利益，没有长远计划。

猴子上神龛——假充正神。意思是挖苦人假正经。

城隍庙的狮子——行头都是岩的。意思是挖苦某些人为人死板，不会变通。

和三屋的兄弟——和四（合适）。用来比喻某事非常合适。

两娘母赶场——没有讲的。用来比喻事情明了，没有异议。

磨担钩钻屁眼——拐大肠。用来比喻事情没做好，出大乱子了。

麻皮上面打火罐——悬天又悬天。用来比喻事情十分危急。

黄泥巴糊屁股——不是屎也是屎。用来比喻被误解，有理也辨不清。

杀猪杀屁股——各有各的刀法。用来比喻各有各的办法。

癞子滚到火坑里——巴不得。用来比喻事情正和自己心意。

总成（建议）船老板卖船——尽出歪点子。用来指责某人不安好心。

屙尿吃泡——顺带。用来比喻顺带做某事。

老芭芭纺棉花——一手一手来。用来告诫人们做事不要急于求成，要循序渐进。

麻雀吃苞谷子——要和屁眼打商量。用来规劝人们做事要考虑后果。

叫花子争油坊——有个先来后到。用来告诉人们办事要守秩序。

龙山县与来凤县——县（现）对县（现）。用来比喻做生意不搞赊账，一手交钱，一手交货。

四

在桂塘民间，常使用一些颇具地方特色的“最话”，这些方言大多粗俗，但粗俗中透露出桂塘坝人的粗犷性格，下面一一道来。

最古怪的一句话——神不弄懂、鬼不弄懂。

最安慰人的一句话——你各想开点，这是命上管就的。

最有挑衅意味的一句话——哪个敢动老子一根寒毛试哈子。

最虚张声势的一句话——你给老子等到起！

最淡定的一句话——人不求人一般大。

最讲规矩的一句话——懂哈数。

最狂妄的一句话——天王老子都管不到我。

最原谅人的一句话——算哒！他就是那么个人。

最不甘心的一句话——也是现在，要是往天。

最把别人当朋友的一句话——这里没有外人。

最能形容无用男人的一句话——连鼻涕都咬不断，像坨糯米粑粑。

不让儿女读书又最强词夺理的一句话——只有鼎罐煮馒馒，哪有鼎罐煮文章。

形容最懒之人——懒得烧王横蛇吃。

五

桂塘坝方言有以下几个特点。

一是湘西（龙山）方言特点。桂塘是湘西（龙山）的一小部分，深受湘西（龙山）文化影响，虽偏居一隅，然湘西（龙山）一带流行的方言，在这里都基本流行。

二是渝东酉阳、鄂西来凤的方言特点。桂塘坝地处湘鄂渝边区，三地界犬牙交错，三地村民水乳交融。山同脉，水同源，人同宗，民同俗，语同音，外人来到这里参观很难分清自己身在何处。有诗为证：“桂塘山水鄂渝连，外省鸡鸣在耳边。漫步计程三四里，几番跨界又回还。”从大的方言区来说，边区一带村民使用的方言，归属西南官话。明清时期，移民西南而逐渐形成官话方言，“江西填湖广”“湖广填四川”的移民潮，是西南官话形成的主要因素。

三是本土方言特点。很多方言只在桂塘一带流行，而在周边地区不流行。在发音上，几乎没有前鼻音、后鼻音、卷舌音、翘舌音。讲话脱口而出，直杠杠的。

这个特点产生的原因，说起来就复杂一些。

桂塘坝多山地，但山脉不是很高，大多为丘陵。山地间的河谷多平地，当地人称之为坝子。由于这样的坝子较多，又有“四十八坝”之称。坝子经过多年开垦种植，形成了一坝坝旱涝保收的良田。村民们绝大多数居住在坝子的边缘，一部分住在同一个山顶台地，村民间交往较为频繁，一个坝子，一个大山头，就有了自己的生活小空间，也就形成了自己的方言。

在交通方面，桂塘境内，流经峡谷和坝子的皮渡河、明溪、古道溪、王道溪、贾田溪等河流均注入酉水，由于流程短、流量小，不能通航。在过去农耕社会，没有水路就没有便利的交通，没有便利的交通，就没有活跃的经济和频繁的人际交往，村民长期固定生活在一个相对封闭的地域里，其语言就有了自己的特点。

在民族方面，因战争、自然灾害或者其他原因，桂塘的先民们从四面八方辗转迁徙到这个边界之地，经过无数代的繁衍生息，这些来自不同地区、

湘鄂渝边区迎新春三棒鼓擂台赛　　作者 摄

不同民族的居民，在这里长期和谐相处，为了交流的方便，他们渐渐丢掉了本民族语言、本地区方言，从而形成了新的方言，即桂塘方言。

桂塘坝的主要民族成分为土家族、苗族和汉族，目前全镇三万多人，苗族、土家族、汉族大约各占三分之一。现在，土家族和苗族在一些习俗上还保留部分特征，而在语言上几乎一致了。语言融合的结果，新的方言就产生了。

四是粗犷直率和粗俗的特点。桂塘坝人大多性格豪爽，说话、做事直来直去，不爱拐弯抹角，因而表现在语音上就是直杠杠的。

六

方言是口头语言，来自民间，桂塘过去经济文化落后，村民们文化水平普遍低，在原生态的生活环境里，没有顾忌，想怎么说就怎么说，因而很多方言都是些粗鄙话。文中收集的方言，均没有加工过滤，保持了其原汁原味。

方言是一种独特的地域文化，是文化的活化石，每一个地方都有自己独特的方言，它传承延续千百年，有着丰厚的文化底蕴。

桂塘方言，作为众多方言中的一个小小分支，有着自己的地方特色，散发着独特魅力。也许随着普通话的推广和城镇化步伐的加快，人们的迁徙和交往更加频繁，桂塘方言也像众多方言一样，慢慢会淡化、同化，但我认为它不会消失。因为，只要有地域差别，就会有方言存在。

记住了方言，就记住了乡愁。

最后，用几句桂塘坝方言来结束本文：为人莫“二气”，不要爱占别人“香赢”，工作当“盼皮”时要“盼皮”，该“嗨”的时候也要“嗨”，为人要“落轿”，性格要“撇脱”，做事要“麻刷”，遇事要敢“逮”，做一个“巴家巴业”的桂塘坝人。

2015年6月30日初稿

桂塘篮球传奇

“走，上街看篮球去！”兔年初一的早晨，湘鄂渝边区的村民吃过年饭，纷纷走出山寨，怀着喜悦的心情相约来到桂塘学校球场，观看一年一度的湘鄂渝边区（桂塘）春节篮球赛。中断了三年的赛事，今年终于复赛了。

从改革开放初期开始形成的三省边区春节篮球赛事，已走过漫长的四十三年，今年已是第四十届。

桂塘春节篮球赛也成为三省边区村民的狂欢节，大年初一至初三看篮球，早已成为三省边区的一道民俗文化。

一

新中国成立前，这里地理位置偏远，交通不便，经济文化落后。没有学校，老辈人几乎没有见过篮球，更不用说打篮球了。

新中国成立后，人民政府在乡里建起了学校，村民们这才开始见到了篮球。桂塘坝自古民风剽悍，有争强好胜的基因，人们马上对这项对抗性极强的体育运动发生兴趣。

据本人多年考证发现，桂塘坝真正形成喜爱篮球运动的风尚始于二十世纪六七十年代，为什么这么说呢？这是因为受到一个球王的影响。

这人是谁呢？

他叫张和富，本是“小南京”里耶人氏，作为下放知青，只身插队落户于桂塘大队新寨沟，善良淳朴的新寨沟村民张开双臂接纳了这外来客。在朝夕相处中，彼此结下了深厚的情谊。他也爱上了这片贫瘠的土地，很快与新寨沟村民融为一体，在这里娶妻生子，把自己和子女变成了一个地道的新寨沟人。

1974年，桂塘第一代球星张和富（右）、田永贵（左）合影　　田永贵 提供

张和富其貌不扬，身高不足一米六，是个盘盘脚[①]，走路呈内八字，左耳朵还有一个缺口，人们背地里称其为“张缺耳朵”。这种先天不足的身体条件，做农活还勉强，要想成为一名篮球运动员，绝对不是那块料。

其人身材结实匀称，头发微卷，肌肉发达，皮肤黝黑，弹跳力惊人。他跑跳可以摸篮板，防守能盖一米八几大高个的帽。更重要的是，他球技高超，抢球、运球、截球，投球、传球、防守，样样精通，出神入化。而且作为球队的灵魂人物，他善于调动场上每一位队员的积极性。

据说，他的球技源于家传。他的哥哥叫张和茂，是当地球王，在里耶古镇可谓家喻户晓，曾是龙山县队主力队员。张和富从小跟着哥哥屁股后面学打球，得到哥哥真传，球技甚至还有过之而无不及。

为克服自己先天条件不足，他特别强化体能训练，每天腿绑两公斤沙袋，做三百个俯卧撑，跑二十公里山路。

张和富的到来，在桂塘坝掀起了一股篮球旋风，把桂塘的篮球水平提高了一个档次，也推动了桂塘篮球运动的普及，一些年轻人加入篮球运动中来了。张和富也热心传授。他先在新寨沟，后在桂塘大队带出了一批徒弟，如“麻壳”向明科、“蛮子”向承祥、“妹妹”向承真、“左撇子”邓英侠等，后又在全公社带出了一批徒弟，包括后来成为县队主力的球星田永贵、田智林等。

当时，公社书记杨学志，武装部部长黄代顺、干事彭志恩都是铁杆篮球

---

① 罗圈腿。

迷。领导的重视，更推动了全公社篮球运动发展。那时每个生产大队、生产小队都利用晒谷坪建有篮球场。虽然设施十分简陋，但社员们生产劳动之余，不管多苦多累，也要打打球。寨与寨之间，队与队之间，经常举行友谊赛，在“五四”、国庆等节日，公社都要举办篮球运动会。公社趁机从各大队精挑细选篮球苗子，组建了桂塘公社篮球队，平时搞生产，工余开展训练，为一试身手，经常向友邻公社发出挑战。

一次，公社球队在挑战四川知青联队的比赛中，输得非常惨，颜面尽失。于是队员们发誓要雪耻。四川知青联队队员大多来自成都、重庆等大城市，见过大世面，且个个人高马大，球艺精湛，不像一般人。要想战胜他们，必须高强度训练。于是，集训时，由张和富当教练，队员们晴天戴草帽，雨天戴斗笠，训练风雨无阻。这样，经过一段时间强化训练，队员的体能、球技得到大幅度提高。于是，在张和富的带领下，终于打败了四川知青联队，报了一箭之仇。此后，桂塘队打遍边区无敌手。边区的篮球霸主地位，多年无人撼动。

在公社球队的影响下，桂塘少年儿童的篮球运动也如火如荼。每年的“六一”儿童节，公社学区都要举行隆重的运动会，届时，不仅全公社各大队小学均派代表队参加，公社七年制学校、“五七”农中也派代表队参加，有时还邀请四川、湖北的毗邻学校派代表队参加。

二十世纪七八十年代，县里每年春节后，都要召开县、区、乡、大队四级干部大会，会期十天左右。由于参会人员多、会期长，其间县里都要组织篮球赛，以区为单位组队。

县里举办的篮球赛，在场外观战的杨学志书记坐不住了，于是他向县里请求桂塘派队参赛。比赛结果，七场球下来无一败绩，桂塘队打败了七支区球队。

桂塘队队员们觉得打区队不过瘾，于是挑战县队。比赛在县政府球场举行，观众里三层外三层。在众目睽睽下，桂塘这群业余球员一举打败了训练有素的县代表队，一下在全县引起不小的震动。

这次比赛结束后，张和富、田永贵两人随即被选入县队，作为主力队员，他俩此后在湘鄂川黔四省边区运动会和州运会上，一展球技，大放异彩，和球队一起多次夺冠。

二十世纪七十年代末，知青回城，张和富被招进县水泥厂，离开了桂塘。

这样，桂塘队的实力大减。但这时，乡广播员田永贵，球艺达到顶峰，四坝村的“巴大”田智青，刚从部队退伍，其人身材高大，球风硬朗，其来头也不小，传说是师代表队队员。他的兄弟“巴二”田智林也开始成长起来，这样，桂塘队的实力，依然十分强大。后来“巴二”被招进龙山烟厂，成为县队主力。

1983 年 7 月，桂塘男女队在召市区运动会上双双夺冠后合影　　田永贵 提供

1983 年春天，召市区举办全区篮球运动会。桂塘男女队参加了比赛。领队为公社武装部部长李万甲，男队队长为田永贵，队员有田智青、“麻壳”、罗明红、吴成元、“二撮”、张爱明等；女队队长为符光玉。其时，我正在召市四中求学，于是课余观看了大部分比赛。最后，毫无悬念，桂塘男女球队以全胜战绩而双双夺冠。

二

召市的球赛，惊动了龙山县队。于是，县队专门赶来与区联队打一场表演赛。县队由县委一名副书记领队。副书记给县队放出狠话：“如果输球，不准逮晚饭！”

“县队打球来了！”

海报一贴出，球迷们都奔走相告，四中、召七师生，区社直属机关干部职工，附近的社员纷纷赶到公社球场看比赛，观众把球场围了个水泄不通。那时交通和信息都非常闭塞，观众只听说县队打球厉害，但大多未亲眼见过。

比赛开始，由于两队实力悬殊，上半场，区联队被县队打得满地找牙，落后二十多分。“县队还是县队，确实厉害!”现场观众纷纷发出如此感叹。但输得如此惨，观众不买账了，他们强烈要求由冠军队桂塘单挑县队。

于是，桂塘队临危受命，下半场单挑县队。

记得县队队长是向二毛，队员有黄明炎、向新民、黄明波、向自力等。当时田智林也是县队主力，因他是桂塘人，哪队都不好上，只好在场外当观众。县队穿的是绿色球衣，上印有“龙山”两个大字，黑色球裤，白色球鞋。而桂塘队服装却有些乱，红色、绿色、白色都有。鞋子有球鞋，也有解放鞋，从服装上一看，就知道是一群业余的。

下半场的比赛，一开始就充满着火药味，场内场外气氛热烈。

“桂塘队加油!”“桂塘队加油!”“好球!”“好球!”的呐喊声不绝于耳。双方命中率都很高，比分交替上升。

当时，县队刚参加州运会夺冠归来，桂塘队也刚夺冠，双方都处于顶峰时期，队员们手正热着呢。

观众都希望桂塘队赢，但当县队进球了也给予友好的掌声。双方都发挥出各自水平，桂塘队迅速将上半场区联队的失分追了上来。

县队技术全面，稳扎稳打。而桂塘队，配合默契，士气高涨。到底鹿死谁手，还难见分晓。

场上好球不断，高潮迭起，场外观众的喉咙都快喊嘶哑了。比赛快到终场，比分依然呈胶着状态。

一看比分，79∶80，桂塘队反超了，领先一分。桂塘队胜利在望了！这时，县队队员抢到篮板球，将球传给经验丰富的队长向二毛手中，向二毛带球连过两人，在三秒区外跳投最后一个压哨球，啊哈！没中!

“咣——”这时终场锣声响了，球场内外顿时一片欢腾。

“桂塘队赢了！桂塘队打败县队了!”桂塘队队员们激动地抱成一团，喜极而泣。县队队员则垂头丧气，抱头蹲一块不言语。我想他们一定想不通：

一个曾在湘鄂川黔边区运动会和州运会上夺冠的球队，却在阴沟里翻船，居然输给桂塘这群乡巴佬。

大家正在或悲或喜之中，只见主裁判与副裁判在篮下短暂交换意见后。主裁判在球场中心再次鸣哨，示意全场安静，宣布一个重要决定：因最后一球，桂塘队队员吴成元防守犯规，由县队向二毛罚球两次。这时，欢呼的观众一下安静下来，双方队员都退出场外。大家屏声静气地观看向二毛罚球。

大家知道，罚球两次，有三种结果。罚中一次，双方平局；罚中两次，县队赢球；两罚不中，县队输球。向二毛可是县队队长，罚球当然不在话下。

只见他稍作调整，在裁判的示意下开始罚球。

罚球一次，没中！

罚球二次，中了！得1分。

80∶80。

“平了！平了！”在全场的欢呼雀跃声中，比赛结束了。

那场比赛，真可以用一波三折、惊心动魄来形容。那是我当年所看到的最精彩的一场篮球比赛，以至于事过四十多年了，我对比赛情景仍记忆犹新。有观众说，如果一开始就是桂塘队上场，县队准输。

三

桂塘篮球队厉害，球星不断涌现，源于这里深厚的篮球文化。桂塘的男女老幼都喜欢篮球，喜欢打球、看球，或者热心为篮球赛事服务。

改革开放之初，村民的生活条件开始改善，人们对精神文化生活有了需求。桂塘村二隥岩是一个地处湘渝边界的土家族古村落。寨里的彭贤忠，当过民办教师和公社文化站辅导员。在1980年春节前夕，筹集了两百多元资金，在族人的支持下，举办了一次春节边区篮球赛，邀请湘鄂渝边界的各村寨组队参加。赛场在寨内的晒谷坪。这样连续举办了三届，第一届参赛队为12支，第三届达到15支，观众越来越多，由开始的几百人，后来达到一千多人。这是桂塘边区春节篮球赛的发端。

二隥岩篮球赛的成功举办，影响了其他村寨，此后新寨沟、官地湾、李家湾等大村寨，也效仿二隥岩，举办春节篮球赛，邀请三省边区村寨组队参加。在官地湾的那次，我们村也组队参加了，我前去观战加油。比赛是在原生产队的晒谷坪上举行的，球篮板是两根木头上钉的几块木板，地坪为岩坪坝，凹凸不平，运球时球乱跑，队员怕摔跤都不敢攒劲跑。服装更是五花八门，几乎没有人穿运动衣，号码临时用粉笔写在衣背上，除个别人有运动鞋外，其余为解放鞋、马口胶、统统鞋等。队员抢球、运球、投球全凭力气，几乎没有技术含量，因看不清号码，队员、观众就喊外号。

“二狗子！传球！”

“三胯子！卡人！”

“张老黑！攒劲逮！”

“李老痞！快投球！”

正所谓“乡里鼓儿乡里打”，虽然设施简陋，打的是“野球”，但大家在场上你追我赶，你拼我抢，依旧搞得热火朝天。

时间到了 1988 年春节，桂塘老街上的个体户张明胜、向美伍联合出资数百元，在桂塘学校举办了一届规模空前的边区春节篮球赛。事后我写了一篇报道《桂塘两个体户出资举办边区春节篮球赛》发表在《团结报》上，这应是最早报道桂塘边区春节篮球赛的新闻稿件。

此后几年春节，四坝村的田永贵、罗高才、文志刚等人牵头，在镇政府球场举办了几届边区篮球赛。2000 年春节，时任州人大常委会副主任刘定远同志在桂塘弟弟家过年，我曾陪同他前去观看比赛，他对桂塘边区的群众篮球赛大为赞赏。

2004 年春节，由彭贤忠、雷中环策划，雷中球、黄代远等人牵头出资，在街道热心人士黄代发、黄代富、王定友等人支持下，以镇个体私营企业协会（简称镇个协）的名义举办了一届湘鄂渝边区（桂塘）春节篮球赛，首次喊出“发展体育运动，加强民族团结，发展边区经济”口号。此次筹备工作比较充分，参赛队伍、场外观众、赛场水平，均创历史新高，非常隆重。

从那以后，主办方均为镇个协（后期桂塘社区也加入），比赛场地也固定在桂塘九年制学校内（校园内有两个塑胶球场，可同时进行两场比赛），从而结束了主办方、举办地不固定的历史。

四

随着时间推移，办赛经验越来越丰富，参赛队伍越来越多，比赛越来越激烈，运动员水平越来越高，篮球赛的影响力也越来越大，每届比赛，都吸引了三省边区乡镇的篮球高手参赛。

2010 年春节来临，篮球赛满三十届。桂塘篮球一路走来确实不容易，主办者决定隆重庆祝一下。于是，通过广泛宣传发动，赞助单位达到 17 个。男女参赛队伍达到 39 支（其中男子 34 支、女子 5 支；重庆 2 支、湖北 2 支、湖南 28 支）。同时新增了乒乓球、男子拔河、趣味运动等比赛项目和摆手舞、艺术体操等表演项目。

突出重围　　作者 摄

其时，三省边区各路篮球高手云集桂塘。龙山县队和县城各篮球俱乐部队员几乎都赶来了，他们说："我们到桂塘打球，主要是觉得这里篮球氛围好，打球有感觉！"重庆那边有球队还邀请到了两名两米多高的职业队员参赛，观众第一次欣赏到了在电视上才能看到的扣篮表演。最后，组委会采纳观众建议，加试了一场表演赛，即湖南桂塘联队对战重庆可大联队。比赛那天，是正月初三，正逢桂塘坝赶场，三省边区的上万球迷，把球场围了个水泄不通。球场上双方队员，平均身高超过一米九。赛场上好球不断，高潮迭起，球迷们在家门口欣赏到了一场高水平的篮球比赛。

桂塘篮球赛丰富了边区群众的春节文化生活，给社会风气注入了一股新风，更推动了桂塘篮球事业发展。

在这种全民爱球的氛围里，本土球星成为球迷心目中的英雄，从而受到追捧，走到哪里都受到尊重。很多学生从看球到爱球，再到学球、打球，最后有的还成为人们仰慕的球星。

四坝社区的彭炜、彭凯兄弟和黄小炎，开始参加村里球队打球，虽然个子高高的，却连球都捉不住。后来在桂塘籍县队队员、县高级中学体育教师王高的调教下，进步非常快。彭炜被家长送到长沙明德中学，曾到美国洛杉矶湖人队受训，彭凯、黄小炎被家长送到株洲某篮球特色学校。

此后，他们凭篮球特长改变了命运，分别被中南大学、重庆师范大学、浙江师范大学录取。读书期间，分别代表所在学校参加全国大学生篮球联赛，成为 CUBA 全明星球员。彭炜曾代表中南大学闯入 CUBA 总决赛，彭凯代表重庆师大夺得路人王城市挑战赛重庆站总冠军。

彭氏兄弟不仅身高直逼两米，而且球技超群，球场上的表现“像公鸡打架那样雄”。于是，喜爱他俩的铁杆球迷们分别给他俩取了“大鸡公”“小鸡公”的绰号。

五

一次，看完球后，一群球迷一起聚餐，边喝酒边吼天话：

“湘西篮球看龙山，龙山篮球看桂塘，桂塘篮球看四坝。”

虽是球迷的酒后之言，但我看说的也是大实话。近年州运会，龙山县队连续两届夺冠，已用实力说话；桂塘镇队的实力，可以挑战湘西八县市联队；四坝社区队的实力，可以挑战任何一支县队。就拿最近的比赛来看，2023 年 3 月，在吕洞山镇举办的“黄金茶杯”篮球赛上，在四分之一比赛中，桂塘队在大小鸡公、黄小炎三大绝对主力未上场的情况下，轻松地赢了永顺队四十多分，毫无悬念地赢得总冠军。

有道是“火车不是推，牛皮不是吹”，有近年战绩为证：2017 年和 2020 年连续两届州运会、2020 年吉首首届“矮寨天桥仙居杯”青年男子篮球赛、2020 年长沙商协会篮球赛、2021 年“浦市古镇杯”第二届湘怀地区篮球交流赛，在这些强队如林的高水平赛事中，龙山队均夺得冠军，而代表龙山队出征的主力队员彭炜、彭凯、黄小炎、王钒懿均是桂塘人。最高的黄小炎超两米，最矮的王钒懿也达到一米九三。

2019年“八一”建军节来临之际，龙山县举办首届“国防杯”篮球赛。为避免桂塘队实力过于强大，造成实力悬殊，比赛失去观赏性，主办方规定每个队只能有一名县队队员，桂塘本有四名县队队员，按这一规定不得不解散。彭炜参加桂塘队，彭凯和黄小炎分别被其他队请去，于是比赛中就出现了桂塘人打桂塘人的有趣现象。彭炜率领桂塘队，从43支队伍中杀出重围，进入决赛，其弟彭凯也率领效力的城投队杀入决赛，最后两兄弟在决赛中相遇，从兄弟变成了对手，一时传为佳话。最后，当然是哥哥彭炜率领的桂塘队夺得冠军。

六

桂塘篮球能够长盛不衰，我认为得益于以下几个方面：

一是广泛的群众基础。在桂塘坝，从三岁幼童到耄耋老人，从小伙子到婆婆客，一家三代人都喜爱篮球，而且爱到骨子里。在球场边的观众里，可以经常看见坐轮椅的球迷，即使腿脚再不便，但看篮球不能缺席，只有这种爱，才能持久。桂塘的球员和球迷都很文明，不管是主队还是客队，只要是好球，观众都会给予掌声鼓励，而不是喝倒彩。四十年来，没有发生一起重大打架扯皮事件，就是最好的证明。每当偶尔本土球员与客队发生小纠纷时，场外桂塘观众不是起哄闹事，而是数落本土球员：

“人家是客队，要谦让一点，莫计较，输一场球，好大个卵事吗？不然把人家搞寒心，不来参赛了，看你几爷子和谁比去！光自己几个搞，有个卵看头嘛！”

二是和谐的边邻关系，桂塘地处湘鄂渝交界之地，是土家、苗、汉多民族杂居地，是湖南省民族团结进步示范镇，多年来，村民与邻为善，和睦相处，边区之间没有发生过大的边界及民族纠纷，为边区篮球赛奠定了良好的社会基础。边区举办篮球赛，重庆的可大、易家湾、五湖、酉酬、后溪、大溪等球队，湖北的新安、百福司等球队，一接到主办方邀请，均欣然组队捧场参加。

三是组织工作的民间机制。桂塘的篮球赛纯粹是群众自发组织的民间体育赛事。负责具体组织工作的成员均是街道上热爱篮球的知名人士，这样保持了组织者的稳定性，不会随着领导者的更替而中断。现在他们又成立了镇篮球协会，组织机构就更加固定了。

四是社会各界的大力支持。主办运动会没有一定资金作保证，将寸步难行。运动会得到了桂塘镇政府和县财政、体育、国土、民宗等部门的稳定性支持，再就是桂塘籍在外工作人员的关心支持，还有一些爱心商家的赞助。虽然篮球赛镇政府不具体操办，但一直是坚强后盾。每年不仅帮助解决一定资金，春节值班领导都要在开幕式上致辞。县教体局选派经验丰富的裁判执哨，桂塘学校不仅免费提供比赛场地和体育器材，还派出老师参与赛场服务。

五是有一批台前幕后的热心志愿者。一届比赛需要上百名工作人员，这些人员都是自愿参加，没有报酬，都是无私奉献。

六是灵活的组队方式。举办比赛，参赛队伍是基础，为了保证一定的参赛队伍，每年腊月中下旬，主办方就在学校大门口张贴海报，号召各球队报名，为了更稳妥，又派专人到湘鄂渝边区村寨上门发邀请函。报队的门槛很低，非常灵活开放，可以乡镇、村寨、企业、俱乐部、个人名义组队，只要保证到时有五名队员上场比赛，均可报名。还鼓励引进外援，这样比赛水平会大为提高，但同时也出现参赛队伍实力悬殊的情况，比赛缺乏对抗性和观赏性。当时有一种观点，就是不准引进外援，就搞本土队员比赛。组委会征求各方意见后认为：引进外援是好事，那些高手愿意到我们桂塘来打球，一可以推动桂塘篮球事业发展，二可以让桂塘球迷欣赏到高水平比赛。至于因引进外援造成实力悬殊问题，他们采取分组比赛的办法，即本土队为 A 组，请外援队为 B 组。设两个冠军，各打各的，这样两者都兼顾了，让比赛顺利举行。

七是交通条件的大为改善。随着国家脱贫攻坚和乡村振兴战略实施，经济发展加快，桂塘周边地区的交通设施建设步伐加快，交通面貌大为改观。从桂塘到县城只要一个多小时，附近村寨到桂塘镇上只要十几分钟、几十分钟。随着汽车进入家庭，比赛队员、观众到赛场来，近的走路，远的乘车，去来都十分便捷。

八是体育设施的不断升级。比赛之初，以村寨轮流坐庄举办比赛，球场是岩（泥）坪坝，后来是水泥球场。球篮是几块木板，篮柱是两根木杆子。比赛服装全是“杂牌军”打扮。而现在，随着经济条件改善，比赛服装全部是专业运动服，而且还有好几套。比赛场地设施也大为改观。学校建起了两个高标准的塑胶球场，可以同时进行两场比赛。现在，在长河高新区的对口支援下，镇里又在李家湾修建高标准体育中心，将举办首届“八一”篮球赛。

九是组委会的精心组织。组委会下设秘书（策划）、裁判、赛场记录、后勤、安保、医疗卫生六个工作小组。组委会明确各组职责和牵头人，再由牵头人自己组织组员，形成了既分工明确，又协同配合的科学高效的工作机制。每年腊月中旬，组委会就开始谋划，分头开始准备。腊月下旬在学校大门口，张榜公布组委会各组人员安排、奖项设置、赞助单位、参赛队伍等情况，给各组工作人员和社会一个明白。正月初一至初三比赛，雷打不动。

作为铁杆球迷，我对桂塘边运动会有着难以割舍的情感。我人生的近六十个春秋，每个春节都是在桂塘老家度过的。回去过春节，一个理由是见见阔别一年的父老乡亲，另一个理由就是看篮球赛。自2006年开始，我用相机记录比赛盛况，建立有专门电子档案。

七

由于自己是桂塘本地人，与组委会的核心成员雷中球、雷中环、彭贤忠、王定友、黄代华、向美伍、向光波、黄光月、张光文等人有着千丝万缕的联系，不是亲戚就是同学朋友。他们对我很尊重，同时也认为我是见过世面的人，又热心家乡文化建设，遇到困难经常征求我的意见。我也不客气，帮助他们出谋划策，奉献自己的智慧。首先在道义上鼓励支持。其次在资金上尽微薄之力。其三在行动上积极参与，不仅年年去当观众捧场，还动员我们村年年报队参赛，是当仁不让的场外指导和啦啦队队长，曾指导我们村队夺得五届冠军。其四在新闻宣传上给力，不仅自己撰写新闻稿件，同时协调电视台、报社、网站大力宣传报道。

2020年，正好桂塘边运动会届满四十周年，组委会开展了紧锣密鼓的筹备工作。正当万事俱备、只欠东风之时，突如其来的疫情迫使篮球赛按下了暂停键，这一停，就停了三年。

大规模的比赛不能开展，但小规模的比赛仍在合适的时机举行。2021 年、2022 年春节期间，桂塘篮球赛的发源地二隥岩古寨，村民们吃过团年饭就自发来到寨内篮球场，参加家族篮球赛。按字辈组队，外加女婿队。爷爷辈对战孙子辈，东床快婿对战古寨之星，球场上不分长幼，你争我夺，自娱自乐，妙趣横生。

虎年正月初二，桂塘社区李家湾新建的塑胶球场，也没有闲着，由成功商人田贤春赞助，镇内 5 支球队相约来到这里，开展了一届春节篮球邀请赛。不为名次，不为奖品，只为锻炼身体，愉悦心情。

精彩的比赛，吸引了边区众多观众　　作者摄于 2008 年春节

兔年春节，正逢国家放开疫情防控政策，由彭英林、向进、田贤春牵头新成立的桂塘篮球协会抓住时机，在县民宗局、桂塘镇政府的大力支持下，第四十届桂塘篮球赛得以如期举行。各路篮球高手及边区球迷以极大的热情参与，来自湘鄂渝边区的 24 支球队报名参赛，数万球迷观看比赛。

值得一提的是，边区篮球赛刚结束，古道溪的“村 BA”又在刚建成的塑胶灯光球场上挑灯开赛了。寒风中，球员、球迷的热情依然高涨。

八

纵观桂塘篮球史，发端于解放初期的校园篮球活动，发展于二十世纪六七十年代人民公社化时期的社队篮球赛，兴起于改革开放初期的春节轮流坐庄式的村寨篮球赛。二十一世纪以来，有固定主办者、固定比赛场地的湘鄂渝边区（桂塘）春节篮球赛，受阻于三年新冠疫情，复兴于后疫情时代。

桂塘篮球可谓人才辈出，球星闪烁，大有长江后浪推前浪，一代更比一代强之势。曾有十二人入选县级以上球队，第一代有张和富、田智林（巴大）、田智青（巴二）、田永贵、向兴权；第二代有周斌、王高、刘果夫、王涛；第三代有彭炜（大鸡公）、彭凯（小鸡公）、黄小炎。

我坚信，桂塘春节篮球赛这一持续了四十多年的篮球传统，多年来积淀的篮球文化，一定会发扬光大。桂塘篮球也将人才辈出，这项运动也将更加传奇精彩！

2023 年 7 月 14 日定稿

天山湾的灰棚子

从屋后那条山路爬上糖坊坳再巴①右走，沿着半山腰有一条尺把宽的羊肠小路，行约一里路，便来到几个小山湾组合成的大山湾，村里人取了一个非常气派的名字——天山湾。

天山湾是老家生产队的属地，这地名的由来，除了我这个写点文章的，没有人去刨根问底，也没有人能讲得清楚。反正社员们口口相传，是一代一代传下来的。

名曰天山湾，其实也没有新疆天山那么雄伟壮观。从大方位来说，它位于卧虎山老寨堡的山麓，与我们的寨子背靠背。

天山湾周围还有吊磨山、灯盏窝等山头。天山湾的山头生长有杂木和枞树林，是村民砍柴和起屋砍料的主要基地。山坡是成片连块的油桐油茶林，是生产队的主要经济来源。每到桐茶花盛开时节，白茫茫一片，犹如童话世界。桐子树下和坡下坪地是耕地，生产队的大部分旱地集中在此，主要种植苞谷、高粱、小米、黄豆、花生等粮食和经济作物。

二十世纪七十年代，县里派来了一位叫田光白的农业技术员。田技术员戴着深度近视眼镜，不苟言笑，在技术上很有一套。

为了提高产量，他发动社员给庄稼大施农家肥。

但天山湾距寨子较远，若施大粪，上坡下坎的，运输很不方便。最切实的办法就是在天山湾附近烧土杂灰。土杂灰烧多了，就需要一个集中堆放场

① 靠。

所，为防被雨淋流失，又需要建个棚子。

社员们将灰棚子搭在湾内一个交通相对方便的小山岗上。

灰棚子很像家乡村民盖的苫洞棚，只不过规模大一些　　作者 摄

灰棚子的结构很简单。前面是两根杉木棒合成的人字形大门，约两三人高，脊梁是一根长长的杉木棒子，左右两侧覆盖野茅草。整个灰棚子的形状呈三面体，犹如古埃及的金字塔，也很像家乡村民们盖的苫洞棚，只不过规模大一些。当年搭成后，为检验棚子的牢固性，几个汉子爬到棚子上使劲跳，做破坏性试验。哪想牢固性真的有问题，他们几下就把棚子跳垮了，好在有茅草垫底，只是有惊无险。但还是出现了一点小状况。有个初出茅庐的后生受伤了，下身被擦破皮了，出了一片血。他吓得天声地声地哭：

“拐大肠①了哦！家业都搞坏了啦！我还没讨老婆啊！”

社员们听见哭声，急忙围了过来，看见后生下身一片殷红，都为他捏了一把汗。社员们急忙将他送到公社卫生院。经检查，只是受了点皮外伤而已，并无大碍，只上些消炎药就回来了。见是这个结果，后生也破涕为笑了。后来那个后生儿孙满堂，他的故事也就成了社员们茶余饭后的经典笑料。

灰棚子的功能无疑是用来装灰的。每当秋季农作物收获以后，一部分社员就翻耕整理收获过的土地，另一部分便被安排到天山湾附近的山坡上烧土杂灰。烧灰是个技术活，里手的社员会选一块杂树杂草丛生的缓坡，先用刀斧把杂刺砍倒，码成一堆，再将一些杂草覆盖于上，找点干树叶引火点燃，紧接着就用薅锄将地皮子、细泥巴铲起，慢慢地、轻轻地往上倒。于是，火就这么从下往上、从里往外燃烧。

① 出大问题。

过了几天，杂物燃烧完了，火熄灭了，就获得了一大堆土杂灰。再等上一两天，待火灰温度降下来，社员们便用背篼或撮箕运到灰棚子内储存。不出一个冬天，灰棚子就装得满满的了。

同时，为增加肥力，还派一些社员到山坡和道路旁捡拾牛粪狗屎，掺入土灰中拌匀。这样，来年农作物所需肥料也就备足了。春播时，社员用撮箕盛着灰，两人一组，一个挖窝，一个下种后再丢一把灰作底肥。

社员们在地里劳作非常辛苦，但他们关系非常融洽，还经常苦中作乐，相互间开一些玩笑。有人在给人装灰时，故意埋地雷，悄悄将未干的牛屎、狗屎埋到灰里面。该社员不明就里，在下种丢灰时，一把抓下去，满手都是粪便，臭气熏天，地里又没有水洗，气得“哇哇”叫喊，直骂：“哪个砍脑壳的装的，故意埋地雷，不得好死！”而使坏者早已在一旁笑弯了腰。

到了农历四五月间，地里的苞谷苗快有人高了。那时没有除草剂，社员们便来到灰棚子附近的苞谷地里薅草，同时，还要松土护蔸，劳动强度是比较大的。为了提高工作效率，社员常常分成两组，同时也将苞谷地分成两块，由两个社员牵头，各挑各的人，你选一个，我选一个，组分好了，就抓阄决定地块。好汉阄上死，抓到哪面就薅哪面坡，不能讲二话。谁先薅完谁就先休息，这叫分战。

分好战后，组长带着自己组员便搬起薅锄，下到坡下的苞谷地里，一字排开，从坡下往坡上薅。两组都不甘落后，社员们都在鼓暗劲，一鼓作气往上薅。快到中午时，也薅到了半坡，烈日当头，人也开始困乏，个别社员便拄着锄把歇气。为了鼓劲解乏，幺老汉用他那沙哑的声音唱起了薅草歌：

太阳出来照山湾，
苞谷地里薅草忙。
大家莫歇攒劲薅，
薅完歇气逮中饭。

过一会儿，对面苞谷地里王麻子也回来一首：

天上起云云起花，
苞谷地里种豆荚。
豆荚长大推豆腐，
妹妹长大嫁我家。

社员们边唱边薅，进度明显加快。到了中午，快的一组已薅至顶坡，在树下休息。个别人就对落后的一组讲挖苦话：“哎呀！树脚下就是凉快。快来歇凉啊！”不久，落后的一组也跟了上来，两组社员在灰棚子后面的山顶会师了。有的在树下乘凉歇气，有的找柴生火，烤从家里带来的糍粑当中饭。

有一年，学校放了十天农忙假支农，我与社员们到天山湾薅苞谷草。分战时，我也分到一个组。社员们一人薅两行，我只要薅一行。又晒又累，手和脸还被苞谷叶划出一道道伤痕，待薅到半坡时，我已累趴在遇口上。

天山湾一带，灰棚子是唯一的人工建筑，它的功能就不只是堆放土灰了。

每当春播以后，棚里便空荡荡的了，于是便成了生产队的临时仓库。附近的桐茶籽、苞谷等东西，社员总是先收获回来，放到棚内作临时存放，然后再慢慢运回去。有时，在附近做工或砍柴遇上大雨，大家都拼命跑到棚内躲避，灰棚子便成为遮风避雨之所。

在物质紧缺年代，地里的偷盗事件时有发生。每当苞谷或桐茶收获之前，为防止有人趁黑夜去偷摘，生产队每晚都要派出男劳力轮流看守，一班为两人。因灰棚子前的那条山路，可通往老沟田和四川的茶河沟，遇特殊情况，大队也会派基干民兵持枪守卡，那些被派去守夜的，其落脚点大都在灰棚子里。

记得上初二那年暑假，一天当生产队长的大哥有事脱不开身，叫我替他去守夜。我在家里吃了晚饭，搬了一床被子，拿了一把手电筒，带上一把柴刀，就向天山湾走去。

在傍晚时分，我走到了灰棚子。这时，同班守夜的张老二也赶来了。张老二是个二十出头的毛头小伙子，已是生产队的壮劳力了，当时还未找对象，精力旺盛着呢。为壮胆，他特意借了一把火枪，扛着枪的他，真有点像当年的敌后武工队队员。

天快黑下来了。他带着我到附近地里巡查了一番，我们用手电筒向四周山坡扫射。然后回到灰棚子前的山头大声吆喝：“今天我守夜，哪个敢来偷东西，招呼老子隔山取命！”

然后张老二将枪灌足火药，朝天“砰”地放了一空枪，尽量闹出些动静，为自己壮胆，不管有没有人听见，虚张一下声势，以示有人在此守夜。而后我俩便在棚内地上铺上胶子，再铺一层干茅草，各自将带去的被子对折，铺一半盖一半，便开始睡觉了。

第一次在野外守夜，我感觉到几分新奇和刺激，心里有一股莫名的兴奋。山里饥饿的蚊子们也一样兴奋，等了那么久，好不容易等来了两个大猎物，岂肯轻易放过？它们要抓住机会饱逮一顿。“啪！”我一巴掌下去，打死一只，却又来了两三只、四五只。再一巴掌下去，不知打死多少只，只感觉手掌湿淋淋的，我想那应是我们的血了。于是心里狠狠地骂道：

“死蚊子！你吃我的血，老子要你的命！”

蚊子们前赴后继地往我们脸上、手臂上、腿上冲锋，搅得我们怎么也无法入睡。于是我俩就聊天，张老二是插队知青，他给我讲生产队的故事，讲城里的故事。他说当农民太苦了，希望有机会招工，早点回城去上班。

生产队的事，城里的事，对于我来说都非常陌生，不管他讲得精不精彩，我都听得津津有味。我边聊边寻思，初中毕业如果考不上高中，或考上高中又考不上大学，就只有回来当农民的命了。到那时候，守夜就成为家常便饭的事了。聊着聊着，我的眼皮已开始打架，蚊子们也吃饱了散去了，两相勿扰，各自安睡吧。也不知半夜什么时候，我被尿胀醒了，便爬起来摸到棚子外。有道是“因为没有厕所，所以到处都是厕所”，我站在门口，解开裤子就射。

只见朦胧的月色下，偌大的山湾空旷寂静，周围的山峦上稀疏的枞树林影影绰绰，仿佛树后面躲着一个人在偷看着我，再想到灰棚子后面那片没有墓碑的乱坟窠，埋的尽是些没有善终的孤魂野鬼，万一它们都爬出来把我吃了，怎么得了。虽然知道世界上本来就没有鬼，但越想心里越害怕。这时一阵凉风吹来，我打了一个冷战，提着裤子慌忙钻进灰棚子，蒙头继续睡觉。

那一夜，除了身上多了无数红色的包包疙瘩，什么事也没有发生。

灰棚子前的那条山路，从糖坊坳分岔，巴山横过来，它一端连着我们的寨子，另一端就连着四川那边一个叫茶河沟的村子。从老沟田坳上分路，还可以去桂塘坝街上和小井、哪寨等村寨。这么看来，这山路可称为一条省级边际路。不过除了赶场天，平时行人很少，主要还是生产队的生产路。

灰棚子正好居于这条山路的中间。小时候，我们同寨的伙伴经常到天山湾一带挪柴。社员竖新屋要到那一带砍木料，时间一久，砍的人一多，山里的柴砍光了，大树砍没了。乌鸦、麻雀作为害鸟，已被毒死光了。斑鸠、野鸡被人套去下了酒，被我们称红嘴雀的相思鸟，也被一群外地人用一张大网捉去高价卖了。大小山头光秃秃、空荡荡的。越穷越砍，越砍越穷，这种恶性循环，致使生态被严重破坏，水土流失严重，地里的收成也越来越少了。

无奈，我们只好舍近求远，到茶河沟、老沟田那边挪柴。每当挪柴归来，我们总是以灰棚子为目标，即使柴怎么沉重，也要下蛮搬到那里歇气。到了灰棚子，把柴往路边一棵大油茶树下一甩，坐在山岗上任风吹干身上的汗水。这一吹，全身便清清爽爽的，疲劳也就不翼而飞了。力气恢复了又继续前行。

若遇上星期天，我们往往不止砍一捆柴。大伙首先将几捆柴搬到灰棚子，先搬一捆回家，剩下的寄存在那里，待以后放学了再来取。这样，灰棚子便成了我们存放木柴的中转站，也成为小孩们心目中的人生驿站。

社员们做工夫时顺带挪的柴，也经常暂存到那里。放的人多了，灰棚子的柴经常堆成一座小山。

灰棚子的后面是一个乱坟岗，夜晚常有“鬼火”闪亮。我们砍柴回来有时天已很晚，快要到灰棚子时心里就发怵。灰棚子里黑洞洞、阴森森的，我总是担心里面会藏着鬼。从门前经过时，从来不敢往里面看，当然更不敢在这里歇气了。

灰棚子是大集体时代的产物，后来农村推行生产责任制，田土到了户，它便失去了昔日的实用功能。前些年我回老家，听人说灰棚子早已不复存在，只剩下一块空空荡荡的小地坪。那里没有人放柴了，但故乡人一直将那个小山岗叫灰棚子。

壬寅初夏时节，我因事在故乡住了一段时间，在与乡亲们聊天中得知，通过二十多年的退耕还林和封山育林，如今的天山湾已是森林茂密，连鸟都飞不通了。过去那条山路已很少有人走，想走也走不通了。现在，家家户户都用电或液化气煮饭，上山挪柴的人已经很少了。

前两年，往天山湾还修了一条产业路，车辆可以开到湾下呢，在那里做工夫不需要肩挑背驮了。

已很多年未去过天山湾了，听着村民讲述的种种变化，我决定实地去看看。

那是一个久雨乍晴的清晨。我起了一个早，简单洗漱一番就向天山湾出发。因腿疾未愈，为安全起见，我专门找了一截山竹作拐杖。去糖坊坳的道路为五六米宽的水泥公路，平坦舒适，不时有渝字头的汽车从重庆可大方向驶来。在快走下坡底的一拐弯处，发现有一条小岔路，我想应该是通往天山湾的产业路了。

由于没有硬化，连日的雨水浸泡，路面非常松软，必须留神行走，否则会崴脚摔跤。我边用竹竿打露水，边蹒跚前行。雨后的早晨，空气中弥漫着泥土的气息和山野花的清香。

公路穿过天山湾的坡底，通向老沟田方向。越往前走，路旁的树林越茂密，野草和树叶焕发出青翠的嫩绿。阳雀、斑鸠的鸣叫声从山坡上传来，麻雀以及众多不知名鸟儿就在路旁树林里叽叽喳喳叫个不停，它们是用自己欢快的歌曲来欢迎我这位久违的游子吗？鸟鸣山更幽，我仿佛能听见自己心跳的声音。

我拄着拐杖，在折回的路上，碰上一个朋友，请他以天山湾为背景给我拍一张照片，以作留念　　作者 提供

突然，一群白鹭从头顶上掠过，翻过了山坳。昨日傍晚在寨前的田野里，见到五六十只白鹭悠闲地在那里觅食，难道它们夜晚就栖息在这片森林里吗？

太阳快出来了，山峦雾岚氤氲，犹如梦幻般的仙境。我站在坡底向四周望，满目所及，除了树木，还是树木。我想寻找灰棚子所在的位置，昔日那个光秃秃的山岗，已被森林拥簇。我试图走到老沟田坳上近距离观察，因前面道路崎岖，只好作罢。

此情此景，我非常想找一个人倾诉一番，四下空寂无人，不能如愿。在折回的路上，希望能碰上一个村民，请他以天山湾为背景给我拍一张照片，以作留念，也未能如愿。

当我走上大公路，从糖坊坳方向驶来了一辆小车缓缓地停在我的身边。原来司机是熟人，桂塘坝街上春风广告店的彭老板。于是，我再原路返回至湾下，请他为我拍了几张照片，弥补了先前的遗憾。

2022 年 5 月 29 日初稿

卧虎山上的思绪

猴岁大年初二，清晨起来，我沿着老家后面的小径向卧虎山攀登。很多年没有去山上嗨了，今天有暇前去看看。

卧虎山是寨子后面的一座山头，因其形状酷似一只伏在那里的大猫（老虎）的脑壳而得名。过去家乡一带闹土匪，族人们为躲匪，在上面安营筑寨，从山下运来刀枪、食物和水，利用居高临下的地势抱团自卫。由于山上吃住行都不方便，后来族人们就搬到寨子对面的老鼠堡寨堡，再后又搬到火烧沟寨堡去了，此后族人们就叫这里为老寨堡，一直叫到现在。

我现在行走的小路，已不能称其为路了，由于人迹罕至，荆棘丛生，行走非常艰难。现在的老寨堡已是森林密布，行走其间有遮天蔽日之感，按老辈人的讲法，就是“比大炼钢铁前都要好，麻雀都飞不通了”。脚下的地面长了一层厚厚的地皮子，很软很润，踩在上面，犹如踩在星级宾馆的地毯上。

好不容易登上卧虎山顶峰，发现站在这里，已不能向四周眺望，因为比我高很多的树木像一堵厚实的围墙，挡住了我的视线。

老虎山海拔不高，但记得以前我在这里是可以看得很远很远——可以一眼望三省！我们湖南这边的马鹿塘、八面山，湖北那边的捏车坪、滑石坂，四川（现为重庆）那边的二坪界、天子崿，以及山下的田园和从寨子里徐徐升起的炊烟，一切都可以尽收眼底。而现在，我只能从树林的缝隙里来窥探这些曾经熟悉的景物。

小时候在这里挪柴，立在山头，无数次地遥望山外的世界，憧憬着未来的人生之路。可我再伸长脖子、踮起脚尖，哪怕是爬上树顶，也只能望见四周高高低低的山峦，除了山还是山，自己被重重大山所包围。我曾无数次地想，到底我用什么办法才能走出这重重大山，去亲眼观看山那边的多彩世界呢？

无人机俯瞰梁家寨　　作者 提供

好在苍天有眼，自己赶上了好时代，功夫不负有心人，通过自身的努力，儿时的梦想成真了，而且还曾漂洋过海到过南半球，远远超出了儿时梦想。

现在，我这个在山外漂泊了几十年的游子，领略了山外五彩缤纷世界的游子，又回到梦想初生的地方，梦圆了，心淡了，人生数十年也就这么匆匆过去了。

山顶上是一块小坪地，已难想象这里过去曾经扎过寨、住过人，只是偶尔在树丛里捡到一些碎瓦片。山上生长一些高大的枞树和低矮的灌木，小时候我们一班孩童经常在这里捓柴，山上的每一个角落都留下过我们的足迹，因而对这里再熟悉不过了。那时山上的大树，被生产队的社员砍伐卖掉作集体收入，或者作建房材料，小树则被我们砍伐作木柴。年复一年，山上的大树被砍光，小树木还不等长大，就被砍作柴烧掉了，寨堡变得光秃秃的。

变秃了的山头，村民们挥舞锄头，将其开垦，种上庄稼，以期得到微薄的收成。可雨季一来，山洪暴发，将这些冲刷得一干二净，到头来庄稼未收成，树木也失去了生长的土壤。每到夏秋之季，山下的小溪就断流，水井也会干涸。自然环境的恶化，严重威胁着村民的生存安全。

回来这几天，与寨上几位八十多岁的长辈摆龙门阵，他们自豪地说：“现在啊，山上的树木密密麻麻的，比任何时候都多，超过旧社会，超过农业社。”

我想，家乡生态环境的改变，得益于以下原因。一是国家的政策和村民的觉醒。这些年，村民们自觉响应国家退耕还林号召，将过去砍光的山头植上了树，现在这些树木已经成林。其次是村民现在建的新房都是砖房子，用的是钢筋水泥建材，不需砍伐树木了。再就是村民取暖做饭过去用木柴，现在大多用电、液化气、藕煤、沼气等，上山砍柴的人越来越少。我问过寨上几个十多岁孩童，他们放学后不用挪柴了，因而他们从来没有上过卧虎山。

在家乡还有一种说法，就是那些爱砍树的年轻人都到沿海打工去了。这一原因，在早些年还可能成立，但近些年随着打工收入不断提高，而树木又卖不了几个钱，砍树费工费力，很不划算，就是他们在家，你叫他去砍树他也懒得去砍了。

望着漫山遍野的森林，再想想昔日光秃秃的山头，真是不可同日而语。

家乡的山，变绿了，变美了！

我静坐在山头的地皮子上，呼吸着清新的空气，山风吹来，耳边不时响起阵阵林涛声。平日里，在钢筋水泥森林里为功名利禄奔波，天天面对的是堵车，是雾霾，是纷繁复杂的人际关系。而现在，我置身于这绿色世界里，欣赏着家乡的美景，享受着家乡的负氧离子，这真是人生的一大快事也。

今天的天气很好，我从森林缝隙里俯瞰山下的景物。山下是我们的古道溪村，全村一千五百余人、十余个自然村寨分散坐落在狭长的山间平地边缘。

以前村民建房时尽量不去占用农田，即使有一点平地都要整理成耕地，种上庄稼。多一点收成，就可以解决一个人的口粮，因为那时能够吃上饱饭，是村民们的最大愿望。而寨子里都是清一色的青瓦木板房，同时间杂一些漂亮的吊脚楼，古朴而宁静。

而现在，我看到的是一幢幢白色的砖房子，原来的老木房子要么被拆除，要么自己垮掉，剩下的一些也处于风雨飘摇之中。这些新修的砖房子体量比原来的木房子大得多。村民们互相攀比，一栋比一栋大。据我了解，他们建一栋房子，几乎要花光全家十多年打工的积蓄。房子架子修好了，又外出打工，挣得钱了，再回来装修。再过几年，待房子装修好了，还得去打工。实际上，辛辛苦苦修的房子，大多是空巢。

必须承认，砖房子比木房子有许多优点，譬如宽敞、隔音、保暖、透光，更重要的是卫生条件大为改善。这样一来，用水量大为上升，而水源又成了大问题。我们寨子原来从卧虎山麓一个叫拜山沟的地方引自来水，现在无数根水管伸向那里，枯水季节经常供不应求。二侄儿在他新房前的稻田里，打了一口竖井，用水泵一抽上来，傻了眼，全是红色的铁锈水，莫说人吃，洗衣都不行。新屋快修成了，家兄和二侄儿正为水源问题发着愁呢。

蓝天白云下的梁家寨　　作者 摄

再说，在房子造型上，几乎没有设计图纸，他们想怎么修就怎么修，大多是火柴盒子，既无民族特色，又无地方特色，难看死了。

2009年的清明节，我曾带几位画家、作家朋友到老家去采风写生，他们被这里优美的田园风光、古朴的村寨和茂密的森林所吸引，惊叹是一个世外桃源。其间，他们画了很多素描。后来，他们几次邀我再去采风写生。可一转眼，短短几年时间，山寨已是面目全非。

由于山上树木多了，从寨前流过的古道溪水量比以前大多了，而且一年四季都不断流，在发洪水时也不翻堤。但是，现在个别养猪户在溪边建猪舍，将猪粪便直排往溪里，住在溪边的人家越来越多，他们也将粪便直接往溪里排。小溪里的水多了，但黑了，脏了。

以前，我们常在小溪里抓鱼，现在早已没有了鱼虾的踪影。

以前，我们可以在溪里洗澡洗衣，甚至在井水不够用时挑溪水煮饭洗菜。而现在，谁敢呢？

回来这几天，我还发现一些现象，如进出村里的小轿车越来越多。牌照有本地的，也有不少北京、上海、广东、浙江、福建、内蒙古等外地的，其中不乏宝马、奔驰、奥迪等名车，这是好事，说明发财的外出务工人员不断增多。但车流量增加，而村道只有三米多宽，来往车辆会车停车成了非常头痛的问题。堵车，不要认为是城市的专利，现在村里也经常堵车。

况且，村民建房时几乎没有考虑停车场，这样一来，车辆只好停在公路上，使本就狭窄的公路更加狭窄。又如，乡村不禁爆竹，为了喜庆，村民每家都买了很多爆竹，每户几百元上千元不等，什么万子响、冲天炮、夜光炮，应有尽有。在除夕之夜，爆竹齐鸣，震耳欲聋，根本无法观看央视春晚。开城乡公交的族弟老万给我算了一笔账，全镇买爆竹花的钱估计不下百万元。的确惊人啊。

再如，山麓的耕地里，坟墓越来越多，越来越气派豪华，还有不少活人墓。由于人户增多，生活垃圾造成的环境污染，也令人担忧。村干部一项重要工作就是在河道、村道边捡垃圾，苦不堪言。农村垃圾如何处理，是一个社会性的大问题。

这一切，与山上的满目葱茏形成了强烈反差。

这一切，就是家乡的一个社会现实。

家乡的美丽乡村之路，乡村振兴之路，任务还很艰巨啊。

我正坐在寨堡上，用手机撰写这篇微信短文的时候，二侄儿打来电话，说早饭已煮好了，我只好匆匆收回思绪，不再杞人忧天了。

2016年2月9日初稿

故乡那座凉亭桥

在桂塘坝下街的入街口，曾经有一座凉亭桥，儿时每逢农历三、八跟在父母屁股后头到街上赶场，都要从桥上经过。后来，到公社七年制学校读初中，有一段时间是读跑跑学①，每天早晚都要从桥上经过。

一

凉亭桥建在酉水支流明溪之上，河不宽，桥也不长。由于没见史料记载，具体建桥时间无从考证。听镇上的老辈人讲，大约建于清末或民国初期，约有一两百年历史。由于年久失修，刚解放时，桥上的建筑均已坍塌，只剩下河中的桥墩和几根桥梁，光光的，一块桥板也没有，行人只好从梁上经过，与过独木桥差不多，非常危险，稍不留神就有可能掉下河。胆子小的不敢走，只好绕道从桃子潭下方浅水处蹚水过河。这给两岸村民带来了极大的不便。

时间到了人民公社化时代，在桥西这边相继建立了公社、卫生院等机关单位，为方便通行，公社决定维修凉亭桥。

没有资金，这好办，这时体现出了社会主义优越性，集中力量办大事，公社一声号令，各大队出工出料，全公社的能工巧匠均云集于此。一年之内，桥就竣工了。

维修后的凉亭桥，恢复了往日旧观。

---

① 走读。

二

时间一晃，一二十年过去了，当我懂事见到凉亭桥时，是这样的一个模样：

河正中是一个桥墩，桥墩为每块重达几百公斤的青石料岩砌成，有十一层，有七八米高。勾缝用的是白石灰，感觉十分坚固。桥墩中间大，两头尖，呈梭子形，利于排洪泄水。避免了街道内涝。设计非常科学，体现了前人的智慧。

凉亭桥面铺有厚厚的木板。中间是一两米宽的通道，西桥头有几个卖肉、炸油粑粑的摊位，其余通道两旁均为一米多高的连体裁缝铺台，有一二十个裁缝整天在里面忙碌。铺台后面均装上木板壁，留有窗户。

桥长二三十步。桥中的通道积满了一层厚厚的泥巴，不能见其桥板，人行于上，如走泥路。

桥身全是木质结构，桥梁是数根粗壮的木头。桥顶覆盖青瓦，两桥头飞檐翘角，东头入口处有五六级岩梯步，已被踩得乌黑发亮。

烧毁前的老凉亭桥已破烂不堪　　作者 摄

西桥头地势较低，原是几丘稻田。填上泥土后，成为一个大坪场。坪场北头修了一个篮球场，坎上是公社供销社。另一头是公社农机站，西边坎上是信用社、邮电所、兽医站和猪行。桥头修了个一人多高的戏台，可供二三十人跳舞。

这样桥头广场成为公社的重要集会中心。公社举办的文艺会演、篮球运动会、群众大会均在这里举行。

记得1974年冬天，公社有后生入伍，晚上公社在这里举行隆重的欢送会，放了一场电影。十多个新兵全部穿上崭新的军大衣，戴着雷锋帽，精神抖擞地坐在第一排，令我羡慕不已。

有一年“六一”儿童节，我和几个同学曾代表肖家大队民办小学在戏台上表演过节目，舞蹈名叫《我是汽车小司机》。

三

凉亭桥像一条扁担，将小镇的东西两岸一肩挑起。表面看来有些失重的感觉，因为小镇的街道上的居民大多生活在河西，而河东却只有几栋房子。

实际上，正如农夫一头挑的棉花一头挑的石头，虽然体积悬殊，重量却是差不多的。因为小镇的首脑机关公社及肉食站、饭店、综合厂、卫生院等这些镇上的机关、单位均设在河东。这样一来，凉亭桥无疑是小镇最中心最热闹的地方了。

四

东桥头下方，是公社综合厂的总部所在地，有几栋青瓦木板房。房子旧旧的，比较低矮，铁匠、木匠、篾匠、弹匠作坊和职工宿舍均在这里。

凉亭桥归公社直属的综合厂管理，算是他们的门面房吧。桥面最东头那间是理发店，剃头匠姓李，个子很高，样子也凶。另一间是财政所的开票室，村民在场上交易了农副土特产品，均在这里开税票。其余铺面全部是裁缝铺，裁缝都是综合厂的职工。每家分一截铺台，工作间仅四五平方米，均没有招牌。裁缝们一年四季生意都很火红，送布的、取衣的络绎不绝。

小镇地处湘鄂川（渝）三省交界之地，全公社一两万人，还要加上比邻川东鄂西过来的老乡，这么多人的衣服都要从这里缝出，这不忙才怪呢。

村民一两年才能攒够钱缝一套新衣服，其迫切心情可想而知。取衣服的急，裁缝们却不能急。其实心里更急啊，做不赢①，急也没有用。不管你催得多急，哪怕责怪，他们都会笑眯眯、和颜悦色地给你解释：

“莫急嘛！快了快了！这一向硬是忙不策，你下场来取，保证给你做好吵！”

每到逢场天，桥上熙熙攘攘，人声鼎沸，送布料的，取衣服的，在铺台前挤得密密麻麻的，行人从桥上过路都有些困难。

那时，镇上人没有什么娱乐活动，人们吃饭后有事没事便爱到桥上嗨。吹牛谈天摆龙门阵，湘西话鄂西腔川东调，嘈嘈杂杂，很是热闹。

然最受裁缝欢迎的是肉食站的几个年轻屠夫，至少从表面上是这样的。只要他们一走上桥头，裁缝们便“张同志”“李同志”地喊个不停，即使再忙，也要暂停手中的活计，做出很热情的样子。屠夫们也很神气，有时酒喝得二漾二漾②的，跳上铺台一坐，便满嘴酒气地天南海北地侃起来，好像天上晓得一半，地上全晓得。其次受欢迎的要算供销社的采购员了。

裁缝中要数官店湾向氏兄弟的手艺最高、人缘最好、生意最火红，在湘鄂川边区的名声也最响。因我们家族与他俩有转拐亲，这便与他们混得很熟，我家的衣服均出自他们之手。

裁缝是一个古老的职业，相对于种地是力气活来说，裁缝是技术活，不用挑，不用抬，不仅活路轻巧体面，还受人尊重，一年四季都在干处，不用日晒雨淋，而且收入稳定，一个裁缝可以养活一家人，故在当时的小镇，裁缝是一种令很多人羡慕的职业。

一些家长当子女初中毕业后，就不再供他们读书，纷纷托关系把他们送到凉亭桥，拜裁缝师傅们学手艺。三年后出师，学得这门手艺，意味今后生活就有了着落，男娃子今后讨老婆容易得多，女娃子将来也可嫁个好人家，公社的一些干部、学校里的一些老师的老婆就是在这里找得的。

由于长期弯腰勾头做衣，向氏兄弟的背都有些驼。他俩带了几个徒弟，

---

① 做不过来。

② 醉醺醺的。

桥上的老裁缝　　作者 提供

平时脖子上挂一条皮尺，给做衣人量好腰围、胸围、臀围等尺寸，再在铺台上将送来的布料用颜色粉笔画好样，再用一把大剪刀“嘎吱嘎吱”地剪裁好。这正是书里所说的量体裁衣。徒弟们则用脚踩老式缝纫机打出来，“啪嗒啪嗒”的机声整天响个不停。

徒弟中有个杨姓女徒弟长得最标致，身材高挑，瓜子脸，皮肤白里透红，约有十八九岁的样子，最动人处要算那双水汪汪的大眼睛，看人羞羞答答、含情脉脉的。她被小镇的居民私下称为“裁缝西施”，是小伙子心目中的大美女。

常听别人这么议论，我其实心里也这么认为。每次上学路过时，都会不由自主地多瞟几眼。

常看见镇上的一些小伙子到那铺台前打转转，有的为名正言顺一些，还专门扯几段布料送到这里缝衣服。明明知道要等上十天半月才能做成，可天天还要来问一下，其醉翁之意不在酒了。其中当然有肉食站的那几个年轻屠夫。面对这些，女徒弟开始装着若无其事的样子，专心致志地打衣服。

时间一久，女徒弟便与其中一个屠夫眉来眼去。屠夫是肉食站的正式职工，吃国家粮，条件诱人，于是捷足先登，还真与那个女徒弟谈起了恋爱。后来屠夫调走了，女徒弟也不见了，是否也追随而去，就不得而知了。

五

东桥头一下岩梯步就是供销社的饭店和旅社，五六间青瓦木板房，与综合厂相邻，有几个职工。饭店里管下面的人叫何长二，老家是里耶的，人如其名，长手长脚，高高的个子。他下的面非常好吃，我每次放学下了凉亭桥，都要路过饭店，远远地就闻到臊子面的香味。可惜荷包里没有锑壳子①，吃不起，馋得涎口水直流啊。

我们一大帮同学，放学后经常结伴走回家。同学中有几个带厌鬼，每次跳下桥头的岩步子，便迫不及待地解开裤带，不管三七二十一，嘻嘻哈哈地边走边洒，在饭店外的小坪场上画出一条条曲线。这一幕早被饭店职工黎老爷子看见，于是在后面骂开了：

“牛马学生！牛马学生！不知羞耻，读书读到牛屁眼里头去了！”

紧挨饭店的是公社肉食站。正门对着凉亭桥方向，四周是石头垒起的高高院墙，里面每天都在杀社员交来的派购猪，猪的惨叫声在凉亭桥上可清晰听见。

到了上初中时，少年的我晓得爱乖②了。每次从凉亭桥上经过，看见别人缝新衣服，心里羡慕得要死。

父母没有钱给我，只好自己想办法。我利用节假日，跑到山上剐构皮、摘金银花、挖三步跳、捡桐茶籽，甚至去捉蛇，哪个能卖钱就去搞哪个。

花了年把时间，终于攒够了钱，就跑到供销社扯了两段当时最流行的的确良、的卡布，欢天喜地拿到凉亭桥上向裁缝那里，请他缝了一件衬衣、一套学服。剩余的钱就到饭店美美地逮了一碗何长二下的臊子面。

初中快毕业那年，小镇来了一个照相师傅，中年人，中等个，住在桥头饭店旁的旅社里，整天西装革履，胸前挂了一部照相机，非常前卫时髦。这样的打扮，过去只在电影里见过，现实里还是头一回。于是，照相师傅很快就吸引了小镇人的目光。

照相师傅经常到桥上找裁缝师傅们聊天，讲些笑话逗女徒弟们开心，趁机鼓动她们去油菜田里照艺术照。有时趁其不备，还在她们粉嫩的小脸蛋上拧上一把。

同学们也三五成群地过去请照相师傅用凉亭桥作背景照毕业照，赠送同学作纪念。我则借了一套灰色西装，打上花领带，戴上黑框镜，装模作样地照了平生第一张半身照。

---

① 钱。

② 爱打扮。

六

改革开放后，外面的新风吹进了这山旮旯里的边陲小镇，省州也看上了小镇“一脚踏三省”的优越地理位置，将其列为湘西边区贸易的窗口，作为边贸重镇来建设。

特别是有个杨姓副省长视察这里后，更加快了建设步伐。先是将公社迁到位于岔路口的四坝村境内，接着卫生院也迁了过去，整个新街也就向那个方向发展。

同时，国家交通建设步伐也加快了，先后修通了至县城、川东、鄂西、“小南京”里耶的断头公路，在老街上方的三岔路口附近新建了几公里长的工商街、湘川路、民族路和规模较大的边贸市场、明溪广场。

在新街上有人开了一家“一脚踏三省”农家菜馆，常常挤满了来自三省边界的生意客。集贸市场内要数服装街最热闹。二三十户服装商依次排列，花花绿绿，吸引了一群又一群的山里妹子伢子。后来，二蛮子又开了一家“乡巴佬”大型超市，各种商品一应俱全。新街上车水马龙，百余家商店鳞次栉比，一派繁华景象。

因此，裁缝们生意日渐萧条也就是很自然的事了。老街全面冷落，重心全面向新街转移。桥东的几家单位相继迁出，综合厂宣告瓦解，裁缝们各奔东西了。

裁缝们有的改了行，有的歇了业，有的回老家继续种地。向氏兄弟则改了行，经常拿着罗盘在湘鄂川边区一带忙业务。我父母的墓地都是请他看的，下葬仪式也是由他主持。偶尔遇到他，见他喝得醉醺醺的。他为人和善、人脉关系广，看来业务开展得还不错，名气在三省边区绝对不亚于当年做裁缝。

七

桥空出来了后，有人看中这个廊场，在上面开过商店、餐馆，因缺乏人气，均未维持多久，也垮台了。昔日门庭热闹的肉食站、饭店，早已门前冷落鞍马稀，最后也垮台了。就这样，凉亭桥这条小镇的扁担便失去了平衡，桥上不复有昔日的繁荣景象了。

有年回老家过春节，路过凉亭桥时，一种苍凉之感扑面而来。桥上空荡荡的，铺台已全部搬走了。桥柱上的标语纸已辨不出字迹，破破碎碎地贴在上面，一层叠一层的，像农妇做鞋时纳的千层底。

在桥东肉食站、饭店、综合厂的废墟上，一些村民在那里建了一长排砖房。原镇公社所在地的小山堡上，有一些老人在走动，原来那已改成镇敬老院。

十多年前，为了方便河东古道溪村和比邻重庆酉阳可大乡村民的通行，镇里在凉亭桥的上游不远处修建了一座水泥平板桥，既可以走人，又可以行车。这样凉亭桥的交通功能彻底丧失。

综合厂垮台后，桥没有人管理，桥上成为附近村民的杂物堆放场所和流浪汉的栖息之地。一天深夜，突然起火，桥身烧了个精光，仅剩一座孤零零的桥墩矗立在河心，成为一处令人伤感的风景。由于桥早已失去了其使用价值，至于为什么起火、是谁烧的，没有多少人去关心，当然也没有人去认真追查，成了一桩悬案。

近些年回老家，偶尔也听见村民谈起它，老街上的一些居民惋惜地说，如果凉亭桥没被烧毁就好了哦。现在经济条件好了，哪个牵头把它好生维修一下，恢复它本来面目。这样桥既是小镇不可多得的一道人文景观，又可以成为小镇居民茶余饭后的休闲之处。

桥已烧毁多年了，也未见任何动静。近日回家，突然发现河中的老桥墩，已不见了踪影。

看来，凉亭桥的风景再也回不来了。

2022 年 4 月 8 日初稿

我和桂塘书法墙

几年前，我与桂塘镇九年制学校联手，在校园内策划实施了“桂塘书法墙”，成为三省边区一道地标性人文景观。

一

说起书法墙建设，源于桂塘九年制学校校长张光文的一个玩笑。

2014 年 12 月，明溪凉亭桥的书法匾额楹联在吉首制作好后运至桂塘，在悬挂前须临时借用桂塘学校的一间空余教室存放。

一天，我突然接到张光文校长的电话，他明知故问地说：“厚能兄，你给我们学校送了个好东西啊！”

“校长同志，莫开玩笑，你是不是对此感兴趣？”

“当然感兴趣！我打算搞校园文化建设，就怕你舍不得哦！”

“你若真感兴趣，春节回来与你面谈。”

“要得！”

2015 年春节期间，我回老家过春节，与黄光耀相约到明溪凉亭桥看书法匾额，然后一道去学校与张光文校长见面。在学校，张光文校长、李胜安副校长，还有一位后勤处的老师接待我们。

我们先在校园走了一圈，我发现这些年学校面貌已焕然一新，教学基础设施得到极大改善。据张校长介绍，学校有三十一个教学班，一千七百余名学生，一百一十多名教师，是全县规模最大的农村九年制学校，并获得全国

桂塘书法墙正面　　曾祥辉 摄

青少年足球特色学校、湘西州民族团结进步示范学校等荣誉。

走到操场边靠山麓的一处长满水草的斜坡旁，我叫大家停下脚步，并说：“这个地方好，可以在这里做文章，利用山麓斜坡，靠山建一壁书法墙，这不占地方，不会影响今后学校搞建设，建成后不会被后人毁坏。”

当时，也有人提出建在学校大门显眼的位置，便于参观。为此我阐述了自己的观点：“文革”时期，全国建了那么多“忠”字门，现在一座也没有了。有一个县，在广场上建了一排气势恢宏的九龙柱，继任者将其毁了，另搞了其他景观。我们搞文化建设，要有长远思维，要吸取这些教训。

大家都纷纷点头，赞同我的意见。

然后我们移步校长室继续谈，我说：“如果要策划建设书法墙，最好由学校出具一份委托书，并载明如下事项：一是由我全权负责作品征集；二是我只协助争取资金，但学校提供必要的保障条件；三是为防止艄公多了会翻船，技术上的事我有最后决定权；四是不领学校任何报酬，不到学校外公款砍馆子。”

我提的几个条件，张校长等全部答应。

于是当场打印委托书，在场校领导全部在委托书上签名。

经初步测量，那段堡坎有百余米，可以镶嵌书法碑刻百余块。我建议将书法墙命名为“桂塘百家书法长廊”，大家认为好。我说，春节后就开始行动，争取两年内建成。

山麓是一个滑坡体，必须处理好，土建工程是基础，资金也需要最多，要争取县国土部门支持，墙体建好了，后面的事情才好办。

二

当然最关键的还是书法作品的征集。没有高质量书法作品，书法墙无从谈起。我的设想是，每位书法家最多一幅作品。为保证质量，书法作者最低档次为省级水平的书法家，争取国家级水平的书法家要占一半以上。其时，州内只有五名中国书法家协会会员，我还没有加入，认识的也只有十多位。作品征集工作所面临的困难，可想而知。

既然承诺了，再大的困难也要干！

开年上班后，我一边正常工作，一边起草策划方案，理清工作思路。将一期工程建设时间定在两年内，书写内容定为有关桂塘人文、地理等方面的诗词。建设资金初步预算要一百二十万元左右，虽说我说不负责资金争取，但也不能袖手旁观，暗地里也积极协助学校向有关方面汇报争取。

思路理清后，我开始了实质性工作。

首先是寻找诗词。这项工作，只有我自已来完成。我想起了二十世纪八十年代艺术大师黄永玉先生参观火岩惹迷洞后曾给县里画了一幅《火龙图》，上面有题画诗：“龙山二千二百洞，洞洞奇瑰不可知。”我请龙山文联老主席刘昌儒先生到县档案馆翻拍后传给我，我再请人在电脑上将诗句“挖”出来。

在寻找桂塘各种诗词选本过程中，发现大多与火岩（现乌龙山大峡谷）有关，因火岩二十世纪八十年代就开始开发，不少文人墨客参观后写有诗词。比如，我在州里主编的一本诗集里，就找到了州委老书记齐寿良的一首诗，写得非常好，而遗憾的是桂塘其他地方几乎没有发现一首诗词。

怎么办呢？唯一答案就是另寻出路。于是，我找到老领导、州诗词楹联协会会长熊福先生，请他支持。建议他从协会挑选三十个水平高、身体好的会员，到桂塘搞一次一脚踏三省实地采风，如果每人选三首，就有九十来首，这样诗词就够了。

为了把采风活动搞好，我做了个周密的活动方案，准备了各个采风点的情况简介，征得机关领导支持，从单位调配一台中巴车，为确保采风活动顺利进行，又从吉首市公安局特警大队抽调一名特警全程随行。采风团先后参观了湘鄂渝边区的二梯岩、古道溪、团山堡、滑石坂、舍米湖、道坑、茶溪、大溪口、龙潭古镇等景点，平安愉快地活动了三天，“一脚踏三省”的独特自然风光和浓郁的民俗风情激发了诗友们的创作热情，他们创作了一百多首诗词，圆满完成了预期目标。

三

书写内容有了，接着就是书法作品的征集工作，相对寻找诗词更为艰难。

我先从州内书法家开始，再向省内外过去熟悉的书友征集，通过博客、微信、电话向全国各地书法家们征集作品。

作品征集工作有条不紊地进行着，开始有的书法家还将信将疑，最终被我的诚心所打动，愿意奉献作品。例如，2006 年，我曾随湖南省书法家代表团访问宝岛台湾，当时带队的领导就是中国书法家协会（后简称“书协”）理事、省书协主席何满宗先生，因而彼此比较熟悉。我首先利用到长沙出差的机会，上门向他汇报，请他题写“桂塘百家书法长廊”。正如我预料的一样，他欣然接受，并很快动笔题字。领导的支持，给我很大的鼓舞。

最令我感动的是重庆老书法家伍昭富先生，他是我二十世纪九十年代就结识的书法家，很长一段时间失去联系。后来，偶然的机遇让我们又成为“博友”。我将建书法墙的想法告诉他后，他表示全力支持。但当我将诗词发过去了很长时间，没有收到任何反馈信息，我感到很纳闷。后来看见他的家人代他发布的休博公告，我才知道原委。原来他是一个肺癌晚期病人，复发住院去了，医院曾下过几次病危通知书。之前我知道，他是重庆市委党校的一名工作人员，早年下肢残疾，行动困难，但他身残志坚，苦练书法，远学清人何绍基，近学近代大家于右任，颇有建树，书法作品在全国书法展赛中入展获奖十多次，是中国书协资深会员、重庆市书协理事。后来我才得知他还是一位糖尿病重症患者，可以说是百病缠身。但，每次我与他通电话，他都很乐观，他的艺术造诣和人格魅力，使我由衷地敬佩。

在此之前，我在桂塘搞的摩崖石刻和明溪凉亭桥等书法公益工程，他都惠赐了墨宝。他说，他最崇拜的伟人毛泽东是湖南人，他最崇拜的书法家何绍基也是湖南人，因此他对湖南有着特殊的感情。有一次我给他寄了一盒毛笔，他十分开心，打电话表示感谢。这次，我想他病情太重，不可能完成作品了。可过了一段时间，我竟收到了他寄来的快递，我小心翼翼地打开包裹，一幅十分精美的何氏风格的书法作品展现在我的眼前。对这样一位德艺双馨的老艺术家，除了感动，就是感恩了。可是，上帝没有眷顾这位善良的老艺术家，我收到作品的两个月后，我在他的博客上看见了他家人发的讣告，得知先生于 2016 年 5 月，被无情的病魔夺走了生命。

征集工作并不都是顺风顺水，开始征集时，我只要逮住机会就给书法家汇报，他们有的怀疑是骗他们的作品，往往是口头上答应，就是不写作品。一天，我在《书法报》得知重庆一个书法沙龙的三名书法家的水平很高，于是分别写了一封情真意切的信去求字，最后均石沉大海。像这样的情况经常发生。也不能怪这些书法家，毕竟我们不熟悉，怕上当受骗啊。

但更多的是收获了感动。

此后，只要知道有书法家来湘西，我都找机会厚着脸皮去汇报，向他们求作品。

2015 年，省书协主席鄢福初带领几位副主席来湘西调研，在座谈会上我有幸得到一个发言机会，于是将我开展的书法墙建设工程向各位主席做了汇报。鄢主席当即表示："省书协将全力支持！"这给了我极大的信心。记得当时我发言占用了较多时间，在座的一些人对我还有意见。为了建设书法墙，我已不管那么多了。

后来，我结识了随省书协领导来湘西指导书法创作工作的怀化靖州书法家杨广老师，一天我接到他的电话，他说他准备带两名书法家来湘西采风，闻此消息我非常高兴。杨老师是实力派书法家，我可以趁此机会向他讨教讨教。我邀约光文同学一道搞好接待工作。我们先后到凤凰古城、乾州古城、芙蓉镇等地采风，这期间我给他介绍了正在进行的书法墙建设工程。他认为这是功德无量之举，一定大力支持。回去后，他立即发动同学、学生、朋友中的中国书协会员参加，帮我征集得了二十来幅作品。

一个偶然机会，我加入了娄底书法家个三先生主持的百城万牌公益书法家群。在这个平台，又得到了众多公益书法家的支持，征集得一批高质量的书法作品。

四

在征集书法作品的同时，通过汇报，此事引起了时任州政府副州长李平、副秘书长张发权，龙山县委副书记梁高武，县委常委、县委办主任符家波等领导的重视支持。他们协调国土部门立项建设了高 4.2 米、长百余米的墙体。

墙体建好了，书法碑版镌刻完了，可安装上墙了。安装时我不能到现场，于是我加班出了份碑版安装原则并画出了示意图。

书法墙的一切工作都顺利进行着。可我的身体却遭受了灭顶之灾。2016 年 10 月 17 日，是一个星期天，我起床后就开始创作同学请索作品。中午写累了，下了一碗面条，正在吃着，突发脑溢血。经过医生的紧张抢救，总算保住了生命。但左半边瘫痪，不能动弹。在州医院经过两个月的康复治疗，依然不见好转。于是，根据医生的建议，家人把我转到长沙马王堆医院救治。

又过去了四个多月，依然如故，一想到后半辈子只能在轮椅上度过，于是我脾气坏到了极点，精神差点崩溃，一心只想去跳楼。最后在医生的精心救治、亲友鼓励安慰和家人的精心呵护下有所好转。

上帝关了我一扇门，但同时给我留了一扇窗户，所幸我的思维还非常清晰，右手还能动得。心想自己还能写字，还可以为社会做贡献。

再则，书法墙的碑版还未安装，整个设计规划都在我的脑子里，其他人不能代劳，必须要我亲自去安排，这么一想，心结就慢慢打开了。社会还需要我，还不能这么死去。2017 年从长沙回到老家过春节，我将张光文校长，李胜安、雷诗猛副校长，安装工匠李显大请到家里，将病前制定好的碑版安装方案和示意图交给他们，交代他们完成最后一道工序，即碑版安装工作。

五

当时学校对墙体的长度测量得不准，我只按一百米长度来设计书法碑版的，而实际长度却有一百二十多米，这样碑版安装完了，还空出了二十六米。

一位关心书法墙建设的朋友，特地打电话告诉仍在病床的我：

“书法墙逮得好，但剩下的那一截怎么办?”

我无奈地回答说：

“我都泥菩萨过河自身难保，已无能为力了，留着后来有识之士去完成吧。”

2018年回老家过春节，张校长等人来看望我，又说起那截空白墙，我想身体渐渐康复了，还是莫留遗憾，索性搞完算了。于是，回吉首后，坚持一边做康复，一边工作。皇天不负有心人，在当年上半年就完成了作品征集、碑版刻制和安装的所有工作。

2019年回老家过春节，得到一个好消息，力主书法墙建设的张光文校长即将调入县第六小学任校长，接任者田信飞校长表示继续聘请我任总策划。其间我们一行人在书法墙下散步，我提出想在校园内找一处不太显眼的地方，将我的作品刻几幅展示一下。大家走到幼儿园大楼下的一堵墙边时，张校长说：“这个地方好!”我一看这面墙在教师宿舍后面，符合不太显眼的要求，同时又紧随书法墙之后，可以延伸书法墙的长度。

回单位后，根据这墙体长度，我精选了四十一幅作品，标题就叫“梁厚能书法作品展”，著名书法家、四川大学教授、中国书协学术委员会委员、中国书法兰亭奖资深评委侯开嘉先生欣然题写了展标。这一只有开幕式、没有闭幕式的另类书法展，于2019年8月18日正式开展。由此，整个书法墙的长度达到了一百五十三米，书法碑版达到一百七十八块，来自二十四个省市的一百三十七位书法家，有中国书协会员一百一十五名，其中兰亭奖获得者十八名。

六

2019年五一长假期间，我又回到故乡。照例与光文、信飞等人到书法墙边散步。为了增强书法墙的整体视觉效果，我提议在书法墙的上方建一座读书亭，作为书法墙的配套景观，得到众人赞许。书亭的名字要包含学校和书法墙两层含义，我叫大家分别想，大家谦虚说想不出，我建议取名为“书馨亭”。大家认为很好，亭名就这么定了。

后来，我又邀请楹联高手、重庆市楹联协会副主席、合川区楹联协会会长兰梦宁先生为此亭创作对联：

修文悟理圣贤路，
舞凤飞龙翰墨香。

书法墙协调景观——书馨亭　　雷诗猛 摄

上联讲学校，下联讲书法墙，非常符合我的设想。受我的邀请，中国书协副主席，省文联主席、书协主席鄢福初先生题写了亭名，中国书协会员、省书协副主席倪文华先生书写了对联。现书馨亭已全面竣工，为书法墙增色不少。

关于书法墙的名称，开始取名为“桂塘百家书法长廊”，是基于当时目测长度为百把米取的。现在扩容了，这个名字肯定不适合了。加之这个名字太长，让人记不住，不好念。于是我决定改为“桂塘书法墙”。

据我所知，桂塘书法墙的规模在湘西州及湘鄂渝边区均排第一，乃至在全国校园书法墙中也名列第一。

书法墙现已成为湘鄂渝边区地标文化景观，吸引了三省边区、吉首、长沙、广西南宁、山东济南及州内其他县市的众多慕名参观者。成批的参观者有：2019 年 7 月，中央人民广播电台湖南记者站三位记者在站长蒋琦的率领下，专程到这里采访，并写了系列报道；2018 年 6 月 9 日，参加《中华诗词》月刊联谊会的一百多名诗友实地参观；2019 年 8 月 18 日，来自湘、鄂、渝、黔各地的一百多名诗词书法爱好者到访参观，2020 年 10 月 18 日，“三湘巨变看龙山”全国著名作家采风团谭谈、水运宪、梁瑞郴、凌宇、蔡测海等一行十二人，在州县有关领导陪同下，冒着蒙蒙细雨莅临学校参观，这两次均由我亲自讲解；2023 年 7 月，湘西州及八县市书协主席采风团二十多人到访参观。对于书法墙建设，《湖南日报》《文化艺术报》《团结报》、湘西网、新浪网、华声在线、青海书法网、湖南政研网、腾讯新闻、澎湃新闻等十多家媒体分别予以报道。

七

书法墙的成功建设，我认为主要得益于如下几个方面：

一是时任校长张光文和校委会成员的高远眼光。如果没有他们建设校园文化的强烈愿望和真诚邀请，一切都无从谈起。

二是全国广大爱心书法家的无私鼎力支持。没有他们的无私奉献，创作提供高质量的书法作品，书法墙也将是纸上谈兵。

三是社会各界的大力支持。前文所述，省文联、省书协的几位书法界领导，带头为书法墙奉献墨宝；州县有关党委政府和部门领导高度重视，积极协调建设资金项目。人员太多，在此就不一一列举了。

最后，我也毫不谦虚地说，也得益于我这个书法墙总策划坚持不懈的努力。特别是我积劳成疾突患脑溢血，大病初愈，仍不改初心，继续完成书法墙的后续工作，不把书法墙全面建成誓不罢休。

其实，建设书法墙，我自己也受益匪浅，在征集书法作品的过程中结识了全国各地一百多位高水平的书法家，在学习观摩的过程中，也提高了自己的眼界和书法创作水平，其间加入了中国书协，跨入了梦寐已久的中国书法的最高殿堂。为了书法家们的原作有一个很好的归宿，我不顾一些好心人的劝告，执意捐给龙山县人民政府，现已作为珍贵文物保管在县档案馆。

在书法墙建设的同时，2018 年，我提议利用书法墙丰富的书法资源成立“明溪书法传习所”（兴趣班），本着“丰富群众文化生活，培训未来书法人才，提高边区书法创作水平”的宗旨，开展书法公益培训，学习对象为桂塘学校师生及湘鄂渝边区书法爱好者，学校聘请我为传习所总导师，聘请实力派书法家向明阁先生为义务兼职书法导师。待传习所发展成熟后，再开展书法作品展、为村民送春联、书法研讨会等活动，然后成立桂塘镇和校园书法协会，把桂塘建设成为远近闻名的书法之乡。

2023 年 7 月 16 日定稿

斑鸠潭的牵挂

斑鸠潭是重庆可大的一个自然村寨，距我的老家仅三四里路程。虽是跨省过界的，但那里的一切，却令我魂牵梦萦。

一

我们梁家与斑鸠潭的渊源不浅。乾隆年间，我梁氏始迁祖天璋公长眠于斑鸠潭永木冲。在民国乱世，为谋生计，家父经常只身在那一带放鸭，与斑鸠潭人结下了深厚情谊，与刘家、向家人打了几个老庚。后来，斑鸠潭刘家的两个姊妹嫁到梁家寨，成为我的隔房嫂子。小时候，疼爱我的大姐经常背着我到那里看电影。后来，她又嫁过去给父亲的刘家老庚当媳妇。这就注定了我与斑鸠潭有着千丝万缕的关系。

大姐嫁到斑鸠潭已五十多年了，在那里，她得到淳朴善良的斑鸠潭人厚待，姐从没有受过委屈。当年那个二十出头的青春少女，现在已是四世同堂的老太婆，儿孙孝顺，邻里和睦，过着幸福的晚年。

大姐在斑鸠潭的辈分很高，我也就水涨船高。老一辈都相继去世，现在，我们就成了老一辈。一到斑鸠潭，年轻一点的叫我表爷爷，崽崽伢就要叫我老太了。连我那十多岁的儿子，也跟着我屁股后面沾光，成了没有长胡子的“老人家”。

在那里有几个父亲的故交，论年龄应是长辈，但按辈分，我只给他们叫老哥。前几年，我一到斑鸠潭大姐家走亲戚，几个老哥哥就赶来与我摆龙门阵，一摆就大半夜，可惜近年老哥哥们都相继去世了。现在去那儿，能与我摆龙门阵的人越来越少了，心里不免感到失落和惆怅。

因了这多层关系，自小我就常到斑鸠潭走亲戚或看露天电影。有一年学校放勤工俭学假，复捡桐茶籽，我与族弟白三在那里住了一个星期。

去的次数多了，在那儿留下了很多美好的记忆。为此，我以斑鸠潭为素材，创作了一系列散文作品，如《斑鸠潭那个地方》《再去斑鸠潭》等，文章在《农民日报》《团结报》等报发表后，又收入《那年那月》一书中，从此可以看出，斑鸠潭这个小山村在我心目中的位置。一些读者看了我的文章后，也记住了“斑鸠潭”这个名字，纷纷撰写书评。铁路作家黄石松先生评论的题目，就叫《梁厚能与他的斑鸠潭》。

斑鸠潭这个籍籍无名的小山村，随着我的文章传播开来，一些朋友对我说：“你把斑鸠潭写得那么美，几时也带我去看看呀！”

我说：“只要你愿意，我一定陪同前往。”后来，真的有几位朋友自驾去了斑鸠潭，站在凉亭桥头兴奋地给我打电话：

“我已到了你的斑鸠潭啦！”

我问：“感觉如何？”

答曰：“真的不错啊！你没有骗我。”

斑鸠潭也许不是外人想象的那么美，由于我对其有着特殊的感情，所以对它多了一份偏爱。

已丑年清明节长假期间，我陪同田大年、邓光明、刘哲三位湘西文艺界朋友，专程到斑鸠潭开展了一次为期三天的采风活动。那里的自然风光和淳朴民风给他们留下了深刻印象。大家在凉亭桥头吟诗作对，挥毫泼墨，为村民们赠送墨宝。我即兴创作了一幅书法，内容就是“斑鸠潭，一个令我永远牵挂的地方”。

2009 年清明，与文友到斑鸠潭采风留影　　作者 提供

二

我曾给斑鸠潭大姐家题过一块匾额，说起这块匾，时光要回溯到1989年3月。那时，参加工作不久的我，因文章和书法写得好，被领导看中，将我从县民贸局所属的商业服务公司调入县财委工作。从别人瞧不起的小公司，到令人羡慕的政府机关，公司一些老同志羡慕地说："从糠箩箩跳入了米箩箩!"那时我可谓少年得志，前途一片光明。我调动的消息传回老家，家人们都为我感到高兴。

次年春节，意气风发的我回到老家。刚一到家，家兄就对我说："大姐新建了一栋吊脚楼，快要竣工了，已看好日子，准备正月十五进新屋。"

起新屋，在农村是一件大喜事，当兄弟的当然要有所表示。当时，时兴的做法就是送块贺匾。主人家新屋上挂的贺匾越多，就越喜庆，越有面子。家兄说我俩合送一块贺匾。并且他已提前做了准备，自己备好木料镶了一块匾，只等我题字。在学校练了几年字，毕业后在公司又经常写宣传标语，也获得社会的一些好评，但正儿八经在匾上题字，还是新姑娘上花轿——头一回呢。

当时，老家桂塘坝街上有专门做匾的店子，生意非常红火。那时，社会写毛笔字的人很少，敢在匾上题字的人更是凤毛麟角，电脑打字又还未出现，故匾上书法大多出自龙山县老一辈书法家黄人庆先生之手。黄老的名望很高，可谓一字难求。他们待黄老先生写出一幅后，就此拿去复制，这样转去转来就那几个字。

一般人家送贺匾大多是在街上买现成的，这样很撇脱，只要在做好的匾上临时写上送匾人和收匾人姓名和时间就成。而家兄选择自己做匾，我想不仅是为了省几个钱，更重要的是体现对该事的重视和检验展示一下我的书法水平。

第一次题匾，不知写什么内容。还好，家兄已为我准备好了，就是"堂构凌云"四个字。第一次题匾，而且还要送到斑鸠潭去，跨省过界的，如果写得太差，不仅丢两兄弟的脸，还会丢湖南人的丑，因而我不敢有丝毫马虎。

于是，我先找来一沓报纸，在上面反复练习。模仿黄氏笔法，一口气写了好几幅，交给家兄审阅。由于时间过去太久了，现在我已记不清是用墨汁直接写到匾上的，还是写好后，用复写纸拓印在空匾上，然后再填墨的。现在看起来有些字的笔画比较生硬，我想不是一气呵成的，而是拓印时做了修正。元宵节那天，我们热热闹闹地把贺匾送了过去。

我见过湘西的很多吊脚楼，说实在的，大姐家的吊脚楼与之相比，不算壮观，也不够精致美观，但却很实用。

夏天，大姐一家人饭后在上面乘凉，平时洗好的衣服、被褥，以及收回来的玉米棒子、黄豆、辣椒、干菜等农作物，就晾晒在吊脚楼走廊的栏杆上。客房也安在吊脚楼上。我每次到大姐家去，晚上就睡在吊脚楼上，不管刮风下雨，我可以在走廊上来回走动，欣赏周围的风景。

斑鸠潭河从吊脚楼下缓缓流过，凉亭桥就在吊脚楼下边不远处。盛夏时节，斑鸠潭两岸的村民在桥上纳凉，常常摆龙门阵至深夜。

凉亭桥下是整块大石板，河流在石板的缺口处冲击出一口大深潭，河水咆哮而下发出“轰轰”的巨响，数里可闻。因涛声干扰，开始，我睡在吊脚楼上翻来覆去也无法入眠。后来，慢慢习惯了，感觉枕着涛声入眠，也别有一番风味。

每当清晨，斑鸠潭勤快的媳妇姑娘们将夜里浸泡好的衣服被褥背到凉亭桥下的石板上槌洗，于是，此起彼伏的棒槌声传入我的耳鼓。这时，我知道，该起床了。

在大姐家屋坪坝左侧边与吊脚楼对应的位置有一棵高大茂盛的古树，树干三四人才能合抱，树上经常栖息一些不知名的鸟儿。在吊脚楼上，既可闻涛声，又能听鸟鸣，还能观赏凉亭桥周围的风景，这是人生的一大享受啊。

一转眼，三十多年就过去了，当年大外甥才十多岁，现在他都当爷爷了。前几年，大姐家的吊脚楼被拆除了，外出打工多年的大外甥攒钱在原址上建了一栋三层的砖房子。古树也因树干中空而被大风刮倒了。

牛年春节期间，我又到大姐家走亲戚，在正屋的神龛上，发现了当年起吊脚楼时亲戚们赠送的五块贺匾。“娘亲舅大”，我和家兄送的那块贺匾，挂在神龛正中最高处，其他四块玻璃镜框的贺匾，分别挂在两边，位置也较低。我仔细观察发现，匾的颜色有些发暗变色，已有了时光的包浆。但匾上的字迹还很清晰，给人以老古董的感觉。

凝视自己的第一幅题字，思绪又回到自己的青春岁月。经过数十年如一日的苦苦追求，我的书法水平也提高了不少。我在感慨岁月催人老的同时，也感谢时光的给予。

吊脚楼和古树已不复存在了，在吊脚楼上枕涛入眠、听鸟鸣已成为永远的记忆。

贺匾是亲情的载体，值得欣慰的是，匾还在，年逾古稀的大姐身体比前几年硬朗多了，父母不在了，但兄弟姊妹间的骨肉亲情从没有割裂，而且日久弥亲！

三

以前去过很多次斑鸠潭，但那一次印象最深。

记得几年前，在回老家过春节期间，我偕新婚妻子又去了一趟斑鸠潭。

那两年，我个人的好事不断，首先是我终于找到了自己心爱的人，告别了一人吃饱、全家不饿的单身生活。其次是我的第一部散文集《那年那月》正式出版了。作为一名文学爱好者，能够出书，当然是一件大喜事，值得高兴。其三是自己原地踏步多年的职位，终于前进了一小步。那时的心情，美着啊，做梦都在发笑。

去斑鸠潭的那天是腊月二十九。那天，娘和嫂子早早就把年饭办好了。吃了团圆饭，时间还早，我、妻子燕子和小妹的儿子王二就向斑鸠潭出发。

去斑鸠潭的道路已发生了很大的变化，过去的羊肠小道，已变成五米多宽的公路，只不过仍处于建设施工中，尚未硬化。此前，我已从乡亲们的口中得知，湘渝两边乡镇的领导经过友好协商后，就修路占地补偿、公路走向、施工时间等达成了一致意见，不久施工队就进场施工。由于要过春节，施工暂时停了下来，计划在路修通两年后，再修成水泥或柏油路面。

人行走在坑坑洼洼的道路上，虽然还不太顺当，但感觉比以前好多了。身边不时有拖拉机、摩托车经过，也看见几台外地牌照的小车，我想那应该是在外地工作的人回家过春节来了。

公路是从我老家门前岔路口开始修的，现在正好修到了斑鸠潭。我们边

大姐家的吊脚楼，可惜古树倒了，楼也拆了　　作者 摄

走边看，个把小时就到了。

大姐一家已在村口等我们。姐夫是个忠厚老实人，大姐嫁来后，夫唱妇随，恩爱有加，儿女孝顺，虽尚不富裕，但一家和和睦睦，很幸福。家里只看见他们的几个孙子，两个儿子和媳妇都外出打工未回。此前，因一直单身无脸去大姐家玩，就连两个外甥娶媳妇也借故未去，已好些年未到斑鸠潭了。这次携佳人成双而来。大姐一家自然高兴得不得了。我们在火炉边摆了半夜龙门阵。晚上，就睡在她家的吊脚楼上。

第二天清晨，在河里传来的捣衣声中醒来，我便挎着照相机到斑鸠潭周围转转。

我发现，过去摇摇欲坠的凉亭桥已焕然一新。河中的青石桥墩已拆除，石料作了桥两端的桥墩，而河中的桥墩改为了钢筋水泥的。桥梁桥板也由木头改为钢筋水泥。整个桥给人的感觉，古朴味淡了，不如以前老桥高大好看，但比以前结实多了。

以前听说因修斑鸠潭到可大的公路要从凉亭桥上经过，需要拆掉老桥，改为水泥平板桥，我曾失落了很久。现在，凉亭桥总算保住了，而公路桥将建在凉亭桥下游几米的地方。到时，斑鸠潭将出现两桥辉映的景观。

在桥下，一个老者正在石板上用棒槌洗衣服。走近一看，原来是老熟人，是那个爱唱山歌的老哥哥彭承喜，他见到我也连忙站起来打招呼说：

“哎哟，小老弟你几时过来的？”

我说："昨晚到的。"

"了了哦，我不晓得，不然昨晚我都过来嗨了。"

他家住烂沟，都八十多岁的人了，还是那么精神。

等我转了一圈回来，大姐家的年饭已办好了。斑鸠潭刘家人的习俗是大年三十过早年，姐夫说，以前大家为抢年，天还没有亮，家家户户都办好年饭，放起了鞭炮。现在，青壮年人大多外出打工，家里就剩些老人和小孩，这年味慢慢就淡了，也懒得去抢年了。待停腔落板把年饭弄好，差不多十点多钟了。

吃过年饭，准备摆开桌子为大姐家写春联。这时，丰碧大哥的一个孙子奉其爷爷之命来邀请我到他家去嗨，说本来他爷爷要亲自来请的，因为前一晚烤火盆将地楼板烧通了，正抓紧修理脱不开身。

以前我到斑鸠潭时，因为与大哥谈得来，总要到他家走走，逮餐饭，再给他们照张全家福。我打算将春联写好后，再过去坐坐。不想，我正在忙乎，大哥却赶来了。他说，派一个小孩来请有些不礼貌，于是就亲自赶来了。

写罢春联，大哥与我聊起了我之前赠送给他的那本《那年那月》，以及修复后的凉亭桥。

挂好桥匾，大家在桥头合影　　作者 提供

我与他在河边和凉亭桥上转了转，他说桥修复了是件好事，为防止重车经过压坏，故意将桥身建得矮矮的。有一次湖南那边人接亲，轿子都抬不过去，这多少有些遗憾。

老家有句俗话，

叫“麻雀也有个三十夜”，吃过了晚饭，我们谢绝大姐一家人的挽留，决定赶回老家守岁。本打算走路回去，可外甥王二自作主张冒用我的名义给他的爸爸打了电话，叫他用拖拉机来接我们。我也不在那儿等，就往回赶。快走到麦子坳的时候，真的看见一台拖拉机开了过来，接我们的“砖车”真的来了。

由于道路不平，妹夫将车开得很慢，颠来簸去的，并不比走路快多少，但我的心里却很舒服。曾经走了不知多少次的山路，现在可以坐车了，这是那次去斑鸠潭最值得高兴的一件事情。

现在，去斑鸠潭的公路已全部硬化。春节开车再去斑鸠潭，只需几分钟了。

公路的修通，结束了斑鸠潭人千百年来肩挑背驮的历史，去斑鸠潭更加便捷了，我在心里默默地祝福斑鸠潭人的生活越来越美好！

四

斑鸠潭的凉亭桥大约建于清末民初，既是交通要道，又是附近村民纳凉休闲的公共场所，是当地的一道人文风景。

但由于年久失修，前些年垮掉了，后来又修了新桥。虽然被当地村民说不好看，但毕竟比没有桥好。前几年一条钢筋水泥公路桥从凉亭桥下方穿过，凉亭桥的实用功能被新桥取代。

自建桥以来，斑鸠潭凉亭桥均处于有桥名无桥匾的状态。2019 年春节期间，我又到斑鸠潭做客，在与亲戚们摆龙门阵时，提到了凉亭桥。有人说，如果凉亭桥上挂一块桥匾就好看了，并对我说：“你是书法家，请你题写桥名。”我当即表示，不仅愿意题字，而且还捐赠匾额。

古话说：“一言既出，驷马难追。”我回单位后，马上行动，在己亥春节来临之际，做好的桥匾托班车师傅带回老家。电话与他们商定，在春节期间悬挂。

斑鸠潭的亲戚们觉得我给他们送了一份大礼，心里非常感激。想到时搞一个隆重的挂匾仪式，邀请乡、村领导到场，这样才显得对我的尊重。小外甥为此还专门打电话给我，说了大家的想法。我说，就是赠送一块小匾而已，又不是捐建一座桥，没有必要那么兴师动众的，这样会让我过意不去的，到时喊几个劳动力把匾挂上去，放几挂鞭炮就成了。

腊月二十九是相约悬挂匾额的日子，我和妻儿驱车前去观看。只见桥头来了二十多个后生，他们把匾抬到桥头，还在匾额正中挽了一个大彩球，挂上两条红色飘带。在村主任的指挥下，几个人驾上楼梯，一齐动手，托的托，拉的拉，钉的钉，三下五除二就将匾额挂好了。此时，在一旁看热闹的孩子们兴高采烈地点燃了万子响和冲天炮。小山村顿时呈现出一片祥和热闹的景象。

2022 年 4 月 25 日初稿

山村歌者

父亲是一个地地道道的农民，小时候家穷，未曾上过一天学，他的性格也有些古板，整天板起一张黑脸，笑的时候不多，我们心底里有些怕他。但他却是一个有着较高艺术潜质的人，如果你能走入他的内心世界，你会发现是那么丰富多彩。他不仅会吹木叶、摆稀奇古怪的龙门阵，而且还是一位优秀的山歌手。

他小时就跟随我的爷爷放鸭，长年漂泊在湘鄂川边区一带，成家后又带着一家老小，扛着鸭棚子继续过着这种风餐露宿的漂泊生活。

在放鸭之地，他因唱山歌结识了很多朋友，以打老庚的方式结拜了很多异姓兄弟。如在斑鸠潭，他就打了几个老庚。我大姐的公公，开始是老庚，后来我姐嫁过去，老庚变成了亲家。前不久，云南有一位向姓媒体人看见我写斑鸠潭的文章，主动加我微信，自我介绍说，他也是斑鸠潭人，他的爷爷与我父亲是老庚。我向大姐一打听，还真是那么回事。

在放鸭生涯里，父亲在与当地各色人等交往的过程中，搜集了大量山歌，在他脑海里储备的山歌起码有几大箩筐。唱歌时，只要随便从歌箩筐里抓几把就可唱半天。加之他人生阅历丰富，见多识广，能随口便答，即兴创作，如果遇上旗鼓相当的高手，可以连唱几天几夜。

在村小上学时，父母收工回家，我已把饭煮好。冬天日子短，吃完夜饭就到了傍晚，但又未到睡觉时间，在昏暗的煤油灯下，一家人都围坐在火坑边烤火。

父亲的烟瘾很大，只见他坐在椅子上，慢慢地装上一锅草烟，将长长的旱烟杆伸到火堆里点燃，眼睛微闭，“吧嗒吧嗒”悠闲地抽着，我们无事可做，就在一旁打瞌睡。过足烟瘾的他把烟杆往门角落一甩，说：“都莫钓鱼了，我给你们教几首儿歌。”

于是，只见他把弟弟老亮抱起，抓着他的两只小手边击掌边唱：

打掌掌讨馒馒，
讨得多送哥哥，
讨得少送嫂嫂。
嫂嫂吃不完，
放到枕头上，
老鼠拖到门角角，
雀儿嘎到树巅巅①，
起窠窠②抱崽崽，
叮隆嘣隆搭③下来。

有一年中秋之夜，挂在天上的月亮特别明特别圆，我们一家人坐在屋坪坝，边赏月边吃月饼边摆龙门阵，此情此景，父亲来了兴致，于是就高声唱起来：

大月亮，小月亮，
哥哥起来学篾匠。
嫂嫂起来炒泡泡，
炒得喷喷香。
打起锣鼓接幺孃，
幺孃脚跛，嫁给螃海；
螃海脚多，嫁给白鹤；
白鹤嘴尖，嫁给犁圆；
犁圆拱背，嫁给姚家；
姚家不要她，一索子吊她。

每遇桂塘坝逢场，家里就要推几磨豆腐上街卖。先一天放工后，父亲将黄豆用磨子推好，将豆浆提到灶屋，娘再用摇架摇出豆浆汁，豆渣留着喂猪，

---

① 树梢。
② 鸟窝。
③ 摔。

在田野间漂泊的“半边月” 作者 摄

她将浆汁倒进灶锅，按比例酌上石膏水。剩下的就是父亲的事了，他负责烧灶火将豆浆煮熟，然后舀进豆腐箱沥水，只见他一边做一边哼：

一颗豆子圆又圆，
推成豆腐卖成钱。
人家说我生意小，
小小生意赚大钱。

还有一首儿歌，在我们那一带非常流行，大人小孩一般都能会，父亲也经常吟唱：

张打铁，李打铁，
打把剪刀送姐姐。
姐姐留我歇我不歇，
我要转去学打铁。

往往是父亲在那儿唱，我则不由自主地跟着哼，长的儿歌我听完即完，短的慢慢就学会了。学会了，就慢慢地融入骨髓里，永远就不会忘了。这些儿歌山村气息很浓，浅显易懂，唱起来朗朗上口，有几首我至今随口可唱。

父亲作为放鸭人，以前他经常一个人在野外放鸭，那些地方一天到晚见不到一个人影。孤独寂寞的时候，就站在田埂上，拄着鸭篙子，或靠在大树上，扯起喉咙对着田野、山谷唱上几段，既为自已壮胆，又以此来排解心里的寂寞，自娱自乐，他的听众就是那一百多只在田野里觅食的鸭子，以及山里的飞禽走兽。

关于放鸭的苦楚，父亲从来没有给我说起，小时只听见他哼过一首描述鸭客生活的歌谣：

鸭子客啊鸭子客，
鸭子篙篙十八节。
白天走的千条路，
晚上睡在半边月。

这首歌是牧鸭人生活的真实写照。“鸭子篙篙”，是鸭客的工具。它由一根小山竹做成，七八米长，十七八节，一头有竹丫子，较软，可以用来敲打那些不听话的鸭子，又不伤着它们。一头削成撮瓢形，可以用来撮泥巴。竹篙有弹性，可以将泥巴投得很远，人不用下田就可以赶田里的鸭子。所以，鸭客只要有鸭篙子在手，鸭群就会乖乖听他的话。“千条路”就是说鸭客为照看鸭群，一天到晚需穿梭在若干条田埂上。所谓“半边月”，就是指半月形的鸭棚子。鸭棚子，是用楠竹篾条织成的，它是鸭客的移动之家，吃住都在里面。鸭客一年四季到处迁徙，漂泊到哪里，棚子就搬到哪里。

记得他还唱过一首鸭客歌：

嫁人要嫁鸭客郎，
嫁送鸭客好下场。
早晨三个荷包蛋，
夜间一只老鸭娘。

歌词颇有些自嘲的意味。其实，鸭客哪里舍得打蛋吃，除非破损了。鸭蛋是要卖钱的，一家老小的生计全靠它。鸭娘更是鸭客的命根子，除非老死，根本舍不得杀来吃。没有了鸭娘，一家人的生活就没有指望了。谁能知道，在这些貌似浪漫的歌词里，隐含着鸭客的多少辛酸血泪。

乡村鸭客　　作者 提供

父亲当过很长时间的生产队长，在地里劳作时，兴致来了，便边劳作边唱。往往他在这个山头唱，对面山头就会有人和。很多社员也跟他学会了山歌，劳作的耕地里经常是山歌四起，好不热闹。

现年八十多岁的嘎子大嫂喜欢听山歌，也喜欢唱山歌，她说很多歌是从我父亲那儿学来的。

她说，有一年父亲带领社员们到糖坊坳坡下的稻田里插秧，碰巧邻近四川独坝那边的一个姓张的子婆婆客在山边打牛草，该妇女也是远近闻名的山歌手，与人对歌从来没有输过。都是坡前坳后的，社员们大多认识她。两个山歌高手不期相遇，社员们肯定要抓住这难得一饱耳福的机会，于是大家都起哄说：“老队长，来一首吧！”来就来！父亲喉咙发痒，对着山坡开口就连唱两首：

山歌好唱难开头，
木匠难起转角楼。
岩匠难打岩狮子，
铁匠难滚铁绣球。

山歌不唱冷秋秋，
桐子不打不成油。
菜不着盐没有味，
人不唱歌不风流。

山坡上打牛草妇女听见有人挑头唱歌，略加思索，一首山歌就从山坡的茅草窠里飞过来：

山歌好唱口难开，
樱桃好吃树难栽。
撮箕好织头难起，
唱戏最难打闹台。

听见坡上妇女的回歌，父亲马上用赞美的口吻回唱一首：

桐子开花一树白，
坡上有个乖姐姐。
乖姐牛草打得好，
巧手能做绣花鞋。

父亲的歌声刚落，山坡就回过来了：

插秧大哥长得俊，
生产队里大能人。
若是谷子增了产，

给妹借点行不行？

这山歌一对上，就刹不住车了，你来我往，一首接一首对下去。父亲在田里边插秧边唱，妇女在山上边打牛草边和，社员们的叫好声不断。

唱歌要唱黏黏[1]歌，
扯草要扯黏黏药。
顺手扯把黏草籽，
不黏莲妹黏哪个？

黏草籽儿开白花，
开到路旁黏奴家。
如果哪天黏到我，
连根拔起拗断它！

高坡高岭种高粱，
高粱结籽叶叶长。
只要阿妹有情义，
今后就是你君郎。

高坡高岭种小米，
小米结籽叶叶稀。
只要郎君情义好，
今后就是你娇妻。

这田里唱一首，山坡回一首，你来我往，从早晨唱到中午，吃了中饭上工后又接着唱，一直唱到黄昏准备收工。最后，父亲玩笑式地发出了留客邀请：

黑了夜啊夜了黑，
黑了请到我家歇。
床铺窄了列横睡，
铺盖短了衣服接。

① 粘住。

面对父亲开来的戏谑式的留客邀请，那妇女镇定自若，显示出了一个优秀山歌手的良好修养，不失分寸地谢绝道：

黑了夜啊夜了黑，
今晚不到你家歇。
以免别人讲闲话，
我各回家喂牛爷。

唱了一天，俩人都没有分出高下。听了一天的社员，也没有听累，连呼："过瘾！下次再接着唱！"

对歌结束了，一坝田的秧子也插完了，社员们洗脚上岸，妇女们则背着一大捆牛草回家喂牛去了。

据村民说，年轻的父亲经常与妇女对歌，从逍遥歌开头，接着就唱挖苦歌，唱着唱着就唱起了情歌，甚至风流歌，于是就传出了风言风语，传到我娘耳里，她了解自己男人品行，往往是一笑了之。

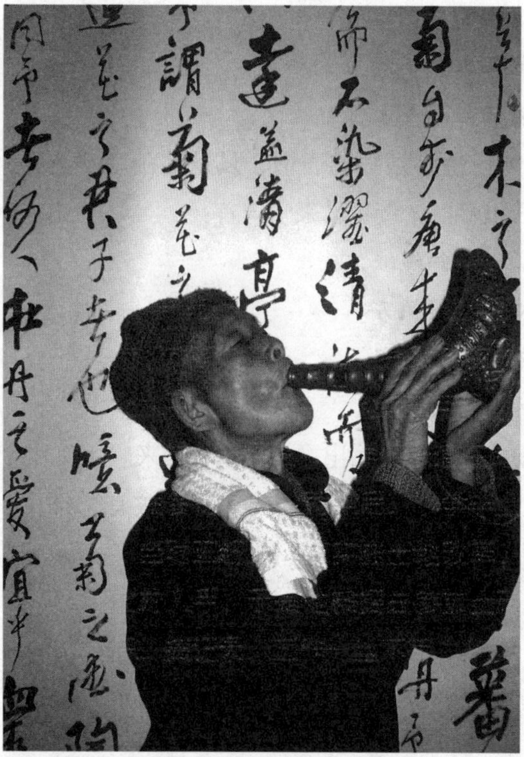

在我的书房，心情不错的老父亲摆出喝酒的姿态　作者 摄

那时，我尚年幼，没能到现场听到那场对歌，嘎子大嫂是那场对歌的亲听者。今年五一，我回到老家，专程去看望她。她说，他们唱的歌词，一小部分是我们那一带民间传唱的经典山歌，大部分是即兴想的。当时没有人去记录，当年听歌的人现在都七老八十了，有的已经作古，现在已没有人记得全了。

在我的一再请求下，她慢慢地回忆，将依稀还记得的几首哼给我听。我马上用手机记录下来。大嫂说，当时我娘也在场，还有几位未过门的大姑娘，故父亲他们在对歌时都有所顾及，歌词也比较文雅。不然的话，对唱情歌，唱着唱着就唱成了风流歌，歌词就会带彩，听起来就更有味了。

在父亲的潜移默化下，我也扯得他的一只衣角角，朋友聚会，兴致来时，我也爱吼上几段。因为山歌，我不仅轻松化解过酒桌困局，博得掌声无数，还赢得了属于自己的爱情。

有一年到青海藏区考察，好客的主人设宴款待，在青海湖畔的金银滩大草原上，主人在毡房里招待吃手抓羊肉，喝青稞酒，我不善饮，处境尴尬，于是以山歌回敬，一杯酒一首歌，主人饮酒我唱歌，气氛一好，就连唱了十多首还意犹未尽，但西北汉子已无力举酒杯了。

记得那年夏天，我与燕子刚认识，相约去爬花果山。良辰美景，佳人同游，待爬到山顶，只见阳光洒满山岗，我已是春心涌动，触景生情，于是站在她身旁，对着山谷，放开喉咙就唱了一首：

太阳出来照白岩，
白岩上面晒花鞋。
姐姐花鞋我不爱，
只爱姐姐好人才。

我边唱边用余光偷偷观察身旁这位小姑娘的表情，只见她在专心地听，听着听着脸上竟泛起了红晕，我心里暗喜，接着又来了一首：

韭菜开花细绒绒，
有心恋郎莫怕穷。
只有二人情义好，
冷水泡茶慢慢浓。

唱者有心，听者有意，水到渠成。一前一后出去，牵着手回来。

爬山归来，燕子就自个儿去八月楼菜市场，我的厨房第一次有了烟火，钻石王老五终于脱了单。从此，这两首给我带来好运的山歌，也成为我永远的保留节目。

2023 年 5 月 7 日初稿

峡谷情歌

在湘西乌龙山大峡谷两岸的悬崖峭壁上散落着不少土家族古村落，山顶多坪地，物产也非常丰富，就是地理位置太高，过去没有通公路，只有逼仄的山路通下山。山上村民肩挑背驮，生活很不方便，坪里姑娘一般不愿嫁到山上去。

同住高坡，半斤对八两，门当户对，对岸的村落，成为两岸男女青年择偶的首选地。故两岸间互开姻亲，彼此弯去拐来都成为表亲戚，见人都可以喊老表。

河东的苦达岭与河西的桃子坪、双井、张家槽等村寨，中间只隔着一条幽深的乌龙山大峡谷，平均直线距离也就一百多米。窄的地方仅几十米，对面的房子、人畜活动都可看得清清楚楚，对面人的讲话声也听得明明白白。那时没有电话，如果哪家有个大事小事要告诉对方，可不用去爬坡，直接隔着峡谷吼着讲。由于山高谷深，道路又崎岖难行，彼此想要见个面，却不是那么容易。有道是："望见山走半天，看见屋走得哭。"当地有首山歌对此作了生动描述：

门对门嘛山对山，
隔着峡谷拉家常。
若是过去逮杯酒，
上坡下坎走半天。

土家族是山地民族，天生爱唱山歌，而苦达岭人尤甚。"饭养身，歌养心。"劳作之中、休息之时，或婚丧喜庆聚会，村民们兴致来了，放开喉咙就

土家情歌对唱　　作者 提供

唱，有情歌、哭嫁歌、上梁歌、孝歌、薅草歌、逍遥歌、风流歌等。岭上的山歌手众多，名声最响的有彭继富的风流歌、田云万的生产歌、向召池的摘茶子歌、向云花的时政歌，还有彭秋月的五句歌。

村民们耕田犁地，或在山里放牛挪柴、打猪草，兴致来时，想唱就唱，唱给自己听。

如若看见河西那边有人，喉咙就发痒，于是一首山歌飞过去，那边听见，就一首山歌回过来。如果遇上男女老表对唱，那就更来劲了。

于是，峡谷对歌成了皮渡河两岸一道独特的文化风景，现在人们来到乌龙山大峡谷参观，在皮渡河景区所欣赏到的山歌对唱表演，就是从这里演绎过来的。

前年春节，我们来到苦达岭采风，年近九十高龄的彭大国老人，在他家的火塘边，饶有兴趣地给我们讲述了岭上土家后生彭昌德与对面天井向芝芝以山歌为媒喜结良缘的故事。

那是以前，岭上土家后生彭昌德在地里薅苞谷草，偶然发现对面山坡苞谷地里也有一个人在薅草，他根据身材判断，应是一个身材窈窕的小阿妹。于是站在苞谷林里，就唱了一首情歌探水：

月亮出来弯如钩，
照在地里萝卜蔸。
萝卜长大我来扯，
阿妹长大我来偷。

彭昌德唱完后，又等了一阵，见对面没有啥动静，一个人唱觉得没有意思，就不再往下唱了。

寒来暑往，时间又过去了两三年。但对面小阿妹的身影总在彭昌德脑海里挥之不去。每当在地里干活，不管对面有人无人，也扯喉咙朝对面唱，继续试探：

阿妹长得白又白，
阿哥长得黑又黑。
黑字写在白纸上，
你看合色不合色？

一天，彭昌德又来到地里挖红苕，望见对面一个穿花衣裳的大姑娘在坡上打猪草。看那身影，不就是自己日思夜想的小阿妹吗？于是按捺不住，又朝峡谷对面唱开了：

想妹愁，梦妹愁，
天天逮饭难下喉。
逮饭好比吞沙子，
喝酒好比喝桐油。

这次彭昌德的歌声刚落，这一回，峡谷对面终于有了回音：

唱了一天又一天，
等了一年又一年。
若是阿哥真有意，
请个月老把线牵。

彭昌德听见回音，心里像喝蜂蜜，高兴坏了，红苕也不挖了，马上回了一首：

大山砍柴不用刀，
大河挑水不用瓢。
只要阿妹有情意，
山歌搭起连心桥。

后生唱完，挓[①]起锄头扑爬翻天[②]地跑回山寨去了。他把这一好事一五一十地讲给阿爹阿娘。二老听后，自然是高兴得合不拢嘴，急忙上街买礼信，既然人家说要请个媒人，就遵从其意愿，于是请家族中一个能说会道的婶娘做媒。第二天早晨，背着鸡公、带着礼信和一把油纸雨伞就上河西天井提亲去了。男有情，女有意，水到渠成，媒人其实就是走个形式过个套，没有任

① 扛。
② 很急切的样子。

何周折，亲上加亲，一段美好姻缘就这么成了。

唱情歌，歌词要文雅，俏皮是可以的，但不能带脏字，否则会被看作是行为轻佻。这种以歌为媒的姻缘，当然属于自由恋爱，他们结婚后恩爱无比，儿孙满堂，非常的幸福。

皮渡河峡谷风光　　刘昌儒 摄

其实，对面那个阿妹正是向姑娘，听见对面后生经常对她唱情歌，开始年纪尚小，对情歌虽不反感，但也未在意，你各唱你的，我各听我的，心里害羞也不去搭理。随着时间推移，自己也到了谈婚论嫁的年纪。情窦初开的她开始留意起唱歌后生来了。隔着峡谷眺望，只见对面那个后生身材高大，心想，一定是个帅哥，天天下地干活，一定是个勤快之人，会唱情歌，肯定上过学，有一定文化。于是，心里慢慢萌生好感。

回家后，向姑娘悄悄将这事告诉了阿娘。她娘觉得有理，遂暗地里向对面的亲戚打听后生情况。一打听，方得知后生还是转拐的老表，不仅人长得高大英俊，而且人品很好，对父母也非常孝敬，还是干农活的一把好手，勤劳肯干，把家打理得井井有条，就是还缺一个媳妇。后生曾下山趁赶场的机会，相了几次亲，人也看上了，可人家姑娘到岭上一看，马上就反悔了，原因就只有一条，山太高，路不好走。

阿娘对后生情况有了底，就放心了，遂告诉女儿说："若对面后生再唱，你就用歌声回答他，若真意，就快请媒人上门提亲。"

按照岭上风俗，亲血表和未出嫁的女老表是不能开过分玩笑的。但那些转拐的已婚男女老表之间，相互开玩笑取乐就没有太多禁忌了。唱风流歌是取乐的重要方式，嬉笑怒骂，打情骂俏，讽刺挖苦，只要不伤及人格，歌词粗鄙一点，也没哪个人去计较。如若两个旗鼓相当的男女老表遇上了，就有好戏看了。

有一天，两岸的一些男女老表不约而同地来到岭下的皮渡河景区游玩，在情人桥下的对歌台为游客表演情歌对唱。天快黑了，各自回家，但有两人仍意犹未尽，边爬坡边对唱，苦达岭的男老表向对岸的女老表随口就来了几首温和的情歌：

二人恩爱嗨得和，
同得鞋子共得脚。
同得钥匙共得锁，
好比钉子转了脚。

送姐送到屋檐脚，
风也吹呢雨也落。
左手帮姐来打伞，
右手帮姐扯衣角。

男老表上一节坡歇一节，就唱一首，连唱了几首，也不见对面女老表回歌，于是就来了一首带彩的，调戏一下对方，看你出不出声：

对门老表长得乖，
就像三月桃花开。
索性今天莫回去，
你各过河陪我嗨。

河西女老表对此不屑一顾，开口就挖苦道：

吹牛不用上税钱，
好比蛤蟆打哈欠。
做梦逮到天鹅肉，
快回洞里去歇凉。

癞蛤蟆想吃天鹅肉没吃成，还招来一场奚落，河东男老表马上又来一首狠的：

皮渡河情人桥 作者 摄

姐是山中老青冈，
郎是山中啄木官。
惹得小郎冒了火，
抱到两头啄中间。

河西女老表一点也不示弱，于是来了一首狠的：

郎是山中青竹彪，
姐是手中牛刷条。
哈哈打在七寸上，
看你告饶不告饶。

河西女老表是个子婆婆客，前几年刚从湖北漫水那边嫁过来的，不仅人长得俊，歌更唱得好，在娘家做女儿时，就是一位出色的山歌手。河东男老表觉得唱来唱去也占不到任何相因①，也就知趣地哑火②了。上顶坡了，峡谷越来越宽，相距越来越远，歌声已听不见了，于是各自回家，这场对歌就告一段落，下次找机会又接着唱。

2022年10月9日初稿

① 便宜。
② 闭嘴。

文学的沃土

——《清清的皮渡河》出版九周年随想

到现在，我主编出版《清清的皮渡河——湘西桂塘优秀文学作品选》已过去九年了。一个偏远小镇，为什么要编一本文学作品选呢？

记得2012年5月下旬的一个早晨，像往常一样，我在山城吉首的书房开始临池挥毫，突然，手中的笔停住了，一个创意在我的脑海里闪现：选编一本桂塘文学作品集。我在为自己的这个创意莫名兴奋的同时，又有些拿捏不准，这毕竟不是我一个人能够完成的事。这个创意是否有价值？是否可行？或者是否是无事找事而被人耻笑呢？

笔者主编的《清清的皮渡河——湘西桂塘优秀文学作品选》　作者 摄

于是，我马上拨通了同乡文友彭承忠、黄光耀、向宏恩等人的电话，向他们谈了自己的想法。哪想到，他们异口同声地说："这是个好创意！"但他们都谦虚，说既然是我想出来的，就由我来牵这个头。既然大家支持，牵头就牵头，于是我谈了自己的初步计划，得到了他们的赞同。随后我又当面或电话征求了桂塘籍的一些老领导、在外工作人员、文学作者，以及家乡有关人士的意见，得到的都是肯定、支持、赞许的答复。

现在想来，我的这个创意是偶然，其实也不是偶然。

首先，我们桂塘独特的边地文化、浓郁的民族风情、优美的自然风光，为文学的孕育提供了肥沃的土壤。

桂塘为龙山县的一个建制镇，因地处湘鄂川三省交界之地，素有“一脚踏三省”之称。因交通位置重要，边区贸易繁荣，古有“边陲重镇”之美誉。

桂塘境内的乌龙山大峡谷景区距县城三十多公里，是国家级地质公园、国家级风景名胜区。峡谷长十五公里，最宽处百余米，最窄处仅四五十米。群峰竞秀，陡峭险峻，幽深莫测，林郁篁密，形成一道绿色长廊。峡谷两岸溶洞横陈，构成一个个神秘的地下迷宫，被誉为“世界溶洞博物馆”。据中外洞穴专家考证，乌龙山大峡谷是我国最大的溶洞群之一。现已发现的大小溶洞有两百多个，景观各别，构成了千奇百怪的地下世界。艺术大师黄永玉游览此地后，赞叹：“龙山二千二百洞，洞洞奇瑰不可知。”

流淌在谷底的皮渡河，清澈透亮，沿岸茂林修竹，令人流连忘返。

桂塘的文化沉淀非常深厚，这里是土家族、苗族、汉族杂居地，民风淳朴，与邻为善，和睦相处，现是湖南省民族团结进步示范乡镇。这里也是篮球之乡，男女老幼崇尚体育，自改革开放初期开始，由民间自发组织的湘鄂渝边区（桂塘）春节篮球赛，已连续举办四十届。大年初一至初三看球赛，已成为这里的一个新民俗，早在1992年，在全国七运会上，桂塘的群众体育曾受到原国家体委的表彰。

这里是湘西汉戏的最早传入地，清道光年间汉戏传入这里，距今有近两百年历史。当时的“凤鸣班”为全县第一个汉戏科班，现在偶尔能欣赏到汉戏的精彩表演。这里是山歌之乡，优美的山水赋予了人们天生的音乐细胞，山歌情歌哭嫁歌上梁歌，说唱就唱，歌歌动人。这里是能工巧匠之乡，木匠岩匠篾匠铁匠瓦匠弹匠油匠，匠匠有绝活，古道溪村英里沟的王仕辉先生，现年八十六岁高龄，是首届中国工美行业艺术大师，他的土家族微缩竹雕构思奇特，技艺精湛，美轮美奂，多次在国际国内博览会获奖，作品在台湾、深圳、长沙等地展出，引起轰动。

其次，有大量文学作品可选。二十世纪七十年代末，双景村的蔡测海从这里走上文坛，现是湖南省作家协会名誉主席，他以家乡为题材创作了大量小说、散文，《刻在记忆的石壁上》《远处的伐木声》《麝香》《母船》《三世界》《非常良民陈次包》《家园万岁》《地方》等作品多次获大奖，有作品还

蔡测海新著《家园万岁》　　作者 摄

被翻译成多国文字，是海内外有影响力的著名作家。

在蔡测海的鼓舞和影响下，近年来从桂塘走出了一批中青年作家和文学爱好者，初步形成桂塘作家群。大家经常一起交流、鼓励，创作的文学作品在文坛上产生了一定影响，出现了文坛关注的“桂塘文学现象”。例如，黄光耀近年出版了长篇小说《土司王朝》《白河》《无字审判》《争铁》《虎图腾》，中篇小说集《湘西物语》《武陵阙》，散文集《无釉的陶罐》，散文诗集《红狐·爱之舞》等，手头上还有几部长篇作品正在打磨。张家槽村“80后”网络作家向维军（火树）大学毕业后，专门从事战争题材网络文学创作，在短短的几年里，有四百余万字小说在新浪网、中文网、铁血网等网站发表，后又被新世界出版社、花山文艺出版社、团结出版社等出版社买断版权，现已出版长篇小说《冷锋》《孤胆狙击》《祖国的狙击手》《天狼战旗》。古道溪村的杜国平当过农民、生产队长、社教队员、水管员、文化馆负责人，人生经历丰富，在艰苦的环境下，仍不改初心，坚持业余创作，在报刊发表数十篇散文，被选送到毛泽东文学院学习深造。他的散文《记忆深处那头牛》发表在《散文海外版》，后被选入《散文选刊》，并荣获沈从文文学奖，2015年出版了自己的第一部散文集《草根的呼吸》。苦达岭村的彭承忠，有短篇小说发表于《民族文学》，重病初愈后，仍坚持创作，常有作品见诸报刊，拟结集出版散文集《逝川上的水漂》。王道溪村的向宏恩发表各类作品数十万字。古道溪村“80后”女作家王爱，虽身处逆境，仍笔耕不辍，近年创作了一系列乡土散文、小说发表于《民族文学》《芙蓉》《华夏散文》《小说月报》等权威文学刊物上，来势非常喜人，是省州文坛的一颗希望之星。我本人也勤奋耕耘，已出版了乡土散文集《那年那月》、文化散文集《书法湘西》，正抓紧创作第三部散文集，发表在《人民日报海外版》的散文《钩心的火岩》一文被选入中国作协主编的《新时期中国少数民族文学作品选》（苗族卷）。

据初步统计，桂塘籍作家创作的文学作品总字数近两千万。有作家队伍，有文学作品，这为选编一本高质量的作品集提供了可能。

其三，是家乡父老乡亲的支持。十多年来我在桂塘境内策划实施了跳岩河书法摩崖石刻、桂塘书法墙、明溪书法桥、古道溪梁家寨书法碑林等，征集镌刻全国各地书法名家作品三百余幅，目前这些书法景观，参观者络绎不绝，成为湘鄂渝边区文化新坐标。在实施这一系列书法工程过程中，得到了广大书法家、作家，特别是家乡父老乡亲的大力支持，他们说这是为家乡文化建设做的好事实事。工程实施出奇的顺利，积累了一些经验，也给了我无穷的信心和启发，即只要做对家乡、对社会有益的事情，就能够得到社会的支持。

为了实现当年内出版的目标，我于2012年5月26日起草了征稿启事，并发在我的博客上。经过大家相互转告，一些文学新人被发现，给我提交作品的作者也不断增加，远远超过了预期。文集的作者有二十九人，这些人中除两三个专门从事文学创作，其余均是业余作者。从职业上看，有党政干部、文化工作者、自由撰稿人、企业家、科研人员、农民、教师、学生等；从文化程度上看，有初中生、中专生、大学生、研究生，也有海归博士；从年龄上看，有年届八十的长者，也有“90后”青年，但更多的是四五十岁的中年人。

黄光耀、梁厚能、王爱在一起交流创作体会（从左至右） 作者 提供

经过筛选，文集共收入文章九十四篇，近五十万字。作品以家乡题材为主，也选入了一些其他题材的作品。作品体裁以散文（包括回忆、文史、纪实等文章）为主，同时精选了少量短篇小说、诗歌、戏剧小品，还节选了一部长篇小说。作品主要由作者自己选择，

自己提供，自己校对。逝世人员的作品，由主编选择，并经其后人认可、校对。

为了活跃版面，增强可读性，特在书前安排了八个页面的彩图，在文章中插入了大量或与桂塘或与文章相关的黑白图片。

作品选，可以说是一部完完全全的“桂塘人”的作品选，里面文章是桂塘人写的，图片是桂塘人拍摄的，出版资金是桂塘人赞助的，就连序言都是桂塘人写的。向成国老师是吉首大学老教授、沈从文研究专家，祖籍为斑鸠井，他很早就有回老家省亲的念头，因种种原因未能如愿。这次，为了写好序言，增加感性认识，又准备前往，但终因年事已高、身体不适而未能成行，但他放下手头的研究课题，抱病看完了每一篇文稿，写出了六千余言的序言。同时，著名作家、鲁迅文学奖获得者田耳先生也欣然为该书写了精彩序言。

当初我主编这本作品选有三个目的：一是向乡亲父老汇报创作成果；二是激发家乡作者的创作热情；三是启迪家乡青少年的文学梦想。现在看来，这三个目的，在一定程度上达到了。

先说第一个目的。书出版后，我们给县镇机关、桂塘各行政村领导和爱好文学人士免费赠送了几百本书，他们读着家乡人写的本土文章，感到十分亲切，很多人阅读后惊呼：“想不到，我们桂塘这个偏远小镇，居然有这么多作家，不简单啊!”虽然，所选的文章不一定篇篇是精品，有些还比较稚嫩，编辑排版也还存在许多不足，但乡亲父老们却给予了最大的鼓励和褒扬。

再说第二个目的。当初，当准备选编一部作品集的消息传开后，为了有作品入选，有几个作者就加紧创作，陆续发表了一些作品。作品选出版后，大家的创作热情更加调动起来了，有的已创作出来新的作品，并已见诸报刊，有好几位与我谈了今后的创作计划。苦达岭村的田代科，一位留美博士，现是中科院荷花研究专家，作品选中仅有一篇美国科考杂记，他觉得有些“异类”，表示今后要多写点东西。不久，他真的给我发来了一首题为《一朵最美的鲜花》的现代诗。李文是一名电视台记者，书中也仅选一篇，而且还是电视专题片的脚本，勉强算文学作品。前不久，我在《太平山》杂志上看见了她的一篇文笔优美的散文。毕业于湖南师大的青年作者张露，又考上了吉首大学文学院硕士研究生，主修文学评论，决定把桂塘这种边地文学形象作为自己的研究课题。农民作者雷中环，一生经历坎坷，有很多创作素材，春节期间我回老家，与我聊天时说，打算将这些经历用文学表现出来。近年，黄光耀仍保持旺盛的创作激情，长篇小说《白河》在大型文学月刊《芙蓉》发表后，又出了单行本，在文坛引起较大反响，参评了第十届茅盾文学奖，他的手头还有数百万字小说在修改打磨。2019 年 7 月 19 日，中国文联、中国作协主席铁凝在湘西调研时，举办作家座谈会，黄光耀、王爱应邀参加，并在会上做了精彩发言。目前，桂塘有一名湖南省作家协会名誉主席，蔡测海、黄光耀、王爱三名中国作家协会会员，彭承忠、向宏恩、杜国平、梁厚能四名省作家协会会员。相信未来有更多的桂塘作家加入省以上作家协会，形成名副其实的桂塘作家群。

桂塘学校每年评选文学新星 20 名，奖《清清皮渡河》一册

向媛媛 摄

最后说第三个目的。我们给桂塘九年制学校捐赠作品选三百五十本，并建议学校将五十本赠送给老师和校图书室，其余分十年奖励给学生。在 2014 年 2 月 21 日的开学典礼上，张敏、向俊等二十名同学被评为首届校园文学之星，其奖品就是《清清的皮渡河》。一位获奖同学说：“这本书的作者们有的是知名作家，也有普通农民，他们都从桂塘的大山里走出，我要以他们为榜样，努力学习，以后也成为一名作家！”我相信，通过这种形式鼓舞启迪家乡青少年的文学梦想，也许再过十年、二十年，家乡会涌现出更多作家，写出更多更好的文学作品，使桂塘真正成为一个作家之乡、文学之乡。

2023 年 4 月 17 日修改

我们的生活还将继续，只是生活的艰辛，只能自己默默去承受了，再也没有依靠的港湾了。

第三辑

父老乡亲

王仕辉和他的土家竹雕

2020年初夏时节，在古道溪村英里沟，我拜访了八十三岁高龄的中国工美行业艺术大师王仕辉先生。在他的土家竹雕博物馆暨土家竹雕传习所建设工地，听他讲述了自己跌宕起伏的人生和与土家微缩竹雕艺术的不解之缘。

一、苦难的童年

1937年12月18日，王仕辉出生于古道溪英里沟一个普通的土家族农民家庭。在他的前面，已有一个同父异母的哥哥，后来又有了一个妹妹。家里只有一亩多地，父亲是裁缝和油匠，本来一家生活还过得去。可后来其父亲染上鸦片瘾，在鸦片馆与老板娘日久生情，故又讨了一房。

父亲不敢回家，就索性躲在四川过起他自己的小日子。这样一来，没有了父亲呵护，他只有和妹妹与母亲相依为命，王仕辉的家境状况急转直下，只好住到四坝捡子沟的嘎公嘎婆家，二老看不过意，不时接济他们。日子难过也要过，他娘只好将他送到四川天塘岩科寨父亲那里，住了半年。父亲早出晚归给别人打零工，没有时间和精力管他，他每天上山要挪三捆柴，小娘经常给他白眼。那里人生地不熟，没有小伙伴玩，很孤独，天天以泪洗面，最后他娘只好托人将他接回。

就这么一来二去，王仕辉已长到六岁，娘仨实在过不下去了，他娘狠心将妹妹放在嘎婆家，然后带着他走上了乞讨之路，三省边区的招头寨、老兴场、贾田溪、十里铺、漫水、百福司等村寨，都留下了娘俩讨米要饭的足迹。

当时的三省边区到处兵荒马乱，大户人家被官府派粮逼款，或被土匪打家劫舍，家产败得差不多了，老百姓的日子就更难过，很多人户十天半月都揭不开锅。往往讨了一村一寨，就讨得碗把米，有些不怀好意的人家不仅不给好脸色，还要放恶狗咬。娘俩夜行昼讨，风餐露宿于荒郊野岭，住过油坊、灰棚子，也住过岩洞。那段乞讨经历，在王仕辉幼小的心灵打上了深深的烙印。

眼看儿子一天天长大，他娘觉得应送他去读书，这样长大了才有出息。于是她们结束了一年多的乞讨生活，将讨得的东西兑换，然后娘俩带着一斤草烟、二两鸦片、四两茶叶和一斗米到毗邻四川独坝一个向姓私塾先生那里念书。在独坝，吃过苦的王仕辉十分珍惜这来之不易的学习机会。填字描红，读《三字经》《弟子规》《学而》，十分用功。可好景不长，因当地土匪闹事，私塾不得不停办。此后，他娘又托人先后把他送到古道溪老山沟杜彦凡处、四坝捡子沟包昌贵处、古道溪肖家寨李金鼎处读私塾。当时世道太乱，土匪横行，哪有学生的安身之地，每到一处，才学了几个月学，私塾又不得不停办了。这里停了又去他处，他娘就这么把他转来转去。好在他非常懂事，不管身在何处，小仕辉都勤奋用功，颇受老师怜爱。那时，私塾先生对学生非常严厉，背不了课文，或调皮捣蛋，先生都要用戒尺打手板，打得学生“哇哇”叫，但王仕辉从未挨过打。

1950 年，人民解放军四十七军进军湘西，百年匪患得以根除，“土匪窝窝”终于获得解放，王仕辉的苦日子也熬到了头。十三岁的他当上了儿童团团长，站岗、放哨、查路条，人民政府在桂塘坝万寿宫兴办了小学，根据他的实际文化水平，学校直接让他读五年级。

爱好文艺的他，经常和同学们一道在街头和农村搞宣传，深得老师喜欢，并得到免费用餐的奖励。两年后，小学毕业了，本来他还想继续上中学，直至考大学。当时正赶上国家实施土地改革，工作量非常大，土改工作队需要大量有文化的人手，于是他被招去参加土改。他听从领导安排，整天忙上忙下，测面积，搞记录，工作一丝不苟，多次受到领导表扬。

二、部队淬炼

1954年秋，十七岁的王仕辉响应国家号召应征入伍，经过一个月的新兵连集训，被分配到岳阳湘阴县洞庭湖劳改农场看守犯人。因表现出色，先后提升为班长、副排长。后调入广州军区集训队，经过了严格的擒拿格斗训练，后被提干，凭借过硬的军事素质，调入湖南省军区教导队（驻衡阳）任特务训练主教官。在衡阳，爱好体育的他经常观看体工队训练、比赛。一来二去，他被身材高挑、身手敏捷的排球女队员张正满所吸引，最后俩人相知相爱，结为终身伴侣。

后来，有反动分子密谋暴动，王仕辉奉命带领一个班战士配合当地公安、民兵平暴。在战斗中，他的过硬军事才能得到充分发挥，经过三个多小时激战，一举平息了暴乱。因表现突出，王仕辉荣立三等功一次。

经过部队这个大熔炉的淬炼，王仕辉已从一个青涩的农村青年，成长为一名各方面都日趋成熟的中国人民解放军青年军官，前途不可限量。

1962年，为了响应国家号召，王仕辉与爱人一道自愿复员回乡，支援农业生产第一线。就这样，王仕辉依依惜别了战斗了近十年的军营。

三、教书育人

复员后，他开始被安排到毛坡大队当民办教师，后桂塘公社成立邮电所，因他是复员军人，政治素质好，被公社书记杨学志点名去守总机。三年后，政审发现他家族中曾有人为匪，认为他历史背景复杂，不适合干机要工作，于1974年他不得不离开总机岗位，回到原籍，在肖家大队民办小学任教。

其时，我正在那儿读三年级。他任我们的班主任，教语文、图画等课程。他的爱人张正满老师则给我们教音乐和体育。

他俩不愧是军人出身，到过大地方，见过大世面，他们给我们这些山村孩子带来很多新鲜知识。记得王老师上课时语言十分生动，又配合很多肢体动作，我们个个听得津津有味，没有一个打瞌睡的。

课余时间，王老师也给我们讲一些部队生活和广州、长沙、衡阳、岳阳等城市见闻。这些大地方，我们只在课本里见过，因此，每当他给我们讲故事时，我们都充满着无比的好奇，希望有朝一日也能亲眼去看看。

王老师的大儿子国庆与我同班，有一个周末，他邀请我到英里沟家里玩。我们翻过一座山坳，来到他们家，发现是一栋青瓦木板房，与我们那一带的民居没有多大区别，但屋内的陈设和家具装饰却有些别致。

他家外坪坝用彩色石子、碎碗渣拼成很多图案，屋里家具上画的有兰草、菊花、梅花及古典人物图案，还有一些用竹子、木头雕的玩具摆件。

我像刘姥姥进了大观园，开了一回眼界。王老师说，这些图案、摆件，包括这栋房屋都是他亲手做的。这一切，真的让我震惊，我的老师真的不简单，我从心底生出敬意，也羡慕国庆有个好父亲。

读完了四年级，我们班二十多位同学全部转到公社学校读书去了，后来有五人考取学，七人参加工作，其中还有两人成为县处级领导干部，我认为这与王老师良好的启蒙教育是分不开的。

1979 年，因工作出色，王老师夫妇双双转为公办教师。

此后他又在桂塘中心小学、召市教育办、华塘小学从事教育及相关工作，直至 1993 年光荣退休。

四、痴迷竹雕

退休那年秋，龙山县举办声势浩大的“土家摆手节”。这是县里举办的第一个面向全国的节庆活动，喊出了“文化搭台，经贸唱戏”的口号，组委会号召全县人民为“一节一会”做贡献。

刚刚退休的王仕辉就想：“我准备一件什么礼物呢？”思来想去，最后他想起了爷爷王承林。他的爷爷是湘鄂川（渝）边区有名的木匠、雕匠。小时父亲不管他，他曾跟随爷爷到三省边区跑过一段江湖，修吊脚楼、凉亭桥、木楼，有时为庙里雕菩萨，如斑鸠潭凉亭桥、明德庵里栩栩如生的菩萨，就出自他爷爷之手。

耳濡目染，王仕辉对起屋和雕刻发生了浓厚兴趣。爷爷做工时，他就在旁边津津有味地观看，有时也向爷爷提一些问题，爷爷看见孙子对此感兴趣，就耐心地教他。

爷爷对他说："画墨，是木匠的根本，无墨不成规矩，无墨不造屋。"这里所说的"画墨"，就是掌墨师在木料上画墨线，然后依墨线制造，相当于造屋的图纸。在刻木雕时，爷爷给他耐心解释，什么是阴刻，什么是阳刻，什么是浮雕，什么是镂空。听着这些专业术语，似懂非懂的他常常听得入神。

在潜移默化中，王仕辉受到了艺术的熏陶，血液里开始生长艺术细胞。后来上学了，他就喜欢上了绘画，课余或假期时间他就琢磨，尝试木工、雕工、漆工、画工。十五岁那年，家里要修一栋三柱二棋的新木屋，为历练孙子，爷爷将掌墨师的重任交给他，他也不负众望，在爷爷的指导下，竟把房屋修起来了。

掌墨师可是木匠里的翘楚，小小年纪竟有如此本事，于是，赢得了众人的夸奖，一时声名鹊起。青出于蓝而胜于蓝，后继有人了，爷爷看在眼里，喜在心里，儿子不争气，现在有了孙子，自己的衣钵终于后继有人了。

长大后，王仕辉外出当兵、教书，没有当成木匠，这给自己给爷爷留下了不小的遗憾。

国际铜奖作品——《土家族冲天楼》　　王仕辉 提供

他想到，爷爷每次在修凉亭桥，或吊脚楼前，都要用芭茅秆扎好模型，然后才照模型修。

二十世纪九十年代，改革开放使湘西农村一部分人富裕起来了。村民们纷纷竖新房，为了追求实用，大多修砖房子，而将原来的木房子拆掉。王仕辉看见他与爷爷修建的吊脚楼、转角楼、木房子一栋一栋被拆掉，觉得非常可惜。他想把它们中的精华保留下来，让后世子孙能见到这些土家族建筑的瑰宝。

整栋整栋买下来，肯定是不现实的，一没有那么多资金，二也没有那么多地方立，于是他想到了爷爷的建筑模型。用芭茅秆复制，太脆易坏。用木料又易断，不好保存。对！就用楠竹，英里沟人家的房前屋后到处都有楠竹，可就地取材。

想到此，他"老夫聊发少年狂"，在家里手舞足蹈，念念有词，高兴得像一个孩子。老伴张老师不解地看着他，以为他发疯了呢。

说干就干，王仕辉乘班车从县城回到老家英里沟，砍了几根优质成年楠竹，运回县城，然后自制或买来一堆雕刻工具，然后选择一栋吊脚楼为参照物，拍好照，量好尺寸，按 1∶80 比例画好图纸。于是终日闭门谢客，依葫芦画瓢，一刀一刀地雕刻起来。

由于初次搞，没有经验，加之雕刻工具落后，反复修改，反复试验，手被凿伤多处，他几次都想打退堂鼓，最后还是坚持下来。这样前后用了半年时间，第一件竹雕作品《土家吊脚楼》诞生了。这时摆手节也即将开幕，他怀着忐忑的心情把作品交给组委会。

展览时，组委会将他的竹雕作品摆放在展厅显著位置。展厅一开放，来自全国各地的嘉宾涌向他的作品，纷纷评头品足，赞不绝口。国家民委原副主任罗布桑、副省长唐之享、著名歌唱家何纪光、湖南师大教授凌宇等重量级嘉宾对这件美轮美奂的竹雕作品给予了高度评价。观众纷纷与他合影，记者追着他采访，王仕辉一下成为摆手节的明星。

初露身手，想不到取得如此成功，这给他带来莫大信心。于是他暗下决心继续干，搞大场合，决定扩大规模，利用县城的自建房，成立三槐竹艺苑。而这时，想不到的是，全家人都反对起来了，反对最厉害的是他老伴张老师。

她苦口婆心地说："你现在年龄大了，力不从心了，主要任务是休养。搞竹雕费时费力，又不赚钱。弄几件玩玩就可以了，再玩命去搞大场合，不值得！"并警告说，"你若不听，我不给你煮饭，不给你洗衣！看你怎么办！"

面对全家的反对声，王仕辉的倔脾气上来了，并放出狠话："我决定要搞的事，哪个都拦不住！你们愿支持就支持，不支持我一个人搞！"

第一件作品虽然粗糙，但为后来创作提供了样板。王仕辉反复琢磨其中的得与失。他把视野扩大，把雕刻题材范围选在土家族地区的吊脚楼、凉亭桥、转角楼、摆手堂，以及湖湘名楼名亭。先搞微缩，积累经验后再搞创作。

他用建筑建造工艺流程和手法把土家建筑实物及名楼名亭按 1∶100、1∶50 比例微缩，计算出枋、梁、柱、棋、挑、椽、瓦、脊、檐、门、窗、走廊、栏杆、础石等构件尺寸，确定方位、数量、规格、色泽，采用微雕、浮雕、镂空等纯手工雕刻技艺，最终雕制成土家竹雕工艺品。

雕刻工艺流程由内外两部分组成：内为框架结构卯榫穿斗，外无缝拼装、框架镶嵌。这样作品结构紧凑牢固，外观优美大方，比例协调，制作精细，技艺精湛，门窗能开关，碓能舂动，石磨能旋转，将土家人的智慧和生活场景予以充分展现。

前段时间，他先后创作了《土家吊脚楼》《转角楼》《鸠潭桥》《槐荫桥》等实景微缩作品，题材基本以龙山境内及周边土家族特色景观为主。而后他又将目光投向省内风景名胜，岳阳楼、爱晚亭等成了他的微雕对象。

此后，他又充分发挥艺术想象力，不再局限微缩某一具体建筑物，而是大胆构思创作，又先后创作了《土家族冲天楼》《摆手堂》《毕兹卡捋尤》（意为“土家山寨”）《洞坎人家》《望月楼》《飞云寨》《土家凉亭桥》等作品。这些作品不只是开始时的单体建筑，而是一个建筑集群，并综合运用盆景艺术和根雕工艺，作品表现手法更加丰富，有山有水有桥有楼有路有家畜有人物活动，不一而足。

一转眼，近三十年时光从他的锉刀下流逝了，年龄也从花甲步入了耋耄之年，体力视力已大不如从前。一路走来，其艰辛只有他自己知道。他已记不清受过多少次凿伤，只知道自己的手上腿上尽是伤疤。他备有一个急救箱，里面装满了创可贴、纱布、绷带、酒精、云南白药等急救药品。

有一次，他的膝盖不小心被锉刀戳伤，很深，伤及骨头，血流不止，家人把他送到医院，住了半个月院才基本痊愈。回来后，他顾不上休息，又继续干。有时为了设计一种新样式，他经常彻夜难眠。为雕刻需要，他对工具不断改进，自制和购买雕刻工具一百多件。

经过数十载的实践摸索，无数次的打倒重来，他的雕刻工艺和设计构思日益成熟精妙，先后创作了两百来件竹雕作品。

在长期的雕刻实践中，他总结出了从事竹雕必须做到“三心四力”的秘诀。所谓“三心”，就是信心、恒心、细心；所谓“四力”，就是毅力、耐力、心力、巧力。他深有感触地说，只有这样，才能雕刻出一件尽善尽美的作品来。

从事雕刻需要很好的体力，为了保持良好的身体状态，他长期坚持锻炼身体，每天跑步十多公里。为保持旺盛的艺术创造力，他内心始终保持着童真，即使现在年近九十高龄，他的容颜和心态看起来才过花甲。

楠竹笋能否移栽？别人最多就是想一想而已，而他却要亲自试验来寻找答案。他花了一天时间，在楠竹山里连根带泥地挖了一蔸楠竹笋，与儿子国庆一起扛到他的传习所旁移栽，每天观察竹笋的生长情况。他惊喜地发现，竹笋在慢慢长高，竟长到了一人多高。他心想，若移栽实验成功，在不久的将来，他的传习所周围就会发一片竹林，取材就更方便了。但遗憾的是，竹笋后来还是死了。实验虽然失败了，但竹雕还要继续。

每件竹雕作品的构件，少的有几百，多的有几千，雕刻时间一般要几个月，多的要两年多。慢工才能出细活，经过这么精雕细刻出来的作品，可以说件件是精品。三十年来，他应邀在深圳、上海、广州、长沙、张家界、吉首等地参加国际国内多个博览会，几乎次次引起轰动，次次获奖，多件作品被博物馆收藏。目前，他的竹雕作品已获得国家（国际）级银奖 2 项、铜奖 1 项，省级金奖 4 项、银奖 4 项。

省博物馆收藏作品——《鸠潭桥》　　王仕辉 提供

2004 年作品《秋润》被艺术大师黄永玉先生收藏，2007 年 7 月，《鸠潭桥》被省博物馆收藏。2008 年 2 月，土家族竹雕被列入湖南省非遗代表性作品名录，他本人也被评为省级非遗传承人。八十多岁高龄的龙山文化人张登赤先生参观他的竹雕作品后，特赋《土家竹雕赞》一首：

桌上楼台启牖扉，
红灯高挂鼓钹飞。
眼前神品谁雕就？
工美大师王仕辉。

2011年6月1日，国家领导人在里耶秦简博物馆参观了他的竹雕作品展。杨正午、张春贤、周强、徐守盛等四任省委书记曾先后参观过他的竹雕作品，并分别给予了高度评价。杨正午书记参观后对他说："土家竹雕工艺不光是湖南人的骄傲，更是中国的骄傲，要让其发扬光大，走向世界。"

土家竹雕的发展也得到了地方政府的重视支持。2010年，龙山县人民政府授牌"王仕辉土家竹雕传习所"，2014年湘西自治州人民政府授牌"湘西自治州非物质文化遗产生产性保护基地"。他本人也是获得不少荣誉，2008年被湖南省人民政府授予"湖南省工艺美术大师"称号，2009年10月被州人民政府授予"湘鄂渝黔边区民族民间工艺美术大师"称号，2017年被中国工艺美术协会授予"全国首批工艺美术行业艺术大师"称号。2020年5月20日，中国民族品牌推广日，土家竹雕作为中国国家民族品牌，登上了美国纳斯达克广场广告幕墙，由国家民族品牌推广大使石磊先生向全球推广。

五、精品频出

下面，让我们来细细欣赏王仕辉大师的几件获奖竹雕精品。

《毕兹卡捋尢》是土家语名，翻译过来就是"土家山寨"。这件作品创作于2009年，该作品运用精湛的竹雕、木雕、石雕三种工艺，采用优质楠竹和楠木，按照1∶70的比例微缩雕刻，长100厘米、宽70厘米、高35厘米。以土家族吊脚楼群为主题，从土家民俗婚嫁、土家作坊油房两个方面形象地展现出土家山寨和谐美好的山村风光和逼真生动的劳动场景，辅以土家石拱桥、石板桥，细致入微地勾勒出湘西土家山寨独特风土人情，展现出一幅宁静的山寨图，营造出土家人民安居乐业、美好和谐的社会氛围。此作品于2009年荣获第三届湖南省工艺美术精品大奖赛金奖。

关于这件作品，还有一个小故事。

那是2011年2月，王仕辉收到第七届中国（深圳）国际文化产业博览交易会（简称“文博会”）的邀请函，他喜出望外，自己的艺术作品终于有一个好的展示平台了。可是，作品体积庞大，运费需要一万多元，又让他陷入苦恼。

“作品太大了，如果小就随身携带了，大件又不能拆散。”眼看着5月12日文博会就要开幕了，王仕辉心里焦急啊。他的苦恼被媒体报道，全国各地网友被他的精湛竹雕技艺和工匠精神所感动，纷纷伸出援手，最终筹得运费，亮相深圳国际文博会。

作品在展厅一亮相，立马吸引了众人目光，引起了不小的轰动，深圳卫视、南京电视台、深圳晚报、南方都市报等十多家媒体纷纷采访报道，他的光辉形象和竹雕作品频繁地在各大媒体上亮相，成为文博会上万人瞩目的焦点。展览期间，深圳市委书记参观竹雕时，保安开始不认识王仕辉，将他当作普通观众隔开，书记见状，马上叫住，说：“王大师，请您过来！我昨天在报纸上见过您！今天专程欣赏竹雕来的。”

在那次文博会上，王仕辉大师的《毕兹卡捋尤》和《土家族冲天楼》力压群芳，分别荣获银奖和铜奖。

现在来欣赏在深圳文博会荣获铜奖的《土家族冲天楼》。冲天楼是土家建筑艺术的代表，建筑均高耸入云，气势磅礴，做工精微，过去能够修建如此房屋的，必是非富即贵。现在湘西土家族地区仅存两栋，均在龙山县苗儿滩镇。一栋在树比村，建于清代。一栋在惹巴拉风景区，是几年前景区方请王仕辉设计，并由其儿子加弟子王国庆主持建造的。这件竹雕作品，是他通过实地测量尺寸，按1：60比例绘制整体和每一构件图纸，总体设计在写实的基础上，大胆发挥，一刀一刻，耗时一年半雕刻而成。

这件作品，楼宇对称，空间开阔，间数多，撑起楼宇的巨大木柱笔直挺拔，门阁、窗花、楼栏、屋檐的雕刻体现土家吉祥图案：门枋的六页节格体现土家人团结友爱之意；十二个金瓜吊寓意土家姑娘能歌善舞、热情奔放；正堂上四个鳌头、八大翘角和牛角挑，体现土家汉子顶天立地、勇于担当的精神。在雕刻上运用了圆雕、方雕、浮雕、凸雕、凹雕等数十种雕刻工艺。

接下来我们欣赏作品《岳阳楼》。大家都知道，岳阳楼是江南四大名楼之一。王仕辉曾在岳阳当过兵，当年与战友经常登临参观，眺望浩渺的洞庭湖，留下很多美好的记忆。为雕刻这件作品，他先后三次亲赴岳阳实地测量，回来后按照 1∶70 比例微缩精准雕刻。内层四大金柱冲天，三十二根木柱落地，三架楼梯上楼，全是穿斗式结构。外层二十八扇门，十二个窗，每个门窗都原样雕刻。一楼翘角上的茶花凤凰，二楼翘角上的海藻游龙，二楼走廊上的格栏和花纹图案，顶层翘角万字梅花，均原样作图，雕刻精致入微，线条平滑流畅，既还原古建筑的风貌，又彰显了土家竹雕艺人的匠心和高超技艺。

这件作品，难度最大的是里面那幅书法作品。岳阳楼因范仲淹的《岳阳楼记》而闻名天下。这一名篇共 516 字，要将这幅书法全部按比例微缩后雕刻在竹片上，其难度之大，可想而知。首先要临摹书法，好在他幼年读过私塾，练过字，有一定的书法功底。经过反复临摹，终于完成，然后是雕刻，一刀一刻，丝丝入扣，须倍加小心，稍有闪失，就前功尽弃。这样，耗时两年，于 2012 年 12 月，终于完成这一千古绝唱。这件竹雕作品一经亮相，便惊艳国人眼球，岳阳楼管理处的工作人员看见后，都连连称奇。

下面再欣赏作品《摆手堂》。摆手堂是土家人的神堂，是土家人举行重大庆典和祭祀先人的重要场所。因此摆手堂的建筑都高大庄严，气势恢宏。王仕辉的这件作品，既写实又富创意，充分体现了这一建筑特点。屋脊上的瓦片均匀平滑，屋顶上的狮子活灵活现，屋檐的翘角雕刻细腻、棱角分明。“神堂”二字笔力遒劲，端庄古雅。门扇装饰复古，门扉厚重，凸显了历史的沧桑感。整座楼宇端庄大气，典雅厚重，体现出了摆手堂的庄严神圣，不愧为一件竹雕精品。

最后让我们来欣赏作品《洞坎人家》。作品将吊脚楼、跑马楼、转角楼、溶洞、石拱桥、崎岖山路融为一体，按照 1∶50 的比例依山雕刻而成。作品构思奇特，雕琢精美，门窗格栏、五谷杂粮、人物牲畜栩栩如生，观者通过竹雕不仅可以感受到民间艺术的魅力，还可以领略到土家山寨的特有美景，具有极高的艺术观赏价值。

此件作品于 2013 年 11 月 14 日在第十四届中国工艺美术大师作品暨国际艺术精品博览会上展出，引起不小的轰动，获“百花杯”银奖。“百花杯”奖素有我国工艺美术界“奥斯卡”之称，是我国工艺美术大师和工艺美术家最高层次的实力比拼，这件作品夺得银奖，实属不易。

随着年岁的不断增大，王仕辉觉得需要培养后备人才，这样才能将竹雕技艺传承下去，他在创作竹雕作品的同时，先后招收了17个徒弟（包括他的4个子女），毫不保留地将自己的技艺传授给他们。现在已有4个徒弟出师，能够独立创作作品。徒弟中最优秀的是他的大儿子国庆，因其有绘画功底，进步最快，现已是州级非遗传承人，其创作的作品《古碾遗韵》于2016年在湖南省第七届工艺美术精品大奖赛上荣获银奖。

2020年7月，王仕辉与县人社局、总工会联手，举办了为期7天的土家竹雕技艺培训班，他将绝活无偿传授给40位学员，其中28人获得职业培训合格证书。

与其他很多非遗作品一样，“叫好叫座，但不叫卖”，竹雕作品费时多，观赏价值高，但实用价值弱，一般作品卖价不高，精品又舍不得出手。例如他的《毕兹卡捋尤》，在深圳国际文博会上，一港商出价三十万元，他又舍不得卖。这样一来，徒弟们虽出师了，但几乎没有人从事竹雕行业，不得不到沿海打工另谋生路去了，这一直是挂在他心头上的一个痛。

王仕辉（中）和他的徒弟们　　王仕辉 提供

六、再绘蓝图

为了改变这一尴尬状况，2018年6月，时年八十一岁的他，再作惊人之举，决定倾其所有，将他的土家竹雕传习所从县城迁往老家古道溪英里沟。利用家乡天时地利人和的优势，建立土家竹雕博物馆和传习所，开门招徒，他打算开发一批更接地气的作品，使土家竹雕从庙堂走入市场，进入寻常百姓家。

他打算在竹雕传习所招收弟子30名左右，将自己的绝活毫不保留地免费传授给他们，尝试开发一些杯子、椅子、窗子、文具等实用物品，降低竹雕的艺术门槛和制作成本，“师傅搭台，徒弟唱戏”。他希望通过旅游提高竹雕的知名度，探索非遗加旅游的路子，带动竹雕产业发展和家乡村民致富，使弟子们能够凭这一技之长，不仅能养家糊口，而且还能发家致富。

正在建设的土家竹雕博物馆，外观设计为土家吊脚楼风格，内部展示区分为四大篇章，即竹雕发展史、竹雕工艺工序简介、竹雕精品展示、未来规划构想。

他的总体设想是，结合美丽乡村建设，配套建设占地百余亩的竹雕微缩景观园，包括博物馆、传习所、湘西八县市微缩景点、木质栈道、竹亭桥、荷花池和十五栋民族风格建筑，引入公司运作机制，总投资超一千余万元，吸引游客到此旅游、体验、休闲、康养。

这一次，他的家人没有一个人反对，而是举家跟随而来，他们吃住在工地上。现在，建设工地施工如火如荼，建筑初具规模。在此，真心地祝愿王老师健康长寿，工程顺利，早日实现自己的宏伟蓝图。

2020 年 12 月 17 日初稿

父亲人生的几个片段

父亲已离开我们十多年了，在他的忌日，在春节、清明节、父亲节等日子来临之际，我都曾有动笔的念头，但是最终没有写出半个字来。

父亲，这两个字是那么亲切，又是那么沉重，太沉重了，沉重得我不敢用笔端去触及。

父亲去世不久，我的第一本散文集《那年那月》出版，书中收录了多篇描写乡间人物的散文。斑鸠潭彭承喜老人是父亲的故交，他看完书，很认真地对我说："你的书从头到尾我都看了，写得好！但有一点不足。"

我问："哪点不足呢？"

他说："你写了那么多人物，怎么不写写你屋老汉呢？他可是一个角色人物啊！"

在我的印象里，父亲就是一个地地道道、普普通通的农民，新中国成立初期的土改根子，当过农村基层干部，平时木讷寡言而不失幽默，偶尔会唱几句山歌，摆几个龙门阵，仅此而已，他八十一载的人生旅途平淡无奇。难道他还真是一个乡间的角色人物？

近些年来，我虽未动笔，但每次回老家，我都要走访看望一些与父亲熟悉的老人，在与他们聊天中，我越来越多地了解到发生在他身上的传奇故事。

一、弱冠重担

我的老家，在湘鄂川（现为渝）交界之地的桂塘坝古道溪梁家寨。康熙年间，始祖天璋公从本省靖州府会同县永安乡大坡冲迁此定居，到我父亲这一辈为第七代，到现在约三百年。民国十六年（1927）农历十月十六，父亲出生的时候，他已有三个哥哥两个姐姐，此后他又有了两个弟弟。由于兄弟多，国民党每次抓壮丁都被抽上，他大哥长得一表人才，且能说会道，每次他都主动去当壮丁，然后再想办法逃脱，但最后一次却杳无音信，生死不明。他二哥结婚生子另立门户，两个姐姐出嫁，三哥在很小的时候就出嗣给本乡新寨沟黄家，他便替补成老三。

二十岁那年，他的父亲、我的爷爷去世。当时，一大家子十多口人，名义上是他的母亲、我的婆婆当家，但老人家当时年近古稀，已是力不从心。有道是长兄为父，这样赡养母亲、照顾弟弟、治理家庭的重任都落到他那尚显稚嫩的肩上。

父亲是怎么当这个大家的呢？他在世时从未说起，母亲在世时只偶尔谈及。娘说，梁家寨的房子已被土匪烧毁，一家人挨幺姑爷居住在四川滕家寨，住的是茅屋，新中国成立后迁回老家才新修了瓦房。那时虽然生活很艰苦，但一家人很和睦。娘的说法，有三件事可以得到印证。

第一件事，是帮他的大弟弟、我的四叔娶了贤惠媳妇，而且是从比邻的二坪界新寨抬着大花轿吹着唢呐热热闹闹地迎进屋的。这一待遇，在我们梁家寨是头一回，在方圆几十里也不多见。说起坐花轿，母亲流露出了几分羡慕的神情。有年国庆期间回老家，去看望近九旬高龄的四婶娘，她讲起当新娘坐花轿，更是一脸的幸福。

第二件事，是他将幺弟送到比邻四川酉阳县的龙潭读书。龙潭是一个千年古镇，自古教育发达，人才辈出，是革命先驱赵世炎的故乡。到龙潭读书，以前只有富家子弟才能做得到，而幺叔这个寒门子弟，在我父亲当家时却去了。

第三件事，是对孩子们一视同仁。我家的兄弟姊妹称呼父亲，既不叫爸爸，也不叫爹，而是叫伯伯。也许大家对此觉得奇怪，小时候我也很不解，特问我娘，别人叫父亲为爹，我们为什么叫伯伯呢？娘说，当时两个叔叔结婚后没有分家，一大家子人住在一起，叔叔家的孩子叫我父亲伯伯，我们也就这么跟着叫。

有一次，生产队社员与我开玩笑说："别人都有爹，你怎么没有爹呢？"

我指着父亲说："那不是我的爹嘛！"

做父亲的没有要求自己的孩子叫爹，而是任其叫伯伯，这是怎样的一种心情啊。也许父亲心里十分清楚，他是将自己的孩子与弟弟的孩子同等对待，一视同仁。只有一碗水端平，才能当得好这个家啊。

二、半月漂乡

新中国成立前，梁家寨人由于没钱置田，赖以生存的是帮地主打工，或者做手艺，或者养鸭。我们那一带多田坝子，这为养鸭提供了条件。梁家寨人几乎家家都会养鸭，父亲从小随祖父辗转于湘川边境，学会了放鸭技术，扛着形如半月的鸭棚子，漂泊于四川那边的王毛沟、独坝、茶河沟、斑鸠潭、中坝、七分田、老店上、可大湖、三马鞭、斑竹窠等地。

养鸭人一般自己会孵鸭苗，待鸭苗长大后，将公鸭当作菜鸭卖掉，母鸭作为蛋鸭自己饲养，一个成年人可以饲养一两百只。有了这么多蛋鸭，一家人的生计就有了保障。

那年月缺粮，没有饲料去喂养鸭子，只好让鸭子在稻田里寻找遗落的谷粒和鱼虾虫螺等水中的小生物。为了多生蛋，就要给鸭子充足的食源，需要不断地换地方，放鸭人也要不断地漂泊，因此人们将放鸭人称为"鸭客"。

鸭客的家当除了生活用品，还有鸭栏、鸭帘子、鸭篙子和睡觉用的半月形的鸭棚子，鸭棚子扛到哪里，鸭客的家就安在哪里。

放鸭看似轻松，其实十分辛苦。老家有句俗话叫"世上男人有三苦，放鸭抬岩挖生土"，放鸭是三苦之首。鸭客白天穿梭于田间，日晒雨淋，晚上夜宿荒野，长年累月，不仅寂寞孤独，还要防备抢犯和野兽来偷袭。没有这个胆，吃不得这个苦，是吃不成鸭客这碗饭的。

说起养鸭，在这里谈谈我亲眼看见的父亲的几招绝活。在数百个鸭子面前，对鸭子习性了如指掌的他是一个名副其实的"鸭司令"，他手中的鸭篙子就是指挥刀，他的口哨就是军号。他鸭篙一挥，鸭子就会排着长队，乖乖地行走在田埂或者山间小路上，从这一个坝子转移到另一个坝子。他的口哨一响，分散在田野觅食的鸭子，马上会集合，而且鸭子可以根据不同的音调，明白是喂食还是回家。此为一绝。

第二绝是认鸭。在我们的眼里，鸭子都是一个模样，而在他眼里却各不相同。在田野放鸭时，如果他的鸭子与别人鸭子混在一起时，他只要一吹口哨，就可以把自己的鸭子叫拢来，如果少数没有听见口哨，他可以在别人的鸭群里，一眼就认准自己的鸭子。

第三绝是数鸭。每天傍晚放鸭回家，为防止掉落鸭子，他都要点一次数。在回家的路上，数百只鸭子在前面走，他就跟在后面数，不怕鸭子挤挤挨挨的，一数一个准。

我家的鸭棚子被大哥扛去村史馆成为镇馆之宝　　作者 摄

父亲待人很宽厚，不是一个惹是生非的人，他在边邻放鸭的日子里，从来没有与当地村民扯个皮，红过脸。他的好人缘，使他在边邻有很多朋友。

他每迁徙到一个地方，当地的村民们经常无偿给他送米送菜，他也时常用鸭蛋来作答谢。可大湖一座小庙里有一个和尚与他关系要好，在新中国成立后的二三十年时间里，他还经常去看望。斑鸠潭的彭承喜与他同龄，是他几十年的朋友，也是土匪抢钱打他的见证人。父亲八十大寿时，他专门前来祝贺。那一夜，他与我睡在同一架床上，谈起他与父亲的往事，感慨万千。

父亲不是篾匠，但他会蔑活，背笼、撮箕、篓子等竹器他都能编织出来，虽谈不上精美，但也结实耐用。

他最拿手的是织斗篷。田土下户后，他在放鸭子的空儿开始织斗篷。桂塘坝每五天一场，有鸭蛋他就上街卖鸭蛋，没有鸭蛋就卖斗篷。织斗篷需要竹子和一种可以包粽粑的大竹叶，楠竹房前屋后有，而大竹叶就要到很远的地方摘了。

初三暑假的一天，我随他去摘竹叶。天刚麻麻亮，我俩吃过早饭就向四川方向出发，翻山越岭经过斑鸠潭、可大湖，还有一些不知名的地方，快到中午，我们来到了海拔1400多米的八面山麓，这种竹叶生长在半山腰阴暗潮湿的地方。这一带，荒无人烟，草木丛生，兽蛇出没，给人阴森恐怖之感，人在这旷野显得十分渺小，要是只有我一个人，打死我也不敢去。这让我不由佩服起父亲的胆量来。

三、孤斗三匪

2008年春节，我到斑鸠潭大姐家走亲戚，与一些老人摆龙门阵，他们给我讲述了父亲经历的一次生死劫难。那是快解放的时候，父亲一人在斑鸠潭一带放鸭。那天，可大湖逢场，他赶场卖完鸭蛋往回赶。路上有熟人好心地提醒父亲："梁鸭客，快莫去了，前面有几个土匪趴在那儿，要抢人呢！"

血气方刚的父亲不信那个邪，照样往前走。当走到一个叫斑鸠井的偏僻地方时，只见土匪小头目、徐家湾的李老毛带领两个喽啰，噌的一声从草丛中跳了出来，将他团团围住。李老毛开口便说："梁鸭客，今天鸭蛋卖得多少钱？给上次借老子的钱还哈子！"

"哎哟！这不是我们村的李老毛啊！乡里乡亲的，你没怪讲啦，我几时向你借个钱呢？"父亲看来者是同村的惯匪，知道来者不善，好汉不吃眼前亏，于是赔着笑脸套近乎。

"你少啰唆，老子讲你借了你就借了，喊你还，你就得给老子乖乖还！快把你今天卖蛋的钱全部交出来。要不然，莫怪老子翻脸不认人！"李老毛边说边挥舞着手里的盒子枪。

"既然你不顾同乡情面，认为老实人可欺，要钱没有，要命有一条！不信，你们试哈子！"面对众匪的威胁，父亲毫不示弱。

"今天老子抢定了！兄弟们给我上！"李老毛看见父亲不给他面子，恼羞成怒，吆喝两个喽啰就扑上去抢。

当年父亲二十出头，加之长年在野外奔波，练就了一副好身板，凭手篮，三个土匪根本奈何不了他。眼看占不到便宜，李老毛不容分说朝我父亲脑袋就是一枪，但子弹卡壳未打响。父亲眼快手疾一把将枪抓住，经过一番搏斗，将手枪扳机打掉了。土匪看手枪射不出子弹，就用枪托狠狠地砸向我父亲，砸得他的头部、背部血肉模糊，但他仍未屈服。

最后，土匪被他的气势所吓倒，加之斑鸠潭的村民大多认识我父亲，见他被抢，也纷纷赶来助威，高喊："抓抢犯！抓抢犯！"最后，土匪一分钱也没抢得，夹着尾巴逃跑了。

父亲孤身斗三匪，一战成名，从此以后，周边的土匪再也没有人敢去惹他。

可要想到，当年我的家乡一带是有名的土匪窝，土匪利用三省交界之地的特殊地理位置，虎啸山林，杀人越货，欺压百姓，对抗官府，在这样的环境下，人们早已是谈匪色变，谁还敢招惹土匪？除非是吃了熊心豹子胆！想不到，外表羸弱的父亲就是一条吃了熊心豹子胆的汉子！

四、牢狱之灾

新中国成立后，解放军剿灭了祸害百姓的土匪，建立了人民政权，饱受欺压的穷苦人分得了田地，在政治上更是得到了翻身。由于历史清白，忠实可靠，父辈们成为人民政府的依靠对象，二伯博才当上乡农会主席，父亲成为土改根子、农会委员，四叔博松成为武装委员，幺叔博荣参加了中国人民解放军。族叔博龙年轻有为，二十岁出头就当上了桂塘乡书记。

从小我就知道父亲是一个老党员，至于有多"老"我当然不知。有一年，我接他和娘到我工作的城市小住，其时他已七十八岁高龄，脑梗后遗症使他的行动和说话有些不方便。一天，他心情很好，躺在床上哼起了小调。我走过去与他聊天，聊着聊着问起他是哪年入的党，他毫不犹豫地回答说："1957年7月1日！"

入了党的父亲得到了组织的重用，很快当上了桂塘村党支部副书记。别看这个比芝麻还小的官，而且还是个副的，但管的人不少，公社化后桂塘村分设为桂塘、四坝、肖家、黄泥四个大队，其范围相当于刚解放时的一个小乡，管的人和事也不少，有的还是大事！

在副书记任上，他做了一件造福子孙的大事。

古道溪贯穿我们全村，它发源于一个距我们寨子五六公里、俗名叫牛飙尿的地方。古道溪的沿岸是一千多亩旱涝保收的稻田，每到秋收季节，田野一片金黄，稻浪滚滚，十分诱人。这些稻田之所以能够年年丰收，得益于上游一座小水库的灌溉，而修建这个水库的指挥者，正是我的父亲！

以前，我经常到水库边游玩，但直到父亲去世，我也没有将这座水库与他联系在一起，因为他从来没有与我谈及，我也没有听人说，那毕竟是很久以前的事了。

告诉我的是曾经参加修水库的两个当事人，一个是会计厚光族兄，另一个是参加抗美援朝的复员老兵高万族侄。

那是 1959 年，全国上下正轰轰烈烈地开展“大跃进”运动，为了解决稻田灌溉问题，上级决定在牛飙尿修建一座水库，并指定父亲为工程总负责人(指挥长)。当田里的稻谷收割上岸后，全村挑选了两三百名精壮劳力，在他的带领下开始修建了。当时物资缺乏，爆破的雷管炸药很少，除了少量的铁锤钢钎、自带的农具，就是血肉之躯。

由于远离村寨，民工们吃住在岩洞或自搭的简易工棚。伙食很差，不仅一个月难以吃上一顿肉，菜里没有油腥，饭也吃不饱，经常饿肚皮。条件虽然艰苦，但民工们凭着建设社会主义新农村的一股子干劲，热火朝天地奋战在工地上。

干劲归干劲，由于工具简陋，工程进度却很缓慢。其间，县水利局局长到工地检查，对工程进度十分不满意，于是大发雷霆，当即向父亲等人发出一道死命令说：“如果今年冬天不把大坝建成，你们就用自己的身体去填！”

军令如山。为了按时完成任务，父亲顶着巨大压力，连夜召集指挥部领导成员开会，商量的结果是：每人每天必须运土石三百挑，否则不得吃饭！

这么多人，怎么计数呢？开始他们采取画正字，但搞了一段时间，觉得麻烦。后来想出了奇葩的办法，即每挑一担，就到计数人那里领一颗黄豆，晚上点总数。为了防止作弊，每天将黄豆染一种颜色。少数“聪明人”悄悄偷听指挥部开会，知道第二天黄豆的颜色，他们就连夜将私藏的黄豆染色，第二天冒充。指挥部发觉情况不对后，又改用苞谷、豌豆等。

每人每天三百挑的硬任务，的确加快了工程进度，水库的堤坝一天天在加高！当时已进入寒冬腊月，如山的土石方，清汤寡水的伙食，在饥寒交迫中，除少数身强力壮的年轻人和耍小聪明的人坚持下来，大部分人身体都拖垮了。其间，有两个民工相继死亡，也不知是累死的还是饿死的。最终，水库在1960年春耕之前如期竣工。后来，因死人之事，父亲被押送县城监狱关押了一段时间。

小时候，我听娘讲过，父亲曾经被人告状在县里坐过大牢，但具体的前因后果她没有告诉我。娘说，我的幺叔去牢房里看过父亲，给他送过衣服。后来她与幺婶娘结伴，花了两天走了一百多里山路赶到县城看望他。其时，父亲已平反，由于他有养鸭技术，又踏实肯干，已在县国有农场上班，并有望留下来转为正式职工。

当时父亲才三十出头，我的姐姐和哥哥还年幼，我娘一个人在家里照顾不过来，当农场领导征求娘的意见时，她死活不同意。父亲去世以后，娘每当谈起此事，都感到十分内疚，说是她拖了父亲的后腿，不然父亲的生活没有那么苦，一家人的日子也会过得更好。

五、一队之长

平反后的父亲，因一字不识，做了肖家大队第四生产队队长，故我曾自嘲：自己出身于书香门第，妥妥的“官二代”啦。

莫看这只是芝麻大的官，但管着有二十多户、一百多号人，没有一定的能耐，是当不好的。队里梁家人口约占一半，其余为王、张、田、刘诸姓。虽然不同姓，但在同一个地方住久了，相互都成了亲戚，一个生产队，仿佛一个大家庭。在这个家庭里，父亲及几个叔叔的辈分最高，有着很高的地位和威望。我们这些小屁孩也跟着沾光，水涨船高，一些年岁比我大很多的，按辈分要叫我叔叔，一些年岁与我母亲相当的妇女，我叫嫂子。

在父亲的带领下，社员们起早贪黑地在一百多亩稻田、几十亩旱土和几百亩桐茶林里耕耘，农业生产始终名列全大队前茅。社员们虽然没有走上致富之路，但再也没有饿过肚皮，每年还有上万斤“余粮”上交国家，或外借友邻队（每到青黄不接时节，四川、湖北的比邻队社员挑着担子来队里借粮）。

有饭吃，是干出来的。自我记事的时候起，就知道队里在种双季稻。收早插晚的时节，社员们称之为“双抢”，是全年最忙最苦的时候。打谷靠打斗，运谷靠肩挑背驮，犁地靠耕牛，插秧靠手，由于生产工具落后，生产效率十分低下，父亲与社员们几乎天天要忙到两头黑。有时，父亲要向四川（今重庆）的斑鸠潭、二坪界，湖北的中路口等友邻队求援，大队小学还将我们这些小学生放十天假支农，一时间，田野上你追我赶，好不热闹。

队里的经济来源主要靠油桐、油茶，但产量低，价格低，一年卖不了多少钱。为了增加队里的经济收入，父亲一是想办法在哈巴城办了一个水碾房，再就是发动有木工技术的嘎子大哥、有养鸭技术的松满满等长年在外抓副业。

有几年，父亲将队里生产交由副队长王蛮子打理，自己出门重操旧业，带领八名社员外出养鸭。他将人员分成两组，将孵化成活的一千多只鸭苗分开，往里耶方向放养，经过斑鸠潭、七分田、椒园、可大湖、三马鞭、新溪、和尚坪，再翻过八面山，一路走来，一年就快过去了，小鸭也长大了，他们将公鸭卖给里耶肉食站，母鸭留着作蛋鸭。

他们第一次赶鸭群过八面山岩口时，领头鸭见到岩坎就往下飞，后面的鸭群也跟着飞。这样，数百只鸭子都飞下悬崖去了，寻之不得，一年心血白费了。

有了这次教训，后来为防止发生这种情况，父亲将人员做了合理分工。年长的他和田八哥断后，眼疾手快的嘎子哥和松满满在前面带路，发现领头鸭有欲飞苗头，迅疾用鸭篙子按住，领头鸭没有飞，鸭群就乖乖地通过了岩口，鸭群均安全送达里耶。

两个小外孙给他嘎公洗脚　　作者 摄

在父亲为生产队养鸭的岁月里，我不知道他为集体创了多少收，社员们在年底分了多少红，但我知道，他与八哥风餐露宿，赶着鸭群奔波在三省边邻地区的田野上。我也知道，每次他用箩筐从外面一挑一挑地挑回白花花的鸭蛋，到公社肉食水产站卖。可要想到，在那一年四季吃不上几顿肉的年代，能够有鸭蛋吃，那是何等的口福。可是父亲从来没有给我们吃过一颗，因为他是队长。

二十世纪七十年代末，由于年岁增大，父亲感到力不从心，于是执意卸下了挑了近二十年的队长担子，接任的是高中毕业后回乡务农的大哥。他则成为名副其实的老队长了。

六、文盲管校

在父亲的农事生涯里，曾发生一段插曲。

那是1976年夏，当时我还是村小四年级学生。每天放学回家，总发现一个戴着眼镜脸上有几颗麻子的中年男人在等我父亲。来人不苟言笑，看起来有些高深莫测。父亲收工回家后，就与来人商量着什么。

后来得知，来人是大名鼎鼎的公社七年制学校校长李开华。民间传说，此人水平了得，学校任何一门课他都精通，若遇老师因事请假，他便亲自授课。当时我就纳闷，一个堂堂的大校长，怎么突然屈尊来找父亲这个文盲农夫商量事来了？

来的次数多了，我便知道原委，他来我家的目的，是代表公社和学校请父亲出山当校贫管会主任。这一职务，一般是选那些表现突出、政治可靠又德高望重的老党员、基层干部担任。经过摸底，他们认为父亲正好符合这个条件。

父亲以没有文化、生产队工作忙为由，多次谢绝。其实，还有一个原因父亲没有说，我想当年他曾在那儿挨批斗，遭公开“逮捕”，现在又要去那儿工作，他是否不想触及过去的伤疤呢？李校长仍不甘心，依然来做工作，虽三顾茅庐，但父亲是吃了秤砣——铁了心，就是不答应，最后李校长无功而返。

李校长看一个人请不动父亲，于是搬来了公社分管教育的宣传委员，两人一道登门做父亲的思想工作。他们说，这是公社党委的决定，是政治任务，作为一名党员，要服从组织的决定。最后，父亲松口说试试看。

当上贫管会主任的父亲，平时住校，只是在星期六下午才回家。那年 10 月，粉碎了“四人帮”，此后贫下中农管理学校也宣告结束，父亲的贫管会主任只当一个学期。七年制学校是公社的最高学府，建在明德庵上，父亲住校，我在大队小学读书，因而在他任职期间，我没有一次登上那个山堡，对他的工作情况一点不知。

父亲未上过学，最多只能认识自己的名字，在学校这个知识分子成堆的地方，他就像堂吉诃德一样滑稽可笑。父亲的内心，一定是孤独悲哀的。

有一年，我专门问父亲：“伯伯，您当年是怎么当那个贫管会主任的？”他摇摇头说：“莫讲起了，那些知识分子讲的话，我一句都听不懂！”他就这么一句话，再也没有了下文，父亲说此话时满脸无奈的神情至今还印在我的脑海里。

有一年，偶然碰见当年学校的老师陈绍炳、张瞳群夫妇，与他们聊起父亲。他们回忆说，我父亲虽然没有文化，但为人很正直，威望也很高，老师们对他也很尊重。

七、笑对病魔

父亲卸去生产队长一职两三年后，农村实行了家庭联产承包责任制，田土下了户。哥也结婚了，家里有了四个劳动力，母亲和哥嫂在家里经营责任田，父亲又干起了老本行，养了一百多只蛋鸭。我在上初中，小妹上小学，那时读书不需要多少钱，因而家里经济条件得到改善，大哥自己另竖了一栋新屋。

父亲养鸭，一直持续到我参加工作后。1990 年，我主动报名参加农村社教，分配在石牌乡桂英村，住在村医杨景祥家，与村民“三同”。大约在初夏的一天，我突然接到乡政府带去的口信，说我父亲病重已住进县人民医院。

当我心急火燎地赶到医院，发现他已躺在病床上打点滴，面色苍白，眼里黯淡无光，平时威严的形象荡然无存。在病床前照顾他的母亲和哥告诉我，他在老沟田放鸭时突患脑梗，幸亏被人发现送到乡卫生院，后家人又连夜送到县医院，虽经过抢救暂时脱离了生命危险，但中风偏瘫，面部变形，言语困难，左手左脚不能动弹，需要长期卧床治疗。在我以前的印象里，肥胖的人才有高血压，而时年六十岁出头的父亲身材偏瘦，想不到也有此病。

在我的记忆里，这是他第二次生病。第一次生病是二十多年前，我还在上小学，他得了急性肾炎。由于及时得到了根治，从此再未复发过。

作者陪父母参观吉首大学校园留影　　亚哥 摄

这也是他第二次进县城，第一次是三十年前被关进特训班，这一次竟是患重病生命攸关。在那封闭的年代，县城就是乡里人眼里的大城市，很多人一辈子都未进过县城。想不到，父亲两次进县城，都是那么不平常，苦命的父亲，命运总是与他开着黑色玩笑。

面对病魔，父亲非常乐观。哥因家里工夫忙，还要照看父亲那一百多只鸭子，便赶回去了，留下娘和我照顾他。我与娘天天按摩他的下肢，慢慢地，他的下肢开始有了知觉，可以微微动弹了，变形的面部慢慢变周正，言语从模糊不清到能简单交流。以前少言寡语的他，待语言功能渐渐恢复后，话也开始多了起来，医生查房或护士打针时，他还给他们讲笑话，逗得大家都大笑，仿佛他自己不是病人似的。有时高兴，他则摆几则龙门阵，或哼几段山歌。一时间，医生、护士和病友们都喜欢上了这个快乐的乡下老头儿。

有一天，他表情严肃地把我叫到病床前，说有话问我。

“老三，你组织问题解决没有？”

我摇摇头说：“没有！”

他又问：“那你写申请书没有？”

我说：“暂时还没有写呢。”

他说：“为什么不写呢？”

我说：“觉得条件还不够成熟。”

他说："条件不成熟，可以创造条件嘛。作为年轻人，要有上进心，积极向组织靠拢。"

我说："要得，我会努力的。"

他接着又问："你谈对象没有？"

我说："还没有合适的。"

他说："你都参加工作三四年了，年龄也不小了，应该谈得了。你看我们寨上比你年龄还小的几个，人家小孩都会走路了。你不急，我与你娘急！你看我现在身体像这个样子，晓得看不看得见孙子啊！"

说到动情处，我发现他眼里含着泪花。记忆里，这是父亲与我的唯一一次正式谈话，因而记得十分深刻。性格有些内敛的他，在子女面前，平时都是沉默寡言的，如果这次他没有身患重病，像这样的谈话可能也不会有。从这次谈话，我深深地知道，他平时没有教育我们如何去做人、如何去做事，但其实子女的事业、家庭，是他内心深处最牵挂的。

也许是乐观心态和坚强毅力起了作用，他的病恢复得很快，连医生都感叹是一个奇迹。大约住了一个月就出院了，且能够行走自如，交流自如，如果不是体质尚虚，几乎看不出他曾经患过如此大病。

回到老家，为防止意外，家人不准父亲再单独外出放鸭。他便减少了鸭子数量，就在家附近放养，平时也干些力所能及的家务活。日子就这么平淡地过着，但不料一次重感冒后，他的病情复发，经救治稳定了病情，但落下了下肢和面部偏瘫的后遗症，他的嘴巴向右歪斜，说话吐词不清，外人要通过家人翻译，才能明白他在说什么。

为了掌握自己的病情，他每天坚持到村卫生室量一次血压，每逢农历三、八赶场，到镇医院检查一次，他以顽强的毅力，这么坚持了整整十七年，直到生命的尽头。

八、幸福晚年

父母晚年住在老家，与大哥一家生活在一起，四世同堂，家庭和睦，远近闻名。哥嫂对二老体贴入微，嘘寒问暖，照顾有加；四个孙辈都很孝顺，在家端水送饭，出门在外经常打电话问候；三个重孙承欢膝下，整天"太太"

“太太”叫得脆响；大姐和小妹隔三岔五都要回家里看看，帮助他们洗洗衣服，和他们拉拉家常，在人生的暮年，父亲享受到了人间的天伦之乐。

我在外地工作，路途较远，交通又不太方便，除了每年春节铁定回家外，平时回家的次数有限，与家里其他人相比，我尽孝最少，很久以来我曾为此自责。我很珍惜与父母在一起的时光。有一年我将二老接到吉首住了一段时间，陪他们在医院检查身体，带他们参观吉首大学校园、博物馆、花果山公园。

每年过春节回家，在大年三十夜，我和爱人燕子都会亲手为二老洗脚、剪手指甲和脚指甲。在我的影响下，他们的孙儿、重孙也经常为他们洗脚。父亲的脚指甲很厚很硬，我带回去的剪刀常常被剪坏，后来我专门买了很锋利的刀片，慢慢为他削。

自从买了相机以后，每次回家时我就随身携带，抓拍一些二老生活的画面，下次回家时，再挑选一些拍得好的照片放大洗好，送到他们的手上。十多年时间里，我为他们拍摄了数百张照片，老家的相册有厚厚的几大本。现在二老都走了，想念他们的时候，我就翻出来看看。

父亲开始患病时与我谈话问及的两个问题，加入组织的问题很早就实现了，而抱孙子的问题，直至他去世也未能实现，这是我做儿子的不孝，也是我终生的遗憾。不过，可感欣慰的是，他在世时见到了知书识礼的儿媳妇。每一年春节，我的爱人都与我在老家陪二老度过，一住就是十来天。她对二老十分孝敬，梳头洗脚，添衣买鞋，嘘寒问暖，时时挂在心上。在父亲弥留之际，她和我赶回老家，日夜守候在床前，不怕脏累，悉心服侍。现在，我的儿子、他最小的孙子高瑞（卓儿）已进入初中，每次回老家我都要带他到二老坟前祭拜，如果父亲在天有

父亲八十岁生日那天，我们在寨子里给他举办了一场生日晚会　作者 摄

灵，看见聪明可爱的孙子，应感高兴。

每次回老家，爱人燕子都要给她公公剪指甲　　作者 摄

在老家一带，父亲的资格老，辈分高，为人正，又不倚老卖老，平时乡邻们都很敬重他。2006年农历十月十六，在他八十大寿时，上下几大寨，以及鄂渝边界的亲戚故交都赶来为他贺寿，一群晚辈还抽空专门排练了一场晚会。其时，已进入初冬，晚间有几分寒意。大家烤着炭火围坐在寨里岩坪坝观看演出，我发现父母坐在一起看得十分专注，当看到汉戏《酒相公闹馆》时，滑稽幽默的表演逗得观众开怀大笑，他也露出了久违的笑容。那一晚，父亲是寨子里最开心的人。

2007年10月，八十一岁（虚岁）的父亲去世了。一转眼，他老人家已离开我们十六年了，失父的悲痛已被岁月冲淡，但每当我静静地坐下来回忆他的若干人生片段，感觉他的形象从来没有这么清晰过。

2023年7月17日定稿

白发亲娘

清明节一过，母亲节又快到了。九年前母亲已不在了。朋友圈里铺天盖地对母亲祝福的话语，触动了我某根脆弱的神经，一个人静静地坐在书房里回忆，娘的音容笑貌和生活往事，就像儿时观看过的黑白电影一样，一幕幕在我眼前浮现。

今年正月初一，吃过早饭，我一个人从新屋散步来到寨中的老屋。自新屋建成，一家人搬走后，老屋就空置下来。在老屋的神龛上，我看见“福寿无疆”匾额。那是娘八十岁那年，我亲手给她雕刻的寿匾。而眼前，匾犹在，娘却没了。睹物思人，不由悲从中来。此时，我才真正体会到那句古话所说的“树欲静而风不止，子欲养而亲不待”。

一

娘姓田，是毗邻四川（现重庆）酉阳石堤麻阳寨人氏。

娘没有兄弟，只有一个姐姐。她是我的婆婆、她的远房孃孃①介绍的。当年她才十二三岁，来我家做童养媳。当时，她听我婆婆说，我家条件不错，有一千多皮瓦呢。那时都穷，村民大多住的是茅草屋，家里有这么多瓦皮，就算不错的人家了。

公公婆婆去世后，长兄为父长嫂为母，作为长兄长嫂，我的父母又当起了这个大家长。两个叔叔娶妻生子，一大家子十多口人，挤在一起，好不热

① 姑姑。

闹。人一多，矛盾也多，但他们都处理得妥妥帖帖的。

我记事的时候，已分家了，我家与四满满住祖屋，在寨子的最东边，从堂屋分，一家住一半。博荣幺幺住最西边的竹子堡堡上，那是他当兵退伍后，村里帮他修的一栋新屋。

父母一共生了六个孩子，我有两个哥哥一个弟弟、一个姐姐一个妹妹。兄弟排行，我是老三。二哥连名字都未来得及取就夭折了；小名叫“老亮”的四弟，比我小两岁，是一个身材瘦小，却十分机灵聪明的孩子，是我的跟屁虫，可怜在六岁那年因病死了。

二

记忆中，娘是一个性格要强而又勤劳的女人。

她常说：“论挑抬，我比不了男客家，但若比手动工夫，我与任何人比都不怕!”

是的，娘身单体弱，但手脚麻溜，做工夫又肯吃苦，扯秧、插秧、薅草、打牛草、割稻谷、晒谷子，等等，生产队的样样农活，她从来没有落后过，社员们都夸她是个力量人。

大集体时，生产队评工分等级，娘年年都是女劳力中最高的，八分。

父亲是一名老党员、土改根子，新中国成立初期当村干部，后来降为生产队队长，平时工作十分繁忙，根本没有精力照顾家。大姐出嫁了，大哥还在咱果坪四中念书，我与妹妹子香又尚幼。这样，家务活全落在娘一个人身上。

娘白天在生产队拼命挣工分，晚上收工回家，又要操持家务。种菜、洗衣、煮饭，还要喂养两头大肥猪。打猪草、砍猪草、煮猪食、喂猪，都是她一人完成，由于身材矮小，她提潲桶时，异常费劲，常常忙到深夜才得休息。娘有时自嘲地说：“潲桶把把都被我提熔了!”

娘的节俭是出了名的。她常对我们说：“吃不穷，穿不穷，不会划算一世穷。”

她举例说，你看队上某某，有钱时不是他的搞头，大手大脚用。有粮时，放开肚皮餐餐逮大米饭，几哈搞没了，到后来只有受穷挨饿的份儿。

钱在娘的手上，即使捏出了汗，也舍不得用一分。家里财政大权在她的手里，但我几年未看见她给自己缝过一件新衣服，上街赶场饿了，也从未给自己买过油粑粑、米豆腐之类小吃充饥。

我家的粮仓粮柜长年装得满满的，还经常往外借，但自家煮的是红薯饭、萝卜饭、苞谷饭，而且红薯、苞谷、萝卜比米多。小时粗粮吃多了，也吃怕了，现在我一见到红薯就有条件反应。

一段时间，我发现家里火坑边多了一个小木桶，娘在着米[①]时，抓回一把放在小桶里，待桶里的米够一餐时，空出来煮饭，再着米时，她又要抓回一把放进小桶里。

娘这一辈子，从没有停止过劳作　　作者 摄

日子虽苦，但我家每年都要杀一头年猪。为了保存得久，娘都炕了腊肉。她将炕好后的腊肉深深地埋在粮柜的稻谷里，往往要存放两三年。平时舍不得吃，只有家里来了匠人或贵客时，她才从谷子里抠出一坨洗净，炒上一大碗，我们也搭到逮上一餐腊肉朒朒。

娘的这种节约方式，可能就是她所说的会“划算”吧。由于她的勤俭持家，我从来没有被饿过。

放久的腊肉哈喉[②]，很不好吃。粮食也一样，年年吃陈粮。相反，那些缺粮户却年年吃新粮。吃完后，不够再找别人借。年年这么搞，我们闹意见了。娘也觉得这么搞不划算。她采纳意见，待每年打了新谷，留足吃一年的，然后把陈谷和多余的新谷卖掉。年猪也一样，留一半卖一半，不够时到市场上称新鲜肉。

有一段时间，父亲带领五六个社员外出到毗邻四川那边放鸭子搞副业，一出门就是一年。这段时间，娘最苦。她与田仁和八哥、厚光五哥等人在队里晒谷子。晒谷子看似轻松，实则很辛苦。有时放学回家我去看她，只见晒谷坪里，稻谷、苞谷堆积如山。早上，太阳出来前，他们要将谷子挑到岩坪

① 将米放入锅里。
② 变味，刺激喉咙。

坝里，再用哈谷耙摊匀；傍晚，太阳落山时，又将谷子挑回仓屋内。有时，天突然下暴雨，他们收不赢，就喊在附近做工夫的社员帮忙收。如此反复，几天后，谷子晒干了，他们才将干谷运入仓内保存，为防人偷盗，就用石灰桶盖上印戳。

三

弟弟老亮因蛔虫钻胆死后，我曾伤心了很久。责怪娘只顾做工夫，不关心自己孩子，没有早点救治他。

后来一想，是我错怪了娘。娘不去挣工分，就分不到粮食，我们吃什么？要去做工夫，哪有时间照看孩子啊。记得小时候，娘经常把我带到她们做工夫的遇口上，让我自己玩。有一次在长岭岗那边玩，我不慎滚下了桐山坡，我在前面滚，娘在后面扑趴翻天地追，幸亏坡度平缓，有惊无险，把娘的脸都吓青了。

我读书去了，四五岁的妹妹无人照看，娘只好把她一人丢在家里，大门一关，任她自己在屋里爬来爬去。妹妹想娘了，就往门口爬，门关着，出不去，就在那儿又哭又喊，哭累了，就靠着大门睡去。娘收工回来，不知妹妹在那儿，使劲一推门，把她吓得哇哇大哭。

儿女是父母的心头肉，娘宵衣旰食，屎一把尿一把把我们拉扯大，条件那么艰苦，多不容易啊。

其实，老亮的死，娘比谁都悲痛。那晚，在老屋旁的大猴栗树下，娘抱着老亮的遗体哭得死去活来。她边哭边自责："老亮啊！老亮！是娘害了你哦。要是我早点给你买药吃，这个小病哪里会死人啊。"

有一天，娘对我说："我们给老亮的名字没有取好。厚亮，后亮，老亮的天，怎么能后亮呢？"

娘小时家穷，没有上过一天学，扁担倒地，一字都认不到。一辈子吃够了没有文化的亏，因而她十分希望自己的儿女成为有文化的人，她对我说："老三！我们农村人，只有攒劲读书，才有出路。否则只有回来一辈子耍锄把，学习上，娘没有文化，帮不了你，资金上，你一点也不用担心，你需要多少，娘给你多少。"平时舍不得用一分钱的娘，在我读书上总是那么大方。

“跟着好人学好人，跟着狐狸学妖精。”这是她经常教育我们的话。我们长大后，她又对她的孙子们说。

莫看娘大字不识一个，小时候她给我们教了很多儿歌。记得在冬天的时候，晚上吃饭后一家人围着火坑烤火。闲着无事，父亲就给我们几个孩子唱山歌、摆龙门阵，娘就出谜子、教儿歌。

她把小妹抱在怀里，把妹两只小手分开，捉着两根食指，一碰一分开一碰一分开，做飞翔状，口里轻轻地唱道：

虫虫、虫虫飞，飞到嘎屋去，
嘎嘎不赶狗，虫虫要飞走，
嘎嘎不打蛋，虫虫不吃饭，
嘎嘎不杀鸡，虫虫要回去。

烤火烧的是生柴，烟子多，熏得人眼睛都睁不开。这时，娘又会唱：

烟子烟，莫秋我，我是天上的梅花朵；
狗嘎柴，猫烧火，老鼠子起来莫烤火。

有时，她也出谜子叫我们猜：“巴掌长巴掌宽，巴①你屋老子巴你屋娘，一屋大小巴高，一巴巴到栏篙上。”“手指头大个宝，满屋都装不倒。”“三姊妹一样高，一根帕子扯伙包。”我们鼓劲猜，实在猜不到，她才告诉我们谜底，分别是洗脸帕、油榨、油灯和三脚。

小时的日子虽苦，但父母都还年轻，也很健康，不愁吃穿，在他们的儿歌山歌声里，潜移默化中给予我文学的启蒙，现在回想起来，我的童年时光还是很幸福快乐的。

二十世纪七八十年代，改革的春风吹绿了大江南北，昔日沉寂的小山村有了新气象。我们家也迎来了温馨富裕的好日子。其时，二老身体都很健康，大哥娶亲了，妹妹长大成了劳动力，家里又放养了一百多只蛋鸭。

全家五个劳动力，钱粮都不缺，又只供我一人读书，这个家庭条件在村里已是相当不错了。每当开学时，我给娘报出学费、生活费的数额，平素节俭的她，从来没有打嗯挺②。每次给钱，都是一个学期一次性给足。平时，我

---

① 贴，擦。
② 犹豫。

看见那些每月要到邮局取汇款的同学，既羡慕他们有当国家干部的父母，也庆幸自己有勤劳的爹娘。

那年高考成绩不太理想，志愿又没有填好，致使最后只等来商校的录取通知书，而我们班与我同分，甚至还低几分的同学，却录取上了大专，或省属中专。作为班长的我，有些失落，也有不甘，打算再复读一年，并在县一中补习班报好了名。

根据国家当时的政策，考上中专，就有了干部身份，一毕业，国家就分配工作，马上端上铁饭碗。娘看见录取通知书后，为我能跳出农门而高兴，特地准备了一桌丰盛的酒菜，邀请寨里长辈们喝酒祝贺。席间，长辈们纷纷举杯向我祝贺，唯独我闷闷不乐。娘看出我的心思，安慰道："老三，考上商校，跳出了农门，先把饭碗瓢瓢薅到手。麻袋里的钉子总有出头之日。"

我听从娘和长辈们的建议，愉快地上学去了。工作后，我没有辜负娘的期望，边工作边学习，先后取得了大专、本科、在职研究生学历。由于勤奋工作，得到了组织的青睐，从企业调到了党政机关，再从县城调入州府，职务也从企业职员、一般公务员，到县处级领导干部。同时，我在业余时间苦练书法、热爱文学创作，也取得了小小成绩。

儿子虽未大富大贵，但总算有点出息了，娘打心眼高兴，在村人面前，感觉特有面子。

娘看到我老大不小了，每次回去还是只身一人，又为我的亲事发愁。她看在眼里，急在心里。有一次，她把我叫到一边，含泪说：

"老三，你看隔壁老万，人家比你还小几岁，人家都接儿媳妇了。你不急，我们急啊。你老汉（父亲）身体不好，我年纪又这么大了，你再不谈女朋友，不知我们还等不等得起哦！"

我含泪说："娘，不是我不谈，是没有遇到合适的，我不想委屈自己啊！"

后来，我终于遇上了一个心仪的女孩燕子，谈上了女朋友，那年五一假期，我特地带她回老家，让娘看看。娘见我带来了年轻漂亮的城里姑娘，而且还是人民教师，高兴得合不拢嘴。她们也是天生有婆媳缘，人亲骨头香。娘俩一见面就腻在了一起，娘抓住燕子的手，左看右看就是喜欢。问这问那，有着说不尽的话。

我们结婚后，每次春节回去前，燕子都提前满街跑，给她婆婆购买合适的礼物，平时穿的单衣单裤，冬天御寒的袄子、毛皮鞋，早早地就买好了，回家时送给婆婆。同时，每次还给些零花钱。娘总是推辞不要，说："以后你们不要给我买衣服了，太浪费钱！我这把年纪了，坐不了几年，随便穿哈就成，上次买的都还放在箱子里没有穿呢。钱也不用给，在家不用花钱。"

我们则劝她说："正因为您年纪大了，穿的机会少了，所以要攒劲穿呀！您手头有点钱嘛，想买什么就买什么，不用求人。"

燕子的孝顺，娘喜在心里。每当她穿上新衣服，在村里逢人便说："你看哦，这是我燕子媳妇买的，好看不？喊她不要买，她硬要买啊！"

而给的钱，她总是舍不得用。她将这些零用钱攒起来，给我们四姊妹每人准备了一千元的红包，说是"衣禄钱"，悄悄给照顾她的妹妹子香交代，在她去世后转交给我们。

娘就是这样，爱着她的每一个子女，一直到她生命的尽头。当接过子香转给我的"衣禄钱"时，感觉还有娘的体温，于是，我流泪了。

四

平时，我也经常听娘说些家长里短的话，娘也曾与人吵过架，但从没有真正记恨过谁。她说凡事要记得别人对你的好。娘就是这么一个刀子嘴豆腐心的人。

有时受了委屈，憋在心里偷偷落泪，我回去后就向我倾诉。我一听，觉得都是些鸡毛蒜皮的小事，劝她想开点。我一劝，她就释然了，马上就原谅了别人。

当年，村里很多人生活困难，她经常借钱借米周济人家。打工潮兴起之初，寨里的一些晚辈没有出门路费，她又慷慨解囊。但一些人不自觉，有钱了也不归还她。她就很生气，我曾听她生气地说，谁谁谁装苕①，借钱拖着不还。但她只是嘴上说说，从没有上门去找别人要账，时间一久就忘了，算了。

一次，寨上的家族老人们在一起摆龙门阵，一个叔叔说："现在孩子都晓得攒劲读书，我们梁家寨，以后肯定还要出比厚能更有出息的人物！"娘听

---

① 装糊涂。

后，认为他们嫉妒我，心里很不舒服。我回去后，她生气地告诉我这件事，我听后，哈哈一笑说：“娘啊，叔叔讲的没有错啦。古话讲‘长江后浪推前浪’，我本来就不是什么了不起的角色，有人超过我，说明我们家族人才辈出，应该高兴才是啊。”

听我这么一说，我看见娘的表情由气愤到释然，露出了笑容，脸上的皱纹也舒展开了，我顿时觉得，娘真是一个可爱的老太太。

五

父母相濡以沫六十多年，一直相敬如宾，恩恩爱爱，我见过他们斗嘴，但从来没有吵过架。二十世纪五十年代末父亲当村支部副书记时，带领数百民工修建洞山水库，因条件艰苦，因故死了两个民工，后来，有人告他瞎指挥，被抓入县“特训班”关押，失去人身自由。娘与幺婶娘结伴到县城探望，她俩以前从没有出过远门，一路边问边走，中途还到一农户家借宿。一路翻山越岭，一百多公里的路程，整整走了两天。

父母一辈子相濡以沫，相敬如宾　　作者 摄

我读初中时，父亲突患急性肾炎，他一人到咱果坪医院治疗，娘担心父亲的病情，带着我走了三十多里山路赶去看望。看见父亲能吃能睡，治疗效果很好，她这才放心。

1990 年，父亲突患脑梗死，我与她在县医院照看了一个多月，父亲竟奇迹般康复，但也落下了病根。此后，娘无怨无悔地照顾父亲起居长达十七年，直至父亲八十一岁（虚岁）那年去世。父亲出殡的那天早晨，她木然地站在老屋旁，目送远去的送葬队伍，哭成了泪人。

娘曾给我讲，有一件事情，她觉得对不住父亲。那是父亲恢复名誉后，因有养鸭技术，被安排在县国营农场上班，并准备转为正式职工。在征求娘意见时，她以家里儿女小、工夫多为由，死活不同意，致使父亲没有当成国家职工。为此事娘愧疚了一辈子。

还有一件事，她说对不住我大哥。家兄高中毕业后得到一个县国营煤矿的招工指标，她死活也不同意，说挖煤太危险，是“埋了没死”。后来指标让给了村里另一个仅有小学文化的人。后来煤矿垮台，该批工人全部转行到各乡镇财政所。娘后悔地对我说：“如果我不反对，你大哥也当上财政干部了哦。”

六

我一直在外地工作，很长一段时间又过着“一人吃饱，全家人不饿”的单身生活，父母一直在老家与家兄一起生活，老人家平时的生活起居，或有个三病两痛，全靠哥嫂他们照顾。

古话说：“百善孝为先。”在孝敬父母方面，我总觉得自己有亏欠。2007年立春，我结婚了，各方面条件好了起来，可遗憾的是，患病多年的父亲却不幸去世了。

在这时，我才真切感受到尽孝是不能等的。于是，我与爱人商量，决定把娘接到我工作的城市住上一段时间。

有一天，娘在家里帮忙做家务时右眼睛被苞谷籽儿弹伤，眼压升高，视物模糊，家人把她送到湖北恩施医治，也未能根治。为此，她吃不好饭，睡不好觉，患上了焦虑症。我们把她接到吉首，带她到州人民医院看心理专家门诊。经过医生的开导、医治，病情有所好转。

笔者和爱人陪娘游凤凰古城　　付光文 摄

为使娘开心，我们带她到吉首城内的乾州古城、花果山、吉首大学风雨湖畔、世纪广场等景点参观，她看见到处都是高楼大厦，无不忧虑地对我说：“老三，你们这里大坪大坝的田都修房子了，不种粮食了，你们吃什么呢？”

对娘的问题，我竟一时答不上来。也许是过去饿怕了吧，一个目不识丁的农村老太太竟问出这个问题来。这可是执政者应该思考的大问题啊。

2007年7月2日，那是一个晴朗的周末，我和爱人请光文同学开车，专门陪她到凤凰古城旅游。娘一辈子生活在老家乡下，此前从未出过远门，第一次出门旅游，她感到很兴奋，一路上与我们有说有笑，非常开心。看见娘高兴，我的心里也感到些许欣慰。真希望在她有生之年，多有这样的机会，以弥补以前对老人的亏欠。

可娘却不给我们这样的机会。她在吉首住了一段时间，就说不习惯，没有乡里好嗨，吵着闹着硬要回老家去，说下次再来。可回去一段时间以后，我与爱人又专门开着车子想接她到吉首再住一段时间，好话讲尽了，倔强的她死活也不肯答应。

娘为人不设防，天生见面熟。她在吉首居住的那段时间，在家属院内结识了一群老婆婆，还认了几个年龄比她大的为干姐姐。她们天天在一起有说不尽的话，娘回去时相互都舍不得。我们哄她说，她的几个干姐姐想她，专门带信喊她去嗨，但这一招也无济于事。

母亲不愿到吉首来，那我们就多回去。每次到龙山出差，我都要回去看看她。每年的五一、国庆、春节等长假，我们全家三口都要赶回老家去。

娘与她最小的孙子卓儿　　作者 摄

卓儿是她最小的孙子，因为来得晚，比他婆婆整整小了八十岁。娘特别疼爱这个比她两个重孙女还小几岁的孙子。每次我们回家她都抱了又抱，亲了又亲，卓儿也非常懂事，左一个婆婆，右一个婆婆，喊得啰啰转，平时也经常用我们的手机给婆婆打电话，说：“婆婆，我想您啦！您要注意身体，等我放假，我又和爸爸妈妈回来看您。”懂事的卓儿总是哄得他婆婆开心。

老家有大年三十夜洗脚的习俗，说脚洗得好，来年运气就会好，走到哪里都有肉吃。结婚前，每年我都给二老洗脚，摸到二老那布满厚厚老茧、瘦得皮包骨的腿脚，心里有一种莫名的酸楚。娘这一辈子，太不容易了！

结婚后，燕子就主动将这一任务接了过去。大年三十，全家人吃了团年饭，燕子就开始烧水给婆婆洗脚，还为她梳头剪指甲。这时，娘没有再推辞，只是事后在村里逢人就夸燕子这个城里媳妇孝顺，“不剔打”① 她这个农村婆婆。家有一老，犹如一宝。在我们的影响下，她的孙子、重孙们平时都争着给她洗脚。全家四世同堂，儿孙孝顺，重孙承欢膝下，衣食无忧。辛苦了一辈子的娘，晚年生活非常幸福，享受到了人间的天伦之乐。

七

苦日子难熬，好日子就是过得快。一转眼，2009 年冬月二十五就来到了。这一天，是老人家八十岁生日。

以前从未给娘祝寿，这都八十岁了，我这当儿子的应该给她送个像样的礼物。我与爱人商量，给她老人家送什么礼物好呢？吃的、穿的、用的，她都不缺，且都太平常了，她不稀罕。我要送一件特别，又令她高兴的礼物。

我与爱人商量的结果，就是由我亲手刻一块寿匾。

因是第一次搞雕刻，我通过多方打听，知道了建材市场有一种板子适合做匾，于是我买来一块，再从文具店买来一盒雕刻刀，苦思冥想后得出了“福寿无疆”四字祝寿词。经过多次书写，挑选一幅满意的用复写纸托印在板子上。

然后利用周末和下班时间在书房里一刀一刀、一点一点慢慢地雕刻。前后用时一个星期终于刻成。当时，由于雕刻刀买小了，不好着力，加之又是初次为之没有经验，雕刻到最后，我的右手中指都磨破了皮，只好用创可贴缠着继续雕刻。

---

① 不嫌弃。

字雕刻完后，再请漆匠上红漆。接下来，就是给字上金粉漆。顿时，在电灯光的照射下，四个大字金光闪闪了。

不凑巧的是，娘生日那天，我因公务在身，不能回老家当面给她老人家祝寿，只好托班车带回老家。我给娘打电话祝寿，她说："娘晓得，自古忠孝难两全，你是公家上的人，要以事业为重。你刻的寿匾娘看见了，你哥他们已悬挂在老屋的神龛上。虽然娘不认识上面刻的什么字，但娘知道那是祝福的话，知道了你们的一片孝心，只要儿心里有娘，我就心满意足了。"

此后四年的春节，大哥都是把斑鸠潭大姐一家、小溪王家小妹子香一家全部喊了过来，把娘请坐在堂屋正中寿匾下，一大家子热热闹闹地在堂屋过团圆年。

2013 年 8 月 8 日上午十点多钟，突然接到家兄的电话，说娘在镇卫生院去世了，突然接到这个噩耗，我和爱人在书房刻寿匾的地方抱头痛哭。懵懵懂懂的卓儿知道以后回老家再也看不见婆婆了，也在一旁哭泣。

我们匆匆回家奔丧。听子香说，那些天娘身体不太好，说心口痛，天天自己到镇卫生院打针。去世那天她陪娘到医院打针，针打完后，叫娘在病房休息，她到街上吃了碗面条，回来时，发现娘倒在病房洗手间旁，马上叫医生，但一切已晚。

娘就这么悄无声息地走完了八十四年的平凡人生之路，没有留下只言片语。

娘与父亲合葬在糖坊坳下老屋当门的自家菜地里。在娘去世三周年时，我与哥给二老打了一座简朴的墓碑，我亲自撰写二老生平，请知名书法家书写了碑文。

"父母在，人生尚有来处；父母去，人生只剩归途。"我们的生活还将继续，只是生活的艰辛，只能自己默默去承受了，再也没有依靠的港湾了。

2022 年 4 月 20 日初稿

明溪老红

在桂塘坝，老红是一个有故事的人。

老红的大名叫彭贤忠，是一个面容黢黑、身材中等、年逾花甲的土家汉子。因出生时浑身通红，于是父母随口取了个“红佬佬”的乳名，长大后就演变成了老红。在湘鄂渝边区一带，男女老幼都称呼他为“老红”，就像到桂林称呼刘三姐一样。这个外号非常响，要远远盖过他的本名。

老红是一个农民，但又不是一个地地道道的农民。

一

1972 年高中毕业后的老红回乡修地球①，当时正赶上“社教”，生产队队长要他这个高中生帮忙出几期社教宣传专栏。当时，县社教工作队队长叫肖成贵，是县教育局局长，是一个非常爱才的文化人。一次在下队检查工作时，发现生产队的学习专栏办得好，不仅内容丰富，版式新颖，而且书法也非常漂亮，胜过很多公社办的学习专栏，于是感到非常震惊。想不到一个不起眼的小小生产队，竟有如此人才，于是四处打听主办者是谁，队长汇报说：“是我们队上的老红。”肖队长听后，说一定要会一会老红，看看他到底是个什么样的人。

就这样，肖局长发现了老红这个人才。后来大队缺一名民办教师，老红

---

① 种地，从事农业生产。

就顺理成章被肖局长点上。教学中他循循善诱，学生都喜欢他，教学质量也名列全公社前茅。特别是作文教学上，他采取开门见山教学法，激发了同学们的作文兴趣，也启迪了不少学生的文学梦想，后来有一个学生还走上了文学创作之路，成为全国知名作家，这当然是后话。

自己热爱，学生喜欢，就是当一辈子民办老师也心甘情愿。可是，后来发生了一件不愉快的事情，使他不得不离开工作了九年的校园，不得不回到生产队，继续当社员、修地球。

不久，命运之神又向他招手。公社文化站辅导员向金娥调走了，一时没有合适的继任者，公社书记正为此事发愁。刚好县文化局牵头举办了一次全县书法、绘画、文学大赛。正在耙田的老红获知这一消息，在昏暗的桐油灯下，连夜创作了三件作品，抱着求官不得秀才在的心态，斗胆投了稿。

不想歪打正着，绘画获得一等奖，文章获得三等奖。一介农民，竟同时获两项大奖，这在全县引起了不小的震动。公社文化专干缺人手，县文化馆领导也同样着急，于是他们拿着获奖证书向公社推荐老红。公社书记李开邦喜出望外，当即拍板说："文化站辅导员，非彭贤忠莫属!"

正在坡上薅苞谷草的老红听到消息，把薅锄往堂屋一丢，跑去给生产队长打了一声招呼，就高高兴兴地到公社文化站上班去了。犹如蛟龙归海，在文化站老红的文艺才智得到充分发挥。在"五四""八一"等节日来临之际，他组织各大队青年社员开展文艺会演，平时指导社员开展文体活动，自己则积极参与全县民间歌谣、故事、谚语三套集成收集整理工作。在公社后面的白虎山斜坡面，他带领几名社员用薅锄铲出了一幅宽三十五米、高六米的"农业学大寨"巨幅标语，后还被人拍照刊登在军区支农杂志和《西南报》上。在老红的主持下，全公社的文化工作，搞得红红火火。

二

按照老红的工作能力和工作业绩，应该是前途无量，可命运之神再一次与他开了个玩笑，因超生违反了计划生育国策，这是大问题，再有本事，哪个领导也保不住。他因此被除名了，只好卷起铺盖再次回生产队当社员、修地球。

老红心想再也没有翻身的机会了，就这么安心当一辈子农民算了。不久乡里成立法律服务所，需要一位会文字工作的法律助理。作为高中生，老红文化底子很好，在当文化辅导员期间又经常写剧本、台词，练就了一手好文笔。业余又自学法律常识，曾帮助社员打官司写诉状。机会总是留给有准备的人，这样农民没有当上几天，老红又被司法所请去做法律助理。不懂法律，这难不倒他，他刻苦钻研有关法律法规，把一些重要法律条文理解得十分透彻，并能在工作中灵活运用，帮助村民代写诉状，为乡直单位当法律顾问，协助司法员调解了大量民事纠纷，这一切他做得得心应手。

老红（右一）到舍米湖向摆手舞大师彭昌松老人学艺　　作者 提供

巧断猪崽案，就是其中一个典型案例。

有一次桂塘坝逢场，毗邻重庆石堤一李姓村民到法律服务所报案，说他刚买的一头猪崽在牵回家的路上挣脱绳子逃跑了，四处寻找不得，急得焦头烂额。这时有熟人悄悄告诉他，猪崽被李家湾彭某甲捉走了。他跑去要，不仅猪未要得，还受了一肚子窝囊气。于是只好到法律服务所求助。老红听完案情，当即随报案人去李家湾调查。

他们走到彭某甲家，发现他家确有一头猪崽，问其猪的来源，答曰是自己刚买的。问他卖主是谁，他说不认识卖主。而报案人李某则说得清来源，猪崽是从李家湾彭某乙家买的。

了解完情况，老红顿时有了主意。

于是他对俩人说：“我调解案子是要以事实为根据，以法律为准绳。我们三人凭口讲的都不能作数。”

他俩忙问：“哪个讲的作数呢?”

老红回答："当然是猪讲的作数。猪崽自己讲是哪家的，就是哪家的。"

俩人听后，丈二和尚摸不着头脑。这时老红叫两人一同将猪崽牵往彭某乙家。

刚一拢地，只见猪崽闻到猪娘气息，挣脱绳子抬腿就跑过去与猪娘"吟嗡吟嗡"亲热。

"你看！猪崽自己说话了！"

见此情景，猪崽是谁的就不言自明了。

于是老红对彭某甲说："你还有什么讲的？"事实面前，他再也不好狡辩。不得不承认是他在赶场回家的路上发现了那头猪崽，见无人看管，于是见猪忘义，顺手牵回家，对外谎称是自己买的。

案子水落石出了。李某高高兴兴地把猪崽牵回家去了。

有一段时间，人贩子在桂塘坝一带活动猖獗，一些妇女被拐卖到外地，给妇女本人和其家庭带来巨大悲痛。经过被拐妇女家属多方查找，发现有两名妇女被卖到河南某地，家属到法律服务所求助。

老红受命前去解救。他到县公安局打拐办开证明时，干警好心地提醒说："老彭，根据以前的办案经验，解救工作是异常艰难的，我们公安局干警曾去解救，都无功而返。你们几个农民，可要多加小心啊。"老红听后，心里直发毛。但想到被拐卖妇女家属期待的眼神，再大的困难他也要去试一把。

老红带领两名被拐妇女家属和一名助手北上河南。经过半个月的艰难解救，他凭智慧和胆识成功将两名被拐妇女解救回家。县公安局和乡里领导知道后，怎么都不敢相信这是真的。老红说，解救工作一波三折，其艰难曲折一言难尽，他看过的所有小说情节都没有如此精彩。

老红在法律服务所工作到第十个年头，不知是什么原因，各乡的法律服务所都撤销了。庙撤了，和尚没有了念经处，老红只好又卷起铺盖，第三次回到生产队修地球。

三

经历了人生的三起三落，老红心里非常清楚自己虽然在乡政府机关上班十多年，老百姓虽然把他当干部看，一口一个"彭同志"。其实，自己只是一个临时工，始终还是农民身份。

既然没有当国家干部的命，也就认命了。老红想，修地球也要修出花来。记得当年当民办老师时，一边上课，一边起早贪黑栽烤烟、种稻谷，当年曾创下家庭人均两千斤粮、两千元钱的纪录。他还被评为县劳模，在表彰大会上还戴过大红花。

而现在，他用敏锐的眼光发现，光靠一亩三分地致不了富，于是他筹集资金在桂塘坝街上修建了一栋三层楼的砖房子，将家从红岩坪搬到街上，开了一爿小店，利用自己的书法特长，写对联、做匾额，同时还给人写碑文。

说实在话，老红未认真练过帖，用专业的眼光评价，字不入流，与书法相去甚远。但河里无鱼虾子贵，湘鄂渝边区的老百姓都喜欢他的字，加之他为人和善，一时间小店的生意十分兴隆，老红也成为桂塘最早富裕起来的那批人。

四

修地球的老红有时也管一些社会上的“闲事”。

他的老家二隥岩是一个有着三百多年历史的土家古村落，寨子旁有一片古树林，是闻名远近的风景树。有一年，寨里个别族人见钱眼开，以古树离屋太近被风吹倒会压坏屋为借口，私下将一棵古松卖给木材贩子。正准备砍伐时，被老红发现。他呵斥道：“这古树是祖先留下的遗产，是我们二隥岩的宝贝树，你们为了几个臭钱把树砍了，上对不起先人！下对不起后世子孙！”经老红这一骂，卖树者与买树者都灰溜溜地逃跑了，古树林保住了。此后，再也没有人敢打古树林的主意。

有一年收烤烟的季节，二隥岩一彭姓烟农，无故被毗邻邻省某乡政府数名干部和聘用人员以“烟贩子”名义抓去关押殴打，致其遍体鳞伤，最后烟农趁看守人不注意，砸窗逃跑，回来后魂不守舍，在家躺了三天，方能动弹。事过多日，也没有人给一个说法，心里十分憋屈，但又无处伸张。

打人者自知理亏，怕遭报复，很久都不敢到桂塘坝赶场。过了一段时间，几个打人者以为事情过去很久，不会有事了，竟大摇大摆地到桂塘坝赶场。不想被彭某发现，于是纠集十多名亲戚朋友手持刀子、棍棒将其拦截，讨要说法，闹得不可开交，最后闹到了桂塘派出所。见此情况，派出所干警也颇为难，这时双方的亲戚朋友越聚越多，情绪都很激动，一些围观的村民看热闹不怕事大，起哄喊打。这样，双方剑拔弩张，边界群体械斗，一触即发。

“住手！我来解决！”在这千钧一发之时，老红振臂一呼。

对方问：“你是谁？”

老红回答道：“我是一个爱管闲事的土老百姓！”

人群里有人不屑地说道：“你一个老百姓有这个本事？莫非是猴子跳到神龛上假充正神吧？”

老红自信地说：“不信，你就瞧吧！”

老红敢于站出来调解，不是一时冲动，他心里也是有几分把握的。因为以前他在法律服务所工作时，处理过多起类似事件，有这方面的经验。

老红首先控制住局面，稳定双方情绪，了解事情的来龙去脉。然后，将双方当事人请到一旁，运用在法律服务所工作时掌握的法律知识，有理有据地进行调解。老红说：“大家都是边邻处境，抬头不见低头见，要互相谅解，以和为贵。”最后双方握手言和，成功达成协议，打人者向彭某赔礼道歉，并赔偿医疗费五百元。

就这样，一起即将发生的边界群体械斗被老红迎刃化解了。

五

老红搬到街上已三十多年了，成了地道的“街上人”，但他没有街上人的习气，依然保留了乡下人的淳朴厚道，他的热情大方，使他在三省边区拥有很多朋友。乡下人赶场到他家讨口水喝或上个厕所，他都乐意给人行个方便。老红爱喝两杯，人又好客，因此他的家经常聚集来自三省边区的酒友、聊友。

我每次回老家，总要到他家坐坐，聊一聊家乡的人和事。老红大我十多岁，本不是一个年龄段的人，工作上也没有任何交集，我记不清从什么时候起，我们成了无话不谈的好朋友。也许是都爱好书法的缘故吧。

有段时间，我发现他情绪很低落，经常一个人喝闷酒。后来了解到，是因为他看见原来一起当民办教师的人，很多人能力水平都不如他，取得的成绩也不比他好，却成了正式教师，退休了，拿着优厚的退休金，吃喝不愁。而自己已步入老年，事业却一事无成，老年生活无着落，还要到处做苦工。想来想去，觉得这辈子过得窝囊。左思右想，怎么也想不开，只好借酒浇愁。

而这时，一个跑江湖的朋友看出他的心思，竟蛊惑他到云南边境挣快钱去，他竟动心了，认为不管做什么事情，只要能搞得到钱就成。有钱后可以为家乡做公益事业，如修桥修路，扶贫济困。他天真地认为，如果万一抓着被枪毙了，别人还会称赞他说："你看老红为了家乡做公益，宁愿掉脑袋！是一条汉子！"

我在与他扯谈中，了解到他的想法，非常震惊。于是毫不客气地骂道："老兄！不要执迷不悟了！你的这个想法十分荒唐！毫无意义，不仅搞不到钱，做不成公益，还要祸害无辜，可能掉脑袋，最后将落得一个身败名裂、遗臭万年的下场！"

经我这一骂，他方如梦初醒，最后放弃了去云南的念头。

六

此后，为了拴住老红的心，我盘算与他联手做一件有意义的事情，让他从中获得成就感。

2010年5月，经过多方考察，我决定在湘渝边界的跳岩河搞摩崖石刻。我首先把这一想法电话告诉他。他听后，肯定地回答："这是个好主意！"

我说："这是一个大工程，光我一个人的力量肯定不行，需要与你联手！"

"当然可以！你说怎么联手法？"他回答得很干脆。

我说："联手的方式就是，我负责筹集资金，想文辞内容，并向全国知名书法家征集作品，你负责镌刻。"他满口答应。此事就这么定了下来。

经过一段时间努力，一部分资金、作品陆续到位。同年8月，老红邀请重庆岩匠田永武一道开始镌刻。他们每天在绝壁上工作八九个小时。用楠竹、木料搭建施工平台，用机器将坚硬的岩面磨平，将书法作品拓在岩面上，然后才开始镌刻。开始，很多过往行人不理解，说他们吃了饭无事，发神经。他们不仅要面对部分人的冷嘲热讽，同时，还要面对很多危险，人贴在悬崖上，像蜘蛛人一样，稍不留神就有可能掉下去。

明溪涨洪水，脚手架被冲垮好多次，工具也多次被冲走。有一次涨洪水，搭建的施工平台被冲走，为抢救木料，他差点被洪水冲走。还有一次，他正与徒弟一道在悬崖上雕刻，突然雕刻机出故障，刀片乱飞，他的下巴、胸部、大腿等多处受重伤，差点送命，他住院治疗了一个多月才基本康复。伤好后，他又不顾家人反对，毅然继续雕刻。

至 2023 年 4 月，历时十三年的工程得以基本完工，共刻作品二十余幅。作者有包括黄永玉、何满宗、斯顺威、林时九、刘晓斌、谭秉炎、杨刚、黄叶等在内的二十多位著名书法家。

跳岩河摩崖石刻，现已成为湘鄂渝边区地标性文化景观，受到过往行人和众多文人墨客的赞扬，经常有人在此参观，拍照留影。天津籍著名散文作家、鲁迅文学奖评委谢大光先生，鲁迅文学奖得主田耳先生慕名来此参观，称赞这是“功德无量之举，必将名垂青史”！重庆旅游职业学院院长、杨如安教授带领学生到此参观，并挥毫题词“桂塘文化，渊远流长”。中央人民广播电台、《民族论坛》《团结报》等媒体记者曾到此采访报道。

老红在他亲手打造的跳岩河摩崖石刻前留影　　作者 摄

通过联手打造跳岩河摩崖石刻，老红又重新找回了自信，也获得了成就感。

此外，我还与他合作了明溪广场十景碑、梁家寨书法碑林、湘西最大摩崖石刻“和美溶江”、二隥岩古寨书法景观和书馨亭、稻香亭等数座凉亭建设。

现在，桂塘春节边区篮球赛开展得如火如荼，闻名远近，现在已举办了四十届。而发起人就是老红。

二十世纪八十年代初，改革的春风吹到了偏远闭塞的桂塘，人们的生活开始有了改善，对精神文化生活也有了新的需求，1980 年春节前夕，老红自筹了一百七十四元，策划了春节边区篮球赛，邀请湘鄂渝边界的各村寨参加。赛场就在二隥岩寨内的晒谷坪。先后举办了三届，最多的一届参赛队达到十五支，观众数千人。二隥岩篮球赛的成功举办，影响了边区的其他村寨，此后，新寨沟、官店湾、易家湾等大村寨，也纷纷效仿，轮流举办春节篮球赛，邀请边区村寨参加。最后篮球赛引入到街上，从此固定延续下来。此后，老红虽不是牵头人，但都是组委会的重要成员，搞策划、写海报、搞宣传都有他的份。

老红热爱书法，他创作的作品大多是农村婚丧喜庆的实用对联和墓碑文字，一直没刻印章。前不久，我请朋友专门给他刻了一方名章和一方闲章，闲章曰：“明溪老红”，桂塘古称明溪。但愿有了印章的老红，能像一个真正书法家一样，创作出更多精彩作品。

2023 年 7 月 18 日定稿

老兵高万

梁高万年纪比我大很多，辈分却比我低，是我的远房侄子，他是一位有几分传奇色彩的参加过抗美援朝的老战士。

一

据《梁氏族谱》记载，梁高万，曾用名梁万和，古道溪梁家寨人氏，民国十五年（1926）腊月二十六生于梁家寨。因民国时局动荡，自幼便过着颠沛流离的生活。

三岁那年，高万随母亲邢氏迁居本乡四坝村雷打沟梁家寨居住，五岁时再迁四川（现重庆）酉阳县斑鸠潭上寨邢家也就是外婆家居住，十岁又迁至本乡新寨沟居住，十三岁随父亲迁到酉阳县五湖乡财神沟居住，后跟随父亲做小生意。

在不停地迁徙中，断断续续地接受过启蒙教育。曾在上寨邢家读过一年多私塾，到财神沟后也读过几个月私塾，前后加起来，上学约两年时间。在当时文盲遍地的社会，他还算幸运的了。在私塾里，他先后读了《三字经》《百家姓》《学而》《述而》《心经》等，能够识文断字。

1947 年，其父亲在五湖乡街上开了一家面馆，虽属小本生意，但也还能够维持一家的生计，高万则在面馆给父亲当下手。

二

那年初夏的一天，高万在面馆帮父亲出面，由于心不在焉，面没有做好，受到了父亲的责怪，当时二十出头的他已是一个血气方刚的小伙子，在众多顾客面前被父亲训，心里感到很窝火。他左想右想不是滋味，于是萌生了离家出走的念头。心里对父亲说，我要到外面去闯世界，混出个人样让你看看。说走就走，于是赌气来了个不辞而别。他一个人带着简单的行囊，漫无目的地行走在乡间小道上。

当时，川军潘文华军奉蒋介石之命，到湘鄂渝边区围剿瞿伯阶部股匪。在行走途中，高万不期遇到川军剿匪部队的连司务长带几个士兵上街买菜，见他人高马大的，于是将他抓住，逼他当挑夫。好汉不吃眼前亏，面对荷枪实弹的大兵，他只好顺从。

晚年的高万　　作者 摄

高万把菜挑到连部厨房后，认为任务完成了，正准备离开，但门口的两个卫兵却把他堵在屋里，不准其离开。这时遇上一个班长，这个班长曾在他家面馆吃过面，一见高万，觉得有些面熟，于是问：

“小鬼！你是不是五湖街上梁家面馆的那个伙计？”

高万回答：“我不是伙计，我是老板的儿子！”

班长又问：“朗格，说是你不帮你屋老汉做事，你搞么子一个人到处逛呢？”

高万听后，只好如实叙述了负气出走的原委。班长劝他道：

“小鬼！现在兵荒马乱的，你一个人能往哪里去呢？不如留下来，就在我们部队当兵，有吃有穿的，比你四处打流强得多吵。”高万看见门口卫兵把守很严，逃是逃不脱了，不如先应承下来再说。长官见他长得一表人才，人机灵又有些文化，于是安排在团机炮连当勤务兵。

此后，高万随着川军剿匪部队到龙山的明溪、二梭、招头寨、石牌洞、乌鸦河，湖北的宣恩、沙道沟等地剿匪。后随部队到四川秀山、酉阳、龚滩，及施南、宜昌、九江、黄陂、孝感等地驻防，在汉口所部编入陈明仁部队。

三

1949 年 8 月，所部随程潜、陈明仁两位将军在长沙起义，同年 12 月加入中国人民解放军。部队在攸县、茶陵经过整编后，开赴广西执行剿匪任务。

当时，有一支被国民党收编的土匪武装经常杀人放火，疯狂地祸害百姓，我军首长决定将其消灭。因高万曾参与过剿匪，于是团首长命令他去侦察敌情。他化装成一个叫花子，拿着一只破碗，拄着打狗棍，衣服烂成绺绺，十数日不洗脸，蓬头垢面，全身长满虱子狗蚤，一身脏兮兮，臭不可闻。那时讨米逃荒的人到处都有，他的出现并未引起土匪的注意。他趁机潜入匪司令部，从其作战地图上获悉匪军的作战部署，出色完成了侦察任务。根据他提供的情报，我军一举全歼了这支国民党的杂牌部队。因侦察有功，高万被提升为班长。1951 年，他带领十余名战士，又奉命追剿土匪团长罗启二（音），使其无处可逃，最后乖乖投降。这次战斗，由于表现出色，本可立大功一次。但他年轻气盛，居功自傲，在国民党部队养成的坏习气没有完全改掉，竟不服从连长命令，还与之发生激烈争吵，造成很坏的影响。这样，功过相抵，评功资格被取消了。

1952 年，广西匪患已被肃清。4 月初，他所在部队调往湖北沙市，参加建设荆江分洪工程，所在团负责修水闸。因河水湍急，多个办法用尽，也无法截流。指挥部采纳他的建议，将沙包绑在木棒上，用绳索吊起掷入河中，一下堵住了河水，截流成功。高万也因此金点子成了全师三个立大功的功臣之一。三十万军民经过七十五天的日夜奋战，圆满完成了荆江分洪工程，创造了中国水利建设的奇迹。在表彰大会上，高万胸戴大红花，与众多劳动模范一道受到隆重表彰，获得由荆江分洪委员会主任委员李先念同志签发的立功奖状，随后被提拔为副排长。

荆江分洪工程胜利建成后，高万随部队开赴海南岛休整。一次，他带领全排战士督查全团执行群众纪律情况。当时正是煮中饭的时候，在一个连部炊事班发现一形迹可疑人员，将其抓获，一审问，原来是个小特务，他正准备往饭菜里投毒。幸亏及时抓住，否则后果不堪设想，从而避免了一次重大人员伤亡事故，因此他又被记小功一次。

1952 年冬，为支援抗美援朝，高万奉命带领七十多名战士从海南岛出发，到大西北赶军马。当他们辗转数千里将军马赶至沈阳时，其所在部队已从海南转移到那里，正准备入朝作战。

出色完成赶军马任务后，高万就随部队参加抗美援朝。在桂城、台川等地一边抢修铁路，一边参加战斗。他告诉我说，已记不清参加了多少次战斗，因语言不通，也说不出战斗过的朝鲜地名，只记得天天在行军，天天在打仗，天天有身边的战友受伤流血或牺牲。

佩戴军功章的高万　　作者 摄

四

1954 年春，抗美援朝胜利后，高万随部队奉命回国，驻守黑龙江某县，在冰天雪地里修建营房。1956 年 4 月 10 日，他和万千战友一样，积极响应国家精兵简政的号召，解甲归田，复员回到老家，从一个最可爱的人变成一介农民，参加社会主义新农村建设。

回乡后，他不以功臣自居，而是把军功章悄悄锁入柜中，秘不示人，连他的妻子和小孩都不知道。以普通退役士兵身份参加生产劳动，以至于村里几乎没有人知道他曾是一位立过大功的功臣。1958 年到火岩参加大炼钢铁。1959 年冬，参加修建牛飙尿水库，后又参加修建四坝水库。1962 年以后，主要以搞副业为主，挑过力，解过料，种过甜菜，熬过山苍子油，在桂塘坝街上当过剃头匠，等等。实行联产承包责任制后，以耕种责任田为主。

2013 年，抗美援朝胜利六十周年，全国各地都以不同的形式举行纪念活动。同年 8 月 8 日，家母不幸去世，我赶回老家料理后事，其间问时任村支书的族侄高照："我们村里原来有五个参加过抗美援朝的老战士，现健在的只有高万了。最近，县里镇里安排了什么慰问活动？"他说："没有任何活动。"于是我提议一道去看看高万。

五

那天中午，我带着四岁多的儿子高瑞和两个村干部族侄高成、高照，一行四人前往哈巴城高万家。在路上，我提议，我出五百元钱，不以个人名义，也不以家族名义，而以组织名义去慰问他。那天是一个晴好的天气，走到高万家，发现他一个人在家享受阳光。我们的到来让他非常高兴，我对他说："高万，今年是抗美援朝胜利六十周年，我们是受上级组织委托来慰问你。"

他一听说是组织派来的，很是感动，忙说："感谢组织还记得我这个抗美援朝老兵。"

当时，他已近九十岁高龄，但思维十分清晰，话匣子一打开，就给我们讲述了很多鲜为人知的往事。

高万给我们讲述起他的过往，那些荣光，那些委屈，那些苦难，将我们又带回到那战火纷飞的年代。他平静如水，而我们却泪眼蒙眬。

我说："高万，我想看看你在部队时的照片，有没有？"他说："有啊！"

于是，他打开柜子，从里面翻出一个木匣子，小心翼翼地打开包装布。里面全是他呵护一生的宝贝：三枚勋章，一本革命军人证明，一本起义人员证明，几张照片，一本发黄的工作记录本。由于年代久远，勋章已锈迹斑斑，穿军装的照片，全部发灰变质，图像全毁，仅有那张发黄的便装照片比较清晰。从照片上看，年轻时的他挺拔英俊，绝对帅哥一个。只有革命军人证明书保存完好，字迹十分清晰。

人一高兴，话就多了起来，他拿着已发黄的工作记录本，吊着嗓子，声情并茂地模仿当年复员时首长的临别寄语：

“同志们！战友们！今天你们就要脱下军装，离开部队了。你们在部队是好样的，回乡参加社会主义经济建设，同样是好样的。祝愿你们再立新功，不愧最可爱的人光荣称号。”

一个耄耋老人，记忆力和口才有如此之好，给予我极大的震撼，于是我激动地说：“高万，你的记忆力和口才真好啊！”

他说：“这是以前当班长和副排长时练的。我想不通啊，复员回乡后，我怎么讲不来话了。”

是的，在村里人心目中，他是讲不来话的。他背着沉重的莫须有的男女作风问题的黑锅，回来后在村里和生产队又未担任职务，在家族里年岁虽大但辈分低，还经常被不明真相的村民调侃，一个功臣，没有得到应有的尊重。没有讲话的机会，久而久之当然就不会讲了。

我说：“高万，想不到你曾立过那么多军功，是人民的功臣啊！过去怎么没有听你说过呢？”

他感慨地说：“我算什么功臣啊？真正的功臣，是那些永远长眠在异国他乡的烈士们！”

我带着相机，提出给他照相。高万找来一件干净衣服，大家一起帮忙把三枚军功章别在他的衣服上。穿戴好，人就精神多了，一个挂着军功章的老英雄就出现在我们的面前。

我给相差八十多岁的四兄弟照了一张合影，镜头里，老哥哥高万皓首白发，已是龙钟之态，小弟弟高瑞，犹是稚子孩童，天真懵懂。风雨沧桑，岁月匆匆，令人唏嘘不已。给高万照的一张半身相，回城后，放大装框送给了他。

我们快离开时，问他：“高万，你有什么困难需要向组织反映吗？”

他说：“我没有困难，不想给组织添麻烦了，请组织放心，党和政府对我够照顾，给我的补助够花了。与牺牲的战友相比，我知足了。我现在生活能够自理，每天还能喝二两小酒，每天去街上打点小牌。”

这个老兵朴实的话语，使我由衷地感动。他是用行动用生命去践行一个革命军人尽忠报国的初心啊！

年龄相差悬殊的四兄弟在一起　　作者 摄

后来，我与高树主持修家谱，专门给他留了两个页码，专题记载他的事迹，让后辈记住这个在朝鲜打过仗的老英雄。

六

可意想不到的是，2018 年春节前夕，他在家烤火，因喝醉酒，烤火被燃了也浑然不知，腿脚被烧成了“腊猪脚”，命悬一线，家人发现后把他拖到龙山、长沙救治，因病情太重，中南大学湘雅二医院这样的大医院也无能为力，亲人们只好含泪把他拖回来，在家中等死。

我是在回老家过春节时得知他被烧噩耗的。族人们纷纷前去探望，担心他吃不了年饭。我也很想去看看他，但我正重病缠身，行动困难，只好作罢了。

回吉首后，我仍牵挂着高万的病情。托家人给他送去五百元慰问金。

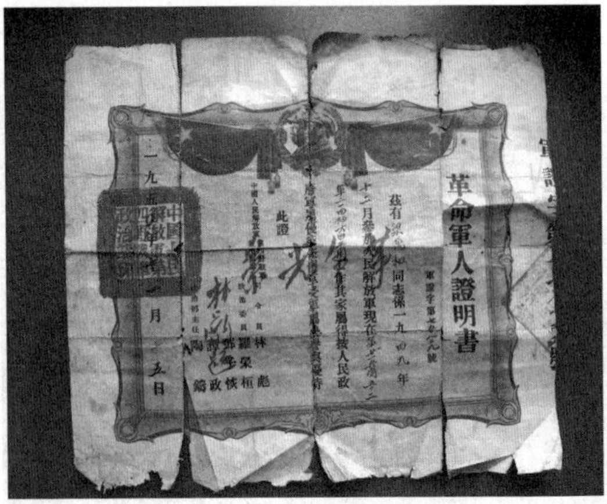

梁万和（高万）的革命军人证明书　　作者 摄

2019 年 4 月，家人电话告诉我说：“高万走了！”

这个经历过枪林弹雨的老兵，去追寻他的战友去了，我真的好想回去送他最后一程。无奈我身体尚未康复，怎么回去得了呢？我只能默默地祝愿他“去天国的路上一路好走”。后来听说，家人们在整理他遗物时，发现了那些锈迹斑斑的勋章，在场亲人无不为之动容。

2023 年 7 月 18 日定稿

乡贤高成

梁高成比我大十多岁，满头银发，早已年过古稀，但他岁大，我辈大，按辈分，我是他叔叔。

一

在老家乡里，高成算得上一个人物。新中国成立那年，高成来到了这个世上。从小天资聪颖，八岁进入桂塘完小读书，毕业后考入召市四中，后又考取龙山县第一中学高中部，成绩一直名列前茅，而且还是班里和学生会的干部，什么学习委员、班长、团支部书记等这些学生官，他都当过。老师和乡亲们都看好他，前途可谓一片光明。

他家有八个兄弟姊妹，母亲瘫痪，长年卧床，离不得人。兄长又远在外地求学，大姐是盲人，五个妹妹尚幼，而家里只有父亲一个劳动力。他的家庭实在太困难了。因交不起学费，高成最后不得不辍学，含泪离开了学校。回乡后，就在生产队参加生产劳动。后参加修建枝柳铁路，任过司务长。

铁路修通后，又回到生产队里，刚好大队在梁家寨旁的许家堡建了一个综合加工厂和火电厂，他便在厂里当工人，负责机器操作和大米、面粉、桐茶籽等加工。因厂子就在寨子旁，我对这些机器设备好奇，每当放学或放假，经常跑过去看稀奇。

从那时起，我就开始与高成打交道，就觉得他是一个很有意思的人。譬如，当年的火电厂，晚上机器经常坏，社员们劳作一天回来，正需要照明，突然停电摸黑，肯定会骂电厂的人。每当这时，我说："高成，现在肯定你们又要挨骂了。"只见他一边急忙与同事张明星修机器，一边嘴里念念有词："哪个骂我，我先骂！哪个骂我，我先骂！"颇有点阿 Q 的味道。

二

1973 年，袁隆平院士的杂交水稻三系配套成功。次年他被县里选派到海南岛学习杂交水稻制种。当时，社员们几乎未出过远门，个别甚至连县城都未去过。他能去那么远的地方见世面，大家都羡慕不已。

乡贤高成　　作者 摄

记得他回来时，带回来几个大大的海螺和几个圆圆的椰子。社员们第一次见椰子，感到稀奇，围着椰子评头品足，说："这个圆东西，壳壳怎么这么硬呀！"有的拿菜刀切，有的用柴刀砍，有的用斧头砍。大家费了九牛二虎之力，也未搞出名堂。后来，还是他亲自动手，在椰子顶部找到椰眼，用小尖刀在椰眼位置，稍一用力就打开了，在场的大人小孩，每人都分得了一调羹椰汁和一小坨嫩白嫩白的椰肉，吃得津津有味，连说："好吃！好吃！"椰汁的清甜凉口、椰肉的香脆，我至今还回味得起。

高成回来后，常给我讲起在海南岛的很多见闻，广阔无垠的大海、成片成片的椰林、堆满贝壳海螺的沙滩，这一切对我来说都充满了神秘和诱惑，心想有机会一定去"天涯海角"看看。

记得他还给我讲述了一桩有意思的事情。当年饭都不够吃，大家对吃饭看得重。同去的有一个人，是区农技站的技术员，虽说是个农技干部，却爱占点小便宜。每次到食堂吃饭，他都抢先拿看似饭最多的那碗。大家心知肚明，又不好说出来。有一次高成提前来到厨房，与炊事员商量后，一起对饭做了点手脚，有意戏弄那人。他俩先将一块煳锅巴放在碗里，底下是空的，锅巴上面薄薄地撒点饭，这样看起来是垒尖的一大碗，实际没有多少饭。而其他的碗，饭被压得紧紧的，看起来不多。吃饭时，那人一进厨房就端走了那碗看着多的饭。吃着吃着发觉不对劲，但又不好意思说出来。而高成却在一旁悄悄观察，差点笑喷。从此，那人再也不选饭碗了。

高成从海南回来后，在中坝子从事杂交水稻制种。我经常看见他戴着一顶草帽到田埂上来回观察，不时在一个小本本上记录什么，有时与社员拉着一条绳子赶稻花粉，真像一个农业技术员的样子。之后就听说制种搞成功了。

完成制种后，他又回生产队当社员。有一次生产队喊工副队长王蛮子给社员布置任务，要求社员必须在次日早晨七点钟赶到工地。其他社员没有说什么，只见高成故意给王蛮子出难题，说："我们起床是听鸡叫，不知何时是七点。你要我们早晨七点准时赶到，你要给我们每个人买一个闹钟，否则，就赶不到。"王蛮子是个粗人，被他的歪道理搞得下不得台。

三

高成毕竟是见过世面的人，此后，他的才能慢慢显现出来，他先后在生产队担任了副队长、民兵排长，在大队加工厂当厂长。

我们那一带盛产桐茶、油菜，过去打油用木榨，不仅出油率低，而且又费力费时。二十世纪七十年代末，国家实行了改革开放，他用敏锐眼光发现了商机，于是动员寨上的两个叔叔，三家筹资买来电动榨油设备，联合在油坊潭开办植物油加工厂。我开玩笑说，这是我们村第一家"三资"企业。由于设备比木榨先进，出油率高，服务态度又好，湘鄂渝边区村民都把自家桐茶、油菜运来加工，一些村民在边区收购桐茶籽到此加工，然后卖油，赚取差价。一时间，油坊潭附近，桐茶籽、油桶堆成山，来往车辆络绎不绝，他们三叔侄赚得盆满钵满，同时还带动了部分村民致富。另外，高成还在油坊附近建了个打米、做面的小作坊，聘请堂弟二毛全权打理。

高成的妻子刘大妹非常勤劳贤惠。高成在外面打拼，她在家里每年喂两头大肥猪，并且起早贪黑把几亩责任田打理得好好的，庄稼年年丰收，每年收获稻谷苞谷几千斤。这样，高成家成为村里最先富裕起来的人，是远近闻名的“万元户”。

四

高成的精明和敏锐的市场眼光在村民中起到了带头示范作用，从而引起了社会的关注。这时，村里老一代村干部陆续退休，几个接任者又闹不团结，村里工作一团糟。于是，乡党委把目光投向了他，并加紧培养。1990年，村支两委换届，连党都还未入的他，当选为村委会副主任，组织和村民的信任使他干劲十足，领导才能也得到充分施展，而后接任主任、村支部书记，这村干部一当就是二十多年，直至2017年退休。

在担任村干部的二十余年里，他团结带领村支两委，千方百计争取资金，努力改变家乡贫穷落后面貌，为群众兴办了大量实事：整修了通村公路，修通硬化了连接重庆酉阳可大湖的跨省边际公路，全村十三个自然寨全部通了公路，大部分已经硬化。架设了高压线，进行了农网改造，家家户户用上电，村民加工不出寨，结束了千百年来村民夜间照明用油枞膏和油灯的历史。新修了一栋两层楼的村部和小学，修建大小桥梁五座，整修河堤多处，有效防止了水冲砂压的洪涝灾害，大大方便了村民出行。

以上这些成绩的取得，也不是一帆风顺的，其间他也经历了很多挫折。大约是他任村干部的第十个年头，他曾遭遇了一场严重的车祸，虽捡回了一条命，但脑部却受了重伤，身体每况愈下。而这段时间，村里工作又遇到不少阻力，于是心灰意冷，他多次向镇党委提出辞职都未被批准。于是，便赌气半年不理村事。

长期这么下去肯定不行。镇党委书记向宏国在做挽留工作无果的情况下，亲自到村里召开全体党员和村民代表座谈会，请大家推举新书记人选，结果，与会人员还是把票都投向他。向书记说：“高成同志，你各看！镇党委信任你，党员和群众都相信你，你就不要再撂挑子了，还是继续逮！”他看到这种情况，再也不好意思提辞职了，于是表态说：“既然大家都信任我，我还有什么卵讲的呢？好！我又继续攒劲逮！”就这样，他又继续干了十多年。

以后高成工作干得顺风顺水，各项工作在镇里名列前茅，这除了他自己的努力，再就是得到了镇党委政府及社会各界的支持。他深有感触地对我说，在这强大的后盾里，最给力的是我这个老叔，和他那在县里当局长的兄长高树。

他这么说，我也不谦虚。我认为对他的支持首先体现在精神层面。我们平时在电话里交流，回老家时登门看他，总是给他加油鼓劲。其次就是帮助村里到州县有关部门争取资金项目，用于修桥、修路、通水、通电、修堤等。再就是为村里发展出谋献策。

五

他在担任村干部的二十多年里，常规工作不用说了，我认为干得最漂亮的事情有两件。

年逾古稀的高成依然坚持在田里干活　　作者 摄

第一件就是下死决心保护农田。田土实行责任制后，很多地方的村民担心政策变被收回，于是纷纷将房屋修建在责任田里，认为这样世世代代就是自家的了。这样一来，大量农田被占，原来漂亮的田园不见了。他认为经济落后一点，可以跟上去，但耕地一旦被占了，就无法恢复。为防止我们村也出现类似情况，他不怕得罪人，坚决不准村民随意占田修屋。实在要修新房的，他要求必须沿寨边山边修，不得在坝子中修。由于坚持原则，也得罪不少人，在他实在顶不住时，我们暗中给他打气撑腰，要他向镇里汇报，请求镇里出面制止。

由于他的铁面坚持，乱占田修屋在我们村基本得到控制，从而保留住了近千亩田园风光。每当秋收时节，外地人到我们古道溪村来，看见稻浪滚滚，遍地金黄，都会由衷地感叹这是难得一见的田园风情画卷。

第二件事就是下大力封山育林。我们那一带属于丘陵，沙性土壤，山小且矮，山上的树木本来就不多。以前村民起屋、烧饭、取暖，都是上山砍树。这样山头被砍得光秃秃的，水土流失十分严重，古道溪水干了，灌溉成了问题，水井也干了，村民吃水成了问题。

为此，他下决心要改变这种状况。他抓住了国家退耕还林的大好机遇，带领村民退耕还林。同时，封山育林，禁止乱砍滥伐，将敢抓敢干的王蛮子任命为村护林员。同时，吸取其他地方公路修通到哪里，哪里森林就被砍光的教训。于是，制定本村土政策，规定村民背柴可以，坚决不准用车拉。为了表示对他的声援支持，每年回老家过春节，我都发动家人和在外工作人员与村干部一道在古道溪沿岸植树。经过二十多年的努力，现在全村的山头溪边、房前屋后，到处都是树木，水土流失状况彻底得到改观，干涸多年的水井有水了，古道溪也不断流了，我们村成了远近闻名的绿化村。

六

退休后的高成也没闲着，他与儿子明胜在自家责任田里建了一个大棚，夫妻俩整天打理他的反季蔬菜。同时，家里又给他安排了一个更重要的任务，三个重孙被送回老家，这带娃的任务，自然落到他的头上。满头银发的他抱着重孙到寨里转悠。见到我直诉苦：“老叔，您看这个活路，比当书记还恼火些，名义上是退休了，其实哪得歇息哦。”我见他嘴这么说，心里却乐滋滋的，含饴弄孙，享受着天伦之乐。是的！培养重孙就是培养未来，苦起来有劲，虽苦犹甜嘛。

高成的太爷爷从梁家寨老屋场迁到距梁家寨五百多米的火烧沟，房子建在山坡台地上，一栋青瓦木板房，左厢房是吊脚楼，飞檐翘角。几年前他与儿子拆除了右厢房的平房，在此基础上修建了一栋砖木结构的仿古吊脚楼，外观与正屋和左侧吊脚楼相协调，里面设施一律现代化。他又在楼下挖了一口鱼塘和一丘荷田。每当荷花盛开时节，古朴的吊脚楼与鲜艳的荷花相映成趣。

高成十分注重生态保护，周围是青山，森林茂密，屋前是果园，人居环境十分和谐。十一年前，他请我给他写一幅字，我就写了“如坐画图”四字相赠，现此字仍挂在他的堂屋里。

每年春节期间，他都要请我到他家聚一聚，我也乐意来到这神仙般的地方。他说，他闲暇时喜欢看书，每次去他家我都会给他带上一摞书籍。每次他一见到书，就高兴得像个孩子，说："老叔，感谢你给我带这么多精神食粮，我又可以看上大半年了。"

有道是，少年叔侄当弟兄。有时他也与我斗嘴，说："三满满，别人都说你的字写得好，我看不怎么样，像鸡哈的。"

"你不懂装懂！一张大嘴乱讲。"

讨了没趣的他又转移话题："三满满，你这辈子，只是当师爷的命。"

"是的，老子这辈子大部分时间是当师爷，但我当的是诸葛亮，出的都是金点子。难道没有两把刷子，当得好师爷？"

带重孙是高成现在的首要任务　　　　作者 摄

我们叔侄俩的说话，把在一旁看热闹的桂塘学校张校长逗乐了，说："看你们俩叔侄对话，就像听相声。"

其实，在与高成数十年的交往中，我体会到了他对我这个老叔的尊重。五年前，我突患脑溢血，躺在州医院抢救，他闻讯后，比谁都着急，与堂弟高林包车连夜往吉首赶，不想车子坏在了矮寨坡头，待师傅将车子修好赶到吉首，已是半夜，饥肠辘辘的他俩顾不上买点吃的，风尘仆仆就来到病房，坐在床头，握住我的手说："老叔，您要挺住。我相信您会好起来！我还等您到我家逮饭呢！"我转院到长沙马王堆医院后，他又打电话要他那在长沙工作的侄儿梁华、孙子老伟到医院看我，鼓励我。我们俩的叔侄情分，在危难时刻得到升华。

高成的家庭是村里耕读传家的典范。他的父亲，一辈子勤耕苦作，一人养育了八个儿女。家里出了一批大学生，现在他与哥哥高树这一大家有国家公职人员十多人。我们家族里的第一个中专生，古道溪村第一个大学生、第一个主任医师、第一个农艺师、第一个工程师均出自他家。

近年来，我在老家力推传统文化进家庭，要他带头作样板。他欣然答应，现在他家堂屋、客厅、餐厅都挂有名家字画，去年我又帮他家堂屋刻了一副匾额和楹联。匾额为“耕读传家”，楹联为“一等人忠诚孝子，两件事读书耕田”。内容巧改纪晓岚的联句，十分切合他家实际。书法出之于北京著名书法家刘俊京先生之手。他见到对联后给我打电话，说：“三满满！对联可能有误呢，应是‘忠臣’，不是‘忠诚’吧？”我说：“没错！我故意改的，‘忠臣’是封建社会的东西，我们共产党人要讲对党忠诚，对国家对人民忠诚。”他说：“原来如此，我懂了。”

前年，我计划在老家修建一座凉亭，既作为梁家寨碑林的配套景观，平时可供村民歇息、摆龙门阵之所，因兄长受病未完全康复，我将备料的任务交给高成。他一边带娃，一边联系木料，很快给我备齐了材料，现在凉亭已顺利完工了。

去年，听说村里建起了村史馆，我俩相约前往参观，他发现我俩的大名都在乡贤名录中。他自嘲道：“老叔，你还差不多！我一个土老百姓，算什么乡贤。”我打趣说：“你莫非是一般老鼠药[1]？谦虚过度等于骄傲，当之无愧也！”

2021 年 3 月 20 日初稿

① 厉害角色。

外甥一善

2019 年初冬的一天，我收到在福建打工的大外甥一善的微信，他说："舅舅，我快要结婚了。时间定在鼠年正月初四，希望您给我送幅字。"

一善要结婚了！听见这个消息，我高兴了好一阵子。回家过春节时，知道他才开始相亲，一年不到，就要结婚了，小子动作够快的啊！俗话说娘亲舅大，外甥结婚，这当然是一件大喜事，老舅这字肯定要送啦！结婚大事，这字不能随便应付了事，要送得体面、喜庆。

我打电话与家兄商量，决定以我俩的名义送一副喜匾。喜匾上的颂词，太雅了不适合他，思来想去就打算写大家耳熟能详的"家和万事兴"五字，希望一善结婚后家庭和睦，事业兴旺，这几个字既通俗易懂，又含义深刻，不仅结婚时可用，而且还适合农村家庭长久悬挂下去。

于是，我请湘西楹联专家张继涛老先生为匾配了一副对联：

家声永振后昆顺意，

和睦相亲世代荣昌。

这次，因左手有疾未愈，我不能亲手来雕刻，只好请制作商来完成。在上漆时，特要求做了喜庆的大红色，字为金色，红底金字，喜庆！

同时，我还与楹联高手合作，作了一副喜联，将俩人的名字和籍贯寓含其中：

渝女淑贤喜配一善，

湘郎敦厚欣迎紫群。

鼠年正月初四，一善他家做好了充分准备，不巧的是赶上了新冠疫情暴发。为防疫情扩散，各种聚会活动受到限制。日子已看好，邀请已发出。怎么办呢？经征得村镇领导同意，婚礼可如期举行，但规模需缩小，程序要从简。一善有了好亲事，亲友们纷纷赶去，真诚地为他祝福。我和哥哥赠送的火红喜匾悬挂大门上，更烘托了婚礼的祥和喜气。

一善是我妹子香的大儿子。当年出生时，又瘦又小，等到慢慢长大后，又发现他说话吐字不太利索，好像舌头短了一截似的。往往是，他给别人表达一个意思，讲了好几遍，他自己搞恼火了，而听者还在云里雾里。因着急，他耳根常常涨得通红，遭人白眼，就是经常的事了。为此，心里有一些自卑，平时不敢主动与人交流。

由于体质差，他小时候经常感冒发烧，就经常到村里赤脚医生那里打针。可能是针打多的缘故，他的左腿左臂落下了残疾，肌肉萎缩乏力，走路有些跛。平时，在家与小四岁的弟弟一啸闹玩"摔腰子"，总是弟弟的手下败将。他是一个左撇子，上学了，由于用不上力，字写得如鬼画桃符，成绩不咋地，还成为同学嘲笑欺负的对象。为此，自小我们都很担心他，对他也多了一分关爱。

兄弟俩玩摔腰子游戏　　作者 摄

一善的家与我同村，叫小溪王家。就在我家对面，只隔着两条小溪和几条田埂，一眼望去就可以看见，直线距离也就四五百米。由于住得近，来往很方便。他对我这个舅也很亲，每次他知道我回老家了，就会跑过来玩，看我给他带了什么玩具和学习用品。如果哪天回去，没有看见他，还有些不习惯。每年的团年饭，我们都把他全家叫过来，一大家子好不热闹。

我还是单身汉时，回家无所事事，于是就带着他和寨里几个小屁孩到处疯玩，洞山水库、屋后的老寨堡、茶河沟等地方都留下我们的身影。我用随身携带的小相机给他拍了很多照片，记录他成长的轨迹。有时，我在电脑里翻出他小时候的照片发给他，便勾起他儿时的回忆，他会惊喜地问：“舅，还有吗？还有吗？”

一善从镇里初中毕业后，没有考取高中是预料之中的事，他每天窝在家里，不是整天看电视就是跑到镇上泡网吧。他的父母很是着急，见面就对我说：“你看，这么下去怎么得了哦。什么也不愿做，什么也做不得，莫非要我们养他一辈子啊！”

他妈多次向我诉苦，要我疏通关系，找县残联给他办一个残疾证，今后好方便向政府申请低保、残疾人补助等。我则多次婉拒，故意拖着不去办。他妈当时很不理解，埋怨说：“这么个小事都不帮忙，当个官有什么用？太不近人情了，你还是他亲舅舅呢！”我则耐心解释说，一善的残疾程度没那么严重，不要让他过早地背上低人一等的心理包袱和“等、靠、要”的懒汉思想，而是要鼓励他克服自卑心理，自强自立，照样可以成为一个顶天立地、自食其力的男子汉！

我寻思，如果一善掌握了一门技术，这样生活就有了保障。我从多方面打听获悉，湘西州技工学校招收农村青年开展技能培训，不仅不用交学费，还有生活补助，毕业后还负责介绍工作。我回去动员一善不要再泡网吧了，也报名参加培训，他表示同意。我经过反复分析，根据他的自身条件，其他理论性强的专业他很难搞毕业，我建议他学烹饪，毕业后好当厨师。

这样，一善就来到了我工作的城市。他第一次离家出远门，没有了家长的约束，仿佛成为一匹脱缰的野马，下课后就去泡网吧，或与同学砍馆子喝酒。一个月的生活费和零用钱，几天就花光了，没到月底就跑到我这里借钱。我耐心地与他算账，发现家里给的和学校补助的钱，足够他每月开支，我断定是他乱花钱或泡网吧造成的。于是，我耐心教他如何精打细算，合理用钱。这种情况才有所改观。

学厨师，光学理论不行。为了增强他的实际操作能力。我找到一开餐馆的朋友，与他商量好，每个周末，叫一善到店子里帮厨实习，每天管三顿饭，还给十元车费。为了锻炼他的胆量和社交能力，不让他知道我在背后帮他，我要他自己去与老板谈。平时来我家，我与他舅妈也给他动手机会，家里的饭菜都让他练手，虽然做得很难吃，我们也不说出来，只是鼓励他说有进步。

不知是他的悟性如此，还是本来就不爱厨师这一行，学了两年烹饪的他，虽然获得了中技文凭，最后还是没有成为一名厨师。但我发现，这两年技校也没有白上，收获也是不小的，通过文化课的学习，他的文字和口头表达能力明显增强了。再就是见了世面，结交了一些新朋友，眼界开阔了，胆量也大了，自信心明显增强。

外甥王一善家远观　　作者 摄

毕业后，没有当上厨师的一善跟随表哥到福建泉州一家大型私营企业打工去了。每月有好几千的收入。每月工资给他妈上交一部分，剩余的就归自己支配。我经常关注他的朋友圈，发现他工余不是到海边观日出，就是登山看风景，与老乡、工友一道K歌、吃火锅、喝酒，也是常事，发型也是不断变换，都是新潮时尚的发型。小子过得蛮潇洒呢!

有时，他也在朋友圈来一段自嘲或人生感悟。

在此，特摘录几段：

“除了自己，靠谁都是不靠谱，这世上没有谁会心甘情愿一直被你依靠。靠自己，才能把事情做到最好。靠自己才能学到真本事，真正解决问题。靠自己，人生才不会输。”

“年龄大了，一切求稳，比起心动，我更喜欢心安。”

这些文字，内容都很励志，三观也很正。不知是从网上抄来的，还是原创的。值得欣慰的是，我从字里行间可以窥见，一善再也不是以前那个懵懵懂懂的青葱少年了。岁月已将他磨炼成一个懂事理、求上进、自信满满的大男孩了。

一善，也正如他的名字一样，是一个心地善良和懂得感恩的孩子。我的父母，即他的嘎公嘎婆健在时，由于年岁大了经常患病，他一有空就过去看望。有时还给二老洗脚、剪指甲。

五年前，我突患脑溢血住院，半身瘫痪，生命危在旦夕。他得知这个消息后，心里感到非常难过。在他的心目中，舅舅是一个非常强大的人，是从小就关爱他的人，想不到竟突然病倒了。下班后，他一个人偷偷躲在宿舍里痛哭了很久很久。后来，他不放心，又专程请假千里迢迢赶到医院来看望我，扶着我练习走路。回去上班后，又经常发短信询问我的康复情况，不时发短信问："舅舅，现在身体怎么样了？好些了吗？"

一善的父辈兄弟众多，分家时一家四口只分得一间又破又烂的木房子。来客人，连个坐的地方都没有。

经过多年打拼，几年前他爸妈择新址新修了一栋两层楼的砖房。这样住房条件才从根本上得以改善。他妈说，现在新房建好了，就只差媳妇了。

是的，新房子有了，一善也到了谈情说爱的年纪。记得，那是一善还在技校读书，我发现他经常与一个女孩子煲电话粥，关系很亲密。有一年过生日，女孩还给他送来了一盒生日蛋糕。我一问，方知女孩是他的初中同学，也在同一城市上大学。问是否是他的女朋友，他矢口否认，说别人太优秀了，他配不上人家。我说，找女朋友就要找优秀的，并鼓励他不要自卑，大胆去追！过了一段时间，一善又到我家玩，我发觉他有些沮丧。不用问，肯定是求爱失败了。我安慰他道，求官不得秀才在。舅舅以前求爱也被拒绝过。现在不是好好的嘛，你就当这次是实习练胆吧。

儿子年纪大了，当父母的就着急。于是家人们到处给他找对象。一善本人条件如此，歪锅配歪灶。在给他物色对象时，尽量找条件相当的。开始物色了一个重庆大溪口的，女孩有些傻呆，不会洗衣，也不会煮饭。一善当然没有看上。他说，要找一个能给他洗衣做饭，一起过日子的老婆。后来又

"帅哥"一善迎接他的新娘　　作者 摄

在重庆那边的竹子沟邢家寨物色了一个女孩，长相不错，也很勤快，就是小时患过癫痫。俩人一见面，彼此都对上了眼。于是开始了交往。

有一次，我开玩笑问一善："她看中你什么？"

他回答："她看中我是帅哥！"

咳！小子还玩起了幽默，吹牛都不脸红了。是要有此自信，要得！舅舅为你点赞。

有段时间，一善感到很郁闷，他给我发微信说："舅！恐怕搞不好了。那边大人说，癫痫很难治，容易发作。为了不耽搁我，就此算了吧。"我给他分析说，这是女方故意考验你的，看你是否真心喜欢她。你若真心喜欢，就大胆去追，每天都给她发微信，有空就跑过去嗨，甜言蜜语只管大胆讲。他听后果真如法炮制，经过一年多的交往，终于通过了考验。

结婚后，小两口一道来到福建泉州打工。

去年因防疫情就地过年，他们没有回老家。

我电话问他近况怎样，他说，他俩在一个厂打工，俩人工资加起来有七八千元。工余还在朋友圈卖些湘西土特产，销售量虽然不高，但也多了一份收入。小邢坚持吃药，也没有发过病，还胖了不少。

问其两口子关系如何，他说，他俩租了一间房子，小邢煮饭、炒菜、洗被子，他洗碗，俩人过着温馨的小日子呢。

再问其今后有何打算，他说，没有其他打算，只希望一家人身体健康，平平安安，家庭和睦！

是的，在这里，老舅也祝愿一善：健健康康，平平安安，早日当爹！

2023 年 7 月 18 日定稿

坳上蛮子

从梁家寨前经过的湘川（渝）古道要翻过糖坊坳（古时叫塘防凹），坳上有一栋老木屋，住有一户王姓人家，主人外号叫蛮子。

一

据村里老辈人说，在民国年间，蛮子的爷爷只身逃难落脚于此，先是搭茅棚，后修了一栋三柱四棋的青瓦木屋。至于他们是从何地迁来的，没有人讲得清楚。蛮子父辈有三弟兄，他父亲最小，上有两个伯伯。三兄弟各生了一个儿子，他们各有一个外号，分别叫蛮子、麻子、箩筐。

坳上地势高，仅有一口水井，一到干旱季节，井水就干涸，这样人畜饮水成为坳上的最大困难。为了饮水方便，两个伯伯分别搬到坳下一个叫沙岭岗的小地方，这样，坳上就仅剩下蛮子一家了。

蛮子还有两个妹妹。一家五口人，两个大人养三个小孩，作为平常家庭，生活虽算不上富裕，但也不至于饿着。

天有不测风云，在他七岁那年，赶上了三年困难时期，家里揭不开锅。为了填饱肚子，父母不得不上山挖观音土、挖蕨根、打野菜、摘野果、剐树皮。

一天，蛮子的父亲又到洞山挖蕨根，饿了就摘野果吃，不幸中毒，当时的医疗条件又落后，无法得到有效救治，不久就身亡了，年仅三十六岁。在快咽气的时候托付村里干部要好好关照他的三个孩子。

蛮子家的三柱四棋的青瓦木屋　　作者 摄

俗话说，麻绳专挑细处断，厄运专找苦命人。

父亲去世后，家里失去了顶梁柱，蛮子母亲张氏带着三个孩子，孤儿寡母，生活异常艰难，还常遭村里一些势利之人欺负。无奈，为了寻求一个依靠，张氏只好改嫁到本村肖家寨。这样，蛮子成了没爹没娘的孤儿。他曾被送到四川给一户人家当儿子，养父家也很困难，饱一顿饿一顿的，还天天拖着他上坡做工夫。蛮子吃不了那个苦，又偷偷跑了回来。

没有了父母的呵护管教，蛮子成了一个野孩子。为了生存下来，他下河捕鱼，下田抠泥鳅黄鳝，上山摘野果、捉蛇、打鸟，甚至还抓蜻蜓、跳嘎子吃，还美其名为“旱虾子”，只要能充饥，别人不敢吃的他敢吃，别人不敢干的他敢干，哪管什么危险不危险。这种野蛮式生长，他练就了一副强健体魄，也形成了天不怕地不怕的性格。

上学了，野惯了的孩子哪收得住心思去读书，上课不是打瞌睡，就是搞恶作剧，还与老师顶嘴。课后不做作业，一下课就与几个调皮捣蛋的熊孩子腻在一起，打架斗殴，偷偷抽烟喝酒，偷摘村民果子，他长得结实武墩，有一身的蛮力气，打架又不要命，下手狠毒，经常将人打得头破血流的，两三个同龄人不敢与他交手，于是他成为无人敢惹的愣头青，位居校园里“四大天王”之首，“蛮子”的名号也就不胫而走。老师管不了，本人又无心读书，勉强读到三年级，就辍学回家了。

二

随着年岁增长，蛮子懂得了更多的人情世故，玩性有所收敛。兄妹三人要吃饭，怎么办？十四五岁的他开始到生产队做工夫，挣工分。当成为壮劳力时，他已是各种农活的行家里手。为了获得社员们的认可，挣得高工分，他必须积极地表现自己。没有多少文化，他的本事就是一身蛮力气。人年轻，他认为力气用了还有。因此，生产队最苦最累最脏的活，他都抢着去干，从不偷奸耍滑。与社员抬树料时，他争着挓[1]大的那头；打稻谷时，他一人搬运打斗；生产队修岩晒谷坪，他背最大的岩板；给庄稼上肥，他翻山越岭挑大粪。在地里摘苞谷，他的箩筐垒得溜尖，村里死人抬丧，他也主动挓头杠。

有年冬天，天气特别寒冷，生产队一头当家水牛冻伤严重，奄奄一息，请兽医医不好，死又不死。生产队研究决定杀掉分肉，但谁都不愿去当杀手。一是不忍心，二是宰杀耕牛会犯法，怕被追究坐牢。但蛮子不惧这些，自告奋勇去做恶人。从未杀过牛，又不知如何下手。只见他挥起一把斧头狠狠地向牛头砸去，一下两下三下，水牛流下眼泪就是不死。一些社员不忍心看下去，含泪背手离开了。最后牛被他砸死掉了。

蛮子的积极表现，慢慢地获得了社员们的认可，过去那个浪荡少年形象有所改观。评工分时，他被评上了十分，是生产队分最高的之一。

但，对蛮子的所作所为，也有人觉得他很蠢。于是，背地里又给他取了一个"王苕包[2]"的外号。对于这一贬义外号，蛮子虽知道，只要不当面喊，他也不会计较。他凭借的就是这种"苕气"，才获得了大家的认可，认为值！从此，王蛮子、王苕包两个外号在社会上并用，他的本名反而没有几个人知道了。

正所谓苕人有苕福。蛮子凭借这股苕劲，不仅使家庭条件得以改观，将两个妹妹养大嫁人，自己也赢得了邻寨一向姓姑娘的爱慕。向姑娘可不是一般的农村姑娘，她不仅长相俊俏，而且有知识有文化，担任大队的妇女主任，是公社、大队的重点培养对象。结婚后，生了三儿一女，还竖了一栋新屋，昔日没人疼的孤儿，终于有了一个美满幸福的家庭。

三

我们第四生产队的队长一直是我父亲担任。但随着年岁增大，他感到力

---

① 扛，搬。

② 傻子。

不从心，带不起头了，需要一个能冲锋陷阵的年轻人来辅佐他。于是，父亲根据蛮子的表现，举荐他担任副队长，喊工管工的事让他去做，自己则在后面掌舵。

王蛮子虽然当了副队长，开始一些社员心里并不服他。社员不服，也有他们的道理。蛮子过去所做的那些烂事、形象不佳暂且不说，他那“苕头苕脑”的样子，徒有匹夫之勇，蛮干可以，但要当一百多号人的家，根本不是那块料。当时有的社员私下提醒父亲说，王蛮子是个粗人，到时他有权后乱来会码[①]不住他。但父亲看准他的优点，用其所长。

王蛮子上任后，开始喊工，安排社员们给苞谷地里挑大粪上肥，他站在村头扯起喉咙喊了几次，就是不见动静。原来，社员们真的不买他的账。

这时，有两个老实妇女看不过意，挑着粪桶给苞谷苗上肥去了。王蛮子见状，很感激，在一旁悄悄对女社员说：“感谢你俩捧场。你俩每次挑一两瓢就成了，边嗨边干，我给你俩记满分。”

对那些肯听他话的，他时时处处都会关照，让你不吃亏。如分战薅苞谷草，看见你落后，他会回过头帮你薅几锄。在运东西时，看你走不动了，他便将你的东西放在他的担子上。

而对那些不听他话、上工又经常迟到的社员，他就想办法整治他。在评工分时，尽量往低压。有个男社员，人高马大，不服蛮子安排，爱讲价钱。在评工分时，蛮子只给他评八分，仅与女社员相同。

有个女社员，平时上工老迟到。一天午休后，正准备上工，蛮子看见那个女社员从坡上慢腾腾走来。于是对身边几个社员说：“莫急！再休息哈，等她快到时我们再干活。”当那个女社员赶到，看见社员们正在干活。蛮子说：“大伙都已上工好久了，你怎么才来啊，扣工分！”被扣工分的女社员自认倒霉。

蛮子的治人办法有点邪，但他还是占着理，大伙的心里向着他。加之每次安排工后，他都能带头冲到前面，于是赢得了大多数社员们的信任，拥护他的人也越来越多，安排工夫也顺当起来。

眼看蛮子的威信起来了，管理经验也有了，有几年，为了增加生产队的经济收入，父亲带领五位社员外出养鸭搞副业，放手将队里的生产全权交给蛮子管理。

---

① 驾驭，管。

在蛮子任副队长的那些年里，队里大搞双季稻，连年丰收，粮食堆满仓，钱粮双丰收，成为全大队最富裕的生产队。不仅交足国家公粮，在青黄不接时，还向其他生产队借余粮。

这些成绩的取得，是广大社员起早贪黑努力的结果。毫无疑问，也有王蛮子这个副队长带头的功劳。事实证明，父亲当年的举荐是对的。

四

记得，进入冬季，农闲了，蛮子却忙得不可开交，因为他是屠夫，全大队的年猪正等着他去杀，他便扛着铁挺肠，提着杀猪刀穿梭于各村寨。

蛮子力气大，一个人能将一两百斤重的大肥猪提到案板上，压着身，扳住头，白刀子进红刀子出，随后猪发出凄厉的叫声，一股殷红的血水从刀口喷出，腿再弹几下就断气了。蛮子将猪丢人滚巴①的腰子盆里，不出半个小时，就将猪修白砍好，其手法非常之娴熟。那时给人杀猪纯粹是尽义务免费的，只是猪毛归屠夫，积多了可卖钱。

主人杀年猪时，一般会打上几斤苞谷烧，请来亲戚朋友来吃庖汤。蛮子好酒，每次都喝得醉醺醺的。那时，很多家庭一两个月都难闻荤腥，蛮子几乎天天都是酒里困肉里眠。他到底杀了多少头猪无人知晓，喝了多少酒也无人讲清。他有一件衣服，只是在杀猪时穿，上面沾满了厚厚一层猪油，上面油光可鉴，足有四五斤重，像一件厚厚的皮衣。有一次，他得意地对人说："嘿！莫小看我这件衣服，宝贝着呢，拿去熬油，月母子②可吃一个月呢!"

那时社员们要上交派购猪，公社肉食站几个屠夫忙不赢，蛮子的杀猪技术被他们看上，被请去。在肉食站，他虽然仅是个临时工，但算半个公家人，也很吃香，不仅自己一年四季有肉吃，还可以帮人走点后门，求他的人多着呢，走出去人也大个。

每次下班回家，从来没有打空手。只见大路上，摇摇晃晃的他扛着一根铁挺肠，上面不是挂着一大坨肉就是一弄猪下水。路人无不羡慕地说："蛮

---

① 很烫。
② 坐月子的妇人。

子，你这辈子硬是有吃肉的命啊！”

改革开放后，市场放开了，国家取消了派购猪，肉食站就垮台了，蛮子的好日子到头，也只好回生产队，继续搞生产。

五

二十世纪七十年代，村里没有电没有煤，村民们煮饭、取暖、熬猪食等，都要上山砍柴，社员们在地里干活，不管多累，收工时都要带一捆柴回家。上山砍柴，也是我们这些学生伢最重要的家务活。

砍柴的人多了，生产队的山头上大小树木就砍光了，水土流失非常严重。这样，王蛮子又兼任了大队（村）和生产队的护林员。

刚当上护林员，蛮子要抓典型树威信，这一抓，竟将其堂兄当场抓住，缴了柴刀，还罚了款。社员们都称赞蛮子是个“铁包公”。

为加强宣传，蛮子请木匠做了一些木牌子，请人用毛笔写上诸如“封山育林，绿化祖国”“桐茶漆倍，砍了犯罪”之类的宣传标语，悬挂在道路和山林的入口处。

平时他经常去巡山，有时还进寨入户搞检查，若发现有人偷砍树木，当即将树木、刀斧没收，提出警告。个别情节严重的，还要被捆绑游村打锣，边敲边喊：“人人莫学我，乱砍滥伐！”

蛮子本身力气大，当副队长喊工时，又练就了一副高喉咙大嗓门，发怒时眼睛鼓得鸡蛋那么大，样子很凶。村里小孩撒娇哭闹，大人只要说“再哭蛮子就来”，马上就会止住哭。

蛮子的名声在外，那些偷树的人只要听到他的声音，就闻风丧胆，吓得骨头散架、两腿发软。小时候我们在山里砍柴，只敢砍杂木、捡干柴，不敢砍枞树、杉树、桐茶树等，生怕被他抓到。这样全大队的乱砍滥伐得到制止。山里的树木得救了。到现在，大小山头更是满目葱茏。

蛮子敢抓敢管，不怕得罪人，得到公社书记的赏识，将他提拔到公社林业站当护林员，又成了半个公家人，下乡去检查工作，社员们都“王同志！”“王同志！”地叫。蛮子听了，心里舒服着呢。这样，蛮子又有了第三个称呼——“王同志”。

六

林业站设在公社机关里，与公社干部们一起办公，当上王同志，就不只是管林业。那时处于“文革”后期，各种运动不断。蛮子经常被抽去搞中心工作。公社领导用其所长，诸如看管四类分子、抓计划生育对象、上台绑人等这类活，都交给他去办，其实是充当着公社打手的角色。他也不负领导所望，很快掌握了绑人的技巧。一根箩筐索，三下五除二，就能将人五花大绑起来。一截细麻绳，他将人双手反翦，只绹两根大拇指，就让人动弹不得。每次被绑者痛得喊爹叫娘。

同村有个村民因他的哥哥当过土匪受到牵连，运动一来就会挨批斗。有一天，又召开批斗大会，由蛮子绑他，该村民天生一张笑脸，被绑后痛得咧开了嘴，疑似在笑。蛮子非常气愤，骂说：“嘿！你不老实，还在笑？”于是，又使劲捆。

有一年桂塘坝逢场，四川那边一插队知青偷一个老妇人的钱，被民兵抓了现行。那时，社员都穷，赶场卖东西好不容易得点买油盐的钱。故社员对扒老二都恨之入骨。扒手被押到街头的戏台上示众，叫蛮子去绑。蛮子痛下狠手，群众拍手称快。

蛮子这么做，一些人觉得有些过分。同村一个平时与他关系不错的人好心规劝他：“蛮子，你少做些伤天害理的事，不然你以后会不得好死！”

蛮子却说：“我都是奉命行事，有卵办法！怎么死？气一断，脚一蹬，闭着眼睛死！”

不知是好心人的规劝起了作用，还是他自己良心回归，以后他在处理这类事时，就灵活变通多了。

有一次，公社计划生育工作队到王道溪等村抓了二十多个计生对象，押往公社动手术。领导们都借口有事先走了，剩下蛮子一人看管。蛮子有些不高兴了，他心里暗暗骂道：“你们不要把老子当苕包，得罪人的事让我一个人来做。”

当走到马鬃岭时，他一发善心，解开绳子，叫妇女们全跑了。蛮子只身回到公社。领导不见一个计生对象，忙追问他是怎么回事。他回答说：“途中她们都说要解手，我只好让她们去解手嘛，哪想她们趁机全跑了，我一个人怎么抓得住啊?”领导无法，此事就不了了之。多年后，蛮子再下村，那些妇女家的，纷纷请他进屋喝酒吃肉，感激“王同志”当年的手下留情。

有一次，蛮子与法律服务所的老红到四坝村一超生户兑现罚款。该户是地主子弟，成分高，老婆患重病，家庭非常困难，偏又怀上第四胎，属于多胎，被重罚 320 元。

俩人一拢地，蛮子垮着脸，态度十分严肃地对户主说：

“今天是交钱，还是赶猪?”

户主哀求道：

“王同志，我家实在困难，没有钱交啊。”

蛮子不耐烦地说：

“卵老二喊你违反国策?没有钱交，那就赶猪!”

户主无奈，只好说：“要赶，你们就赶吧!”

于是，蛮子跑去就将猪从猪栏赶了出来。

过秤时，猪一挣扎，秤杆子就往上翘，蛮子趁机一把将秤砣抓住，报数道：

“嘿！真是肥猪一块铁，砸秤得很呢，足足 154 斤!”

而实际上，猪最多不会超过 120 斤。

对那些没有钱交、没有猪赶的超生户，就只好搬人家的家具了。在搬时，蛮子尽量搬那些老旧、没有用的烂家具，而且将价格算得高高的。

就这样，蛮子表面上做恶人，暗地里却在做好人。虽做的是遭人恨逗人骂的事，但恨他的人却不多。

七

改革开放后，蛮子再次回到村里，耕作自家的几亩责任田。有一年，他在坳上修了一间小木屋，开了一爿小商店，卖些南杂百货，方便自家，也便利了路人。

一天中午，一个身材高大的中年男子路过坳上，发现小商店无人值守，于是恶从胆边生，捡起路边一块石头砸烂锁，慌忙拿起几条烟和几十元零钱就向四川可大湖逃离。这一切，刚好被上坳上玩耍的王老二撞见，于是大声呼喊："快来抓！有人抢东西啦！有人抢东西啦！"

喊叫声被正在附近地里干农活的蛮子听见。他丢下工具扑趴翻天地跑到坳上问明情况，迅速向可大湖方向追去，边追边喊："抓抢犯啊！抓抢犯啊！"

听见有人追来，贼人不敢走大路，选择抄小路逃跑。又因不熟悉路，只好潜入得银沟一乱坟岗躲藏。但还是被快速追来的蛮子发现。贼人见只有一人，于是亮出一把弹簧刀威胁蛮子少管闲事，否则对他不客气。

抢了别人东西，还如此嚣张，蛮子义愤填膺，徒手夺下刀，接着几记老拳，打得贼人跪地求饶。蛮子也没有再打他，顺手解下他的鞋带，双手反翦，将两个大拇指死死绑住，准备交由乡政府发落。

蛮子雄赳赳、气昂昂地押着贼人往乡政府走，经过我们寨子时，引起了大家的围观。我也跑去看热闹。只见那人鼻青脸肿，大拇指发乌，不停地向大家认错求饶。嘎子大哥劝蛮子说，抢的东西已追回来了，人已认错告饶，莫往乡政府送，放他算了。蛮子听人劝，心一软，解下鞋带，就把人放了。

八

桂塘地处湘鄂川（现为渝）三省交界之地，边区村民都到这里赶场，自古以来，市场非常繁荣。农历三、八逢场，那些赶转转场的小商小贩云集于此，工商所在收市场管理费时，有商贩们抗费不交，这样工商人员与商贩们经常发生矛盾。这时，公社领导又请蛮子出马，蛮子再次当上王同志。

也真是的，蛮子一出山，就镇住了邪。商贩们都乖乖地将管理费交到他的手上。

那些商贩都知道蛮子厉害，自然不会与他对着干。蛮子一方面在收管理费，暗地里也在给他们放边边，做乖人。商贩们既怕他又感激他，悄悄给他塞背手①。散场后，商贩们经常用好酒好肉招待他，以感谢王同志的关照。这样蛮子又过起了肉里困酒里眠的风光生活。

农村实行生产责任制后，大队、生产队不存在了，放电影也不下各队轮

① 给好处。

流放映，而是利用原下街生产队的晒谷坪搞了个露天电影院。大家习惯了白看电影，都不愿花钱买票，想方设法往里面挤，电影院门口经常发生打架扯皮事件。看门收票，是个非常得罪人的活。电影队先后请了几个守门人，要么私下放入大量熟人进去，要么挨家伙。坚持不了几天，都打了退堂鼓。

从四川过来的赶场人川流不息　　作者 摄

于是电影队想到了蛮子。蛮子的名声在外，人们都惧怕他。他往大门口一站，脸往下一垮，活像个把门神，不管是谁，都乖乖自觉买票进入。就是他的儿子也是如此。

但对那些关系非常铁的亲戚朋友，也自有他开后门的办法。电影院门口，有人故意拥挤，想趁浑水摸鱼钻进去。这时，蛮子会使劲维持秩序，表面上将人往外推，而实际则用倒拐子将熟人推进去。

蛮子大我二十多岁，因同是一个生产队，弯七拐八都成亲戚。按辈分，他还叫我表满满。也许因我辈分高，一直以来，他对我都很尊重。见面都是“老把式①”“老把式”地喊。

当时，我还是初中生，想看电影又没有钱，于是悄悄找他融通。

他说：“老把式，那么多双眼睛瞪到的，不好办啊！”但他嘴上这么讲，却又给我出了个主意，我说：“蛮子，你莫日弄②我，到时翻脸不认人，多尴尬啊。”

他说：“不会的，你老人家只管照着做就成了。”

---

① 老人家。

② 作弄。

照着他的主意，我找了几张红黄绿等不同颜色标语纸，按电影票大小裁了若干张。晚上去看电影时，当天电影票是什么颜色的，就递给他同颜色纸条，他接过去假装一看就撕得粉碎。这成为我俩的一个小秘密。

九

蛮子自从当上“王同志”后，捧他的人多了起来，这样喝酒的机会也就多了，他本来就是嗜酒如命之徒，有酒就喝，从不推杯，大碗喝酒，大块吃肉，经常喝得醉醺醺的。在回家的路上，在哪里走不动了，就倒在哪里睡，酒醒后，爬起来再回家，第二天又继续喝。有一次子女们在稻田月口边找到他，只见水往嘴里流，他认为还在喝酒，自言自语地说：“莫、莫倒了，不、不喝了！”还有一年冬天，天下大雪，他喝酒回家，由于雪把路盖住了，他竟迷路走岔了路，在一乱坟岗打了半夜转转，后来听见鸡鸣，方才找到回家的方向。

蛮子晚年中风，失去了往日的威风　　作者 摄

每当逢场天，很晚了未见他回来，老婆、孩子们知道他又喝醉了，于是打着电筒沿路去找。在路边上、河堤边、鱼塘边、田坎边，都曾找到过。见他从头到脚泥糊糊的，将其背回家，忙到半夜才能把他洗干净，还不能有半点怨言，否则就会借酒发狂，对他们拳脚相加，整夜折腾，使人不得安宁。

有一次，他的大女儿和二儿子去找他，连路寻不着，突然在田老七屋旁的鱼塘边听见声响。原来，蛮子已掉入鱼塘，正使劲往上爬。王二用电筒给他照亮，蛮子好不容易爬了上来。水一泡，酒也醒了大半，全身泥糊糊，连滚带爬往回走，王二和他姐跟着后面照亮，一直不作声，到坳上，快分手时，蛮子还不知道照亮者是谁，连说："多谢大哥！多谢大哥！"王二这才说："伯伯，是我呢！"蛮子一听是王二的声音，骂道："狗日的闷到不作声，我还以为是过路的好心人呢！"

原来，每次蛮子醉倒后，酒醒了，没有人去接，他自己也会走回家；若是有人去接，他就装醉不醒，要人背、要人扶。这次，王二见他一身泥巴，不愿背，故意让他自己走。

人们都知道王蛮子苕，是个头脑简单的冲包脑壳，但了解他的人，则知道王蛮子是"苕进不苕出"，他表面上做了很多苕事，其实他心里的小九九多着呢。

后来，蛮子没有在乡里当"王同志"了，又回到坳上居住。一次为调解村民修路占地矛盾，因过于激动突然中风，口吐鲜血倒地，大家急忙把他送到医院抢救，命虽保住了，从此落得个半身不遂。

前些年，回老家过春节时，我曾到坳上看过他几次，只见他脸有些浮肿，双目暗淡，说话有气无力，看起来非常造孽。

十

1983年冬天的一个早晨，蛮子起床后来到坳山，突然听见有婴儿的哭啼声，他循声走去，发现一床小被子包着一个女婴，因又冻又饿哭闹不止，令他心痛不已。口里骂道："哪个伤天害理的，这么心狠啊！"他稍加犹豫就把女婴抱回了家，从此他的家庭就多了一个小成员。他对这个捡来的幺女儿视如已出，宠爱有加。没有奶吃，只好喂牛奶。桂塘坝又没有牛奶卖，只好到重庆那边的大溪口买。由于没有通公路，每次来回要走五十里山路，为此鞋子都穿烂了好几双。以前的四个儿女，从小到大蛮子从未背过抱过，而自从捡回王幺妹后，他走到哪里，就将王幺妹背到、抱到哪里。家里平时炒了好吃的菜，要等幺妹吃剩了，才准其他子女吃。蛮子原来的四个子女，他要他们给自己叫"伯伯"，唯独让幺妹叫他为"爸爸"。对此子女们有意见，说他偏心。他则说："幺妹一个小些，偏点心又怎么了！"

他的大女儿正在上学，但幺妹没有人带，于是他要求读四年级的大女儿中断学业回来带幺妹。王大妹爱读书，一直是班里前三名，她心里虽有一千个不愿意，但又惧怕父亲的虎威，只好从命。以致王大妹长大后，由于文化低，在外打工吃尽了苦头，她说："每次经过学校大门，我都要掉眼泪，每当听见读书声就感到心酸。"幺妹在蛮子的悉心呵护下长大成人，闹闹热热地出嫁了，他这才松了一口气。

2011 年寒冬，已中风十多年的蛮子突然病情加重，昏迷了三天三夜，命若游丝的他就是不落气。亲人们知道，他在等一个人。

远在福建打工的王幺妹闻讯扑趴翻天地赶了回来，跪在床前声泪俱下地喊了一声："爸爸，我来迟了哦！"

这时，只见蛮子微微扭头向幺妹看了一下，然后永远地闭上了眼睛。

2022 年 9 月 1 日初稿

最美我家山好月，最爱做故里文章

——后记

一方水土养一方人，呈现一方多彩风景，孕育一方灿烂文化，演绎一方动人故事。

我的家乡在湘西龙山县桂塘镇，这里位于湘鄂川三省交界之地，素有“一脚踏三省”之称。我生于斯，长于斯，这片令我魂牵梦绕的故土是我的文学原乡。

这里地理位置特殊，自然风光优美，由于地处大山深处，过去交通不便、文化落后，人们长期处于封闭隔绝状态，犹如世外桃源。在这块三省交界的边地上，土家、苗、汉各族人民世代友好交往，和睦相处，姻缘关系盘根错节，彼此都成亲戚，民族文化在此交融，形成了独特的边地文化。我从小就受到这种文化的熏陶。随着新时代的来临，边地的经济得到快速发展，人们的精神面貌正发生着深刻变化。那么，究竟发生了哪些变化呢？

十年前，我萌生了写一部关于三省边地的书，我想用自己的拙笔将这块神秘边地上的自然风光、历史文化、民俗风情和对故乡亲人的无限眷恋写出来，告之世人。于是，我利用业余时间开始创作，但当写出几篇后，手头熟悉的素材用完了，再也写不下去了，这时我发现，自己对这块生我养我的土地，看似熟悉，其实是那样的陌生。要完成创作计划，唯有花时间、下功夫去做深入的实地采风，搜集创作素材，激发创作灵感。

2013 年国庆长假，我照例回到桂塘老家度假。与同乡文友彭贤忠（老红）、杜国平相聚聊天，和盘托出自己的想法，得到他俩异口同声的赞同。于是，我们三人组成“铁三角”采风小组，当即就开始了采风行动。

我们将采风首站选在非常有象征意义的团山堡，这里立有不同时期的三省界碑，在边区民间的语境里，团山堡就是“一脚踏三省”。我爬上山顶，站在界碑处，眺望三省边界的村落，浮想联翩。我们首先踏访了距界碑最近最高的滑石坂，这是归属湖北的一个土家族古村落，我们披着夕阳在寨子里穿行，在一栋吊脚楼旁不期遇到了一群钓野蜂的湖北汉子，他们正在围炉畅饮，饥肠辘辘的我们受邀加入其中，把酒言欢，小醉而归。

初次采风，非常顺利，还留下一些值得回味的趣事。此后，每到五一、国庆、春节长假，我都回到故里，开展采风活动，采风点以团山堡为中心，向四周慢慢扩散。采风活动有条不紊地开展着。但天有不测风云，人有旦夕祸福，2016 年 10 月 16 日，我突患脑溢血，命悬一线，半身瘫痪，不能动弹，采风活动不得不按下暂停键。病床上的我，心想只能在轮椅上度过余生了，心中的文学梦实现不了了，心里有万千不甘啊！巨大的落差，使我彻夜难眠，心灵的天空布满了乌云，万念俱灰，只求一了百了。值得庆幸的是，上天关闭了一扇大门，却留了一扇窗户。我的大脑未受到多大损伤，语音功能很快得到恢复，右手还能自如活动。我坚信，只要加强康复训练，再漆黑的夜晚，也会迎来黎明，即使坐在轮椅上，我也能练书法，写文章。

家兄、妹妹、妹夫、侄儿等至亲接力在医院陪护我，他们用轮椅推着我上街找书店，买来《钢铁是怎样炼成的》《文化苦旅》，侄儿高武又给我送来了《曾国藩》，供我彻夜苦读。爱妻给我吃下定心丸，在我耳畔说：“三哥，家里的事交给我，你加油康复，我和卓儿永远是你坚强的后盾！”恩重如山的老岳父每天用轮椅推着我在大院里散心，每日练习走路万步以上。这一切，增强了我的内心动力。经过漫长艰难的康复治疗，2018 年年初，我可以扶墙走路了，于是信心倍增，在家人的搀扶下走出病房，终于闻到了春天的气息。单位领导出于对我的关心，让我不用去上班，安心休养治疗，天塌下来有高个子顶着。但我觉得，不能把自己当病人，不然自己没有病死也会被憋死。于是在岳父大人的陪护下，我摇摇晃晃地去上班了。按有关规定，我的职务被免，三十多年的行政生涯宣告终结。远在深圳打工的大侄儿闻悉这个消息，他接受不了一直引以为傲的叔叔就这么下席了，“麻绳专挑细处断，厄运只找苦命人”。他担心我经受不住连串打击，于是在电话的那头，伤心地哭了起来。我说：“免了就免了吧，没有什么大不了的。有命在，比什么都好，我正好可以集中精力练字、写作呢！”

我坚持天天照常上班。但说是上班，虽说也有象征性的分工，其实已没有多少公务要我处理了。一个人待在办公室，看报喝茶，上学习强国，没有人来说话，实在闲得无聊。古人说：“闲中不放过，忙处有受用。”我从网上淘来一大摞书，端起来看吧，一只手端不起书，放平着看，又压不住书页，看书成了受罪。于是，我坐在电脑前，试着写点东西，有感于这次患病老家众亲人对我的关爱，我花了一个多月时间，终于敲出了一篇五千余字的《古道溪梁寨》一文，尝试用我的文字为这个有温度的家族立传。事实证明，我还能写文章，写到动情处，我竟泪流满面。该文经美女作家赵彬馨在其公众号推出后，在朋友圈引起了不小的震动。很多关心我病情的亲友，看见我重回朋友圈，又能写文章了，都由衷地为我高兴，纷纷留言鼓励，希望我加强治疗，早日康复，写出更多更精彩的文章。

医生说，适当用脑有利于康复。我每天保持一千字左右的写作速度，坚持做到不加班不熬夜，一个星期可完成一篇五六千字的文章。在以后的几年时间里，我每天一边配合家庭医生做康复，一边坚持创作，身体和心情都越来越好，可以独立外出行走了，笔头越写越顺，思维越写越活，病前积累的素材，全部写成了文章，很多病前想写又写不出来的文章，现在都能轻松地写出来了，一看有二十多篇、十多万字。随着身体的逐渐康复，信心也上来了。当积累的素材快用完时，为了激发创作灵感，2020 年五一期间，暂停了四年多的采风活动又开展起来，我们的采风队伍也在扩大，除了铁三角，有时我还带上拙荆和犬子。同乡同学彭承忠偕爱人何小平、县文化馆文学专干彭良兴、老同学老板雷中球、桂塘学校副校长雷诗猛等也先后参与了部分采风活动，并慷慨地提供了后勤保障工作。

十年来，我们的铁三角采风小组，几乎将三省边区有特色的古镇、古街道、古村落、古遗址、古码头、古桥梁等踏了个遍，从而搜集到了大量第一手创作素材，为本书的创作打下了坚实基础。

值得一提的是，在采风过程中，受到了采风点众多知情人士的热情配合。现在的村庄，年轻人大多外出打工，家里基本是留守老人和小孩。平时老人去地里干活，小孩上学读书，如果不提前联系好，你走进寨子里，很可能一个人也难碰上，眼睛一抹黑，什么情况也了解不到。于是，每当采风点选定后，我们就提前告知相关知情人，请他们在家等候。我们虽属不同省份，大多是第一次见面，但他们都像对待久违的老朋友一样，当好采风向导，并好酒好肉招待。

在采风中一个深切的感受，就是脱贫攻坚所取得的巨大成就。就拿交通来说，我们的车辆可以直达每一个采风点，以至于我拖着病体也能参加全程采风活动。

在本书的采写过程中，得到了广大师友的鼓励帮助。八十高龄的天津籍著名散文家谢大光先生是鲁迅文学奖评委，自八年前陪同他到桂塘采风以来一直保持着热线联系。我将前期创作的十多篇稿子发给他，他一一审阅点评，并对后期创作提出指导性建议，使我受益匪浅。先我患癌症的同乡同窗彭承忠，在我万念俱灰时，赶去长沙病房鼓励我："信心比黄金更重要！"还抱病逐字逐句校改了大部分书稿，每篇密密麻麻修改达数十处，付出了大量心血。在本书准备结集出版时，我的老师、毛泽东文学院原院长梁瑞郴先生，放下手头创作，连夜通阅书稿，倾情写下了一千七八百字的序言。著名作家水运宪、蔡测海、颜家文等先生，拨冗阅读部分书稿，并撰写了精彩评语。文字虽短，却情深意长。

著名书法家、中国书法家协会原理事、湖南省书法家协会原主席何满宗先生，欣然接受我题写书名的请求，一口气写了三幅以供挑选，其重视程度，可见一斑。

话不多说，最后对为本书创作出版付出心血的所有亲朋，表示由衷感谢！

最美我家山好月，最爱做故里文章。但愿，我这些关于故里的文字，能给您带来阅读的快乐！

2024 年 7 月 25 日于悟墨斋